华 章
传奇派

品味无限不循环的人生

峥嵘

骠骑 著

图书在版编目（CIP）数据

峥嵘 / 骠骑著. —— 重庆：重庆出版社，2023.1
ISBN 978-7-229-16585-7

Ⅰ.①峥… Ⅱ.①骠… Ⅲ.①长篇小说—中国—当代 Ⅳ.①I247.5

中国版本图书馆CIP数据核字（2022）第020924号

峥嵘
ZHENGRONG

骠骑　著

出　品：华章同人
出版监制：徐宪江　秦　琥
策划编辑：张铁成
责任编辑：王昌凤
营销编辑：史青苗　刘晓艳
责任印制：杨　宁　白　珂
封面设计：晨星书装

重庆出版集团
重庆出版社　出版
（重庆市南岸区南滨路162号1幢）
北京盛通印刷股份有限公司　印刷
重庆出版集团图书发行有限公司　发行
邮购电话：010-85869375
全国新华书店经销

开本：880mm×1230mm　1/32　印张：15.75　字数：320千
2023年1月第1版　2023年1月第1次印刷
定价：45.00元

如有印装质量问题，请致电023-61520678

版权所有，侵权必究

目录

引子 / 001

第 一 章　往事如歌 / 004

第 二 章　雾都中天 / 012

第 三 章　金融专家 / 020

第 四 章　十月一日 / 027

第 五 章　得民心者 / 035

第 六 章　战火纷飞 / 043

第 七 章　水厂遇险 / 051

第 八 章　又是意外 / 059

第 九 章　山雨欲来 / 066

第 十 章　检讨大会 / 073

第 十 一 章　江枫渔火 / 080

第 十 二 章　十万火急 / 088

第 十 三 章　遭遇伏击 / 095

第 十 四 章　乱局之下 / 103

第 十 五 章　码头之乱 / 112

第 十 六 章　兵不血刃（一）/ 122

第 十 七 章　兵不血刃（二）/ 130

第 十 八 章　兵不血刃（三）/ 138

第 十 九 章　山城之乱 / 147

第 二 十 章　震慑李鬼 / 157

第二十一章　隐忧之始 / 166

第二十二章　枪击事件 / 175

第二十三章　苦肉计 / 184

第二十四章　非常线索 / 192

第二十五章　反伏击 / 200

第二十六章　形势 / 209

第二十七章　社情严峻 / 218

第二十八章　暗涌（一）/ 227

第二十九章　引蛇出洞 / 236

第 三 十 章　诱敌 / 245

第三十一章　歼敌 / 253

第三十二章　暗涌（二）/ 261

第三十三章　命案 / 269

第三十四章　鬼市（一）/ 278

第三十五章　鬼市（二）/ 286

第三十六章　一波未平 / 294

第三十七章　一波又起 / 302

第三十八章　冷枪 / 311

第三十九章　深喉 / 320

第 四 十 章　老鬼 / 328

第四十一章　内奸 / 337

第四十二章　借据 / 346

第四十三章　暗访 / 354

第四十四章　惨案 / 363

第四十五章　天网（一）/ 371

第四十六章　危机 / 379

第四十七章　特别报告 / 387

第四十八章　伪币案 / 396

第四十九章　局中人 / 404

第 五 十 章　天网（二）/ 412

第五十一章　七月计划 / 420

第五十二章　阳谋 / 429

第五十三章　纵火案 / 437

第五十四章　代号巫山 / 445

第五十五章　诡道 / 454

第五十六章　李代桃僵 / 463

第五十七章　决战朝天门（上）/ 472

第五十八章　决战朝天门（下）/ 480

尾　　声　峥嵘 / 493

引子

辛丑年，甲午月，己亥日。

山城温暑，夏至未到，天就已闷热得让人心慌，空气黏稠得几乎能拧出水来。

一位装束朴实整洁的耄耋老者望着歌乐山烈士陵园的阶梯艰难地挪动着脚步，此时有工作人员凑了过来："老果果，没人陪着来？"

老者目光坚定地望着台阶："你晓不得，耍得好的都在这里了。"

在工作人员担忧的目光中老者又走了两步，忽觉眼前一阵天旋地转，此时身后的工作人员机敏地冲了过来。

简单朴实的客厅内，挂着老者每个年龄段的各种照片，这些照片是老者的百岁人生，也是一位经历了土地革命战争、抗日战争、解放战争和抗美援朝的共产党员和革命战士的光荣一生。

穿着考究的中年夫妇和衣着时尚的青年正在老者的家中四处翻找。

衣着时尚的青年打开衣柜大门，里面挂着的都是简衣便服，其中有几件衣服上面还打了补丁，青年有些不解："爸、妈，太爷爷年纪都这么大了，你们让他住得这么简陋就算了，怎么还让太爷爷穿着打补丁的衣服，不能买新的吗？"

中年夫妇相视无语，片刻后男人微微叹了口气："千万别冤枉你爸你妈，我们什么时候对你太爷爷不恭敬过？你又不是不知道，你太爷爷根本不听我们的话。"

中年妇人道："你们爷俩快点儿收拾，咱爸、咱妈还有家里的亲戚都在医院等着呢。"

说话间，青年忽然在衣服的下面发现一个有些褪色的红色布包。打开布包，展现在他眼前的是一面满是斑驳的党旗，党旗包裹着十几枚各种各样的奖章和一本红色牛皮证书，证书下是一张老旧的照片。

一家三口围在这些奖章和证书面前，从所有人诧异又惊讶的目光中能够看出，没人知道这些奖章和证书的存在，青年的眼里更是露出敬仰之光。

整洁的病房内，四代同堂的家人围在老者身旁，重孙子、重孙女则缠着慈祥的老者，让他讲自己的英雄故事。

老者翻开那本红色的证书，赫然映入眼帘的是"二等功臣：陆枫"等字样。证书上一张老者年轻时候的照片,脸上洋溢着自信的笑容。

躺在床上的老者就是照片中的陆枫。老者告诉孩子们,他不是英雄,但是他可以讲述英雄们的故事,只不过这个故事要换一个地方讲才行。

细雨飘落,如雾似绵,落在脸上仿佛轻抚一般。

陆枫不顾家人的反对,坐着轮椅来到歌乐山烈士陵园,陵园中一排排的墓碑,如同一队队准备出征的战士。

他情绪有些激动,指着一块块墓碑,仿佛又看见了昔日的战友:

"他来自陕北,牺牲在重庆。

她来自上海,牺牲在重庆。

他来自胶东,牺牲在重庆。

他来自江苏,牺牲在重庆。

她来自河北,牺牲在重庆。

他们来自天南地北,他们都留在了重庆。"

意识随着时间倒流,斑驳发黄的老照片开始焕发新颜。

第一章
往事如歌

1949年5月12日傍晚，在红旗漫卷、解放全中国的呼声中，解放上海的战役拉开序幕。

惨烈的月浦镇攻坚战进行了整整一天，冒着青烟的弹坑与横七竖八的尸体间，泣不成声的卫生员一边哭、一边在敌我双方的尸体中寻找活着的伤员。

第八十七师二六零团三连的阵地上，一名衣衫褴褛、神情木然的战士在摆弄敌人指挥部里的一台收音机。

突然，收音机发出了响声。一个浑厚清晰的男声播送道："发扬宜将剩勇追穷寇，不可沽名学霸王的革命精神！将革命进行到底，坚决执行《向全国进军的命令》！解放上海，将上海交还给人民！"

十分钟之前这里还是国民党守军的一个营部，敌我双方在这里进行了长达一个小时的突击与反突击的拉锯战，惨烈异常的肉搏战，以国民党使用炮火进行无差别覆盖落下帷幕。

"这里还有一个活的!"

已经泣不成声的卫生员红小妹拼命地拖着一个人用力呼喊,幸存下来的战士迅速聚集过来,有人递过一个水壶,红小妹小心翼翼地擦去伤员脸上的泥沙,捏开伤员的嘴将水倒了进去。

黑暗,一种令人绝望、伸手不见五指的黑暗。

一声喘息,陆枫睁开了双眼。一个小圆脸和许多陌生的面孔出现在眼前。

战士们十分欣喜,因为陆枫是佩带短枪的,而且还是勃朗宁,连营一级的干部都习惯带快慢机的驳壳枪,只有团级干部和机关干部才会佩带勃朗宁。眼前这位佩带短枪的军官,除了年轻一点儿外没有别的毛病。

"现在阵地谁负责?"

陆枫醒来后的第一句话让所有人全部陷入了沉默,最后还是红小妹开口道:"我是三营卫生队的卫生员红小妹。"

一旁一名满脸皱褶的老兵,抱着汤姆逊冲锋枪搓了搓手道:"额陕西凤县嘀,二营五连司务长陈忠实。"

一名五大三粗抱着勃朗宁重管步枪的大块头憨憨一笑:"山东的,一营三连机枪手李三牛。"

"我是三营九连的。"

"我是团运输队的。"

"我是担架队的。"

七嘴八舌之间,陈忠实身旁一名战士怯懦道:"阿拉上海人,赵瀚文，团预备队文化教员。"他戴着厚厚的镜片，显得有些瘦小。

"什么？文化教员？这不是胡闹吗？谁让文化教员上来的？"身为团作战参谋的陆枫虽然才二十六岁，却已是一个打过鬼子、不折不扣的老革命了。

陆枫是大学辍学弃笔从戎的，他深知文化教员对于人民军队的重要性，部队的干部战士文化程度普遍不高，大多数战士还不会写自己的名字，文化教员是部队的宝贝。

正常的攻坚战都会把攻坚部队三分之一的战斗骨干和文化教员抽调下来，即便部队拼光了，也能很快恢复战斗力，但是这一次连文化教员都派上来了？

烟雾似乎在悄无声息地蔓延，陆枫有一种非常不好的预感，他环顾四周："有一连的吗？"

小眼镜赵瀚文犹豫了一下道："我们上来的时候三营增援的九连都打光了，没见到一连的人。"

陆枫起身望着四处狼藉遍地弹坑的阵地，远处的村庄在烟雾中若隐若现，担任主攻的一连干部损失过大，他是以代理连长的名义补充上来的。现在全连都打没了，而他这个连长却还活着？

陈忠实深深地呼了口气，从头顶抓下帽子："这打的是屄个仗哩，上大炮轰狗娘养的。"

陆枫也深深地呼了口气。上级有明确的要求，上海要完整地回到人民手中，这就意味着攻坚部队要仅仅凭借手中的轻武器，对防守永备工事的敌人实施进攻。

阴沉的天空飘起了细雨，似乎在悼念为人民解放事业战死的英灵。

电话接通了，由师部直接摇到了阵地上。从赵瀚文手中接过电话，陆枫不由自主地看了一眼满是接头的电话线，他清楚，每一个接头很可能就是一个年轻鲜活的生命。

师副参谋长命令：还活着的干部战士暂编成一个单位，固守阵地，友邻部队二五三团已经准备就绪，拂晓时分，将由二五三团等兄弟部队对月浦镇实施总攻击。

陆枫觉得非常憋屈。总攻击尚未开始，作为主攻团为了夺取阵地发起的攻击已经损失巨大。

一夜无眠，阵地上的几名重伤员没能挺过来，还活着的战士只有五十三人，而这五十三个人，却来自六个单位。

陆枫坐在战壕中默默地检查武器。缴获的M1卡宾枪被他反复擦拭检查，之前他也有一支这种枪，只不过在战斗中被炸成了零件。

红小妹坐在陆枫的对面，抱着已经空无一物的急救包发着呆。陆枫记得她好像才十六岁，这个年纪原本该拥有一张安静的书桌，而不是穿梭在硝烟之中。

红小妹失望地将急救包倒过来抖了抖："唉，如果有药的话，还能多救几个人。"

陆枫看了一眼手表，主攻部队应该已经展开攻击队形了，月浦镇是一块硬骨头，看来今天将会是一场恶战。

黎明前的黑暗笼罩着大地，蒙蒙细雨中，二五三团的三个营开始以品字形梯队展开攻击队形。进攻月浦镇的战士们小心翼翼地走在一片乱坟岗中，细雨中的月浦镇只偶尔传出几声狗吠。月浦镇三面地势平坦，国民党守军修建了大量坚固的永备工事，这片坟地成了最理想的突破口。

突然，十几枚照明弹飞上天空，大地被照得一片惨白。

一瞬间，子弹暴风骤雨般落下，战士们身上喷射出一团团的血雾，随即如同割麦子一般倒地。

手榴弹、炸药包、迫击炮的爆炸声湮没了陆枫的呼喊声。

趴在一块石碑后的他发现身旁竟然有射击发出的枪口喷焰，丧心病狂的敌人把坟墓改成了一片片倒打火力点。

失去指挥的战士们倒在曳光弹的火网中，陆枫随手炸毁了敌人一个倒打火力点之后，奋力冲向身单力薄正在吃力拖动一名伤员的红小妹。

一串曳光弹划过，红小妹瘦弱的身子如同狂风暴雨中被折断的小草一般仰倒在地。

陆枫飞快地扑上去，满手都是黏糊糊的液体，红小妹已经没有了呼吸。那个会唱陕西民歌如同百灵鸟的小丫头牺牲了。

面对死亡，人都会害怕，都会恐惧，但是在战场上打红了眼的战士不一样，完全不会考虑到个人的生死，这一刻陆枫的热血开始燃烧,从牺牲的旗手怀中拾起红旗,高喊:"冲啊!"

冲锋号响起!总攻的部队如潮水一般迎着敌人的火力冲去,前面的倒下,后面的冲上来。

一枚迫击炮弹在陆枫身侧几米外爆炸,几名战士和陆枫被爆炸的冲击波掀翻在地,后续部队从他们的身旁快速通过,有人拾起了红旗继续冲锋。

陆枫眼前一黑,晕了过去,鲜血顺着额头淌了下来。

"我们的队伍来了,浩浩荡荡。饮马长江,伟大庄严的红旗飘扬!不怕你山高水又深!不怕你碉堡密如林!"

电线杆顶端大喇叭中的歌声既熟悉又陌生!两个月后,拿着出院证明的陆枫一路打听找到了位于上海静安的军管会。

一栋三层的青砖小洋楼,门口两名全副武装的哨兵正在执勤,这里专门接收上海战役后伤愈归队的干部。

院子中的两张桌子上铺着墨绿色的军毯,三名军管会的工作人员正在忙碌地登记,陆枫拿着证明加入了排队的行列。

"老子是三野老八团的,怎么就找不着了?"

一个身材魁梧的大胡子差点儿一把将工作人员从桌子后面拽出来。

"额是八十师后勤的。"

"老子是九兵团直属独立炮团的。"

"这帮缺球的玩意,老子要回老部队,让你们说了算的人出来。"

"啪！啪！"

两声清脆的枪声过后，陆枫发现只有自己目瞪口呆地站在院子正中，之前乱哄哄的人全都各自利用地形地势隐蔽起来，有更过分的竟然跳进了哨兵的岗亭。

一名佩戴军管会臂章和短枪的中年人神情严肃地来到众人面前："都喊什么喊？你们是谁老子？老子在鄂豫皖打游击那会儿，你们还搓尿泥呢，都老实点儿，全国解放形势一片大好，部队边打边整编，隶属、番号根本搞不清楚，每天一百多人归队，搞不好就是一百多个单位，怎么查？都服从命令听从指挥，到哪里不是干革命？继续分配。"

接下来的分配工作就顺利得多了，轮到陆枫的时候，中年似乎多看了他一眼："你到南京正在集结的西南服务团报到。"

"哐当，"一个略显粗糙的大红章盖在了介绍信上。

"西南服务团？"陆枫当时一愣，他已经做好了到非主力部队当个连营长或者指导员的思想准备了。

有人的地方就会有攀比，几乎每个拿到介绍信的人都会相互打听，谁去的是主力部队，谁去了技术兵种。运气不好分配到机关和后勤的则摇头叹气，去了主力部队的则一脸傲娇，大言不惭地安慰对方："伙计，挺好的，前方打胜仗，全靠后勤来保障，我们前方打了胜仗，不会忘记你们的。"

面对落井下石一般的安慰，陆枫觉得自己是不是应该拜点儿什么？心怀忐忑地拿着介绍信问道:"同志,这西南服务团是干吗的啊?"

中年人暂停了手中的工作,抬头推了推眼镜:"服务呗,为人民服务。"

分配去机关和后勤的人似乎一瞬间心理平衡多了,比上不足比下有余,不是还有分配去服务团的嘛,更捞不着仗打了。

"咣当咣当",在火车的车轮撞击铁轨发出的节奏声中,带着疑惑和不解的陆枫登上了前往南京的列车。

第二章
雾都中天

中天，出自《诗经》，为人死之后，与人间重叠，天庭、地府之间的一个空间，一个人鬼不分的世界。

李安成觉得自己就活在中天里，没有朋友，不敢说一句真心话，时刻保持警惕。

黎明前的黑暗才是对主义和信仰的真正考验。被白色恐怖笼罩的山城重庆的渣滓洞、白公馆，就宛如进入中天的大门一般，在那里就连空气都是凝固的。李安成拉紧了自己呢子大衣的毛领，今年山城的冬天似乎格外阴冷。

那是一种渗透进骨头缝的冷，让人防无可防。

全国各个战场上，解放军势如破竹，山城解放在即，越是这样的时候敌人就会越疯狂。因为敌人临时更改押运路线会导致武装营救失利。他必须冒险在今晚见到"鹿鸣"，"鹿鸣"手中掌握着一个非常重要的线索，关乎敌人一个极其庞大的潜伏计划。

只有彻底干净地摧毁潜伏下来的敌特组织，才能让山城政权快速平稳地过渡到人民手中,将战争带给这座城市的影响降到最低。

所以,李安成思量再三才决定冒险来见"鹿鸣"!

各种版本解放军打过来如何清算旧账的消息吓得这些往日的活阎王在冬雨中瑟瑟发抖。

进入地牢,门口警卫室空无一人,铁栅栏门虚掩着。李安成脱下大衣抖了抖雨水,一名看守蒙头转向地突然冲了出来,差点儿撞到他。

看到李安成肩膀上的三朵梅花,守卫下意识地立正敬礼:"长官好!"

李安成走近快要熄灭的炭火盆,微微的余温反而让他感觉更冷了。没人知道在这个魔窟中到底牺牲了多少同志。

李安成走进牢房,几名看守慌忙起身,一个胸口文着过江龙的青皮却大大咧咧地坐在干草上一边海喝一边嚷嚷道:"这党国就跟纸糊的一样,糊弄鬼咧!说没得了,就没得了,各人盘算盘算要提早做准备。"全然一副众人皆醉我独醒的架势。

李安成一脚踢飞地上的酒壶:"党国还没完呢!"

青皮头也不抬:"快喽嘛!"

一旁留着两撇小胡子的瘦子看守凑上前:"专员,把头大爷临时在咱们这儿看押一晚,这些天外面都满了,咱们这里又清空了,所以……"

李安成一摆手:"甲字七号房的钥匙。"

瘦子眼睛骨碌碌转了几圈:"专员,若是平常可不敢,那是要犯，但现如今，您老看我们都是拖家带口的，要是有门路照看一下。"

李安成微微叹了口气："哪里还有什么门路，空运的飞机不会有你我的位置。"

在昏暗的灯光下，李安成站在甲字七号房的门前，瘦子打开了门锁。

李安成递过一根小黄鱼："人不为己，天诛地灭，拿着吧！"

瘦子犹豫了一下："谢专员的赏，我替您把风。"

转身返回青皮的监房，瘦子道："我说把爷，这是……"

把头大爷不屑地把杯中酒一干："寻思手上的血太多，结个善缘日后也许能留条命，当官的自己都顾不过来了，你们也要早打算。"

李安成确定瘦子走远后才转过身，黑暗中一双炯炯有神的眼睛在望着他，目光中包含了太多的信息。

监狱区对面的二楼，一间挂着黑色绒布帘子的房间烟雾缭绕，一名穿着斗篷戴着礼帽的黑衣人举起了监听器，里面传来了李安成的声音。

环顾四周后，李安成用手语比画告诫黄森有窃听的同时开口道："黄森，代号鹿鸣，出自《诗经》，呦呦鹿鸣，好意境啊！知道吗？你们的大军拉枯摧朽，党国的数百万大军灰飞烟灭。"

随着马灯亮起，一张苍白、布满伤痕的脸出现在李安成面前，看到他神情的坚毅，李安成不禁有些激动。

灯光照到黄森的胸口处，只见一片血肉模糊，李安成不忍地将灯光转开。

李安成掏出半只烧鸡和一壶酒放在黄森面前，黄森用手按在李安成手背上迅速轻动手指，然后哈哈大笑："那是因为我们与全中国的人民站在了一起，共产党是人民的党，解放军是人民子弟兵。"

李安成明白他在以摩尔斯密码通知自己：太危险了，我们内部有叛徒"巫山"，为避免给革命造成更大损失，尽快查处。

他马上回复道：有线索吗？

同时微笑着说："都说你们共产党统战工作厉害，都这个时候了你想让我背叛党国？"

黄森继续敲击：叛徒曲圣夫有线索，从今天开始你就是鹿鸣了，我亲爱的同志永别了。

他将瓶中的酒一饮而尽："嗯，江津老白干，我就是山城人，生于斯长于斯足矣。"

李安成眼眶一热，呵斥道："真不知道你们共产党图的是什么，命都没了，还谈什么信仰和理想？"

黄森轻微一笑："信仰、牺牲是崇高的，我可以随时为了我的信仰牺牲生命，这是你们无法理解的。"

李安成用力握了一下黄森的手："可惜，你再也看不见明天的太阳了。"

黄森道："最后的胜利必将属于我们，太阳明天依然会正常升起,光明会驱散黑暗,我将会融入那阳光之中。"

李安成头也不回地离开了,黄森微微地叹了口气:"好久莫得见太阳喽!"

二楼上的黑衣人放下了手里的监听器。黑绒布帘被挑开一道缝,他一直注视着李安成的背影。

一旁身着灰色中山装的疤脸试探地问道:"这个时候招呼都不打就去探监,还说一堆废话,肯定有问题。抓不抓?"

黑衣人摆了下手,用沙哑的声音道:"他是军统青浦时期的老人,保密局上面关系很硬,仅仅这几句没头没尾的录音动不了他,他家里又是重庆的大买办地头蛇,动他会非常麻烦。"

疤脸满不在乎地道:"不行就下黑手,这些家伙都是不稳定分子,他们若是投了那边,一牵扯就是一串。"

黑衣人压低声音:"你是不是蠢?这山城守是守不住的,达官显贵们都快跑光了,我们是想跑也跑不掉。"随即叹息道,"这些年手上沾了太多的血了,留下好歹也算是给党国送终了。"

疤脸皱了皱眉头:"还有十个重犯怎么办?"

黑衣人深深地呼了口气:"就别让他们见明天的太阳了。"

疤脸点头,带着手下离开了。密电员递给黑衣人一份文件,他缓缓翻开,里面只有一句诗:七月云雨出巫山。

黑衣人轻叹一声:"开始了!"

他裹紧了斗篷,整个人好像融入了黑暗之中。

一路细雨蒙蒙，李安成并不知道他刚刚在鬼门关上走了一圈。突然，一阵枪声响起。

他先是一愣，一个趔趄差点儿跌倒，他仿佛明白了那枪声的含义——黄森的那句"最后的胜利必将属于我们，太阳明天依然会正常升起，我将会融入那阳光之中"——又有同志融入那阳光之中了。

李安成当即加快脚步，现在只有一个目的，带着他策反的两名帮手去找"鹿鸣"所说的叛徒曲圣夫。

曲圣夫这个人，李安成见过几次，爱占小便宜、为人猥琐，而且吝啬得要命，属于出门不捡钱就算丢的货色，很难想象这样的人是如何进入组织并且通过审查的。

他原本是女中的教师，一个外围的交通员，但此人心细如发，竟然记得每次传递消息的细节，也正是他的叛变才导致整个组的人被捕。

"鹿鸣"黄森认为曲圣夫只不过是敌人放出的烟雾，地下工作有严格的纪律和规定，曲圣夫的叛变根本无法导致在另外一条线上的"鹿鸣"被捕，真正的叛徒一定隐藏在组织内部，而且级别不低，否则不可能导致如此大的损失。

曲圣夫经常出入朝天门附近的几个茶楼听曲，据说他有一个相好的就住在附近。这里原本就是三教九流聚集之地，浑水、清水袍哥和把头等人平时也在这里摆摆龙门阵。

烫脸的，传烟枪的，吆喝送水的，袒胸露怀拍胸脯的声音与女人的叫骂声混杂在一起，可谓一片乌烟瘴气。

李安成开着吉普车带着两名手下来到了朝天门附近的大乐平茶楼。走江湖的人眼精，三个人的衣着、气质与这里格格不入，很快来了应场的在李安成面前摆下了茶碗阵。

规矩李安成懂，只是今天没那个心情，径直把"派司"丢在了茶碗上。

对方来人微微一愣："要耍哪个？"

李安成将一挺汤姆逊冲锋枪放在桌子上："老杂皮，找个说得算的来。"

茶馆内一片寂静，所有人的目光都落在了汤姆逊冲锋枪上，最近从警察局到保密局都借了不少袍哥顶事，对此大家伙心底都憋了一肚子气。

很快，一位身穿红色旗袍身材婀娜的女子端着水烟来到李安成面前："给面子叫声七姐，不给面子也无所谓，几位长官所为何事？"

七姐突然起身看了一圈："一帮哈皮，老子日你们仙人板板，喝你们的茶。"

一瞬间，茶馆又恢复了人声鼎沸。

七姐盯着李安成颇为无奈道："说吧，要几个顶事的？你们这帮吃人不吐骨头的家伙。"

李安成递出一个小纸包，七姐打开，里面有一块小黄鱼，还有曲圣夫的名字。

七姐不动声色地收起了小黄鱼："这个憨儿啊，整日谗奸掇事，早该撬杆咧。但混码头的不能出卖弟兄，这位长官，对不住了。"

　　李安成注意到，七姐左手沾着茶水，在桌子上写的几个数字：21-17-07。

　　七姐掂量了一下小黄鱼，微微一笑："这姓曲的哈皮行情见长啊！"

　　李安成一把抓住七姐的手："还有谁在找他？"

　　七姐用力抽了几下没抽动："那个哈皮整日到处挂账，找他的人多了。"

　　李安成转身飞快地冲出茶楼。这里是朝天门码头，也是山城消息最灵通的地方，有真有假，讨债的绝对不会花钱买消息。

　　不长时间后，李安成站在曲圣夫的尸体前懊恼不已，血还未凝固，额头伤口位置有烧焦的痕迹，凶手是近距离枪杀的曲圣夫。对于这个叛徒李安成没有一丝半点儿的同情，只不过"鹿鸣"拼死传出的线索就这么断了。

　　回到朝天门码头，李安成点燃了一支香烟，山城重庆解放在即，他的新联络人一会儿就要抵达，还有更重要的任务在等待自己。

　　大乐平茶楼的三楼，一个窈窕的身影站在阴影之中，注视着灯火阑珊的码头。

　　夜渡人很少，李安成的目光中闪现一丝意外，随即接过黄色的手提箱，静静地注视着对方，沉默片刻道："没想到是你……"

第三章
金融专家

西南偏南……

同德则同心，同心则同志！

"同志你好！"站在比例尺严重失衡的大西南地图前，才找到报到处的陆枫拦住了一名穿着笔挺西装的青年学生。

南京中央大学操场上锣鼓喧天，"把红旗插遍大西南"的标语随处可见，到处都洋溢着青春的欢声笑语和问好声。陆枫身上的军装成了青年人眼中最时尚的装束，尤其是一长两短的配置更让男青年们眼热。

一长是四四型的莫辛纳甘，二短分别是原厂毛瑟快慢机和马牌撸子，尤其是腰间多达七个毛瑟备用弹匣，真正上过战场的人都知道，腰间的备用弹具不能少于五个，七个是标准。见惯了军管会只带两个备用弹具的青年们自然感到非常好奇。

与喜气洋洋朝气蓬勃的青年们不同，二野随军军校的一些学生见到陆枫主动立正敬礼，不为别的，在没有军衔识别的年代，陆枫腰间的短枪就说明了身份。

等待登记的工夫，陆枫突然听到有人呼喊："这位同志哥请留步撒，莫着急嘛，谈谈心喽！"

陆枫顿时打了一个冷战，怎么跟一个阴魂不散的家伙一个腔调和口吻？

陆枫转头寻找，与一个戴着黑色宽边镜框的人四目相对，两人几乎异口同声："陆枫？""郝仁？"

"我去你大爷的吧！"陆枫一下扑倒了郝仁。

两人的扭打很快让人分开，陆枫和郝仁都愤愤不平地盯着拉架的程满仓，如果不是这身军装，把程满仓往黄土地上一丢，绝对找不着。那张脸，仿佛要将上下五千年的文明沧桑加上黄土高原的沟壑纵横全部刻画在上面。

程满仓皱起眉头："两个二货，白显眼，闹个额啥哩？"

陆枫上下打量了程满仓："你是干什么的？"

郝仁也跟着溜缝道："你个经蹦，管得宽呦？老子自个耍关你毛事？"

程满仓从一旁拿过登记本，对应照片嘴角浮现一丝笑意："陆枫，侦察参谋，还读过大学，不孬。郝仁，还是个指导员，你是哪个的老子？平时就是这么做思想工作的？"

郝仁见状不对，压低声音询问："这位老同志，请问你是？"

程满仓瞪了两人一眼："一团，现在叫重庆支队，二中队三分队的队长，你们两个刺头都在三分队，跟额走吧。"

陆枫和郝仁垂头丧气地跟在程满仓身后，陆枫不满："碰着你就从来没好事，渡江的时候要不是因为你老子能落江？"

郝仁随即怼回："别个胡扯，你个憨憨，老子让你跟着，你偏偏冲那么快，船翻了怪哪个？"

陆枫用枪托怼了郝仁一下："把我的蔡司望远镜还给我。"

郝仁一耸肩膀："团长黑去了，有本事自己去要。"

程满仓转身："你们两个，没完了是不？"

宿舍竟然是一人一间，程满仓面带微笑："知道为什么成立西南服务团吗？知道服务团的宗旨吗？知道服务团的使命吗？"

陆枫和郝仁的脑袋摇得跟拨浪鼓一般，程满仓满意地留下了一大堆的学习材料，声称三天后考试，不及格的会受到严厉的……

不及格会受到严厉的……

陆枫与郝仁两个人心有灵犀一般会意一笑，一副老子这辈子不可能不及格的神情露于言表。

程满仓嘴角流露出一丝不屑：小蹦跶，你们还嫩！

还没等吃中午饭，程满仓就分配了新任务，陆枫和郝仁一同前往车站接一名留学归国的金融专家。程满仓反复强调了这位金融专家的重要性，危急关头哪怕牺牲自己的生命也要保护专家的安全。

不知道是因为工作的疏忽还是保密或者其他原因，这位神秘的专家李天骄除了名字之外别无任何资料。不过这难不倒自认为聪明机智的郝仁。

郝仁一屁股坐在了美式吉普车的驾驶位置上，陆枫一言不发站在一旁，郝仁不满地招呼道："上车走啊！"

陆枫颇为无奈："谁开车？"

这才注意到情况的郝仁自觉地挪到副驾驶的位置上，陆枫对南京也不熟悉，在两次被指错了路后，直接抓了军管会巡逻队的公差，才算找到了车站。

郝仁望着川流不息的旅客："晓得吗？程满仓是陕北老区的干部，1933年入党的老革命，一直从事反特锄奸。老子觉得他那双眼睛跟刀子似的，看着就吓人，第一天就没给领导留下好印象。"

陆枫看了一眼郝仁，将视线移到了郝仁的眼镜上："我记得你不近视啊，为什么要戴眼镜？"

郝仁瞥了一眼陆枫："哪个告诉你要近视才戴眼镜？你以为都跟你一样读过大学？我是政工干部，肚子里面墨水少，装扮装扮才有说服力。"

陆枫捅了郝仁一下："把牌子举起来。"

郝仁举起了一块巨大的牌子，上面歪扭地写着李添皎三个大字。

陆枫一脸无可奈何地看着牌子："三个字错了两个。"

旅客陆陆续续地离开，陆枫和郝仁开始有点儿着急了，他们把目光瞄准在长袍马褂、西装革履的老者身上。原则就是盯住头发少和花白的，尤其关注秃顶的。

一名身穿皮质猎装，散发着青春活力的女孩站在两人面前，望着越来越少的旅客，陆枫和郝仁对面前漂亮女孩视而不见。

女孩无奈咳嗽了一声："请问你们是来接李天骄的吗？"

郝仁顿时欣喜不已："是的，是的，你是李天骄同志的孙女？太好了，你爷爷在哪里？"

女孩一脸尴尬神情："我就是李天骄。"

"你就是李天骄？"郝仁目瞪口呆。

"你是留学归国的金融专家？"陆枫面带疑惑。

李天骄点头确认："专家不敢，耶鲁大学金融硕士。"

相形见绌，今天以前陆枫这个"大学生"加括号辍学的身份从未被超越过，只有被各种羡慕，今天轮到他羡慕别人了。

李天骄放下一个圆形小皮箱道："我们可以走了吗？我有点儿饿了。另外，我的行李怎么办？"

郝仁面带笑容把小皮箱装上车："马上可以出发。"

李天骄回头看了一眼站台："这个是我随身包，那些才是我的行李。"

郝仁与陆枫望着站台上堆积如小山一般的行李同时产生了一个疑问：同志，是搬家对吗？

一辆吉普车加一辆临时借用的军管会十轮重卡搭四个战士，望着满满一车的行李，陆枫几次忍住冲动想问李天骄是怎么上火车的。

没走多远，李天骄提出了一个难以拒绝的要求："我饿了！"

陆枫与郝仁没吃中午饭，帮忙的四个战士同样也没吃，于情于理似乎请一顿饭不是什么大事，但是单位没这个先例和标准，囊中羞涩的陆枫与郝仁有点儿面面相觑，尴尬啊！

在李天骄的强烈要求下，车子停在了丰满楼门口，李天骄大大方方地看了一眼两人："我请你们。"

李天骄似乎对国内的一切都感到十分的新鲜，就差点儿脸上写着"我很好骗"的字样，身边四名戴红袖箍的军管会战士让所有宵小打消了所有念头。安分守己不好吗？好好活着不好吗？

丰满楼是百年老店，1937年毁于战火，重建之后解放南京时让守军改造成了工事，才恢复营业不久，老掌柜的眼力见是有的。

解放军官兵一体，三大纪律八项注意，不拿老百姓一针一线，自从解放重新开业，还真没有"大兵"进来吃饭，今天是头一遭。

李天骄翻了几下菜牌："麻烦你炒一本吧！"

老掌柜站在原地微微一愣："什么是炒一本？"

李天骄一副理所当然的表情："就是这上面每道菜都炒一遍。"

李天骄望着目瞪口呆的众人微微一笑："大家千万不要浪费。"

丰满楼的菜肴肯定要比食堂的菜团子好吃，几个战士吃得嘴角流油连说话的工夫都没有，李天骄震惊之余望着陆枫和郝仁好奇询问道："你们是什么级别的军官？"

陆枫与郝仁对视一眼不知道该如何解释，陆枫犹豫了片刻后解释道："相当于营长。"

李天骄想了一下："那就是相当于少校？你们平时的待遇怎么样？"

"待遇？什么待遇？"郝仁微微一愣。

李天骄："薪金多少？各种津贴多少？你们知道的，既然我已经毕业了，就没有了奖学金，而且也不会再花家里的钱，我要自食其力。就比如今天中午这桌饭菜，你们一个月的薪金能吃多少次？"

郝仁皱着眉头："我们官兵一致，没有薪金，只有伙食菜金，吃饭管饱，衣服部队发。"

陆枫无奈地摇了摇头："就这么说吧，今天中午这桌子菜，够我们两个拿餐补几年了。"

李天骄付款用的是美金，在南京城里美元是和黄金一样的硬通货，只不过此刻她的情绪有点儿低落，"自食其力"这句话喊了好几年了，但是不能太过于较真，放着家里的洋房不住去睡公园。

在国外，很多时候你接受的教育和你身处的阶级环境有很大关系，很多人穷尽几代人之力去改变自己的阶级，让自己的家族变得有传统令人尊重。但是更多时候这一切是徒劳的，李天骄最见不得口口声声自由民主，骨子里面却装满了各种歧视，尤其是唯利是图吃人不吐骨头的资本家。

回国是李天骄自己的选择，很多人都曾劝阻她不要放弃优越的生活，要远离战乱和共产主义，但是她毅然决然地决定回国，回到令她魂牵梦绕的故乡。她是黑眼睛、黑头发、黄皮肤的炎黄子孙，她清楚自己的根在哪里。

李天骄在离开美国的时候给家里写了一封信，不丢失的情况下，三个月后她的父亲将会接到那封让他血压瞬间升高的信。

第四章
十月一日

"青春圆舞曲"的音乐声让操场上所有的队员几乎同时陷入了静止,仿佛时间停止了一般。

陆枫望着广播室方向,几名干部飞快地跑向广播室。

"报告!"陆枫敲了敲门。

程满仓揉着额头:"进来吧!陆枫同志坐。"

陆枫刚坐下,程满仓递给陆枫一张纸:"今天李天骄同志担任轮值播音员,她将革命歌曲换成了帝国主义的靡靡之音,这件事你看着处理一下吧。"

听到李天骄的名字,陆枫顿时感到压力巨大的同时有些头痛,因为他已经连续两次试图说服李天骄同志关于集体宿舍和个人生活习惯问题。第一次关于集体大通铺的讨论以陆枫失败告终。

高风亮节的陆枫把自己的宿舍让给了归国专家李天骄同志,自己搬去和城南打呼噜城北能地震的郝仁同住。

第二次讨论的结果连陆枫自己都不想提,他甚至刻意忘记了自己帮李天骄搞了一个小煤油炉子用以煮咖啡。

十分钟前意气风发前去给队员做思想动员的高教员，怒气冲冲地找到了陆枫这个三分队副队长，高教员历数了队员李天骄如何顶撞自己的恶行，尤其是一个教员被队员问得哑口无言是多么尴尬。

郝仁一听当即一拍桌子："翻天了？出国留学就了不起了？仗着自己肚子里面有点儿墨水就瞧不起工农干部和劳苦大众了？"

高教员屁颠屁颠地跟在郝仁身后往教室方向去了，程满仓端着漆都掉了一大半的茶水缸子来到陆枫面前，把缸子放在了陆枫眼前。

缸子上红色的"保卫延安"四个字异常清晰，程满仓见陆枫注意到了缸子得意道："这是1939年在主席身边搞保卫工作时奖给我的。"

陆枫伸长了脖子望着程满仓，只见程满仓把他茶杯里的茶水都倒入了自己缸子，程满仓微微一笑："共产主义嘛，你的我的都是大家的。"

陆枫皱着眉头："程队长，你不能把打土豪分田地这套用在这啊！"

程满仓突然话锋一转："你跟郝仁关系不是很好吗？他去找李天骄理论能行吗？"

陆枫微微一笑："只能有一个结果，自取其辱。"

程满仓："李天骄是留学归来的金融方面的人才，是我们最缺乏的专业。虽然是大资本家富家小姐出身，但李天骄同志有爱国热情。你们要循序渐进地引导她，她如果不能融入集体之中，损害了她的爱国热情，就是你们工作的失误。"

郝仁来到教室，里面一片肃静，李天骄坐在第一排的位置上似乎在翻看一本外文书籍。

郝仁咳嗽了一下："李天骄同志，高教员是给大家做思想动员的，如果你有什么意见，下课后可以和高教员进行交流。"

李天骄放下书籍目不转睛地望着郝仁，从那一刻开始郝仁就后悔了，闲着没事招惹李天骄干吗？

李天骄表情严肃："郝副队长，高教员的言语中含有侮辱性用词和地域歧视。"

侮辱性用词和地域歧视？郝仁惊讶地望着高教员："你都说什么了？"

高教员一着急山西话脱口而出："球大的东西，则愣个啥球？"

队员中一片唏嘘声，高教员也意识到自己的问题，一下捂住了嘴。

郝仁一脸无奈地看着高教员，教员普遍水平没有队员高是一个无法回避的事实。

郝仁深深地呼了口气："高教员，以后注意。"

赵红霞是边区来的干部，不同于二野随军的军校生和地方学生，她非常看不惯李天骄的一举一动，带着强烈刻板偏见的赵红霞盯着李天骄非常不客气道："李天骄平时就搞特殊化，大家都是看在眼里的，今天又挑高教员的毛病，分明是看不起额们工农干部，平时打扮得花枝招展的想干什么？"

李天骄面无表情用目光审视赵红霞："这位大娘您老今年高寿？"

赵红霞微微一愣，没反应过来随口道："属猪的，29，怎么了？"

李天骄微笑："从人性的角度讲爱美是我们女孩子的天性，喜欢美好事物也是人类的共同性，为什么要约束？除非有些人内心阴暗无比，见不得美好事物。从心理学的角度辩证地来看，这是一种嫉妒，属于心理变态的范畴。你说我搞特殊化？你先告诉我什么是特殊化？"

赵红霞当即反击："你住副队长的单间有什么企图？住单间就是搞特殊化，喷香水，还每天煮那种特别苦的中药。"

一旁众多学员也窃窃私语，李天骄的待遇确实让很多人感觉不公平，关于李天骄身世的传言已经有很多个版本了。

李天骄眼中闪过一丝狡黠："房间是陆副队长让给我的，有什么企图你得问陆副队长啊，郝副队长、程队长都是单人房间，不是说革命同志官兵平等吗？我为什么不能住？另外你怎么知道我熬的咖啡是苦的？"

赵红霞嘴快："我尝过！"

李天骄："郝副队长，偷喝我咖啡的人找到了。"

郝仁急忙阻止了李天骄："一杯咖啡，也不是什么好喝的玩意,赵红霞同志以后想喝就告诉李天骄同志,都是革命同志她不会那么小气的。"

郝仁面无表情地进入办公室看了一眼陆枫:"你怎么不劝住我?这丫头差点儿把大家都拖下水,牙尖嘴利啊!"

陆枫笑着道:"你不体验一下怎么知道她那套歪理邪说的厉害?"

郝仁掏出一大堆书籍用力一拍:"所以我们要加强革命理论学习,以正压邪!"

程满仓从办公室走出来:"刚刚接到上级电话,前线形势发生重大变化,上级命令我们立即整训出发,边行军边整训。"

陆枫一听前线形势发现变化当即凑到程满仓身旁掏出一包烟:"程队长抽烟!"

程满仓望着手拿火机十分殷勤的陆枫疑惑道:"你娃搞啥?你小子不抽烟,揣的哪门子烟?革命同志之间不兴这一套,明白吗?"

程满仓从陆枫手中把火机和烟十分自然地都收到了口袋里,陆枫掏出一张调令申请急忙跟随程满仓:"程队,你行行好,让我回老部队吧,我一个侦察参谋哪能干好服务团啊?"

程满仓微笑:"搞了半天在这等着我呢,两个字,没门!南京现在缺公安,怎么样?"

陆枫脸一绷把手一伸,程满仓一下打飞了陆枫的手:"送人家的东西怎么可能要回去？一点儿礼数都不懂的球蛋蛋。"

程满仓哼着秦军破阵调溜达着走了，郝仁凑过来嘿嘿一笑："这话怎么说的？赔了夫人又折兵啊！"

陆枫深深地呼了口气，嘴角浮起了一丝笑意，他想起了前几天李天骄气得程满仓快要爆炸的情景。程满仓不是不批准吗？老子就把李天骄当祖宗供起来，气爆炸你程满仓。

程满仓觉得自己的耳朵有些热，暗想难道是哪个不开眼的球货在背后嘀咕自己？

前往湖南常德整编的消息很快就传开了，虽然上级暂时没有公开行军路线和目的地，但是总有一些能人异士能把风透露出来。

李天骄有些头痛，头痛的原因非常简单，该带多少衣服？怎么搭配？自己的餐具、咖啡壶等等怎么办？

轻装简行这四个字应该如何理解？李天骄觉得自己有必要找陆副队长谈一谈。

陆枫做了一个漂亮的二传手，李天骄直接找到了程满仓，程满仓视察了李天骄的行李之后才知道，原来女人的衣服可以多到什么程度，而且细分如此之多的功能！

"穿衣服不就是为了不光腚丢人吗？冬天御寒，天热少点儿，天冷多点儿。"被气晕了头的程满仓当了甩手掌柜，李天骄是上级叮嘱要重点对待照顾的对象，以往那套不听话给一巴掌的模式在这里行不通，说服教育显然又没有对方牙尖嘴利学识渊博。

陆枫望着气急败坏离开的程满仓，觉得自己的意图似乎实现了，说不定哪天自己和李天骄就能收拾东西滚蛋了。

一转身，陆枫惊讶地发现李天骄正在注视着自己。李天骄的表情好像一只猫在盯着猎物一般，嘴角浮现起一丝不屑的笑意，仿佛自己的意图已经被识破了一般。陆枫深深地呼了口气稳定了一下情绪，这女人太聪明了是真不招人喜欢。

次日清晨，三分队集合完毕，三辆运输物资的马车上多了五个皮箱，这是李天骄再三精简后的结果。程满仓暗中吩咐陆枫一定要控制在两个皮箱，陆枫觉得只有时刻不停地给程满仓找小麻烦，令其烦不胜烦，自己就能有机会离开服务团回老部队上火线。

第一团正式更名为重庆支队，分水陆两路开进，所有的队员也是万分欣喜地第一次拿到了五百元"人民币"的津贴。随后，程满仓组织人员在下关码头集结，乘坐小火轮前往浦口乘坐火车。

几乎所有人都激动不已，这是人民政府的新币，代表着人民政权的建立，唯独李天骄紧锁着眉头在仔细察看每一张纸币。

站台上，程满仓激动不已地宣布："同志们，就在今天，党中央毛主席在北平宣布中华人民共和国成立了，中国人民从此当家做主站起来了！中国共产党缔造了崭新的中国！"

一瞬间，站台上沸腾了起来，人们发疯一样地相拥在一起，语无伦次。与神情有些茫然的李天骄不同，陆枫的眼泪控制不住地流了下来，他想起了这些年牺牲的战友，一张张熟悉的面孔，这些牺牲为的就是今天，十月一日。

后来，陆枫才知道，为防止敌特破坏，开国大典的时间在此之前进行了严格的保密。

对于李天骄来说，她能理解人们此时此刻难以言表的心情，在回国前她特意了解中国共产党的发展历程，可以说是从一个奇迹走向另外一个奇迹，但是奇迹的背后是无数的牺牲。十月一日对于每一名共产党人来说都有着极为特殊的含义。

此时此刻，重庆花园别苑的一栋灰色小洋楼内，李安成给自己倒了一杯威士忌，他没有打开收音机，因为今天是中华民族浴火重生的重要日子，是无数共产党人为之流血牺牲的最终目标。

因为潜伏任务的关系，李安成已经很久没喝过酒了，身在敌营他要时刻保持清醒。

敌人的末日已经不远了，但越是在这样的时候就越要谨慎，因为敌人已经丧心病狂了，他们正在酝酿一个秘密计划，这个秘密计划最为歹毒的地方不是现在摧毁山城的全部民生设施和经济，而是等待山城回到人民手中之后，制造更多的不稳定因素，让山城陷入持续的动荡。

革命道路布满荆棘，很多同志走着走着就牺牲了，没有那么多的壮怀激烈，如同"鹿鸣"一般，从容地献出自己的生命。

李安成发觉自己的眼睛湿润了，将杯中的酒一饮而尽。今天他决定破例违反一次纪律，因为今天新中国成立了！

第五章
得民心者

朝天门码头，人流涌动。

"古渝雄关"四个雄劲有力的大字满是青苔，充满了斑驳沧桑，每个人脸上的麻木和呆滞如同朝天门压在身上一般，没有人知道明天会是什么样。

慈云寺的钟声沉闷悠远，苍松翠柏林立。

大雄宝殿之中香火缭绕，一群香客或念念有词，或窃窃私语。解放军大军压境，国民党的全线溃败已成定局，很多惊魂不定的人聚集在这里寻求心灵的慰藉。

一位老者与一名穿着斗篷的黑衣人漫步在山间小径，老者深深地吸了口气："这是自由的气息啊！"

黑衣人："那就多呼吸几口吧。"

老者："自古天下未乱蜀先乱，天下已治蜀未治，这话是有道理的，用一个大西南拖住他们的脚步，让他们深陷泥潭，静待国际形势发生对我们有利的变化。"

黑衣人嗓音沙哑："现在二处和八处已经没有人了，真是可笑，这些人对党国的忠诚全都挂在了嘴上。"

老者不屑："我们手上沾了太多鲜血，他们会清算我们的。潜伏的人员都安排好了？"

黑衣人点了点头："按你的安排，分三个层次潜伏下来，前两个层次是给共产党挖的，用以掩护真正的潜伏人员，相关人员的资料已经全部销毁。另外江防舰队方面很多人近期表现不稳定，有过激言辞。"

老者："江防舰队有人负责，今晚你就开始沉默吧！"

黑衣人似乎略微犹豫："我沉默之前能不能见一下巫山？"

老者警惕地盯着黑衣人："这就是巫山的命令。"

黑衣人无奈："同心同德，救国戡乱。"

老者拍了拍黑衣人的肩膀："一心一意，始终不渝！"

青山号子响亮的歌声回荡在山谷，行军的队伍沿着湍急的江边前行，一片惊呼声中几块落石翻滚而下，一匹失控的骡马带着负责驾驭的小战士跌入江中，没等人们发出惊呼，骡马和小战士已经不见踪影。

整个队伍瞬间安静了下来，生与死的距离就在一瞬间。

陆枫只知道小战士名叫方家生，黎族人。他心中清楚，为解放全中国，建设新中国，牺牲总是在所难免，但小战士的音容还是浮现在他眼前。

蜀道难，蜀道难，难于上青天，白马山难上加难！

几百里的大山让一些人打了退堂鼓，生病无法坚持的、意志薄弱的人陆续提出申请，茫茫大山毕竟不是上海、南京，这里没有青春浪漫和飞扬的理想。当不断遭到散兵游勇和土匪武装袭击的时候，服务团就转变成了战斗队。白雪飞舞，陆枫见队员们行军途中情绪有些低落，清了清嗓子："向前、向前、向前，我们的队伍像太阳，脚踏着祖国大地……"

"背负着民族的希望，我们是一支不可战胜的力量，我们是工农的子弟，我们是人民的武装……"

雄壮的歌声响彻群山之间，仿佛在呼唤那些为中国人民解放事业牺牲的英灵。

李天骄没见过战场，白马山战役刚刚结束，路边经常能够看到尸体被扒得一丝不挂，据说是这里衣不蔽体的山民所为。

李天骄如同一只好奇的猫一般，哪里有动静她就会出现在哪里，郝仁的总结非常到位：一副没见过世面的模样。

携带了一大堆行李特立独行的李天骄几乎被完全孤立，但她丝毫不在乎，她的理论是越优秀的人就越孤单。

陆枫想起昨晚宿营地遇袭，至今还有些后怕。绝大多数女队员惊慌失措的时候，李天骄没有半点儿紧张，不但掏出了勃朗宁袖珍手枪乒乓一阵射击，还顺了一支M3冲锋枪，黑暗中一阵猛烈扫射，差点儿把前来增援的一个连长和一个营长报销了。

大家私下里给李天骄起了一个绰号叫"连营杀手"！

十里不同风，百里不同雨。

在白马山，三里不同风，十里风霜雨雪加冰雹。

白马山的宿营地在一个叫做白马隘口的位置，仿佛置身于云海，景色美是真美，苦也是真苦，几乎没有一分地是平坦的，村民的房子多依靠树木搭建，富裕家庭的铁锅是全家最值钱的物件。

如此寒冷的天气，一个披着麻布片脏兮兮的小姑娘让李天骄仿佛产生了错觉。怎么能有如此生活困苦的人？

在李天骄的印象中，贫穷的概念就是教堂和救济处门口排队领热汤食物的失业者，人有胳膊有腿的哪能被饿死？宿营地真实的惨状让李天骄彻底震惊了，她见过几历战火的外滩依旧霓虹闪烁，金陵紫金山的松柏依然青翠，壮美的山河幅员辽阔，但这里竟然有人为了活下去而绝望地拼命。

这一刻，李天骄终于明白了，为什么国民党会一败涂地，为什么共产党会深入人心。她突然想起了小时候父亲常说的一句话，"让一分利，发不得家"。每到一地就帮乡亲们修补房子，分发原本已不多的口粮，对于解放军的规矩李天骄开始的时候感觉很奇怪，觉得这些事情不应该是军人去做的啊。

而当地的老百姓由最初的恐慌、害怕到情绪激动，口口声声的解放军人民子弟兵，菩萨兵啊！这才是，得民心者得天下。

气温接近零度，望着打着赤脚的小女孩，她那单薄的身体仿佛一阵风都能吹走，李天骄这才意识到这些天以来从程满仓到陆枫、郝仁对自己的迁就和照顾。而这个刚刚成立的新中国还没有彻底解放,满目疮痍百废待兴。

蒙蒙细雨中,李天骄奋力将自己固定好的皮箱卸下来打开,皮草、毛衣、御寒的衣物,蕾丝的礼服裙子,她似乎不顾一切地将自己的所有分给那些在寒风中瑟瑟发抖的妇人和孩子,甚至连她的糖果匣子都分发了出去。在李天骄看来这是她唯一能够做到的事情了。

李天娇头顶冒出了蒸腾的热气,红扑扑的脸蛋上露出了发自内心的喜悦。当她心满意足的进入女同志专属的茅草棚,往日排挤她的赵红霞等人挪了挪地方,把靠近火盆的位置让了出来。夜半风寒,衣服湿透的李天骄这才发现,自己竟然连换洗的衣服都没留!

赵红霞看了李天骄一眼:"呦,资本主义的大小姐今天发善心了?"

李天骄正准备反击,陆枫突然走进茅草棚,把自己的雨衣递给赵红霞等人:"铺在地上防潮。"

正在洗脚的赵红霞微微一愣:"那副队长你呢?"

陆枫微微一笑:"改天让你们见识见识什么是冬泳!"

陆枫拥有丰富的游泳教学理论经验,但本人不会游泳,知道这个秘密的人不多,至于冬泳他是从一个黑龙江的战友处听来的。

随即,陆枫把母亲亲手给自己织的毛衣递给了李天骄:"换上吧,别感冒了,到了重庆记得还给我。"

赵红霞望着那件高领毛衣,她想不通副队长为什么对那个资本主义的大小姐那么照顾,气呼呼地把雨衣丢给旁边的女同志:"都是革命同志,原来也分三六九等,给你们,我不怕潮!"

赵红霞将洗脚盆里的肥皂捞出来,把水用力泼了出去,差点儿泼路过的程满仓一身。

高领粗线波浪纹的淡青色毛衣是母亲对儿子的牵挂和思念,陆枫自己都舍不得穿,李天骄爱干净,给她穿自己还能勉强舍得和接受。对于李天骄同志真正的轻装上阵,陆枫觉得值得表扬,只不过陆枫认为这次轻装似乎有些太过彻底了!

清晨,陆枫整个人都不好了,原因非常简单,李天骄把毛衣的两个袖子拆了变成了毛裤腿,毛衣成了毛坎肩,领子上还缝了一圈她手袋上的狐狸皮草。

欲哭无泪的陆枫真想狠狠抽自己几个嘴巴,望着到处显摆自己手艺的李天骄,陆枫突然发现李天骄通过昨天分发衣服的行动让自己充分地与大家融在一起了。原因非常简单,昨天拥有几个大箱子皮草衣服的李天骄是资本家大小姐,现在一无所有的李天骄成了光荣的无产阶级。

虽然过几天到了重庆李天骄可能有一屋子这样的皮草华服,但是,现在和大家都一样。

有一种人天性乐观,没吃过苦的人认为吃苦是锻炼,很新鲜,就好像李天骄吃野菜一样,总是吃得非常美味,而陆枫嚼在口中则是苦涩难忍。

终于翻越了白马山,一群女同志凑在一起决定炖鸡。

由于附近的山民没见过人民币,李天骄把自己的耳环拿去换了五只鸡，那副硕大的珍珠耳环换几百只鸡怕都不是问题。

赵红霞等人更是采了一大堆的蘑菇，有点儿晕血的李天骄躲开了热闹非凡的杀鸡场面。

鸡汤飘香……

"快来人啊！救命啊！"

呼救声惊动了所有人，程满仓与陆枫、郝仁相继赶到，赵红霞等几个女同志口吐白沫倒在地上，四肢不停地抽动。

随队的医生孙大个是个纯正的二百二红药水大夫。头痛？抹点儿二百二。破皮了？擦点儿二百二。肚子痛？喝点儿二百二。

李天骄赶到后先翻看了一下剩下的蘑菇，很快从里面挑拣出了几朵白色的小蘑菇放在鼻子下面闻了闻："这是白毒伞，它的外形与一些可食用的蘑菇较为相似，极易引起误食，大多生长在树荫下群生，与树根相连。一般新鲜的毒性最大，五十克可致死成年人。"

程满仓焦急询问道："怎么解毒？"

李天骄犹豫了一下："肥皂水，综合毒素，大量灌下，反复呕吐，起到洗胃的作用。"

跟着赵红霞频频尝汤味道的几名女同志被灌入了几脸盆的肥皂水，望着恢复了意识的赵红霞等人嘴里不断吐出泡泡，程满仓松了口气："以后任何人不准在行军途中采蘑菇，发现一个处分一个。"

赵红霞虚弱地询问："给我喝的是什么啊？"

郝仁看了看盆里所剩不多的肥皂水:"肥皂水啊!"

赵红霞看着脸盆眼熟:"哪来的肥皂?"

郝仁看了看拿肥皂的挎包上绣着赵红霞两个字:"你的肥皂啊!"

赵红霞瞬间石化:"那是我洗脚的!"

几名病号和赵红霞顿时又扶着树狂吐起来。

程满仓擦了一下额头的汗:"天骄同志,今天的事太感谢你了,要是没有你,这几个中毒的同志就危险了。"

李天骄微微一笑:"其实我也就是尝试一下……"

第六章
战火纷飞

让一群女孩子团结起来的最好办法就是：给她们一个共同的敌人。

中毒事件之后，李天骄成了女同志的领袖，威信超过陆枫、郝仁，直追程满仓。在女同志中一呼百应，就连往日看不惯李天骄的赵红霞也开始以她马首是瞻。

李天骄往日的冷傲、不屑、自大等等一系列缺点也都变成了优点，有能耐的人就应该是这样的，谁让人家关键时刻能救自己同志的命呢？

分队跋山涉水即将抵达重庆之际，上级派人送来了新军装，终于可以更换军装了，每个人的脸上都洋溢着喜悦的笑容。在换发证件的时候出了点儿小意外，负责填写名字的郝仁因为字丑被李天骄给轰下了台，自告奋勇的李天骄写完最后一个证件名字后，右手颤抖得连筷子都握不住了。

正所谓，吃一堑长一智，但是这一条在李天骄这里行不通，李天骄是撞了南墙非要撞倒撞塌的主,相信遇到黄河也能架一座大桥过去。

新发的军装肥大褶皱,李天骄私下带着几个要好的小姐妹进了镇子找到了一家裁缝店。

一片瓦砾和废墟的镇子在不久之前刚刚遭到过一场大火,被烧掉了一半的裁缝店,店主是个三十多年熟手的老裁缝。

李天骄望着几乎被烧没的房顶疑惑道:"这样还能继续经营?"

满脸褶皱的老裁缝苦笑:"吃饭的家伙还在,手艺还在,人还活着不是嘛!"

没用两个小时就把李天骄的军服改得如同猎装一般贴身尽显身材,配上小牛皮的靴子,李天骄第一次发现原来军装有着别样靓丽的风景。

李天骄的军服让小姐妹们羡慕不已,如果不是因为时间晚了,几乎每个女同志都想把肥大的军装改得合身。返回宿营地的众人与程满仓打了一个照面,程满仓总觉得好像哪里不对劲,却又说不清楚。

此时,山城方向传来了枪炮声,激烈的战斗仍然在继续,夜空被映红了半边天。

午夜时分,程满仓唤醒了陆枫等人,分队全体立即集合。上级通报由于重庆解放形势的需要,西南服务团重庆支队立即组成军事管制委员会,下设七个接管委员会和公安局。。

程满仓带领全部队员前往附近解放军驻地，为防止大部队围困的敌人做困兽之斗，陆枫、郝仁带领一排的战士前往水厂配合地下党同志进行接收，解救关押在那里的进步人士和地下党。

自来水厂已经停产三天了，至今没有炸毁的原因非常简单，驻守这里的宪兵排与保密局行动队存在较大分歧，谁都怕秋后算账，所以一个不肯干，一个不愿全力执行，况且这里还关押了近百名政治犯。

为此，保密局二处副处长蔡锦生带着"临时抓了公差"的李安成驾驶吉普车抵达水厂。城内的战斗仍然在继续，两军战线犬牙交错，没人分得清楚哪里仍然在固守，哪里已经投降了。

途中，李安成从蔡锦生口中得知，自来水厂办公楼还看押着一百多名政治犯，他们此行的目的一是处决这批犯人，二是配合东南技术爆破队炸毁自来水厂。

李安成接到的任务是不惜一切代价务必保证自来水厂的完好无损，但是这里竟然还关押着一百多名自己的同志。面对突发情况，李安成在反复衡量斟酌，两者孰轻孰重？保住这一百多名同志，还是保住自来水厂？能否鱼与熊掌兼得？一时间陷入了两难。

进入自来水厂，蔡锦生当即就后悔了，宪兵排占据了被临时关押政治犯的自来水公司大楼和厂房，保密局行动队则占领了传达室。看似分庭抗礼的架势，实际上保密局行动队这是连大门都没进去啊。

蔡锦生狠狠地给了行动队队长汪富贵几个大耳光,望着对面窗口黑洞洞的机枪,蔡锦生想起了自己去年和警备司令部结下的梁子。因为保密局与宪兵司令部贩卖烟土走私货之争,刚正不阿的他带队处理抓人上报,宪兵司令部一个副司令掉了顶戴花翎,两个少校参谋掉了脑袋。

办公大楼内宪兵排的中尉胡排长给身旁的李继明中校递过一副望远镜:"就是蔡锦生那个龟儿子,日他仙人板板。"

李继明:"解放军的大军进城了,这龟儿子还想让老子给他垫背?传我命令,龟儿子踏进大院一步,乱枪打死,老子给共军立个投名状。"

胡排长咬牙切齿:"这死杂皮儿,整天的戳锅漏、冒皮皮,现在就能突突了他。"

李继明用帽子抽打了一下胡排长:"胡闹,你娃憨了?咱们手里上百个共产党的政治犯,交给共产党就是大功一件,姓蔡的龟儿子心黑手狠,咱们都是拖家带口的,不到万不得已不要跟他死磕。"

恍然大悟的胡排长深深地呼了口气:"我大哥就是这个龟儿子害死的,暂时让他瓜娃子多活几天。"

蔡锦生自然不会站在机枪直射火力之下,躲在拐角处的一棵大树背后观察,笑眯眯地望着李安成:"李老弟,劳烦你一趟怎么样?咱们保密局和宪兵司令部的关系你也知道,有点儿……紧张、紧张,不过李继明跟你素来还不错,老哥我是心里有苦说不出啊,为了党国大业……"

蔡锦生的小九九正中李安成的下怀,但是李安成还是按惯例推脱一番:"蔡副处长,都什么时候了,党国还有屁的大业了?你跟兄弟撂句实话,去台湾的飞机有兄弟一个座没?"

"去台湾"三个字触动了在场保密局所有人的神经,解放军已经进城了,留下来潜伏就等于是送死,这些年从军统到保密局再到国防部二厅,谁也说不清楚,潜伏是死,被解放军抓到甄别出来也是死,横竖都是一个死。

唯一的生路就是去台湾苟延残喘,除了高官之外就只剩下那些"犬马"了,毕竟不论在哪里上官都需要人伺候。

蔡锦生长长地呼了口气:"老弟,不瞒你说,哥哥我恐怕也去不了台湾,我应承了你就等于骗你。"

面对蔡锦生的掏心掏肺,李安成点了点头:"当一天和尚撞一天钟,这事结了,兄弟我也要去找出路了。"

蔡锦生点了点头,大难临头各自飞,现在只要不让他与宪兵司令部那伙丘八打交道就行。

李安成挥动着白手绢走进办公大楼,李继明站在二楼阳台微微一笑做了一个请的手势。

相比之下陆枫的穿插就很不顺利,先是遭遇了大股的溃兵,后来又遇到了民巷失火堵住去路,只好绕路前行。

幸好程满仓总算有惊无险地顺利带队与接应部队会合,但一清点人员便惊出一身冷汗，李天骄等七个女同志竟不见了踪影！回忆沿途与溃兵的交火、过断桥、途中帮一处失火的商铺救人，程满仓实在想不出到底是哪个环节出了问题。

丢人，这可是货真价实的丢人啊！而且一丢就是七个女同志，其中还有一个极为重要的专家。焦躁万分的程满仓抓下头顶的帽子摔在地上："找！"

满脸硝烟痕迹的李天骄带着众人穿行在废墟和瓦砾之中，半个小时前她还信誓旦旦地保证，在重庆她闭着眼睛都不会走丢，可现实是她迷路了，而且是睁着眼睛迷路了。

李安成进入办公大楼，所有的政治犯都看押在南侧的房间里，李继明倒了一杯威士忌递给李安成："老弟，一笔写不出两个李字，五百年前是一家，老弟你路子宽大家都是知道的，点一盏灯，给哥哥指条明路？"

胡排长在一旁抱着汤姆逊冲锋枪蹲在地上叹气："能活，哪个想死？李专员拉兄弟们一把吧。"

李安成深深地呼了口气："解放军的大军已经进城了，城防司令部、警备司令部两天前早就人去楼空了，真难为你们还在这里等死。"

李继明大惊失色："我们可是前天才出发的，这帮丧良心的龟儿子，敢情老子领了任务一走他们就散了？"

李安成来到窗边望着保密局行动队："城里现在只有两种人，

一种是潜伏,一种是遣散,你们属于比较特殊的一种,是为党国尽忠,死得其所!"

李继明咬牙切齿:"兄弟,你肯定有路子,否则你不会进来跟我们兄弟扯闲篇。"

李安成起身:"路子有,看你们敢不敢。"

胡排长把烟头一摔:"舍得三两三,宰相拉下马。"

李安成深深地呼了口气:"去那边敢吗?"

李继明与胡排长对视一眼,李继明惊讶道:"你是?"

李安成微笑:"我是什么身份不重要,重要的是你们选择被俘、投降,还是起义?"

李继明放下了威士忌,掏出手帕擦了擦那并不存在的汗,神情谨慎询问道:"有什么分别?"

李成安望着李继明:"俘虏需要甄别对待,士兵自愿选择加入人民军队还是拿路费回家;军官则要区分对待,顽固不化的,罪大恶极的都要公审公判;至于阵前起义的军官戴罪立功都是有优待政策的。"

"我起义!我起义!"胡排长举着手积极表态,李继明狠狠地瞪了一眼胡排长。

"我们怎么起义?这些政治犯大多都是共产党,够不够我们这些兄弟戴罪立功?"李继明眼巴巴地望着李安成。

李安成点头:"我们演一出双簧,消灭外面的保密局行动队怎么样?"

李继明深深地呼了口气:"奶奶的,这个投名状老子纳了。"

李安成与李继明商量好以宪兵排不愿下手,让行动队自己来,然后将保密局行动队引到广场上再开火将其歼灭。

李继明的喊话让蔡锦生有点儿吃不准,但是为了完成任务,蔡锦生还是决定让一大半的行动队员前往办公大楼接收。

让蔡锦生有些疑惑的是原本要在这里与他会合的代号"过江龙"的东南技术爆破大队并未出现。

因此,狡猾的蔡锦生并未露面,而是躲在远处一棵树后探头探脑,行动队员也都是瞻前顾后。

此时,李天骄带着众人走上一个土坡翻越一道残墙,当她站在土坡的制高点的一瞬间,时间仿佛停止了。

第七章
水厂遇险

人的恐惧来源于外界给予的刺激，肾上腺素激增，脑垂体分泌多巴胺，实际上极度的兴奋与恐惧在大脑反射区形成的印象反射是相同的。

这些理论李天骄都懂，望着面前两伙对峙的武装人员，李天骄发现理论与实际之间是有一道鸿沟的，她感觉到了恐惧最为直接的表现"害怕"。

没有人天生就是勇士！

办公楼前的保密局行动队员们目瞪口呆地望着不远处土坡上突然出现的解放军，而且人数越来越多，自来水厂办公楼内的宪兵也目瞪口呆，解放军的支援来得似乎太快了吧？

李天骄等人发现了一群特务和大楼窗口的国民党兵，眼尖的行动队员发现这些解放军并未携带武器，而且都是女兵？

保密局行动队是见过大风大浪的，宪兵司令部的宪兵也见过大场面，没有武装的解放军女兵说明什么？说明重庆已经被"解放"了啊！

历经艰难走了不少冤枉路，出现在广场对面的陆枫也是一脸震惊，他首先发现了一群站在广场中间不知所措的特务，然后是大楼窗口一脸茫然的国民党宪兵，最后就是站在他对面正拼命挥手的李天骄。

陆枫觉得自己肯定是认错人了，李天骄应该与程满仓在一起的，于是从怀中掏出望远镜观看，真的是李天骄啊！

随即，一个巨大的疑问产生了，李天骄怎么出现在了这里？

此时此刻，知道自己算是起义的宪兵们长长地松了口气，这解放军真的是用兵如神啊！前脚刚刚决定起义，后脚解放军就到了。

保密局行动队的队员们此刻如同置身于翻滚的红汤火锅中一般，跟老共拼了？前面是看着非常不靠谱、极有可能投共的警备司令部宪兵排，两侧是解放军，身后是心狠手辣的蔡锦生，怎么办……

突然，不知道是谁没拿稳武器，还是因为紧张掉落在地，打破了死一般的寂静，虽然只有几秒钟，但是对于无比煎熬恐惧的行动队员们来说仿佛过去了一年甚至更久，徘徊在生死线上的滋味没人说得清楚，唯一的共同点是谁也不想再有下一次了。

"噼里啪啦"一阵声响过后，行动队员纷纷抛弃了自己的武器，趴在地上用一种极高难度的姿势举起双手投降。

郝仁摇头打趣道："低姿卧倒举手投降？敢情都是练过的，这下倒省事了。"

解放军的出现和宪兵排一弹未发，蔡锦生已经明白了，宪兵都反水了，愤恨不已的蔡锦生将枪口瞄准了挥手的李天骄等人。

身在制高点三楼的李安成发现了蔡锦生的行动，于是拽过一挺捷克轻机枪对着蔡锦生连续几个短点射击。

子弹打在蔡锦生藏身的树上，肆意横飞的树皮擦破了蔡锦生的脸，蔡锦生的一枪也打偏了，枪声一响众人全部乱了。

在望远镜的坐标分割线下，水厂办公楼前的小广场乱成了一片，几名全身插满枯草伪装的身影缓缓地倒退着匍匐消失在一道沟坎之下。

随着爆豆一般的枪声响起，原本趴在地上投降的特务们开始到处乱窜，楼上的宪兵漫无目的地射击。躲在墙外的保密局行动队员在蔡锦生的指挥下开始向办公楼进攻，李天骄等人尖叫着躲到了矮墙下，惊恐不已的女孩们都望着李天骄这个"连营杀手"。

脸色苍白的赵红霞在尽力安抚女孩们保持镇静。

李天骄用微微颤抖的手拉动滑套检查了枪膛，发现只剩下一颗子弹，无奈之时赵红霞递过来两枚手榴弹。这是出发前程满仓给每个组的女同志应急的，李天骄分给了赵红霞一枚。赵红霞虽然是边区干部，但是一直负责妇女工作，没受过什么军事训练，更未经历过战斗。

枪林弹雨中，陆枫端着冲锋枪不顾一切径直冲向广场对面，这些女同志千万不能出岔子啊！

一名行动队员扫射土堆，子弹迸溅起的泥土引得女队员们尖叫不已，赵红霞与李天骄对视一眼，在李天骄震惊的目光注视下把手榴弹投了出去，几名冲向土坡想抓人质的行动队员顿时鸟兽状四散奔逃。

停顿了几秒捂着耳朵如同鸵鸟一般的赵红霞才发现没有爆炸声，几名趴在地上的保密局行动队员也忐忑地看着那个带拉火环的手榴弹。

就在几名保密局行动队员准备起身进攻的瞬间，一阵密集的射击从身后将他们击倒在地，陆枫单枪匹马端着冲锋枪冲出了烟雾。

此时，李天骄迅速旋下了手榴弹盖，绷紧拉火环，目光从每一个人的脸上划过，有忐忑、有惊恐、有故作镇定。李天骄深深地呼了口气，拽下拉火环大叫着举着手榴弹冲上了土坡，突然，脚下一滑摔倒的同时手榴弹也脱手了……

郝仁端着一挺轻机枪掩护陆枫，陆枫望着李天骄举着"呲呲"冒着白烟的手榴弹突然冲了出来，而且还摔下了土坡，手榴弹则掉落在不远处。

郝仁刚想推开陆枫，却发现陆枫已经扑向李天骄，郝仁就地一滚，手榴弹"轰"地一声爆炸了。

陆枫觉得屁股一麻，暗道，坏事了，老子挂彩了。

枪声一响起，蔡锦生就在观察如何逃跑，停在水厂门口的几台车连同坐在里面的司机都被打成了筛子。

蔡锦生摸了摸怀里的一个信封，里面装着一张今晚18时盖有城防司令部大印的机票，这是他花了足足二十根小"黄鱼"才弄到的，原本想借着炸毁水厂的事搞个诈死李代桃僵，让李安成这些人充当所谓的证人，趁乱由台湾去日本再去美利坚。

蔡锦生1939年从宾夕法尼亚大学法学系毕业，回国后被当时的军统招揽，是一个绝对的高智商特务，这些年他死心塌地为军统和保密局效力，没想到最后成了一块被随意丢弃的抹布。

从上到下烂到根子的腐败和信仰的崩溃是国民党最致命的问题，但是没有人愿意去管去问，每个人都想着最后捞上一大笔去国外当富翁。国外真的是天堂？蔡锦生经常背后嘲笑这些无知的可怜虫。

当接到潜伏命令的那一刻，他就开始制定逃亡计划，因为蔡锦生非常清楚，自己这张脸在重庆的十八区哪个不认得？哪个敢不给面子？让自己潜伏还不如说让自己送死。

蔡锦生在观察整个战场的势态，办公楼内反水的宪兵和解放军似乎达成了暂时的默契，并不相互射击，反而把火力集中在了行动队身上。

平日里耀武扬威的行动队实际上都是光复之后保密局招收的一些青皮流氓，这伙人作恶多端，却都是空杆的花架子，这会儿遇到了解放军撑不了多久，必须制造更大的混乱自己才能趁机脱身，至于炸不炸毁水厂根本不在他们考虑的范围之内。

蔡锦生发现了一名被击毙的行动队员腰间的两枚手榴弹，于是将两枚手榴弹用鞋带绑紧。

李安成一直死死地盯着蔡锦生这个双手沾满了鲜血的刽子手,就在蔡锦生准备翻墙逃跑之际,李安成举枪瞄准了蔡锦生。

李安成抖了一下手腕:"龟儿子,跑得还挺快,差点儿跑了你个卖凉皮的。"

就在准备扣动扳机的瞬间,忽然,李安成觉得后脑似乎遭到重击,两眼一黑晕了过去,倒下的瞬间恍惚看见一双翻毛皮鞋。李安成清醒之后,发现李继明等人都围在自己身旁,一见李安成醒了,李继明苦着脸:"老哥你总算是醒了,快跟这些同志说说,自己人,自己人,我们是起义的,咱们可是都说好了的,我们算是起义啊!"

郝仁清点了被解救的地下党同志,心情可谓十分愉悦,李安成不顾看守战士的阻拦一把拽住了郝仁:"蔡锦生抓住了吗?"

郝仁一把推开李安成鄙视道:"老实点儿,等着甄别。"

"甄别你大爷,找你们领导过来!"郝仁的态度也激怒了李安成,两人竟然扭打在了一起。

屁股负伤一瘸一拐赶来的陆枫命令战士将两人拉开:"怎么回事?殴打俘虏是违反纪律的。"

眼圈乌青显然是吃了亏的郝仁怒视着李安成:"他骂我大爷。"

陆枫微微一愣:"你有大爷吗?"

郝仁也是一愣:"没有,没有也轮不到一个臭国民党特务骂我啊?老陆你的屁股虽然负了伤,可别坐歪了。"

陆枫望着郝仁的眼圈:"眼睛怎么了?"

郝仁一脸傲气:"我先动手的!"

李安成声音急切:"这位同志,我是地下党,我的代号是鹿鸣,马上派人抓捕大特务头子蔡锦生,他手中有一批重庆保密局潜伏人员名单,立即对水厂生产设施实施严密保卫。"

陆枫眉头紧锁:"你是地下党?代号鹿鸣?怎么证明?"

李安成焦急道:"证明什么?你要什么证明,你把人都集中在办公大楼有什么用?这里炸平了又能怎么样?马上把水厂的生产设施保护起来,要快!"

陆枫犹豫了一下吩咐战士看住俘虏,自己一瘸一拐地走向办公楼。李天骄几个女同志竟在那边哭鼻子,受伤的是自己,她们倒哭得非常起劲。

李安成说他是自己人,之前也有过国民党特务说自己是地下党,但转身就给你一梭子是常有的事。山城尚未完全解放,战斗还在持续进行,提高警惕总是没有坏处的。

当陆枫返回办公楼,李天骄等人的情绪也稳定了下来,对李安成识别身份的请求陆枫完全没放在心上,重庆尚未解放,自己别说与上级,就是与程满仓都无法取得联系,又如何去帮助一个真假难辨的地下党去识别身份?一切都要等战事结束重庆彻底解放。

至于抓什么大特务,重庆的军警宪特人员不下十万,一时也急不来。

"轰!轰轰!轰!"

随着冲击波的扩散,办公楼的玻璃瞬间全部破裂,一片狼藉。

爆炸腾起的冲天烟柱中,橘红色的火光中镁条肆意飞舞,如同烟火一般璀璨炫目。

站在窗前的陆枫,面颊被玻璃破片划了一道口子也浑然不觉,水厂陷入一片火海。

第八章
又是意外

"意外？整个水厂炸得只剩下一片瓦砾，上百万人口中起码四十万人要依靠这个水厂。"

魏政委瞪着一言不发低头认错态度极好的程满仓非常无奈："回去要严肃处理，认真反思，深刻检讨。"

程满仓立即表示："请政委放心，我回去收拾不死两个兔崽子。"

心怀忐忑的陆枫与郝仁进入了程满仓的办公室，说是办公室，其实就是一间坍塌了一半的小学教室。

程满仓面无表情地看了几个人一眼："李天骄呢？"

郝仁立即抢答："跟着给养队去买粮了。"

程满仓深深地呼了口气："说说吧。"

陆枫与郝仁对视一眼，陆枫解释道："队长，这真是一个意外，谁知道那里储存着几千发大口径炮弹？否则不可能炸得如此彻底。"

郝仁帮腔："是啊！没想到这伙狡猾的敌人明修栈道暗度陈仓，除宪兵和特务以外，竟然暗中还派了第三队人，防不胜防啊！"

程满仓皱了皱眉头："意外？水厂炸成了平地，你们两个毫发无伤才是意外，而且你们还扣押殴打了地下党的同志，粗暴对待起义官兵，这些才是老子最大的意外，要是放在老子以前的脾气，打得你们两个猴崽子上花果山。"

郝仁急忙道："报告，陆枫同志的屁股负伤了，七八块弹片。"

程满仓瞪了郝仁一眼起身踱步："这次炸毁水厂是敌人从台湾空投的'东南爆破技术大队'干的，此事上级派了专业的同志去负责水厂的烂摊子。侦察参谋？因为迷路耽搁了四十分钟？你也好意思？还想回主力部队？怎么还嫌丢人不够？你们两个也别一唱一和，戒骄戒躁，吸取这次水厂的经验教训，敌人是不会甘心失败的，重庆十八个区县还有各种敌伪顽匪武装十几万，斗争形势非常严峻，军事斗争解放重庆只是第一步。我们是共产党人，不是什么接收大员，服务团所有人员要时刻牢记为人民服务是我们的宗旨，接收重庆的意义在于要让老百姓过上好日子，明白吗？"

陆枫与郝仁当即一个立正，异口同声："是！清楚，明白。"

两人刚准备离开，程满仓突然道："李天骄同志回来后，让她来我这里一趟。另外你们要给被殴打的地下党同志赔礼道歉，取得人家的谅解，否则就等着关禁闭吧！"

郝仁当即急了："关禁闭？挨打的是我啊！"

程满仓头也不抬批阅公文："这是你态度不端正，工作方法不对导致的。"

郝仁无奈地对程满仓竖起大拇指："队长，你真讲理。"

陆枫与郝仁刚刚走出教室遇到了倚靠着一台吉普车正在点烟的李安成，身穿国民党军服的李安成在进进出出的解放军中非常显眼。

陆枫走近："怎么还舍不得脱？"

李安成深深地吸了一口后掐灭烟头："还有别的任务，我们正式认识一下吧！李安成，代号鹿鸣，1935年入党的老地下。"

李安成并未给陆枫与郝仁难堪，郝仁搓了搓手："之前都是误会，道歉……"

李安成微微一笑："道歉大可不必，我正好有事求你们。"

"有事求我们？"陆枫与郝仁一脸疑惑与不解。

李安成环顾左右："李天骄在你们队上吧？"

陆枫有些不解地点了点头："是的！"

李安成叹了口气："她是我妹妹，从小就能让一大家子人鸡飞狗跳不得安生，想必给你们也添了不少麻烦。"

郝仁点头："何止是麻烦，你那个妹妹属于一刻看不到就上房揭瓦的主，而且特别能说，每次我给她做政治思想工作都会让我产生极大的压力和心理阴影。"

李安成同情地看了郝仁一眼："道歉都是小事情，帮我把我妹妹从服务团里面赶出来怎么样？"

陆枫犹豫了一下："这个还要看李天骄同志的意愿，不过我们会尽力帮忙的。"

陆枫与李安成用力握了握手算是达成协议，望着离去的吉普车，陆枫皱了皱眉头，他不清楚李天骄这个地下党的哥哥葫芦里卖的什么药。但他非常清楚的是，李天骄要是不想待了恐怕没人能拦得住，赶她走恐怕也不是一件容易的事。

战斗刚刚结束，很多人就迫不及待地走上街头打听各种消息，重庆人胆大是出了名的，当年日本鬼子大轰炸，重庆人照样摆龙门阵侃大山。

街头有人，茶馆自然也就开了门，茶馆开了门，各种上了门板的铺子也陆续开了张。老百姓的生活非常简单，一日不劳，一日不食，日出而耕，日落而息。

买米是普通老百姓家庭的一项基本支出和重要活动，因为战事，米价已经一天一个价了。即便如此，很多奸商还是选择囤积，他们幻想着榨干老百姓口袋里面的最后一个铜板。

石塘街的米店前排着长长的队伍，给养组的十来个人也分出了赵红霞几个人去排队，李天骄站在一家正在炒底料的火锅店门前深深地呼了口气："真香啊！"

"凭什么啊！凭什么啊！"赵红霞高八度的嗓音在买米的人群中叫喊起来。

由于是出外采买任务，所以大家穿的都是便装，米铺的伙计见赵红霞是个外地人买得又多，与掌柜的一对眼神就临时涨了三成米价。

赵红霞自然不可能吃这种哑巴亏,手里挥舞着一沓人民币,与店里的伙计带着火气说着各自的家乡方言,你说你的,我说我的,驴唇不对马嘴地争论了起来。

李天骄推开人群挤了进去,留着两撇小胡子的掌柜用一种审视的目光盯着赵红霞,小伙计在一旁营造外乡人欺负本地人的气氛。还好排队的人都清楚地知道米店的掌柜和伙计平日里是怎样的嘴脸,但是为了买米又不好得罪米店掌柜,只能低着头默不作声。

一旁的青皮混混见买米的是几个女的,便不怀好意地吹起了口哨,人群开始出现骚动。

掌柜的用眼角一扫发觉这几个买米的外地人似乎并不简单,心想正值解放军大军入城,非常时期,多一事不如少一事,于是对伙计使了个眼色。

泥鳅一般油滑的伙计自然明白掌柜的心思,落点儿价卖给她们,早点儿打发了这些麻烦。

李天骄皱着眉头进入米店,用手抓了一把大米,里面几乎掺了三分之一的沙子。米行的米都是用木斗装着,这里有一个小机关,加装了一个暗斗,通过圆弧形的米槽底部的两个耳轴,来回摆动让沙子随着米的流出慢慢地掺进去。

掌柜望着赵红霞给的人民币有点儿发蒙:"这是什么东西?"

"这是人民政府的人民币!"

赵红霞的解释让掌柜更加糊涂起来:"哪个的政府?什么币?

这不是捣乱吗？"

李天骄冷着脸把米扣在掌柜面前："这是怎么回事？你是卖米还是卖沙子？"

排队买米的众人纷纷指责掌柜黑了良心，还有人问候掌柜的祖宗十八代，掌柜则毫不在乎地揪了揪两撇胡子："我这可是李老爷的产业，怎么地想要耍？"

几个伙计冲出柜台把李天骄围住，李天骄不屑："李天鹏？他真以为自己是天蓬元帅了？"

"你敢骂李大善人，李半城李老爷！"掌柜的好像得了什么理一样梗着脖子，如同一只打鸣的公鸡一般。

"啪！"一声枪响，掌柜的灵巧地钻入柜台下，伙计们抱头蹲下惊恐地望着高举手枪的李天骄。

李天骄站在了一把椅子上："大家不要害怕，我们是解放军，这奸商一斤杂米掺三两沙子，丧心病狂，今天给大家开仓放粮。"

一阵欢呼声中，赵红霞等人砸开了米仓开始给排队买米的群众放粮，对于打土豪分田地，赵红霞可谓是轻车熟路，反而是李天骄依旧一副苦大仇深的样子不依不饶地把米店的招牌给砸了。

程满仓给自己泡了一杯好茶，所谓好茶是陆枫说茶叶不错，程满仓实际上也喝不出什么滋味，对他来说喝茶不过就是提个神而已。

虽然只是个临时办公地点，但程满仓也打扫得一尘不染，甚至还找来了布帘挡住缺失的玻璃。

门忽然被闯入的陆枫推开,程满仓怒视陆枫:"不知道敲门吗?"

陆枫颇为无奈地转身关门,用力地敲了三下门,结果连门带框轰然倒地激起一阵尘土。

目瞪口呆的程满仓稳定了一下自己激动的情绪,面带微笑:"陆枫同志,你有什么事吗?"

陆枫望着程满仓:"队长,李天骄同志把城里的米铺砸了。"

程满仓差点儿眼前一黑,用手捏了捏额头:"没伤着人吧?"

陆枫耸了下肩膀:"应该是没伤到人。"

程满仓盯着陆枫:"什么叫应该?有就是有,没有就是没有,立即去查清,让李天骄同志立即回来到我这里报到。"

李天骄、赵红霞等人欢快地唱着胜利的歌儿,押着满满一车的粮食和腊肉返回驻地,远远地就看见陆枫和郝仁在门口迎接她们。

第九章
山雨欲来

山城重庆是一座从日寇无差别大轰炸废墟中重建的城市，沿江两侧多是各种小水陆码头和贫民窟。

日本人大轰炸那会儿，有钱人是围着防空洞住的，越有钱住的距离防空洞越近，抗战胜利之后，大多数人都搬进了歌乐山过起了逍遥自在的日子。

李天鹏也是穷苦人家出身，后来得益于大买办邱韦同的看重，把独生女儿嫁给了这个看似敦厚的汉子。从此李天鹏一发不可收拾，左右逢源，十几年的时间家产翻了十几番，因为酷爱买地置业，以至于被商界同行尊称"李半城"。

歌乐山的气候四季分明，夏天少几分酷热，冬天少几分湿冷，李家大宅就坐落在一处竹园雅居当中。

李天鹏哼着小曲饮着下面孝敬来的大红袍，庭院里一名身材婀娜的女子捧着琵琶轻声哼吟，女子不时与李天鹏眉目传情，惹得李天鹏连连叫好。

一阵密集的高跟鞋踩踏地板的声音，浓妆艳抹的二姨太怒气冲冲地走进小院："死鬼，你还有心思听曲？家里的米铺都让人给共产了，哪天我也被共产了你就高兴了。"

李天鹏皱了皱眉头："胡说什么？共产党讲信誉、守规矩，比国民党强太多了，米铺是天骄砸的，也是她分的，原本就是要给她的嫁妆，她想怎么样就怎么样。"

二姨太本家姓饶，花名饶牡丹，本是成福楼的戏子，下九流行当里的翘楚，当年也是美得天仙一样的人物，要不然也进不了李家大门。可惜年轻的时候练功练坏了身子，没能留下一男半女，大房的一双儿女也出息得要紧，所以饶牡丹十分担忧自己的未来，对家里的钱财格外上心。

饶牡丹见李天鹏根本不上心，阴阳怪气道："你个天蓬元帅，就是个猪，败家儿子还不够，又回来一个败家女儿，这得多少钱够他们败的啊？合着女儿砸自家的米铺分了十万斤米，儿子共产党捐了几座厂子，这个家迟早得败光。"

李天鹏皱了皱眉头："共产党怎么了？共产党进城抢你的还是烧你的了？十几万大军秋毫无犯，你见过这样的队伍？你给老子滚出去！这个家是老子一手打下来的，靠的是诚信二字，有你什么事？滚蛋。"

饶牡丹一见李天鹏发飙，气得一跺脚转身离开了，李天鹏丢给抱着琵琶的女子一个锦袋："继续弹！"

李天鹏深深地呼了口气，李天骄从美国一动身电报就发出了，他知道自己这个女儿是个能撞倒南墙的主，管不如疏，有本事能惹天大的祸出来，连累你老子一起被雷劈了，这就是李天鹏教育女儿的核心思想。

当初起名的时候也是没文化疏忽了，给自己女儿起名搞得好像跟自己一辈一样，李天鹏对于"天"字可谓是情有独钟，事情再大能大过天去？

对于儿子李安成也是无语了，原本以为会是一个大学生光耀门楣，结果成了千夫所指的国民党特务，自己也忍了，山城解放他反而莫名其妙地成了"军属"？自己儿子居然从上学那会儿就瞒着全家加入了共产党？

合着这些年一家子人都在走钢丝？玩命不是这个玩法啊！这可是一大家子人啊！李天鹏寻摸着找个机会给李安成一顿家法伺候，又担心现在新国家、新社会不让打人，尤其是打解放军。

唉，李天鹏叹了口气，小时候打少喽……

转念想起自己引以为傲的女儿，在美利坚都是数一数二的大学府，女儿要回国，政府和学院都派人挽留，还强行扣留了三个月，在自己美国朋友的疏通下才放行。

李天鹏虽然没什么文化，但人情世故，事理还是明白的，这说明什么？说明自己女儿是真正有本事的，要不然美利坚国凭啥拦着你不让走？要是只会吃喝的酒囊饭袋，一早就被扫地出门了。

骄傲，值得骄傲，但是头痛也是真头痛啊！将来嫁给啥子人哟……

坐在程满仓办公室的李天骄一副悠然自得，仿佛立了大功等待表彰一般，陆枫其实也挺佩服李天骄，换成是他只能吃个哑巴亏，万万不敢手枪一掏"砰砰"两声，给老子把这奸商的粮食分了。

以事论事，陆枫和郝仁这次都站在李天骄这一边，但李天骄毕竟严重违反了大军入城的十六条政策。用郝仁的话说，这要放在自己身上够枪毙的了。

程满仓脸色铁青，陆枫和郝仁水厂的事才算放下，这边李天骄就带人打砸哄抢米铺，还美其名曰打土豪分田地。这是土地革命战争时期的口号，不适用在解放战争期间，而且也不适用在大城市。

政策是好的政策，要看执行人和执行的时机与地点，程满仓揉了揉太阳穴："李天骄同志，米铺囤积居奇，掺沙子售假固然可恨，但可以反映给军管会的同志去处理，我们怎么能擅自行动呢？"

"铃，铃铃！"

电话铃响起，程满仓拿起电话脸上当即浮起笑容："魏政委，怎么敢劳烦您在百忙之中来电话，一个米铺囤积居奇往大米里面掺沙子，同志们看不过眼，帮他们把沙子和米分离一下，助民而已。"

电话另外一端的魏政委觉得自己的智商受到了侮辱，和稀泥的事情他以往也干过，但现在市商会的各路神仙挤满了他的办公室，一个个义愤填膺让他给个说法。大军入城秋毫无犯，突然打砸米铺让众人惶恐不安，甚至提出变相的罢市威胁。

魏政委顶着巨大的压力，新政府虽然还在军管会接管阶段，一切还不能操之过急。重庆是敌人经营多年的老巢，很多敌特匪帮根深蒂固。不仅仅是敌人，很多人的目光也在盯着重庆。对重庆的政策和态度关系到整个大西南未来的繁荣和稳定，解放大西南仅仅是第一步而已，建设大西南可能要一代人甚至几代人的无私奉献和牺牲，任重而道远。

程满仓的头是真的痛了，处理李天骄？怎么处理？人家接不接受？撂挑子怎么办？铁一般的纪律是对自己和陆枫、郝仁这样接受党的教育和战争洗礼的共产党人的，对待李天骄这样的归国专家还要有一个缓冲，欲速则不达的道理程满仓是明白的。砸米铺的事情肯定是闹大了，要不然自己去魏政委那里检讨认错，给重庆的工商界赔礼道歉？赔偿？没钱啊！

理直气壮的没钱，砸个囤积粮食的奸商米铺还要赔礼道歉，这算什么事啊？

李天骄似乎也有些不耐烦，紧蹙眉头地看着那张沟壑纵横的苦瓜脸，脑海里却浮现出之前轰轰烈烈分粮的一幕，那种从未有过的成就感像潮水一般在内心深处激荡，久难平复。

"我没错，严厉打击那些弄虚作假囤积居奇的奸商是我们的当务之急，否则市场就会畸形发展，经济就会出现严重问题。"嘴角露出一丝笑意的李天骄用白色绢花手帕优雅地擦了一下手，若无其事地笑道。

你个女娃子懂个球？魏政委的意思是凡事要从大局着想，不能因小失大，若此事处理不好很可能引起重庆工商界的抵触，由此及彼，接管工作会陷入极为不利的被动局面。从政治高度而言，这是无法原谅的错误!

更让程满仓头疼的是,这位牙尖嘴利的大专家现在还没认识到自己的错误。或者说,错误已经酿成,现在不是追究她责任的时候,而是该如何挽回。

"道歉!"程满仓半天才从牙缝里挤出两个字,随即抓起皱巴巴的军帽快步走出办公室。

李天骄愣了一下:"为什么啊?我又没错……"

架在火上烤的滋味很难受!若此事处理不好,会严重影响解放军的声望,更会给那些居心叵测者以口实,后果不堪设想。魏政委有一句话说到点子上了:亲者痛,仇者快。

程满仓现在才琢磨明白这几个字的意思。

"要给商会一个交代,错就是错,对就是对,是非不分是混球!"锐利的目光瞪一眼李天骄,程满仓忽的感觉喉咙里如同堵了一块棉花团,憋得喘不上气来。

替天行道,砸仓放粮,这种行为若在古代应该叫做"义举"吧,但放在李天骄身上好像不合时宜。

程满仓赞成打击奸商,但接管工作不是简单的"打土豪分田地",弄不好鸡飞蛋打不说,还得挨组织批评。程满仓搜肠刮肚之后,终于决定以"违反进城接管的组织规定"为由惩戒李天骄!

"Justice delayed is justice denied!"

"说啥呐?"李天骄一着急冒出来一串英语,迎来的却是程满仓更严厉的目光。

李天骄想要仔细给他解释一下什么叫"正义会迟到，但从不会缺席"，却欲言又止。迟到的正义对于受害者又有什么意义呢？哲学思辨即便是真理，在权威下却一文不值！

第十章
检讨大会

入城接管工作千头万绪，想要面面俱到做好谈何容易。但在程满仓看来，想要这位留学归国的经济专家低头认错更不容易。一口咬定自己没错的李天骄在程满仓严厉的"压制"下，终于答应公开道歉。

这是一个不小的进步！

从美利坚的耶鲁大学学成归国的李天骄在众人的眼里是高高在上的存在，她的一言一行一举一动都会牵动队里的某些人。譬如赵红霞们，原本以为这位喝过洋墨水的资本家小姐是斗争的对象，孰料却成了同志！

正在想着心事的赵红霞看着低头沉思的李天骄："我也有一份，咱们队每个人都有一份。"

"有一份什么，掺了沙子的米吗？"李天骄长长呼吸一下，眼角的余光扫视一番简陋的会场，台上的程满仓正在诚恳地讲话。

语调抑扬顿挫，声音铿锵有力，逻辑却有点儿混乱。一般擅长和稀泥的人车轱辘话说得比较溜，但李天骄听了半天只听懂一句：现在的革命形势，你娃懂个球咧？！

会场第一排，是经过魏政委批准来参加致歉大会的奸商代表，这些在阴谋诡计里摸爬滚打了半辈子的家伙，对程满仓的道歉似乎不以为然。他们都想看看那个打砸米铺的罪魁祸首到底长什么样。

重庆的形势错综复杂，前天还在国军手里的地盘，转眼间就"改朝换代"了。之前为了生意铆足劲儿谄媚国府大员们的大小商户们还没从这场惊变中醒过神，都想借李半城家米铺被打砸之机给那些赤色分子以颜色，顺便试探一下水深。

不过让他们没想到的是，李家米铺没有派人来，不要说李半城没来，就连被打砸的米铺小伙计也不见影子。

苦主不现身说明了什么？李天鹏是重庆十八区出了名的"猴精"，狡兔有三窟，他估计得有八洞十窟。这个时候不出现，那一定是为自己在铺后路，估计有六个八个甚至十二条后路！几个奸商的眼神一碰，就知道其中必有玄机。

程满仓如鲠在喉，自己都不知道刚才说的是什么。从入城接管工作说起，讲到了全国革命斗争形势，讲到了上海接管工作进展，讲到了要肃清国民党残渣余孽等等，偏偏没有提及道歉一事。

唯一的顺带提一句的是：不要"挂羊头卖狗肉"！

"程队是全才啊！"郝仁捧着笔记一边记录一边唏嘘不已地对陆枫感叹道，倘若自己有程满仓一半的水平，早就成了国家栋梁之材了。

陆枫紧锁眉头地思索着，其实他什么都没听进去，来这里不过是程队长严格要求的。他认为这么长时间李天骄只干对了一件事，那就是砸米铺分粮食。

"你以为那帮人是善类？第一排左侧戴礼帽的，明显是个包打听，他旁边的是小报社记者，后面的是火锅店掌柜的，旁边三个是木材商，其余的都是陪绑来的。"以陆枫毒辣的眼光，一眼就看穿了他们的真面目，进场的时候已经下了戒备令，以防万一。

明枪易躲，暗箭难防。能在枪林弹雨里囫囵个活下来的人，都有极强的自我防范意识，不过陆枫认为伤人至深的不是子弹，而是软刀子。

郝仁惊然地望着会场："这事弄不好明天会见报？家丑不可外扬啊，这个'连营杀手'害惨咱支队了！"

害惨支队的未必是李天骄，更何况她已经不是第一次这么蛮干了。有一个重大的任务始终压在陆枫心头令他透不过气来，借开会之机好好揣摩一番才是正道。

经常干出惊世骇俗之事的人，不是旷世奇才就是世所罕见的蠢货！

正当程满仓擦着脖子上的汗的时候，救驾的终于登台了。李天骄的出现让第一排的商户们出现了短暂的骚动，本以为打砸李家米铺的一定是台上五大三粗满脸褶子的程满仓，没想到是个女流之辈。

敢情李半城家里的伙计们都是废材。几个愤愤不平的奸商怒目而视台上的李天骄，恨不得用唾沫星子惩罚这个让他们既恨又怕的罪魁祸首。其实他们都知道"事不关己高高挂起"这句处事箴言，但现在不得不强出头。

并非是为老李家出头，而是给自己一条后路而已。此中逻辑玄妙之极，非一般老奸巨猾者能参透的。

"严惩顽凶！"

"还我公道！"

"赔偿损失！"

伴随着看似愤怒却毫无底气的嘶哑的叫喊声，台下人群突然骚动起来。城门失火殃及池鱼、唇亡齿寒之类的大道理在他们心里已经根深蒂固，而踹开"城门"的野蛮人正在台上泰然自若，这让奸商们很惶惑，很不安，也很不舒服。

"我……道歉……"李天骄不屑地扫视着台下骚动的人群，手不自然地按了一下腰间，才恍然记得枪已经被程队长收回去了，索性昂起头，风中凌乱的头发遮住了她的眼睛："向吃了几年掺沙子粗米的老乡们，向饱受哄抬物价之苦的市民们，向备受打压的、不敢反抗的小商小贩们——道歉。"

一石激起千层浪。

"有点儿意思！"郝仁咽了口唾沫，望一眼脸都绿了的程满仓，没想到"连营杀手"也有温情的一面。

会场上出现了更大的骚动，除了支队队员和前来兴师问罪的奸商们之外，看热闹不怕事大的人大有人在，他们都想亲睹打砸李半城家米铺的主儿到底是何方神圣，没想到第一句话就石破天惊。

这个青瓜皮是个拧种，南墙撞不倒不回头！程满仓没想到李天骄会说出劳苦大众的心声，之前在美利坚喝了几年洋墨水的女娃子，咋知道远在天边的重庆水深火热的呢？

李天骄深呼吸一下："没有五音难正六律，没有规矩不成方圆。经商就要遵循市场经济基本规律，任何扰乱经济规律的行为最终都会遭到市场的惩罚。"

市场的惩罚？真新鲜！如果说把那些草民兜里的钱骗到自己的腰包是惩罚的话，就让惩罚来得更猛烈些吧。台下有头有脸的商户对此不屑一顾，他们倒是对李天骄紧致的身材感起兴趣来：这样的女人在重庆估计也绝无仅有，竟然是打砸李家米铺的罪魁祸首？

"砸米店分粮是为了米店好……"

米店被砸，粮食被瓜分，到头来是为了米店好？简直是谬论！几个商户瞪着猩红的眼珠子大喊大叫，骂李天骄是土匪，程满仓的心已经是七上八下地敲边鼓了：怕什么来什么！

三大纪律八项注意，不拿老百姓一针一线等等，就是防止被老百姓骂"土匪"两个字。咱们是人民子弟兵啊，是老百姓的队伍，是纪律严明的解放军，不是胡子麻匪。可李天骄明白这个道理吗？

李家米店掺沙子之后还哄抬物价，真正损害的是谁的利益呢？表面上看是购买者，但其商誉受损，加之其他米店跟着哄抬物价，导致米粮价格和销量下滑，所有商家无法从中获取更大利益；而老百姓对奸商们无不痛恨至极，又导致整个市场的公信力和信心遭到进一步打击。若因此陷入恶性循环，受到损害的不仅仅是商家、老百姓，而是整个重庆的经济基础。

经过李天骄有板有眼的分析之后，最后总结出一个让在场所有人都震惊的结论：打砸李家米铺，挽救了整个重庆经济……

人群一阵骚动，先前那些还信誓旦旦要惩罚李天骄的奸商，一个个都沉默不语。这是他们听到的最有价值的"歪理邪说"，老奸巨猾们只想通过打砸米店事件将怒火烧到接管会，从而阻滞接管工作，却没想到搬起石头砸自己的脚。

"李半城养了一个好姑娘！"门口一阵骚动之后，对程满仓不放心的魏政委突然出现。李天骄在台上的慷慨陈词竟然打动了魏政委，他颇为赞赏地点点头。

满头大汗的程满仓挤出会场来到魏政委一行面前，抹了一下脑门上的汗水："领导大驾光临有失远迎啊……我寻思着请您为商会主持公道呢，谁承想李专家又在风言风语……额管不住她的嘴哩！"

这些曾在战场上冒着枪林弹雨的英雄，一旦离开他们最擅长的战场之后，竟然对接管城市之类的工作手足无措起来。面对李天骄有礼有节有据的演说，程满仓除了双手赞成之外，毫无办法。

"我在来的路上就感觉耳根子热，敢情专家在说打砸有理？"魏政委无奈地望着台上正在演说的李天骄，心下却暗自激赏：不愧是学经济出身，只怕她还不知道那是自家的产业吧？

热汗"唰"地流下来，程满仓也没想到李天骄把道歉大会开成了自我表彰大会，就差颁发荣誉证书大红本了。不过台下那些方才还群情激愤的奸商咋没反应呢？该不会被专家的一席话给唬住了吧！

魏政委长出一口气："我们要检讨的是工作方式，要站在劳苦大众的立场上，审视接管工作的问题，更要站在政治高度上考虑重庆的长远发展……"

要不您上去说几句？估计又是那些老套的说教，什么"组织纪律不可违"啊、"军规军纪不可逆"啊，诸如此类。程满仓在电话里已经领教了魏政委批评的力量，无形中的力量比有形的惩罚更让人受不了。

"政委说的是，为长远考虑，砸米店有理……"

会场上响起了雷鸣一般的掌声，第一排几个奸商竟然擦着眼睛，两个肥胖的家伙已经灰溜溜地跑掉了。李天骄刚想要哈哈大笑，却发现会场外两个熟悉的影子，一晃儿不见。

第十一章
江枫渔火

李天骄的"歪理邪说"让陆枫耳目一新，而且取得了"战略主动"。这种"胡萝卜加大棒"的战法让那些心怀叵测的奸商几乎找不出发难的由头。

而安插在会场上的几个想浑水摸鱼的青皮，不知道什么时候竟不见了踪影，打听了一下才知道是被工作组请去"喝茶"了。

知己知彼方能百战百胜，奸商们还不知道这一切都是拜陆枫所赐：会场是经过精心布置的，混进来的青皮每个人都会有两三个队员跟盯，还没等他们行动便被拉出去查人头了。

"我猜程队估计正跟魏政委邀功请赏呐，这回'连营杀手'给咱支队添了不少彩儿！"郝仁一边扣上风纪扣一边笑道，"魏政委是来看程队难堪的，如果让那帮奸商给欺负住，接管工作就玩完了……"

陆枫一向不喜欢议论他人是非，但郝仁的一席话让他多想了一层。布置会场是按照程满仓的命令，用两个多小时查实了所有参会人员身份，鉴别出十多名混迹码头的青皮混子。

程队预料的不错,奸商们来者不善,定然会发难。如果按照陆枫的主张,道歉会上戳穿那帮奸商的阴谋诡计,抓他个现行,然后曝光于天下。不过这个激进鲁莽的计划被程队毫不留情地否决了。

前面的计划执行得不错,但后继计划没机会执行。原因很简单:没有算计到李天骄的完美"出演"。

奸商们以打砸李家米铺为由发难的目的没有达到,接管会暂时度过了危机。目前需要厘清的是,此次事件背后是否有人操控?操控的人是否是敌人行动的一个步骤?如果是,操控的人是谁?

任何简单的事件背后都有极为复杂的内在联系,如果被表面的简单所迷惑而忽略其背后的复杂,成功便会成为水月镜花。陆枫当然明白这个道理,所以才暗中派人去摸查那两个奸商的背景,估计明天就会有结果。

至于混迹于水陆码头的那些青皮混子,不过是随时可弃的棋子罢了。

陆枫跳上掉漆的吉普车,打着火,看一眼还沉浸在会场氛围里的郝仁:"人外有人,天外有天,上车。"

美式老吉普车的屁股冒着黑烟冲上街道,待张牙舞爪的李天骄跑到门口的时候,只看到了一溜车烟。

程满仓看了一眼手表,时间恰好下午五点整。按照计划,这会儿陆枫应该站在他面前汇报工作的,一场道歉会打乱了一切。

程满仓脸上的褶子此刻舒展多了,但看到正在望着街道发呆的李天骄之后,眉宇间又拧成了一个疙瘩:"你娃咋不去工作,发个球呆?"

李天骄理了一下长发,发梢差点儿扫在程满仓的褶子脸上,得意忘形溢于言表。方才的即兴演说让她畅快淋漓,看到那些像斗败了的公鸡狼狈不堪丑态百出的奸商们,李天骄有一种说不出的成就感。

"道歉会用时一小时零五分钟,超出下班时间十五分钟,您已经违反了自己制定的规矩,要不给我十五分钟的报酬弥补我的损失,要不我去魏政委那告您剥削我的私人劳动果实,二选一,您决定。"李天骄戏谑地笑道。

啥子规矩嘛,老子打天下出生入死大公无私,你钻进了钱眼里了?程满仓对李天骄这种近乎敲诈式的威胁已经产生免疫力,满脸褶子笑开花,摆摆手掉头就走:惹不起躲得起!

李天骄整理一下不甚合身的军装,冲着程满仓的背影喊了一声:"程队,我去和闺蜜喝咖啡……有事明天找我!"

穿过两条街,钻了三条胡同,却没有找到陆枫的那辆车。望着冷冷清清的街头,李天骄有些怒火中烧,心里不知咒骂了陆枫几百次。

身在城中不见山,却美其名曰山城。陆枫突然想起了"不识庐山真面目,只缘身在此山中"的况味:并非是身在山中,而是不识真面目。隐蔽在暗处的国民党余孽们不是省油灯,不经过一番斗争怎么会彻底消灭他们呢?

江风飒飒,阵阵凉意涌上心头。

人的脸上不会刻字,想要在百万人口的山城重庆挖出潜伏的敌人,无疑是大海捞针。而这种细致活计不是谁都能胜任的,譬如那个眉毛胡子一把抓的程队,打阵地战的一把好手,但用打阵地战的法子抓特务,一准鸡飞蛋打!

望远镜里的十字花边缘地带出现了江防阵地模糊的影子,陆枫居高临下已经观察了半个多小时,没有发现任何异常情况。

"哒哒"的声音不断响起,郝仁手里的打火机不由自主地磕打着车门,单调却很有节律。

按照约定,五分钟后会有人来。

"姓李的该不会放咱们鸽子吧?"

郝仁点燃一根烟,却在剧烈的咳嗽声里被陆枫抢走,直接用手掐灭,空气中传来烤肉皮的味道。

人狠话不多,说的就是陆枫这种人。

"水厂那档子事如果没有李安成能不能有另外不同的结果?"这件事在陆枫的心里形成了阴影,每每执行任务之前都要在内心检讨一番,心里才好受些。

郝仁磕了一下打火机,故作深沉地摇摇头。

"能还是不能?"

"不知道。"郝仁若有所思道,"其实那会儿我当他是国民党杂鱼了,过后分析才晓得都是'连营杀手'惹的祸,要不咱就旗开得胜了。"

郝仁的结论是队内的共识，连程满仓都这么认为，其实不然。至少在陆枫的潜意识里，他认为决定那一战战局的有两个人，一个是李安成，另一个就是李天骄，至于自己则无足轻重。

因此一战，让陆枫极为恼火，无关战术问题，而是临战应变失当所致。

郝仁询问的目光看向陆枫："能不能问一个正常点儿的问题？比如那个资本家小姐……喝的咖啡是啥子味道之类的。"

其实在陆枫的心里已经回答了郝仁的疑问：李安成所提供的信息准确无误。

只是在事情没有发生之前，任何人都有怀疑的权利。不同的是，郝仁在深度怀疑李安成的身份，而陆枫怀疑江防舰队是否真的会起义！

国民党在陪都重庆深耕了十年，这里发生的和即将发生的一切都值得怀疑。风云变幻的形势如同精心设置的迷局，身在局中而不知者大有人在，譬如那些拒不投降的死硬分子，譬如行走在黑白之间的青皮混混，再譬如对面即将起义倒戈的江防舰队。

"咖啡很苦。"

陆枫的声音被江风带走，传进郝仁的耳朵里已经若有若无。就在此时，远处飘忽着一点渔火，一条舢板顺江而下，并没有作任何停留。

船上无人。

一艘无人的舢板能说明什么问题？或许是哪个粗心的家伙没有

系好船只而已。一阵汽车的轰鸣,破旧的吉普车隐没在黑暗的江边,郝仁不安地抓住车门把手,感受着非一般的颠簸。

江枫渔火对愁眠。

如果所猜不错的话,对岸的江防舰队发生了不可逆转的事情,而李安成无法抽身赴约,放了一只空有渔火的船报信。

如果真的是这样,到底发生了什么事?

李安成在哪儿?

一系列问题揪着陆枫的心,纵有无数的问题却无法解读出来,令他心急如焚。

"在没有敲定起义时间和作战细节的情况下,我们无法做出正确的判断。"

"你说的对。"陆枫咬着嘴唇,兹事体大,不得不察,不得不向程满仓汇报,甚至必须通过军管会,必要时应该动用军队去接应起义的舰队。

"那艘破船不可能是江防舰队的,所以也无法判断是否是他们释放的信号,而且信号无意义。"

陆枫不想解释太多,其实只一条便足以说明问题:李安成没有及时赴约,而在赴约的时间却出现了一条空船。难道要李安成扯着耳朵告诉自己起义出现问题了吗?

不可否认,郝仁是优秀的思想工作者,但绝对不是一名优秀的侦察员。陆枫长出了一口浊气:"当务之急是找到李安成,我要知道究竟发生了什么事。"

"丁零零！丁零零！丁零零！"

一阵急促的电话突然响起，程满仓三步并作两步跑进了办公室，一把抓起电话，里面却传来一阵忙音。

"混球王八蛋，一定是陆枫那小子！"程满仓摔了电话，一屁股坐在凳子上，拔出腰间的烟袋在烟口袋里使劲按了一下，然后点燃，"吧嗒吧嗒"地抽起来。

十多分钟时间，程满仓盯着的电话始终没有响。

美式老爷吉普车在溜光的青石路上颠簸，穿过雾蒙蒙暗夜的车灯，终于在接管会门前停下，两名站岗的队员挪开路障，汽车呼啸闯入院子。

门被撞开，惊得程满仓豁然站起来，手下意识地按在腰间的枪把子上："你个瓜皮，电话刚到人咋就进来咧？"

"程队，事情有变，李安成恐怕有危险。"陆枫把皱巴巴的军帽摔在桌子上，抓起程满仓那只斑驳的搪瓷缸喝了一大口水，"必要的情况下立即请示军管会出动部队，我们的人手不够。"

程满仓狐疑地看着陆枫："你娃没接到头儿？"

"还有，确定一下李天骄的位置，我担心她会坏事。"

"你娃脑袋瓜坏掉咧还是中了那娘们的邪？！李专家去约会，跟别人去喝咖啡咧……"程满仓一头雾水地点点头，抓起电话却迟迟没有打，潜意识中感觉自己错过了一个极其重要的电话，而现在却不知道打电话的究竟是谁。

郝仁感觉陆枫是不是有点儿小题大做了，李天骄并不知道他们的任务，何来"会坏事"一说？难道被女人搞晕头了不成？索性稳定了一下心神，中规中矩道："程队，跟我们接头的人没来，却来了一条空舢板，陆枫判断事情有变，所以才急三火四地回来向您汇报，请指示。"

简单得再也不能简单的任务被陆枫搞得错综复杂，单凭一艘无人的舢板就断定出事了？岂有此理！

第十二章
十万火急

按照陆枫的推测，那艘载着渔火却空无一人的舢板是李安成发出的预警，乃"火急"之意。但却被程满仓批得体无完肤，警告陆枫立即带人去找李安成，不拿到准确信息别回来见他。

想要在最短的时间内找到李安成谈何容易？他是重庆十八区的"天地线"，而初来乍到的陆枫一出接管会的门就会蒙头转向！

郝仁铺开巨幅城区地图，三个人借着晦暗的灯光仔细查看。陆枫在方才约会地点插了一根牙签，然后逆江图寻找可能下放舢板的渡口，程满仓微眯着眼睛看着地图，一言不发。

最大的码头是朝天门，沿江遍布大大小小的渡口无数，但李安成总不会在那个三教九流汇聚之地放一只空船吧？程满仓焦急地看着地图，上面的文字跟蚊子腿似的，根本看不清。另外，大字不识一箩筐的程满仓也认不全上面的字。

他看着陆枫憋了半天才挤出几个字：距离江防营地最近的渡口在哪儿？

还未等话音落地，陆枫一指头撮在地图上，上面立即捅了个窟窿！

江防舰队征用的是临时码头，码头对面是江北区，扼守长江水道之咽喉。战时出入重庆势必要过江防这道关，而沿江的小码头都被取缔，为确保江防安全还在南岸设置了江防火炮阵地。

"到底是哪儿啊？你个瓜皮把地图弄破了！"程满仓心疼肝疼地嚷嚷道。

陆枫擦了一把额角的冷汗："报告程队，船是从江防营地临时渡口放出来的！"

陆枫率领郝仁和几名队员风风火火地冲出了接管会，后面传来程满仓粗鲁的喊声：多带几个人……

接管委员会分成十个局，人就那么多，分到陆枫这里只有区区十几个人，除了郝仁之外还有几个队员，想要以这几个人去执行接管起义舰队的任务简直是天方夜谭！是不是应该请示魏政委调用军管会的同志充实一下自己的队伍？

山城重庆虽然没有南京那般繁华，但在国民党的经营之下也显露出陪都的风范。自清末开埠以来，重庆便成为四方商客的聚集之地，三教九流藏污纳垢，中西兼具合璧天成。

1929年，国民党直辖重庆，将这里作为临时政治经济中心，继而让山城愈发大气起来。

酒肆茶馆商铺林立，临江步道烟火气十足，有美轮美奂的霓虹闪烁，也有忽明忽灭的渔火入眼，东面的火锅飘香，就着西面的川曲小调和清酒入味，显得这里与南京、上海并无太大差别。

唯一的差别在人心！

那些用了毕生精力钻营的国民党余孽们惶惶不可终日，在没有赶上党国最后一班飞机之后的他们，砸了曾经的金字招牌烧了青天白日旗之后，戴着面具混杂在这个五方之地，面具下是一张张魑魅魍魉的脸。

走水路是唯一逃出生天的法子，怎奈现在每周才一班轮渡出渝，待熬到了船票过期也不敢登船。眼睁睁地看着有几个抱着侥幸心理登船的，被穿着皱巴巴黄色军装的解放军给押走了。

红色的法国干红散发着淡淡的甜香，小块冰糖撞击薄脆玻璃杯发出悦耳的声音。秦晚晴优雅地喝了一小口红酒，浅笑道："女人啊，就得对自己好一点儿，才不枉在这世间走一遭，那些臭男人是靠不住的，今儿跟你沉睡温柔乡甜言蜜语，说不定明天就弃如敝履，投到了别的女人裙下。"

李天骄望着对面吧台的电话发呆，似乎没有听见秦晚晴的话。此时，秦晚晴忽地凑到李天骄近前，神神秘秘道："你的真命天子找到了吗？不妨让我也见识见识呀！"

"时间不早了，该回去休息了。"李天骄闪躲一下，那种淡淡的略显刺鼻的香水味道有点儿不适应，虽然自己之前也用过，但自从加入接管会之后就抛到了脑后。

这是李天骄第三次提出回去休息了，之前的两次都被秦晚晴婉拒,美其名曰两个人见面不易,怎么能这么快就此别过呢?

女人心棉里针。李天骄至今还记得最后一次见这位闺蜜还是在几个月前的美利坚,在学校附近的一家名不见经传的咖啡馆里,她就像幽灵一般出现在自己的眼前。异国他乡的"不期而遇"让李天骄兴奋了多日,原因很简单:彼时彼地,天涯沦落。

"我已经跟伯父请示过了,他老人家允许你玩到午夜,我们莫不如换个地方耍耍,去朝天门如何……"秦晚晴纤软的手轻轻地拍打着天骄的香肩轻笑道。

那是一只沾满了人血的手,有时候也会沾染动物的血,因为外科专业出身的秦晚晴曾告诉自己,解剖学是她的最爱。一个女人竟然喜欢解剖学?李天骄不敢恭维。

不过此刻她心底隐藏的焦急并非是此事,而是陆枫!

陆枫率领队员去执行什么任务,李天骄却对此一无所知,组织纪律使然。但不知为什么,李天骄对同组的那些老学究一点儿也不待见,没事总会往公安队跑,经常用数理分析心理,让陆枫不胜其烦。

就在道歉大会开始之前,李天骄从郝仁的嘴里获悉一件很重要的信息:江防舰队有军人要起义投诚。说者无心,听者更无心,李天骄隐约感觉到这位絮絮叨叨的郝仁不过是诉苦而已,原因是自己砸了米粮店给他们惹了麻烦。

郝仁对这位"资本家小姐"基本不设防,在他看来"同志"二字就是金字招牌，更何况他们是西南服务团的骨干队员呢！

用陆枫的话说，老子宁愿在战场上刺刀见红流血牺牲，也不愿意在大后方的蜜罐里养尊处优。不过经过水厂一战让陆枫感受到了现实的压力：接管工作任重道远。

"两千多革命干部为啥来重庆？额们是解放重庆的排头兵，你个女娃子以为是闹哈哈？这是额党战略转移的关键步骤，也是考验咱服务团能力的试金石……全国的革命形势一片大好……你娃搞个球咧？"

视线收回来，浓浓的咖啡远没有异国他乡的那种味道，满口的苦涩。程满仓的话似乎还在李天骄的耳边嗡嗡响，心思又转到了陆枫和郝仁今晚执行的任务上面了。接收江防舰队投诚是一级保密信息，除了几位核心队员知道外，无人知晓。

如此机密的信息竟然在不经意间被泄露了？从秦晚晴的言谈举止中，李天骄读出了隐隐的危机之感！

李天骄将半杯咖啡轻轻地放在桌上，面无表情地看一眼正自得意的秦晚晴，拿起小包便向门口走去："我累了，回家。"

"哎呀呀……我已经告诉伯父要晚些回去了，你怎么……"

后面传来秦晚晴带着美利坚味道的嗲声，然而李天骄没有留步，径直推门而出。她不想让秦晚晴看出自己的不悦和焦躁，用自己最擅长的经济学逻辑谨慎地思索着今晚发生的一切，发现这次约会不同寻常！

归国不过月余，她已不似当初的秦晚晴，但究竟哪里不对呢？

秦晚晴对服务团的接管工作很感兴趣，闺蜜之谊淡了许多，这不是秦晚晴的性格。程队曾告诫过，重庆的革命斗争形势错综复杂，一定要提防敌人的破坏和渗透。约会之初李天骄并没有想那么多，直到秦晚晴打了那个电话之后，对她的信任才发生了动摇。

她现在是江防舰队作战参谋邵奇峰的恋人，而江防舰队起义投诚的信息竟然被她不经意间透露出来。她怎么会掌握如此重大的机密？看来那个作战参谋太大意了。

李天骄给队里打了两个电话，想要把这一情况向程队汇报，但蹊跷的是无人接听。而秦晚晴不失时机地也打了两个电话，其中一个是给自己家里打的。很明显，她并非是向老爹给自己请假，而是试探之举，况且秦晚晴知道自己并不住在南岸区的老宅，而是服务团团部。

情况有点儿复杂，李天骄一边苦苦思索一边上了一辆人力车，一定要在最短的时间内见到陆枫。消息泄露就意味着流血牺牲，执行接应任务的陆枫就会身陷险地，那个粗鲁的自信狂或许现在还不自知。

但偌大的重庆，去哪儿才能找到陆枫呢？

咖啡馆二楼窗前，秦晚晴望着融入车流中的影子，脸上露出一抹不易察觉的冷笑，将杯中的红酒一饮而尽。身后突然出现一个戴着毡帽猥琐的中年人，秦晚晴把杯子抛出了窗外。

"要不要跟踪她？"那个猥琐的中年人沙哑道。

秦晚晴思索道："一个花瓶而已，按计划进行，不得有误。"

猥琐的中年人点点头，退出房间。

漆黑的办公室里，程满仓始终守在电话旁，烟袋锅里冒着浓浓的烟草味，使劲吧嗒两口之后才叹了口气。正在此时，电话铃突然叫了起来，程满仓把烟袋仍在一边立即抓起电话："喂，我是程满仓！"

"江防舰队起义已经泄露，请组织立即展开行动……"

程满仓抓着电话的手抖动一下："李天骄，你……你从哪儿得到的情报？是不是准确？你不要乱行动！"

"陆枫有危险，必须立即采取行动……"

"喂……喂……喂！"电话里一阵忙音，程满仓气得把电话摔在桌子上："警卫员，备车！"

警卫员小刘推门进来："程队，车不是被陆枫开走了吗？"

程满仓怔了一下，一拳捶在桌子上！

第十三章
遭遇伏击

兵法云：知己知彼，百战不殆。

山城目前的形势让接管干部始料未及，虽然在南京就定下详细的接管方案，在常德补充了大量的接管干部，又有川东地下党组织提前数月展开统战工作，但具体到实际情况比之前预想的要复杂得多、困难得多！

国民党想要依靠川、康、云、贵的天然屏障形成固守大西南防线的阴谋即将彻底失败，狗急跳墙的残渣余孽们进入癫狂状态，潜伏的特务、流窜的匪盗、穷恶的流氓以及妄想国民党卷土重来的奸商恶霸们比比皆是。

想要彻底消灭他们，任重而道远！

一辆破旧不堪的汽车载着二十多名队员从纷乱的街头风驰而过，坐在驾驶室里的陆枫隔着挡风玻璃盯着前面的情况，脑子里却思想着前几日水厂营救的情景，想起了那个不苟言笑却雷厉风行的"鹿鸣"。

距离约定接头的时间已经过去了一个小时，现在还不知道李安成情况如何。如果猜测不错的话，他一定遇到了麻烦，很大的麻烦。江防舰队起义投诚的信息是李安成告知的，他只告诉陆枫是通过一位德高望重的民主人士从中牵线的，其余一概不知。

"再快点儿！"陆枫冷硬地命令道。

郝仁手忙脚乱地开始加快速度，汽车在一阵轰鸣中陡然加速，孰料前方竟突然出现十几名衣衫褴褛的乞丐，正在争抢着什么。郝仁猛按喇叭，那帮乞丐竟然无动于衷，眼看就撞上了，陆枫突然用力猛打方向盘，汽车如喝醉酒一般从乞丐身边开过去。

车上二十多名队员一阵惊呼，两个年轻队员直接摔倒。

"刹车！快刹车！"陆枫怒吼着把方向盘又打回来，汽车瞬间改变方向，副驾驶侧的车门突然打开，刮在电线杆子上，直接飞了出去。

一脚刹车，踩得够死，郝仁一头撞在了方向盘上，疼得龇牙咧嘴："狗日的……那帮是什么鬼？"

刺眼的车灯在不停地闪烁，浓重的汽油味涌入鼻腔，呛得郝仁一阵剧烈咳嗽。

烟尘散尽，昏黄的灯光里出现更多的人影。衣衫褴褛的人群挡住了汽车，有人拄着棍子，有的相互搀扶着，还有两个人在地上躺着，如同从乱葬岗里钻出来的一般！

对峙足有两分钟，尽管郝仁打了十几下闪光灯，他们依旧没有让开。

"不是鬼，是乞丐。"陆枫盯着对面的人群，从他们骨瘦如柴面容憔悴的样子便能认得出来，这样的乞丐在重庆成千上万。他们是一群无业游民，有破了产的码头工人，有吸毒吸得家败人亡的瘾君子，也有丧失劳动能力的伤兵。

都是国民党造的孽！

后面车厢里有队员声嘶力竭地喊话：快让开，我们在执行任务！

乞丐们依旧木然地挡在车前面，没有让开的意思，而且有的乞丐开始大着胆子用木棍敲打汽车机盖，"啪啪"的声音单调而诡异。

时间紧迫，没有工夫跟他们浪费时间。陆枫把郝仁"请"到一边，挂倒挡，踩油门，汽车屁股冒出一阵黑烟，汽车猛地打了个弯，那帮乞丐还没反应过来之际，车已经从人群边上飞驰过去。

后面传来一阵谩骂声。

"敢挡接管部队的车？真是无法无天！"郝仁被颠簸得差点儿吐了，嘴里还不依不饶地喊道。

陆枫冷冷地看着前方崎岖的路："你可以做做他们的思想工作，这可是首功一件。"

"他们不是乞丐，而是一群人渣！"郝仁把脑袋探出去向后望了望，那帮人还在原地呢，鬼魅一般。

时钟"滴答滴答"的声音似乎洞穿了狭窄的船舱，昏暗的灯光下，身着黄绿色将军呢大衣的邵奇峰稳稳地站在舷窗前，而三名同僚则一言不发地坐在椅子里，看似气定神闲实则如坐针毡。

"邵……邵参谋,都这个点儿了接应的还没来?咱们一动可就箭上弦了,千万别弄得个鸡飞蛋打……"一名面无血色的军官战战兢兢地看一眼邵奇峰嘀咕道。

话音还未落,只听"啪"的一声炸响,旁边的一个大胡子军官突然站起来:"你他娘的尿了,是不是稀罕这身皮?一个少校军衔就把自己给贱卖了!告诉你李长发,老子当年在淞沪的时候就跟日本人干过……"

"荀兄,好汉不提当年勇,李兄也少安毋躁,此事非小,想必那边的人也会小心从事。"邵奇峰转过头扫视一眼三个人,"与三位共商大计实乃三生有幸,诚如荀兄所言,我江防舰队驻扎重庆日久,整日与鸡鸣狗盗之辈打交道,保护的是那帮达官显贵之流,未承想杀身成仁!"

一阵难言的沉默。

邵奇峰冷峻地看着三个人,将肩头的徽章一把扯掉摔在桌子上:"几位骁勇忠义却报国无门,要我看,是投错了娘胎上了贼船,再不迷途知返真的没机会了。据我所知……上面已经拟定了作战计划,万一抵挡不住共军攻击,将炸沉舰船,我等亦同归于尽。"

这是何等的疯狂计划?!当然最终执行此计划的绝非是邵奇峰,而另有其人,至于是谁没有人知道。

一阵急促的枪声打破了死寂的夜,然而并没有引起岸防营地的注意,这段时间周遭混乱不堪,经常有枪战发生。对于江防舰队而言，只要不是有人胆大妄为地攻击，他们绝对不会主动还击。

混战就发生在距离江防舰队一公里外的临时码头，一支三十多人的队伍瞬间被打散，受伤的人在地上哀号呻吟着，李安成挥枪指挥战斗。无奈这帮从街上拉来的"保民队"不堪一击，在遭到第一波打击之后便作鸟兽散了。

"兄弟，怎么样？"李安成抱起一个受伤队员，血霎时喷了出来，弄了李安成满脸，受伤的队员已经没救了。

几名队员木然地站在旁边，似乎忘记了这里是战场。

李安成轻轻地将队员放在地上，环视周围半晌无语。

所谓"保民队"乃是重庆当地的武装，大多是杨森所部。这是二野前委为顺利接管重庆，通过民主人士的斡旋与杨森达成的共识，成立"保民队"维护地方安宁。同时也号召工商业、工厂、矿山、学校等成立"护厂队""护校队"等，确保不被国民党破坏。

"你们把伤员护送到医院，牺牲同志的抚恤金由我们负责。"李安成悲愤地望着滔滔江水，国民党特务无处不在，打黑枪搞破坏是他们的长项，今天不顺遇到了阻击，不仅损失了几名队员，还错过了接应时间。

最关键的是，在接头的地方没有找到陆枫！

没有时间思考，但必须思考明白究竟发生了什么事。此刻的李安成竭力地冷静下来，思考究竟哪个环节出现了问题。陆枫没有在预定的时间赴约，半路有黑枪劫杀自己，难道江防舰队起义的事情败露了？

任何细微的环节出现问题都是致命的，都会让起义投诚功败垂成，后果不堪设想。

"把头，我们听从你的指挥，叫我们打哪儿我们就打哪儿！"一名保民队队员喊道。

李安成苦笑一下："请叫我同志，不是什么'把头'，现在我命令你们妥善处理伤员，任务完成后我自会给你们请功。"

"同……同志……我不能看你自己去送死，要死就一起！"

"留下三个人照顾受伤兄弟，其余的跟我走！"李安成不再犹豫，挥手之际率先冲在最前面，上了早已准备好的铁皮船。

江水悠悠，载不动若许心愁；阑珊灯火，照亮黎明前的黑暗。

同样的阑珊灯火里，李天骄依然在焦灼着。已经换了四辆黄包车，跑了十几条大街，过去两个多小时也没找到陆枫。

李天骄对山城的地形烂熟于心，再经过缜密的逻辑分析之后，她认定陆枫和郝仁一定会在朝天门码头，或者周边的小渡口。孰料全部找过了也没有找到人，不禁心急如焚：他们两个是瘸脚鸭，对重庆的地形并不熟悉呀！

难道秦晚晴在自己面前透露邵奇峰起义投诚的事不过是炫耀，并非如自己想的那么复杂？李天骄对此毫无判断，她希望看到那个熟悉的身影，希望将自己所知道的消息尽快告诉给陆枫！

经过近一个多月的锻炼，李天骄似乎已经"觉醒"。在这个非常时期，任何人都不能轻易相信，即便是自己最亲近的人。这一路已经把这件事分析得很透彻，最终只得出一个结论：陆枫危险。

一阵激烈的枪声突然爆豆一般炸响，拉车的扔下车抱着脑袋就往回跑，李天骄从车里摔了出来，回头之际发现车夫晃了两下便一头栽倒在地。流弹无情，最钟情于胆小怕死之辈。

李天骄拔出小手枪隐蔽在黄包车后面，向对面交火的方向观察。枪声此刻却稀疏起来，百米远之外几名黑影匆匆跑过，有的人中枪倒地。她对这种情况见怪不怪，基本可以确定一定是特务在搞破坏！

"砰！砰！砰！"

三声枪响，对面的一个家伙应声倒地。

陆枫率领队员们一个冲锋就把埋伏在渡口的特务给打散了，缴获了三把德国造的匣子枪，几十发子弹。正想抓个活口之际，最后一个却被打死了。就在陆枫懊恼之际，竟然看到一个女人发疯一般跑过来！

所有队员都处在警戒状态，已经拉开了保险，几乎都瞄准了李天骄。

"自己人。"陆枫吹了一下枪管，凝重地看着熟悉的影子，心里有一种说不来的感觉。阴魂不散的李天骄难道是从地里钻出来的吗？怎么会出现在这里？陆枫警觉地打了个手势：警戒。

陆枫走到那个被打死的特务近前，缴了枪和子弹，看也不看李天骄一眼："你枪法不错，灭口，死无对证了。"

"陆……陆……陆枫，报告你一个特别……特别重要的消息……"李天骄一眼看见被打死的特务那张满是鲜血的脸，忽然两腿发软差点儿没摔倒在地。

陆枫紧锁眉头，一边走向汽车一边下达指令："打扫战场，快点儿……老郝，还愣着干吗？"

郝仁想问候一下李天骄，却发现陆枫的话里似乎"顶花带刺"的，便冲着李天骄一龇牙，伸出大拇指："厉害！"

李天骄挡住陆枫的去路："我是来报告你江防舰队起义投诚的消息走漏了，你必须改变行动计划。"

陆枫猛然停下，以为自己听错了，便狐疑地看着李天骄："你再说一遍？"

"起义的消息走漏了！"

陆枫一脚踢在汽车门上，门"哗啦"一声被踢掉。脑子里几乎是一片空白，只剩下了那艘飘乎乎带着渔火的舢板。他忽然发现自己很蠢，为什么没有想到这点？那艘舢板很有可能是敌人欲擒故纵之举啊！

江边简易码头上停靠着几只破铁皮船，更多更小的舢板漂在江面上，渔火点点，不知道里面有没有人。陆枫率领一干队员登上了最大的一艘铁皮船，还未等船主问话，郝仁便把他给控制住了。

"你的船被征用了。"郝仁尽量保持着微笑，但声音冷硬得很。

陆枫点点头："去朝天门码头。"

第十四章
乱局之下

11月29日，晚5时。

朝天门码头内停靠的商轮和民船已亮起了灯火，无声流动的江水倒映着点点流光，与江岸城中晦暗的灯光若即若离，破碎的灯影就像山城的局势一般，飘摇无措，夜幕下的重庆变得更加焦灼！

黑黝黝的军舰暗影突兀在嘉陵江的南岸，这艘号称"长江舰队"的旗舰是国民党固守江防的主力，舰船的名字叫"民权号"。

作为国民党长江防线上最后的力量，"民权号"正孤零地迷茫在江水中。

与城中混乱的局面相比，朝天门码头似乎安静了许多，大抵是因为码头的客货船全部停运所致，但不时传来的汽笛声刺破了夜的宁静，让人更加不安起来。

山雨欲来，摧枯拉朽！

铁皮船破浪前进，陆枫死死地抓住船舷尽量保持身体平衡，他感到了以前从未有过的危机：这次的任务非常棘手，尤其是李天骄提供的情报更让他惴惴不安。

但可以断定的是，李安成一定遇到了极大危险，或许已经落入了敌人精心设好的圈套。其实自己何尝不是？如果在约定地点再等几分钟，也许能避免危险，跟安成兄并肩战斗，消灭那些穷凶极恶的敌人。

形势复杂到无法预判，陆枫不想之前发生的错误再次上演，但事与愿违！营救集中营和保护水厂任务执行不力的阴影始终堵在心里，唯有一场惨烈的厮杀才能让陆枫出这口恶气。

他期望那场真正的战斗马上开始，期望等待已久的彻底胜利立即到来！

一点渔火突然出现在陆枫的眼里，那是一条木船。

"停船！"陆枫盯着视线里模糊的军舰影子下达指令。

后面传来郝仁的传令声，铁皮船立即慢了下来。

李天骄急切地走过来："为什么停船？我们要登陆南岸……"

借着货船的掩护，或许能潜入江防管制区，但陆枫不想冒险，因为船上多了个不应该出现的女人！

陆枫一言不发地检查着弹夹，脑子里却飞快地思索着。这次任务的重点不是跟敌人血拼，而是争取兵不血刃，李安成的意思是攻心为主，这也是在常德整修的时候组织上的要求。

何谓攻心之战？不是拿着刺刀压在敌人的脖子上让他低头，而是击溃其战斗意志、打破其战略图谋，最终"化敌为友"。

正在此时，船主畏畏缩缩地跑过来："长官，这里前不着村后不着店……你们到底去哪里嘛？"

船主还没说完，已经被两名队员给架走了，连个屁都没放出来。

"征用那艘木船来，要快！"

"你又要干啥子嘛？"李天骄疑惑地看着陆枫，指着江对岸，"刚才他说'民权号'就在那边，我们开过去不就万事大吉了吗？"

陆枫把枪插在腰间，似笑非笑道："李小姐，你的任务是在这艘船上警戒。"

"为什么呀？！"

陆枫不屑回答这种幼稚的问题。在敌我不明的情形下，必须做好时刻战斗的准备，江防舰队虽然有投诚起义的倾向，但一切细节还不得而知，谁知道那是不是敌人的阴谋诡计？

郝仁瞭望着江边，摇晃着信号灯示意那艘木船停下来，几名队员用方言粗鲁地叫喊着。木船靠近铁皮船，陆枫指示队员隐蔽，然后率领郝仁和一名队员跳上了木船。

"我们去侦察敌情……"

郝仁的话音未落，屁股已经挨了一脚，人扑倒在狭窄的船舱里。木船向对岸漂荡而去，不一会儿便融入暗夜之中。

跑了小半夜好不容易才找到陆枫，李天骄没想到会被陆枫给留在铁皮船里，按照以往的大小姐脾气早就跟他理论了。不过她现在很安静，牢牢地盯着暗夜中的船影，直到消失不见才罢手。

攥紧的拳头感觉有点儿发麻，心里在咒骂那个"榆木疙瘩"的同时，却又紧张不已！

"民权号"战舰的甲板上，十几名抱着步枪的水兵正在警戒，不过全然没有往日那种气势，每个人都呈现出惶惶不可终日之感，如果不是今晚有特殊情况，他们也许早就躲掉了。

电台广播里的播报不时传来电流干扰的沙哑声音，最近的一条新闻是委员长坐镇成都指挥作战云云，但依旧让他们丧气至极。他们更不知蒋介石是今天下午的时候坐飞机逃去的。千里江防已然千疮百孔，坐镇重庆的胡宗南部仓皇逃窜，早被刘邓大军给"切火腿"了。

这些战情他们当然不知道的，只晓得整个长江舰队已经成了孤悬江口的弃儿，他们的任务是与军舰共存亡。

南岸军管区附近，惨白的探照灯灯光扫着码头，没有停留一秒便扫过去了。空气里似乎还浮动着硝烟的味道。山城没有一刻是安静的，那些如丧家之犬一般的潜伏敌人正在做着反抗的春秋大梦。

穿着绿色毛呢大衣的邵奇峰望着黑黝黝的"民权号"上飘动的旗帜，久久无语。李安成凝重地扫视一番狼藉不堪的现场，心有余悸地叹了口气，没想到特务们发动的这次行动是经过精心策划的，自己差点儿命丧江边，难道这里也成为他们的攻击目标？

"千里防线，危如累卵，乌合之众，何谈胜战？"沙哑的声音里有一种复杂的感慨，邵奇峰漠然地转身看着李安成，"遗憾的是没有跟日本人拼过，从上海的吴淞口逃到重庆的朝天门，民权啊，成了一纸空言，着实愧对孙先生。"

李安成沉稳地看着邵奇峰，语气坚定道："这是人民的选择，我们应以牺牲个人成就民族之大义，才是对孙先生的信仰最好的忠诚。否则，如蒋介石之流只能如丧家之犬，被人民所唾弃，人民的力量是无穷的，非这些钢铁机器可比。"

"安成兄，我有一点不明白……"

"你会明白的。"李安成看一眼时间，淡然若素地一笑，"非常欢迎你能成为我们中的一员，也非常感谢你能挫败敌人的破坏阴谋，山城人民会记住你们的功绩。"

邵奇峰一顿："好像某个环节出了问题，晚上的时候我就发现有可疑的人在附近出没，没想到他们会在你登岸的时候发难，好在有惊无险。"

军人以牺牲为天职，战斗在敌人心脏的李安成何尝不是每时每刻都做好了牺牲的准备。其实李安成早就思虑多时，这次秘密会晤一定走漏了消息，否则潜伏的特务不会如此兴师动众地冒险行动。

而让李安成无法安心的是，直到此刻也没有陆枫的消息。

正当邵奇峰颓然凝思之际，一阵激烈的枪声突然炸响！

巡逻队员的叫喊声、爆豆一般的枪声和邵奇峰声嘶力竭的指挥声混杂在一起，两条探照灯灯柱扫过来，巡逻兵已经冲出了营门，邵奇峰和李安成紧随其后也冲了出去。

江防舰队军事管制区的防守不可谓不严密：内有舰队警卫营卫戍，外有两支岸防火炮营防守，江面上还有水警防护船，想要在这里做文章简直是痴人说梦。但事实是，枪声距离舰队营房只有一箭之地。

激烈的战斗只持续了十几分钟，从零星的枪声判断，进犯者连一次有效的进攻都没有发动起来便被打花了。邵奇峰对舰队警卫营的战斗力一向胸有成竹，虽然目前形势十分恶劣，但他们对守卫这点儿家底还是有信心的。

距离江防舰队营地一箭之地的临时渡口一片狼藉，十几具尸体横陈，还在燃烧的爆炸物冒着黑烟，空气中弥漫着难闻的臭肉气味。从尸体的衣着打扮看不出他们的身份，但李安成从被遗弃的武器装备发现了关键信息：全部是美制武器！

"这帮杂碎！"邵奇峰显然也明白了对手的身份，心里陡增一股不祥的预感：是军统的人！

李安成冷然扫视着战场，从距离和枪声判断这场战斗在他们到来之前就已经结束了，而那些胡乱放枪吓唬鸟的舰队警卫显然不是战斗员，是谁这么利索地解决了他们？

侦察敌情变成了遭遇之战，陆枫没有想到还没等木船靠岸便遭到了伏击，老船工成了这场战斗的牺牲品，而接下来的反击来得更快，一个冲锋之后便打溃了敌人。还没有过足瘾呢，敌人便扔下几具尸体逃之夭夭了！

探照灯灯光扫在邵奇峰和李安成的身上，须臾间掠过江面，趴在水坑里的陆枫终于长出了一口气。情况瞬息万变,看来这次任务执行得有点儿不顺利,好在李安成没有出事,否则自己跳进黄河也洗不清。

"邵参谋,我现在怀疑你投诚的决心,不必这么兴师动众地迎接我们的代表吧?"当李安成看到江边木船上冒出两个人影之后,心才放进肚子里,声音却突然冷肃起来。

一席话惊得邵奇峰讶然无语,眼睁睁地看着李安成朝着江边拍了三下手,两个人影从木船里冒出来,后面的警卫刚要行动却被邵奇峰喝退。

击掌三下,这是李安成和陆枫约定的暗语。

简单的握手礼让邵奇峰感受到了面前这位壮硕军人的气势,强有力的大手让他不适,不禁苦笑:"鄙人邵奇峰,江防舰队少校参谋。"

"我是陆枫。"陆枫看一眼李安成,他笑眯眯的表情似乎很自得,好像忘记了方才自己差点儿沉了嘉陵江喂鱼。

李安成微微颔首:"这位就是跟你们少将恳谈的中共代表,陆枫同志。"

"幸会,幸会!"不知道为什么邵奇峰竟有些心慌,有一种大限将至之后的重获新生之感,当初觐见委员长的时候都没有这种感觉,不过这种感觉转瞬即逝,"少将正在等您,请跟我来。"

陆枫看一眼李安成,两人心照不宣。不过心里还是系着一个疙瘩:形势错综复杂,此战势必艰苦。

"民权号"战舰作战指挥室内,东侧巨幅军事地图旁边,一个身材匀称的军人伫立良久。江风吹动着黑色的纱帘,透过舷窗的城市灯光显得安静祥和,岂不知现在城里已经乱成了一锅粥。

从某种角度而言,这里是山城最安静的地方。

邵奇峰焦灼地站在办公桌旁,如芒刺在背:"叶司令,他们……他们来了。"

此人便是长江舰队的最高指挥者,官至国民党少将叶裕,决定着这支舰队未来的命运。有人说命运是掌握在自己手中的,自己才是命运的主宰,但对于未战而败的长江舰队而言,命运却掌握在别人的手里。

"山城的灯火很美。"

沙哑的声音里透出一股难以言说的悲凉,没有人知道这位叶司令想要表达什么。陆枫冷然地摇摇头,透过舷窗望着山城,此刻江北一侧的确灯火点点,但早已被熊熊的火光所吞噬,隆隆的炮声隐隐而来。

此时的山城已经陷入混乱之中,老百姓们不知道将会以怎样的惨况迎接明天的黎明,更不知道黎明之后又是怎样的一番生活。确定的是,我军已经突破国民党最后的防线,战无不胜的英雄们正在与敌人浴血奋战!

"叶先生,那不是灯火,而是战火,是胜利之火。"李安成凝神说道,江北区陷入混乱已经半日有余,破坏与反破坏的战斗还在持续,清剿残余国民党势力的任务还没有完成,为了击破这最后一条防线，自己只能铤而走险。

　　胜利之火？对于叶裕而言，那火烧塌了党国的半边天！隔江观火的长江舰队被逼到了死角，连置死地而后生的勇气也被击得粉碎！

第十五章
码头之乱

陆枫快步走到巨幅地图前，看似固若金汤的城防目前已经被我军撕得粉碎，乌江防线被突破之后，我军势如破竹，几乎没有遇到抵抗对方便溃败而逃。

不过这些战情恐怕这位舰队司令还不知道吧？否则为何还在地图上重复规划线路呢！

"我军已经解放了贵州和云南，大迂回战略截断了国民党的滇黔后路，胡宗南部被击溃，杨森的主力部队向北逃窜，不出意外的话已经被'切香肠了'。"陆枫冷然地看着地图，"你们的蒋委员长逃到了成都，他没有留下手谕让叶司令坚守长江防线吗？"

这是一个极大的讽刺，无论对于国民党还是对于长江舰队。叶裕冷汗直流，先前的镇定荡然无存，心却如油烹一般。的确接到了上面的指令，还没有来得及规划作战方案，重庆已然丢了。

"据我所知，叶先生收到了手谕，内容是命令长江舰队沿长江东下阻击敌人，若此计无法实现，务必凿船沉江以殉国。"李安成淡然地看着满脸惨白的叶裕,"我想叶先生之所以没有东下阻击我军,亦没有凿船沉江破坏舰队,应该是经过深思熟虑的,共产党欢迎一切投诚起义的官兵,希望叶先生以民族大义为重,莫要一失足成千古恨。"

句句诚恳,字字扎心!

已经超过二十四小时没有收到上峰的指令了,这让叶裕每时每刻如坐针毡,当一系列让他崩溃的消息传来的时候,他有一种大厦将倾的预感。上午九时收到胡宗南部放弃抵抗溃逃的消息,叶裕想要执行上峰最后的指令。

率领舰队沿江东下,但他心知肚明那是死路一条!

叶裕收到杨森的部队放弃最后防线、兵败如山倒的消息,所有希望都在瞬间破灭。他没有得到国防部关于共军的任何消息,几乎所有消息都是来自坊间的传言:共军突破乌江防线,温泉镇惨败,贵州一线失守……

然而,这些不过是三天前的信息,瞬息万变的战情让这位作战经验丰富的国军少将进退无措,当时间一分一秒地流逝的时候,他已经没有了选择余地。

或者说他只剩下了一个选择:凿船沉江,与军舰共存亡!

"民权号"驻扎在朝天门码头南岸,而长江舰队其他四艘战舰在江口东南深水区一线,每艘战舰都保持着百米战距。叶裕梦想有朝一日与日军拼死一战,但驻守山城数年也没有实现——以后也不会有机会了。

情况持续恶化让叶裕无从选择，而当邵参谋将一纸战情呈上的时候，叶裕终于感到长江舰队的末日将临……

"司令，当断不断啊！"邵奇峰猩红的眼睛看着叶裕嘶哑道，"国防部命令我们顺江东下，但您知道长江一线早已经失守，我们去哪儿？那些尸位素餐的狗日的说西南防线固若金汤，但眼下湖南失守、贵州失守、云南失守，后路已断！"

透过舷窗望一眼江北方向冲天的火光和硝烟，叶裕痛苦地将地图扯下，抛入江中。

拔出手枪子弹上膛，刚要扣动扳机之际，手腕却被陆枫强有力的大手牢牢抓住，两个人僵持了足足有一分钟！

"叶先生，我们截获了国民党国防部发给长江舰队的密令，美其名曰凿船沉江之后从陆路撤离，但您想过没有，没有汽车如何才能机动转移？难道还指望他们派飞机来接应你们吗？"李安成冷然地看着叶裕沉声道，"邵参谋和其他几位舰长已经达成了共识，只有投诚一途才是最正确的，不仅保全了宝贵的战舰，更重要的是也保留了您的尊严。"

败军之将何谈尊严二字？长江舰队甚至没有进行一场真正的战斗。

陆枫气得冲动地将窗帘扯下，指着江北方向半天没说出话来。起义投诚不算投降，他也不能算作俘虏，但若冥顽不化抵抗到底，现在就敲碎叶裕的脑袋！不过，陆枫能理解叶裕此刻的心情，作为一名铁血军人，战死沙场是他的天职。

"陆枫同志是急性子，请叶司令不要见怪。我想您有必要了解一下当前的形势……"李安成看着眼前这个国民党军官，知道叶裕的精神已濒临崩溃的边缘，在起义投诚和死战到底之间正在艰难地选择，而且天平早已倒向了起义投诚一边。

因为邵奇峰已经联合其他舰长签订了投诚协议，之所以要极力争取叶裕，是因为我们要竭尽全力保全长江舰队，兵不血刃地解决问题。

叶裕痛苦地摇摇头：让我静一静……

临时办公室内，程满仓正在满头大汗地接电话，电话那边的声音模糊不清，程满仓只听了个大概。来电话的自报叫"李天鹏"。程满仓慌忙把日记本抓过来，胡乱地翻看着记录，在第一页第一行才发现那个名字，脑子如爆炸一般：原来是李天骄的父亲。

目前接管委员会只剩下了两名警卫队员，其他的都被陆枫拉去接收长江舰队了，到现在还没有消息。还是下午见过李天骄，几个小时过去了都没见过她的影子，她竟然没有回家？

程满仓思索片刻便分析出个大概，小丫头片子估计是去找陆枫了吧。他立即冲出办公室找到警卫员，命令小陈立即去朝天门码头找李天骄。

"队长，现在城里乱得很，您让我去哪儿找'连营杀手'？"小陈愁眉苦脸地问道。

程满仓抹了一把脸上的雨水："这是政治任务，快去！"

夜雨如泼墨，将山城无情地笼罩。雨中的朝天门码头混乱不堪，一群群人影在雨中奔走，泥水无声地四处飞溅，他们不知道即将发生什么，也不知道该如何躲过战火硝烟，更不知道该向哪个方向逃。

伏在地上衣衫褴褛的乞丐，拉着空板车四处乱转的码头失业工人，挥动着警棍还在维持秩序的旧警察，还有无数惊魂未定的老百姓——这一切构成了山城混乱的一角。

雨水顺着鬓角无声地流下，李天骄望着眼前混乱的一幕，竟然不知道自己向哪里走。陆枫去侦测敌情一去不回，铁皮船上的队员们还在江边潜伏，李天骄放弃焦灼的等待，想要雇一条木船去"民权号"，结果那个老人将她扔上了码头就溜之大吉了。

李天骄向码头方向跑去，期望能到南岸的军事管制区。人群都在逃离码头，只有她一个人在逆行，心里却诅咒那个让她潜伏在铁皮船上的陆枫，下次见面定然给他颜色看看！

"大小姐……我可找到你了！"人群中突然冲出一个中年人，跑到李天骄面前大喊大叫，打开伞给李天骄挡雨，"我找你一个下午，城里乱得很……谢天谢地，快点儿回家吧，老爷急得快疯了！"

李天骄打量一下中年人，一看竟然是管家老李，心里不禁气不打一处来，躲开伞宁愿淋雨："你怎么知道我在码头？"

"老爷给你们程队长打过电话了……"

"都说多少遍了，不要干扰我的工作！"

"这么晚……又这么乱……听听，你听听歌乐山那边正打着呢！"老李一瘸一拐地追上李天骄，知道想要劝她回去基本没可能，即便是老爷现在来也做不到。

李天骄继续向码头方向走："你给我找一条木船，我要去南岸！"

老李一个趔趄差点儿没摔倒："大小姐，您行行好吧……共产党马上就要攻进城里了，没看见都在逃吗？"

"是解放军，解放军是人民的军队！"李天骄突然停下来，就在此时，混乱的人群如受到惊吓的鱼群一般四散奔逃，远处"隆隆"的炮声似乎正在迫近。

老李急得如热锅上的蚂蚁，不知道该怎么把这位骄纵惯了的大小姐弄回家，只好跟在李天骄的后面向混乱的码头方向走，边走边劝大小姐回心转意，孰料李天骄油盐不进！

现在最紧要的是到南岸那艘军舰上去，已经近两个小时没见到陆枫了，李天骄有一种不祥的预感。

逆流而行需要勇气，一向娇生惯养的资本家小姐哪儿来的勇气？其实李天骄自己也不晓得，只知道那个行事果断的家伙今天变得婆婆妈妈的，若在以往应该早就有结果了吧？

混乱的人影如鬼魅一般在视线里晃动，远处的火光浓烟在阴霾的天空下冲突，隐约传来的"隆隆"炮声和大雨前的闷雷响彻耳膜。但这一切都只能是今晚的背景，李天骄预感到更大的动荡即将来临。

秦晚晴说最后一班飞机在上午的时候已经飞走，那些有权有势的国民党大员们早就携家带口登机去了台湾，大多数残余追随者都在惊恐之中等待着厄运的降临。

他们没想到厄运会降临得如此之快！

锦绣山城在风云变幻的动荡时代注定无法成为反动势力的世外桃源，人民战争的汪洋大海会将他们碾成齑粉。李天骄握着拳头向前奔走，却想起了程满仓的这句话，不禁心底涌起一种难以抑制的豪情。

长长的哨音突然直冲过来，一名歪戴帽子的警察正在拼命地吹着警哨，不停地挥动着警棍想要驱散人群。那些想要通过水路跑向码头的人与从码头往回跑的人恰好遭遇，那名警察竟然成了分界线，伴随着嘶哑的吼叫声，混乱的人群向更远的江边涌去。

水路已经被封锁了，码头上根本没有客船。明智的人不会来朝天门码头走水路，大多数选择江川码头，那里一周有一班客船，不过这周的客船今天下午的时候就走了。

"码头封了，此路不通……都他娘的回去吧……想要投江效忠党国的例外！"警察挥动着警棍声嘶力竭地吼叫着，忽然一脚踢中了一个中年汉子的屁股，"你他娘的没长眼睛？傻啦吧唧的找死啊……"

"付局长……"那汉子低头哈腰地喊道。

警察用棍子捅着那家伙："你不知道老子升职了，还他娘的叫我副局长？今天下午接到的委任状！"

那个中年汉子不屑地笑了笑:"局长大人,您还上岗执勤呢?共党打过来了……不跟您掰扯了,小命要紧。"

"共党打过来跟你有啥子关系?该睡觉睡觉,该吃饭吃饭,这共党来了你就不吃喝拉撒了?"

"不是……付局长……"

"叫老子局座!"

付怀仁把铜哨扔给那汉子:"给老子猛劲吹,过后给你嘉奖!"

中年汉子不情愿地鼓着腮帮子边跑边吹哨子,混乱的人群像鱼群里混进了鲨鱼一般,都向城里涌去,片刻间码头便清净了不少。

正在此时,李天骄和老李已经跑到了警察面前:"我要过江……麻烦您帮帮忙!"

还没等李天骄的话说完,老李拉着她就要走,因为老李一眼便认出了这家伙就是朝天门水警支队大队长付怀仁,一个刮地皮比刮脸还干净的主。前一天李家米粮摆渡过江被付怀仁收了三次过路钱。

老李从兜里摸出两块大洋塞进付怀仁的手里:"长官辛苦,我家小姐要过江,麻烦您……"

大洋是真的,吹一口气之后在耳边能听到清脆的金属声音。付怀仁掂了掂大洋,虎着脸瞪一眼老李,又看向李天骄,不禁眼前一亮。

"这位是李老爷的千金,想要过江。"老李又补充了一句。

李老爷李天鹏,号称李半城,在山城大名鼎鼎,一跺脚山城乱颤!

付怀仁把两块大洋又扔给了老李,脚跟并拢腰板挺直地敬了一个标准的军礼:"鄙人是水警分局局长付怀仁,李小姐有何吩咐?"

这世界上什么人都有,不能单纯用"好"和"坏"来区分,付怀仁便是这种人。在朝天门码头,付怀仁能跟袍哥把头称兄道弟,能和跑码头的青皮混子打得火热,也能让各色人等俯首帖耳为他所用。

见风使舵的本领炉火纯青,一听说是"李半城"的千金,立即变得一本正起来,仿若眼前这位便是他的顶头上司似的。

"大小姐啊,这位是水警派出所的长官,付长官。"老李不失时机地介绍道。

付怀仁有些不悦:"鄙人今天下午接到的委任状,正式荣升水警分局局长。"

"您好,付局长。"李天骄皱着眉点点头,这家伙估计这辈子只能是副局长,没法扶正了。

付怀仁搓着手,牢骚道:"那个王八蛋局座上午坐飞机逃了,整个水警分局就剩下老子一个独撑大局,兄弟们死的死走的走逃的逃一个不剩,老子成了光杆司令。好在这个月的薪水领完了,当一天和尚撞一天钟,咱可不是没良心的青皮!"

第一次听到付怀仁讲良心,就像听到老虎吃素一样让人震惊。话说的冠冕堂皇但听着很受用,虽然昨天还勒索他三次过路费,老李也顺势说笑几句，把大洋塞进付怀仁的兜里。

李天骄憋不住笑了笑："我想过江办事，您帮帮我？"

"我是共产党接管山城委员会的，这外面都乱成了一锅粥了，我劝您还是回家吧！"付怀仁夸张地说道，"明天就换了世界，老子只有当一天局长的命了……"

"我是共产党接管山城委员会队员，我的话是命令，找船，过江！"李天骄没时间跟这个油嘴滑舌的家伙理论，直接亮出了自己的身份。

付怀仁惊得"啪啪"拍脸蛋子，语无伦次地不知道说什么，脑门子不断地冒冷汗：共党已经进驻山城了？！

第十六章
兵不血刃（一）

对于一个终日混迹码头只知道听区摆龙门阵的国民党旧警察而言，付怀仁的任务不仅仅是搜刮地皮，一切能让自己发财的机会都不会放过，毕竟是苦出身穷怕了。不过让他没有想到的是，搜刮来的不义之财全被之前的那个王八蛋局长给巧取豪夺走了，他所得到的只是这个月的薪水而已。

明天是这个月的最后一天，也是对付怀仁极其重要的一天：职业生涯里终于坐稳了"局长"的位子，掌管一天的水警分局，当一天朝天门码头的"大佬"。

付怀仁并不关心明日之后如何，他要竭尽全力做好这一任局长！

水警分局有几艘漏水的巡逻艇和烂木船，因为江面警戒任务归属长江舰队管辖，水警基本派不上用场。在军事管制区捞不到什么油水，弄不好会混丢吃饭的家伙。

朝天门码头逐渐安静下来，方才那么多想走水路逃走的人们在希望破灭的一瞬间，便意识到这里是死路一条，在强烈的求生欲下，只用十几分钟便逃光了，只剩下跑丢的鞋子、破烂的衣衫、肮脏的烂泥和狼藉不堪的家什。

付怀仁找遍了码头的角落，也没找到一艘船，哪怕是烂木船也没有。其实他早就心知肚明，为了防止被共军所用，前几日封锁江面的时候将所有船只都凿坏沉江了。

望着千米之外停靠的"民权号"舰影，一个小时前对岸传来的激烈枪声让李天骄心急如焚。陆枫现在怎么样了？谈判进行得如何？为什么还没有动静？难道出现了意外？

"拜托大小姐，您还是打道回府吧，我向委员长……哦不，老蒋逃到成都去了，没准现在到了台湾，我向李老爷保证，甭说船只，连个木片都找不到了。"付怀仁一屁股坐在台阶上，从兜里掏出皱巴巴的烟点燃，长出一口气。

李天骄下意识地摸了一下腰间，手枪不在身边，这是今晚最大的失误。不禁气急败坏地瞪一眼付怀仁："请你配合我的工作，这对你有很大的好处。"

付怀仁的眼前一亮，继而油滑地龇牙一笑："老子只当一天的局长……明天说不定就跟那帮人一样流落街头，大小姐赏口水喝我就心满意足了。"

平日里朝天门码头的客货船如过江之鲫，而如今冰冷的江面唯有南岸那艘孤零零的"民权号"军舰，自从码头被封之后，几乎所有客货大小船只在一夜之间销声匿迹。那些冒险潜入的铁船舢板都逃不了被凿沉的厄运。

没有船就无法渡江,插翅也飞不到对岸的军舰上。李天骄快速看一眼时间不禁焦躁起来:陆枫去上面谈判已两个多小时了,还没有任何讯息。难道接收受阻了吗?

阴霾的天空似乎在一瞬间便陷入水墨之中,细雨在不经意间飘忽下来,冰冷的雨点打在脸上却像感受不到一样。李天骄转身向码头下游跑去。

那艘铁皮船不见了踪影,接应的队员们不知道此刻去了哪里。站在码头挡水坝上,李天骄欲哭无泪,没想到看似简单的任务实则复杂万千。现在仔细回忆秦晚晴的每一句话,貌似轻描淡写实则每句都暗藏玄机!

"大小姐……我去找船……等我……"

付怀仁的影子在暗夜中一闪便消失不见,老李跌跌撞撞地跑到挡水坝上,声嘶力竭地恳求李天骄回家,却被她严词拒绝。

枪声不绝于耳,隆隆的炮声此起彼伏,整个山城在黑夜降临之后成为暗战之地。

"大小姐快回去吧,出事了我这条老命可保不住了!"

"我要过江。"

"共党就要打过来了,要和国军死战,你晓得嘛,这会过江做啥子嘛?"

李天骄忽然停下,回头冷眼看着老李,这位穿着朴素戴着毡帽的老人看起来有些可怜。经过日本鬼子大轰炸和国民党白色恐怖的山城百姓们都已经麻木，每天最大的愿望就是能看到明天的太阳，但如今即将拨云见日，他们却仍无动于衷。

"李伯，伟大的中国人民已经站起来了，新中国已经成立，山城已经回到了人民的手中。"李天骄搜肠刮肚把赵红霞们平时宣传的理论倒出来，却有些生涩。

老李唯唯诺诺地摇摇头："我也晓得世道要变了……改朝换代……"

"回去告诉我爹，今晚我有任务。"李天骄漠然地看一眼老李，转身而去。

老李没有再追李天骄，望着她的背影消失在眼前，忽然一跤摔倒在地。

江北此起彼伏的炮声隐隐传来，偶尔剧烈的爆炸和冲天的浓烟预示着某个角落正在发生激烈的战斗，稀疏的枪声告诉李天骄，自己已经陷入了双方交战的阵地。

化龙桥方向突然人潮涌动，如潮水一般平铺而来，继而枪声清晰地响彻夜空！

势如破竹，如入无人之境。其实化龙桥乃至坝下地带早已没有了抵抗，杨森的部队在下午的时候便溃散而逃，没来得及逃走的宪兵警察当起了良民，潜伏的特务只能搞些小破坏，弄出个动静给自己壮胆，面对解放军正规部队突飞猛进的进攻，他们恨不得跳进嘉陵江逃命。

"报告连长，炮兵二营已经就位，侦察排突进到朝天门码头，没有遇到像样的抵抗！"一名背着大刀的战士气喘吁吁地汇报道，"我怀疑国民党那帮屄货是不是都投江自裁了？营长说老蒋的西南防线是纸糊的，果然言中了。"

腾连长冷峻地看一眼战士："不要掉以轻心，咬人的狗不露齿，老蒋的长江舰队可不是纸糊的。"

"不过是个活靶子，咱二野的炮兵营各个的神炮手，一拉烙就'轰'的一下把船给炸沉，全喂了王八！"

"严肃点儿，传我命令，执行进城三大纪律八项注意，不准惊扰老百姓，不准拿老百姓一针一线，不准……"腾连长的话还没有说完，忽然看见远处一阵骚乱，不禁皱眉，"怎么回事？"

山城的老百姓很好奇，也很热情，并没有想象中被打仗给吓到的一幕，反而不少百姓都走上了街头欢迎解放军，这是腾连长以及许多战士所没有想到的。

一位老大爷拎着水壶健步走到腾连长近前："长官，喝口水歇一歇吧，那帮哈哈青皮们不经打咧……"

一口浓重的重庆方言让腾连长听得一头雾水，想要拒绝之际，水已经倒好了。腾连长端着热水慌忙道谢："大爷，我们是中国人民解放军，是人民的军队，我们是农民的儿子，不要叫长官。"

老汉擦着眼睛，支支吾吾不知道说些什么。

"我想知道南岸江防阵地部署情况，你知道吗？"腾连长话锋一转，目光扫视着几名老百姓，从他们的反应来看注定不会得到满意的答案。

江防阵地乃军事管制区,不要说是平头百姓,军警宪兵都不得靠近,哪里知道军事部署呢?

"南岸军事管制区里有江防阵地,全是重炮,你们晓得,威力大得很哟。"一个中年汉子夸张地喊道,"我是保民队的,长官。"

"晓得晓得,那帮龟孙儿只会放空炮,小日本的飞机一架也打不下来,现在都成哑巴了!"老汉激动地骂道。

当务之急是侦察南岸江防舰队的情况,但从老百姓嘴里得不到更有价值的信息,腾连长不禁凝重地点点头。正在此时,突然化龙桥方向传来一阵激烈的枪声,腾连长立即拔出枪虎吼一声:准备战斗!

"枪声"很激烈,声音也很特别,似乎是向天放空枪。

"连长同志,那是城里的老百姓放鞭炮,不是打枪。"李天骄一边擦着汗娇喘吁吁地挤出人群,一边整理一下衣襟,敬了一个不甚标准的军礼,"我是西南服务团队员李天骄,热烈欢迎你们。"

腾连长一愣,上下打量几眼,纠正一下李天骄的小臂:"你不是军人,敬军礼的时候手和小臂是这样的。"

腾连长的双脚跟"啪"的一碰,回了一个标准的军礼,而后擦了一下脸上的硝烟色:"西南服务团?我晓得有两千多名同志率先抵达山城负责接管工作。"

"是的,我负责经济领域的接管工作。"李天骄凝神说道,"我队负责维护山城秩序,不过今天晚上城里有点儿乱,老百姓们放鞭炮欢迎你们咧！"

腾连长长出一口气，看一下手表："我奉命侦察江防舰队部署情况，炮兵营已经部署完毕，只要敌人胆敢抵抗就立即消灭，不过……"

"不过最好兵不血刃地接收长江舰队，是吧同志？我们也想到了这点，我队的陆枫正在执行此项任务。"李天骄兴奋地说道。

腾连长显然备受鼓舞："结果如何？"

李天骄焦灼地摇摇头："还不知道呢。"

长江舰队是一支强劲的水上武装力量，也是江南防线最后一道水上屏障，不过现在看来已经成了孤悬江中的弃子。是顺江逃亡还是凿船沉江，叶裕还在痛苦地挣扎，这种挣扎注定毫无意义。

"民权号"甲板上，冷冽的江风逡巡而过，细雨如烟雾一般笼罩着军舰，两个人影笔直地站在船舷旁。李安成淡然地看一眼手表，回头向陆枫一笑："这个叶司令好像心有不甘啊，再给他一点儿时间考虑考虑。"

半晌，陆枫没有说话。若是按照以往的火爆脾气，早就跟姓叶的杠上了，哪有时间在船上跟他磨洋工？不过自从水厂事件之后，陆枫的暴脾气收敛不少，也许是李天骄给他的感触，让他在许多自以为是的事情上开始学会换个思路看问题，开始进行自我审视。

运筹帷幄之中，决胜千里之外。有些胜利不是勇猛就能达到的，比如抓潜伏的国民党特务，比如劝降长江舰队弃暗投明，比如对付那个让人头疼的"连营杀手"。上次执行任务的疏漏经过一番自我检讨,教训和经验同样鲜明,悲剧不能重复上演啊。

"舰队起义投诚的消息被泄露了,我要追查到底。"

李安成疑惑道:"这件事已经酝酿了一段时间,我通过山城商会的进步人士极力促成此事,但时间和方式只有少数几个人才知道。"

陆枫沉默地思索着,李安成并没有透露更多的信息,所以无从知晓消息是怎么泄露的。但从今晚的遭遇来看,敌人采取暗杀的方式旨在阻止舰队投诚,而叶裕之所以没有话复前言,很有可能有所忌惮。

能让舰队司令叶裕忌惮的,除了解放军之外,无非是潜藏在舰队里的军统特务!

与李安成接头失之交臂,被一艘顺江而下的舢板给诱导了。李安成在途中遭到截杀,自己也在街头遭遇伏击,再联想到舰队营地门口发生的枪战,陆枫不难猜出特务们对此次接受投诚设置了重重阻碍。

第十七章
兵不血刃(二)

钟鸣声突然响起,叶裕漠然地看一眼时间,拿出怀表对照一下,又看向舷窗外江北方向。直冲天际的浓烟夹杂着火光烧红了半边天,从半个山城的断电情况可以断定发电厂被破坏了,当晚的爆炸声就是那里传来的。

很长时间没有收到国防部的指示了,自从昨天上午最后一班飞机起飞后,期待的一切讯息都没有收到,虽然广播里还播放着前线战况,还在自吹自擂西南防线固若金汤云云,明白人都知道这些不过是欺骗三岁孩子的稳军之计罢了!

江北岸传来一阵急促的枪声,惊得叶裕慌忙探出头望向晦暗的江面,细雨微倾的江面水雾缥缈,根本望不见辖属的主力舰。

"邵参谋,发生什么事了?"叶裕擦了一下额角的冷汗,将舷窗轻轻地关上,抬头正与邵奇峰四目相对。

邵奇峰看了一下时间,焦灼道:"司令,您还没做最后的决定?别再相信广播里的鬼话了,说什么西南防线固若金汤、党国大军即将开始反攻，现在哪里还有什么防线？胡宗南跑了，杨森也溜之大吉，当初是他们拍着胸脯向委员长保证的，现在呢？"

现在糟糕的情况是叶裕做梦也没预料到的，才收到消息说驻守岸防炮兵阵地的人跑了一多半，整个阵地只剩下了区区几十人固守。别说及时操炮反击共军，就连装弹的人手都不够用。更恶劣的是"统"字号的人竟然在这个时候对长江舰队下手，把枪口对准了自己人。

叶裕一言不发，心绪乱如麻。

李安成出现在门口，淡然地看着叶裕："才收到消息，吴参谋已经被人民镇压了，同时被镇压的还有混进舰队的军统特务三人。"

"什么意思？"叶裕不可置信地看着李安成。

邵奇峰出奇地冷静，重新打开舷窗，呼吸一口新鲜空气："吴参谋是军统的人不是什么公开的秘密，他接到上峰密令留守长江舰队，只要您稍有不轨便可以就地正法，我未雨绸缪先行一步，除掉了那个害群之马，这也是其他三位舰长的共同决定，现在向您正式汇报，危机解除了。"

真正的危机并非是吴参谋等人，而是共党。而面前这位"李先生"就是共党，还有那个陆枫。叶裕以为只要动动手指，两个共党就会在自己眼前消失，四艘铁甲战舰顺江而下，谁能阻挡？

太可怕了！叶裕看着邵奇峰的背影，冷汗"唰"地流下来，如果所猜不错的话，自己的命令恐怕都传不出"民权号"！

朝天门码头没遇到任何阻挡,腾连长率领侦察连长驱直入便占领了整个码头,正要部署渡江任务的时候,不可思议的一幕让腾连长啼笑皆非:操着各种"武器"的老百姓们涌进了码头,要与解放军并肩作战!

"报告连长,老乡们要跟咱们一起打仗,怎么劝都不听。"警卫员小刘气喘吁吁地跑回来报告。

腾连长冷静地点点头:"这说明山城的老表觉悟很高,士气高涨是好事。但绝对不能让他们拿着镐头锄头跟敌人打枪战,不能做无谓的牺牲。"

"人太多了,劝不住啊……"

"劝不住也得劝,这是命令!"腾连长急得一跺脚,老百姓们的冲动会打乱自己的军事部署,若发生流血事件对不起山城百姓,上级会责罚他保民不利,后果很严重啊。

一阵尖锐的铜哨声突然横空响起,听到哨音的人群忽然静默下来,群情激奋的老百姓纷纷退让,李天骄在付怀仁的保护下跳上了高台。

"你们想干啥子,想造反也不选个良辰吉日?"付怀仁一顿雷烟火炮,台下的人群都静了下来,他摘下警帽吹了吹上面并不存在的灰尘,"前面就是嘉陵江,有种的你们把军事管制区夺下来献给解放军,老子佩服你们是个带把的!"

李天骄皱着眉,这个油腔滑调的家伙果然粗鄙不堪,但很有效果。大概是老百姓平日里被军警宪特们欺负苦了,只要他们出现就天然地惧怕，即便手里有武器也想不到反抗。

"老乡们，我是西南服务团的队员，解放军是来解放山城人民的……你们用行动支持他们是英明的决定，但不能做无谓的牺牲，现在解放军最缺少的是渡江的木船，而不是给他们添乱。"李天骄兴奋喊道，"家里有木船舢板的都贡献出来吧，这是对革命最大的支持……"

人群一阵骚动，付怀仁窘迫地看一眼李天骄低声嘟囔着："他们哪里有木船咧，数月前封江的时候都被没收凿穿沉江了，水警分局执行的命令。"

"真有你的，就没留下一只半只的？"李天骄狠狠地瞪一眼付怀仁，若这家伙不是心存善念，早就被解放军给镇压了。

付怀仁还在以警察局长自居，是不识时务还是另有所图？其实这位"局长大人"还有几个小时就要卸任了，他对此心知肚明。

"我家有筏子，能用吗？"

"当然能用！"李天骄笑道。

"我家还有床板门板，都给解放军渡江用……"

警哨再次响起，付怀仁挥舞着警帽，指挥着老百姓们弄渡江工具。

正在此时，一名战士跑过来："李同志，我们连长要您过去一趟，有重要的事情研究。"

"知道了。"李天骄跳下台子，回头瞪一眼台上手足无措的付怀仁，"付局长，还愣着干什么？腾连长有请呢！"

整个朝天门码头只有一个坐镇掌管治安的警察,方才他的所作所为腾连长亲睹,虽然不喜欢那种油腔滑调的痞子作风,但确实帮了自己的大忙。

"连长同志,这位就是朝天门码头水警分局的局长,叫付怀仁。"李天骄凝重道,"目前南岸的兵力部署未知,我们的同志去舰上协商还没有结果。"

腾连长微微点头,看向眼前穿着黑色警服歪戴着警帽的中年人。

"长官,我叫付怀仁,老重庆人,一直在水警分局搞营生,大伙都叫我'佬麻雀',今早上被委任分局局长……因为鄙人姓付所以他们叫我付局长,其实我是今天才被扶正,才当了一天的局长……"付怀仁掏出皱巴巴的香烟递过去,却被腾连长拒绝,满脸尬笑极不自然。

"你的手下都逃了?"腾连长肃然地问道。

共军大兵压境,国军败走山城,城里只剩下了少数宪兵队、保民队、护厂队等武装力量,警察系统早已经瘫痪运转不灵,付怀仁所属的水警分队顶头上司逃走之后,警察局上下人心惶惶,不少人都躲灾逃难了。

付怀仁点燃一根烟狠吸了一口:"报告长官……"

"我姓腾,你叫我腾连长,我们共产党不兴什么长官不长官的。"

"报告腾长官……是腾连长,水警分局的弟兄们都出去维护城市治安去了，朝天门码头的片区很大，人手不足，这里只我一个人留守，给您添麻烦了。"付怀仁低声下气地笑道，眼角余光看一眼李天骄，"刚才我还帮李同志找船，她要渡江去对面的军事管制区的，真的，不信您问她。"

虽然是国民党的旧警察，但也是苦出身人心肠不坏，但他说派兄弟维护治安绝对是假话，因为方才还告诉自己是去抢别人地盘呢。想及此，李天骄正色地点点头："船找到了吗？"

"有，有！"付怀仁鼓着腮帮子吹了一通哨子，一个畏畏缩缩的青皮钻出人群跑过来，付怀仁气急败坏地踢了一脚那人的屁股："老子让你找的船呢？长官们等着急用。"

"找到一个，可那老家伙说什么也不给我，这事儿得您亲自解决。"

"蠢货！"

腾连长冷静地扫视着面前的这两个人："你们负责找船，舢板木船筏子随便什么都行，只要能渡江就行。"

"连长同志，您要用竹筏子跟国军军舰打一仗？"付怀仁惊愕一下问道。

"你不相信我们会赢？"

"相信，相信！"付怀仁一缩脖子，拉着那个人跑远了。

码头上的所有制高点都被解放军占据，交通要道实行军事管制，任何闲杂人都被清除。从望远镜里观察着南岸那艘军舰，腾连长凝重道："多么精良的军舰啊，可惜，太可惜。"

可惜的是如此精良的战舰掌控在敌人的手里，可惜的是它没有加入到抗日序列当中，只作为威慑手段在长江闲置了数年之久，更可惜的是若把长江舰队消灭在朝天门码头，对我军将是不可弥补的损失。

挽救长江舰队让它成为人民军队的利器，彻底消除固守山城的这道防线，不战而屈人之兵才是上策。目前南岸的炮兵营已经进入临战状态，下游江口水域早已经被解放军夺下，实施水面封锁，舰队将如瓮中之鳖。

如果反抗，饱和攻击之下的战舰将不能承受炮火的打击，直至摧毁整个舰队。

敌人的江口防线已经崩溃，我军部署一个炮兵营扼守水陆要道，长江舰队根本无法突破，即便硬闯，最终也会落得舰沉江底的命运。而江北朝天门码头附近，也完全被解放军所掌控，两个炮兵营部署在江北一线，炮口对准了四艘战舰，只等命令下达。

战士们奔跑冲锋的影子在李天骄的视线里闪过，码头上的几处制高点架设了火力点，近岸百米之内完全被封锁。还有更多的战士进入朝天门作战区域，已经对长江舰队实施了有效包围，三十人组成的突击队在江边集结，他们想要强渡嘉陵江吗？

对于早已丧失抵抗意志的敌人而言，失败的结果已经写在了江面上，他们肯接受这样的结局吗？但为了还在"民权舰"上斡旋的同志安全，李天骄不同意强攻。

"没有时间了，我们要一鼓作气拿下长江舰队防线，这里早一刻解决掉对我军解放山城至关重要!"腾连长掷地有声地喊道,"这是上级的命令,敌人若反抗我必然发起攻击,彻底消灭他们。"

李天骄无法反驳,情势紧急,但情况很糟糕!

第十八章
兵不血刃（三）

许多老百姓从家里拿来的竹竿、门板甚至床板运到了码头，战士们紧张地在制作简易筏子，他们要用最原始最简单的工具对战江里的钢铁巨兽，这让李天骄极度不安起来。若真的谈判破裂，陆枫等人的生命将会受到严重威胁，而战士们也会出现重大牺牲。

"不战而屈人之兵，上级不是命令要接管舰队吗？在陆枫他们没有结果之前你们不能鲁莽攻击。"李天骄的声音很低，低到自己几乎无法听到。

腾连长握着枪望着江面，血战一天一夜的疲劳正在袭来，但此刻他无法抑制兴奋，面前这道防线必将在人民战争的汪洋大海中被无情地摧毁，胜利终将属于我们。

"不战而屈人之兵？"腾连长严肃地看一眼手足无措的李天骄，脸上忽地略带一种嘲讽，"你说得很对，在绝对实力面前迫使敌人屈服不失是一个好办法，但这不意味着对顽抗到底的敌人采取怀柔政策，面对他们只有一个办法，彻底消灭！"

腾连长挥着手枪督促战士们快点儿弄好简易筏子，他似乎对固守军舰的敌人失去了信心。李天骄陷入极度不安之中，望着周围忙碌的人群陷入茫然之中，没想到形势会变得如此紧张，更没想到无往而不胜的陆枫到现在还没有完成接管任务。

牺牲不仅仅意味着流血，更意味着用鲜血浇灌的信仰增加了一抹厚重，而代价是生命的消失。诚如哥哥所言，为了解放山城一定会有大量的牺牲，但牺牲不是解决问题的唯一途径，我们不需要烈士！

"再给我半个小时，接管长江舰队的任务一定能完成。"李天骄硬着头皮站在忙碌的腾连长面前，她要做最后的努力以延缓解放军的进攻，为陆枫争取更长的时间。

腾连长诡异地看一眼李天骄："知道延缓一分钟意味着什么吗？既然流血牺牲在所难免，我们必须做出决断，我的决断便是消灭敌人！"

"可上面还有我们的人呀！"

"我能相信你吗？我为什么要相信你？"腾连长冷肃地瞪一眼李天骄，"请你不要扰乱我的作战计划，打仗是我们的事，你的任务是接管山城而不是对我指手画脚！"

两名战士想要将李天骄劝离，李天骄却激动地推开战士，冲到腾连长面前："你……你不可以莽撞行事破坏接管任务，纵使有一千个理由这么做，我也不允许丧失和平解决长江舰队的机会。"

腾连长愣了一下，随即便爆发出一声怒吼："这里是战场，这是我的阵地！"

我的战场，我的阵地！我们的战场，我们的阵地！

想要劝阻一名职业军人改弦易辙谈何容易？面对即将陷入炮火的紧急情势，李天骄已经无计可施。简陋的渡江工具不能阻挡此战必胜的决心和意志，他们只有冒着牺牲的危险才有可能取得最后的胜利，而这胜利值得吗？

"既然这样，我愿意和你们一起牺牲，但请你不要怀疑我的初心！"李天骄转身向江边跑去。

腾连长没想到这个女子竟然如此刚烈，一时间竟然不知道该怎么处理，只好黑着脸瞪一眼旁边的警卫员："还愣着干什么？筏子准备好了立即抵近侦察！"

"是！"警卫员转身小跑去催促同志们加快做筏子。

正在此时，几名寻找木船的战士空手而归，让腾连长火冒三丈。朝天门码头甚至在嘉陵江上都不会找到一条小舢板，更别说好一点儿的铁皮货船了，陆枫征调的货船早被吓得不知道跑到哪去了。

暗夜狰狞，江水汹涌。

一阵刺耳的铜哨声凭空而来，李天骄一眼便看见付怀仁一边吹着铜哨一边用力地划着一条舢板过来，一名战士抛出绳索将舢板固定住。

付怀仁爬上来一头摔倒在地，气喘吁吁："大小姐，有船了……我们有船了……快叫长官来！"

真的是一条小舢板？！

腾连长如获至宝，但一看见李天骄跳了上去立即板着脸命令快下来，这条船被解放军征用了，李天骄牢牢地抓住纤绳一言不发。胸中的怒火就要燃烧起来，但还是强忍着没有发作，毕竟他们是流着鲜血挺进山城的战友。

两人足足相持了一分钟，脑瓜灵光的付怀仁一眼便看出了端倪：李半城的千金在耍大小姐脾气呢！

"长官，大小姐要渡江到对岸去接管长江舰队……"满嘴油滑的付怀仁这会有点儿结巴起来，想要讨好李天骄却怕吃了共党的枪子，想要谄媚腾连长又怕得罪李半城，憋了半天才油滑地笑道。

腾连长打开手枪保险，子弹上膛："这条船我征用了，再耽误时间后果自负！"

周围的战士们不约而同地拉枪栓对准了付怀仁，付怀仁吓得差点儿尿了，慌忙举起手向李天骄求助。

李天骄一言不发地看着岸上的战士们，思索片刻才长出一口气："炮兵营已经封锁了江面，江口方向也被封锁，敌人没有退路可走，而且我们的同志正在做舰队的工作，他们承诺要起义投诚的，现在若发起攻击将会造成不可挽回的损失，腾连长，我求你再等一会儿，也许有不同的结果。"

腾连长盯着李天骄，粗声大气地吼道："兵贵神速，你不懂！"

"那就请您上船，我们一起抵近侦察！"

"胡闹！"

"有些问题不是流血就能解决的，不要因为你的鲁莽而毁掉起义投诚者的信任！"李天骄也喊道，"如果流血能接收长江舰队，我做好了牺牲准备，请你下达攻击命令吧。"

在战场上很难建立起彼此的信任，除非是并肩作战的战友，而腾连长和李天骄两个颇有个性的人一旦产生矛盾，就是针尖对麦芒。

但在这种情况下发生不愉快，李天骄没有想到。

"长官，我是水警分局局长，平日水警跟国军有些交情，要不我跟他们喊话让他们缴枪不杀？"付怀仁咧着嘴油滑地说道，"您也消消火，国军也是人，没长三头六臂，平时他们吃喝拉撒睡跟咱一样……识时务者为俊杰嘛！"

如果喊喊话就能让长江舰队投降的话，还要枪炮有什么用？！

"好！"腾连长跳上小舢板，下达抵近侦察命令。

岸边十几只简易筏子已经被扔下水了，三十几名战士抱着枪跳进激荡的江水中，推着筏子向深水区游去。

李天骄第一次接触到真正的野战军战士，也第一次参加如此激烈的战斗，曾不止一次设想真正战场的模样，但置身其中后心里只有狂跳，思维乱成了一团麻。在小舢板的颠簸中，逐渐理清了头绪，耳边又传来了付怀仁吹哨子的声音。

腾连长和李天骄不约而同地看向付怀仁，付怀仁缩了一下脖子，油腔滑调地解释一番缘由。原来水警分局在之前江面巡逻的时候，靠近长江舰队防区时必须吹哨示警，防止发生误伤事件。

十一月的嘉陵江上，江风强劲江水冷冽，被木桨激起的水花偶尔打在脸上，冰冷彻骨。李天骄牢牢地抓住船舷，望着暗夜中停靠在千米之外的军舰，心潮澎湃。

江涛之中，数十只简易筏子颠簸在水中，战士们匍匐在上面随着波浪起伏不定，数道探照灯划过江面，惨白的灯光掠过抵近侦察的筏子，李天骄的心提到了嗓子眼。

哨子还在"呜呜"地吹，付怀仁的腮帮子疼得要命。吹了一晚哨子，从朝天门码头吹到了嘉陵江上，如果谈判破裂的话，冷枪会立刻要了他的脑袋。

"你确定他们不会开枪？"李天骄紧张得有些发抖，为了缓解心绪，回头看一眼付怀仁问道。

付怀仁畏畏缩缩地苦笑："老天爷要我在井里死的话，河里绝对不收，这辈子临了当了一天局长，值了。"

李天骄想笑却笑不出来，一想到往日那些军警宪特的恶嘴脸心里直恶心，但眼前这位朝天门码头水警局长让她改变了一些想法。毕竟在如此危险的情况下，不是谁都能像付怀仁这样选择与我军合作的。

他是机会主义者，同时也是一介草民。

"如果你立了大功，服务团会给予嘉奖的。"李天骄望着愈来愈近的军舰暗影说道，"只要支持山城的解放事业，我党会给你一个重新做人的机会，你要好好把握。"

付怀仁"嘿嘿"一笑，他不相信这种空口无凭的承诺，更不相信李半城家的千金有这么大的能量。一个能把自家的粮店给砸了的资本家小姐，不敲断自己的骨头已经算很幸运了。

抵近军舰百米之外，付怀仁扯着脖子喊起来：你们被包围了，缴枪不杀……

周围几十只简易筏子上都传来了同样的喊声，声音此起彼伏，淹没在江风之中。

南岸的炮兵阵地已经陷落，江口方向被共军严密封锁，所有对外联络业已全部中断，唯一能联系上的就是李安成这条线。从刺眼的探照灯里，叶裕清楚地看见了江面上浮动的筏子，隐约听见风中传来的哨音。

静，死寂一般的静。

握着舵轮的手颤抖不止，额角的冷汗密布，汗珠滚过的地方似有千百只蚂蚁啃食皮肉一般痛苦。眼角的余光扫在门口陆枫的身上，耳边传来打开保险的声音。

李安成按住了陆枫的手，一言不发地摇摇头。枪毙叶裕很容易，但此前所做的一切将会付之东流，李安成要给他充足的时间考虑，即便此刻他也发现了江面有异常情况。

从经验判断，我军接应的人来了！

这是压倒叶裕的最后一根稻草，没想到来得正当其时。

"叶司令，您是聪明人，是起义投诚做我们的同志，还是顽抗到底自取灭亡，我想您已经做出了明智的选择。"李安成浅笑道，"人民的汪洋大海已经埋葬了蒋家王朝，逃亡的专机上没有您的位子，已经证明您的信仰不过是徒劳，经不起革命的风吹雨打。"

冷汗终于流下来，叶裕漠然地抚摸着船舵："把舰上所有灯都打开吧，那样江面不至于太黑。"

黑漆漆的江面上惨白的探照灯光突然消失不见，钢铁巨舰上亮起了一盏盏雾灯，灯光倒映在滔滔江面上，流光溢彩美轮美奂。

哨音也戛然而止，铜哨从付怀仁的嘴里掉下来，他张大了嘴巴半晌说不出话来。腾连长举着枪匍匐在甲板上，盯着百米之外军舰上的灯光和晃动的人影。

"什么情况？"李天骄紧张地望着巨舰，此刻才发现是如此巨大，压迫感强烈。

腾连长挥动手枪："同志们，做好战斗准备！"

黑暗中此起彼伏地传来回应：缴枪不杀……

付怀仁突然将帽子扔到了江里，一把抓住腾连长手中的枪管："别开枪，他们投降啦！他们投降啦！"

紧张到极致之后是崩溃，李天骄只差一声枪响就会崩溃！而付怀仁的一席话却让她立即兴奋起来，望着美轮美奂的灯光，泪终于流下来，一把抓住腾连长的手，激动得说不出话来。

"陆枫成功了！"

腾连长长出了一口气，感觉李天骄的手似乎冰凉，不禁憨笑一下："李同志，兵不血刃地接管了长江舰队，你们功不可没！"

宽阔的嘉陵江江面上，"民权舰"似乎动了一下，摇曳的灯光也浮动起来，随即一声长鸣响彻江面，就如憋闷已久之后的怒吼一般!

几分钟之后,从江面上横空传出的数声鸣笛刺破了晦暗夜空,遥望千米之外南岸的深水区,三艘钢铁巨舰都亮起了信号灯。这是对"民权舰"的回应,也是向人民解放军传递的第一声问候。

登陆上岸,防区已不设防,叶裕在李安成和陆枫的陪同下正站在防区门口,后面是长江舰队岸防大队的人。看不出兵败受挫,每个人的士气都很高昂,如果被逃到成都的蒋介石看到这一幕的话,估计会暴跳如雷骂"娘希匹"。

激烈的枪声响彻云霄,子弹刺破夜空的寂静,久久回荡在耳边。这是和平的枪声,预告着解放军兵不血刃地完全接管了号称山城最后一道防线的长江舰队!

叶裕此刻却激动得语无伦次,跟腾连长热情地握手:"我们是长江舰队……没有车只有船……委员长……哦不,老蒋让我们往哪里逃?既然逃不了就投降了吧……"

一句话惹得陆枫憋不住笑出声来,叶裕才觉察到自己失言,尴尬地冲着陆枫和李安成点点头,意思不言自明。

"叶司令,您深明大义做出了正确选择!"腾连长终于轻松地笑了笑,"不过我要更正您方才的话,不是投降而是起义投诚,投降是战俘,而投诚则是同志,共产党爱憎分明,欢迎你们。"

李天骄快步走到陆枫近前,泪终于决堤一般流下来。

第十九章
山城之乱

临风听涛，波诡云谲。

无语东流的嘉陵江上，四艘钢铁巨舰闪烁着信号灯一字排开浩浩荡荡向江口方向行驶，朝天门码头拥挤不动的人群传来冲天的口号声。老百姓们从未见识过长江舰队这种阵仗，投降还弄出这么大的动静？

城内鞭炮轰鸣，老百姓们像过年一样铆足了劲儿庆祝，护校队的学生走上街头四处张贴标语，传单满天飞之中忘记了一场大雨即将来临。而朝天门码头的解放军利用简易筏子渡江，奔赴下一个战场。

南岸李家大院此刻却乱成了一锅粥，李天鹏在天井中一边踱步一边唉声叹气，二姨太则泰然自若地坐在椅子里，一只手捏着水貂皮的披肩一角，不屑地嗑着瓜子。

"老爷，我回来了！"管家老李脚下拌蒜一般闯进来，差点儿撞倒灯笼杆子。

李天鹏慌忙停下:"大小姐呢?怎么没跟你回来?"

"老爷……我劝不住大小姐啊……她要渡江去岸防管制区,后来共党占领了朝天门码头,把老百姓们都劝回家了。"老李气喘吁吁道。

"现在怎么样?天骄渡江了?"

"打起来了……共党的一个炮兵营抢占了江北岸防阵地,我跑回来的时候正要渡江攻打'民权舰'。"

自己女儿的性格李天鹏太了解了,一向跋扈惯了,莫说是一个下人,就算自己亲自出马,也劝不回来。李天鹏长长地呼出一口浊气,四平八稳地坐下,端着茶水细品着。

"一个女儿家不回家也就算了,外面兵荒马乱的出了事想哭都找不到庙门。"二姨太阴阳怪气道,"还是喝过洋墨水的人呢,整天里的革命、革命,就昨,带着人砸了自家的粮店革自家的命,今儿又疯疯癫癫地渡什么江打头阵,不知道明儿还能捅出多大的娄子呢……"

李天鹏狠狠地瞪一眼二姨太:"你懂个屁?老子的命就是用来革的!谁家有这样的娃儿敢革老子的命,我有!"

二姨太像是被踩到了尾巴毛一样,想要跟李天鹏理论理论,正在此时,一名下人在房顶上大呼小叫,听了半天才明白发生了天大的事情:四艘巨舰正在江面上通过!

李天鹏跑到楼上向江面望去,老李慌忙递过老花镜,指着嘉陵江上的灯光闪烁的军舰,半天没说出话。

"大小姐在上面?"

"可能在……水警分局的付局长给小姐找的船。"

"好!"李天鹏紧张地抓着栏杆,伸着脖子仔细看江面,直到军舰变成了模糊一片的光影,才呢喃自语道:"那家伙还欠咱一百光洋的印子钱,明天找他算账去!"

望着嘉陵江上正在发生的一幕,蔡锦生似乎被当头一棒给打蒙了,瞪着猩红的眼珠子盯着远去的巨舰光影,愤恨地砸着桌子:党国豢养了一群白眼狼,怎么一枪没放就投降了?这要是被委员长知道了还了得!

"对不起,行动失败了。"一个身材瘦削长相猥琐的中年人望一眼蔡锦生道,"行动队兵分三路阻击共党,两路被打垮,一路被全歼,我愧对队长。"

"我本想拿叶裕的脑袋祭旗,没想到……"蔡锦生漠然地望着窗外,江风夹着细雨吹进来,不禁打了个寒战,"这不是你我能左右的。"

"此事是否向委员长禀报?"

蔡锦生疲惫地摇摇头,颓然地靠在沙发上,捂着面颊沉思:"一夜之间,兵败如山倒,天欲亡我,我必狂也,一切按计划行动。"

风雨交加之中,挂钟敲响了十二下。

蔡锦生阴鸷地看一眼电话,抓起来沉思片刻后又放下:"明天去林园探听一下消息,如果运气好的话把货运走,免得惹麻烦。"

"共党不会在一夜之间占领山城的,这里还是我们的地盘,只要您下达指令,我们亦可翻手为云,覆手为雨。"瘦削男人阴冷地笑道。

蔡锦生木然地点点头,他期望如手下所猜测的一样,给他足够的时间部署谋划已久的行动计划,让自己像一枚钉子一般钉在山城。他为军统服务了整整八年,把人生最好的年华都埋没在鱼龙混杂的乱世之中。

他曾经抱怨英雄无用武之地,头顶上总有聪明之辈笼罩,现在卸掉了一切,到自己大施拳脚的时候了吗?

未必。

聪明人大都远遁台湾一隅,潜伏下来的人要拯救摇摇欲坠的党国乾坤,用站长的话说,就是"天将降大任于斯人也"。不过,现在蔡锦生的内心感到一阵紧张,没想到长江舰队这么快就土崩瓦解了!

一夜未眠,回到驻地的时候天已拂晓。当陆枫、李天骄和郝仁回到驻地的时候,才发现程满仓正浑身湿透地站在房檐下恭候,一见到他们才松了口气。

"程队,我们回来了。"陆枫扔给程满仓一盒哈德门,满脸兴奋,"山城解放了,真的解放了,早就期望这一天啊,没想到来得这么快!"

程满仓接过香烟看了看,没有想象中那么高兴,反而沉重地瞪一眼三个人,把烟扔给郝仁,转身进屋。

屋子里早有十几名队员疲惫地倒在床板上,很显然他们也是刚回来不久。

"等你们等得累死了!"程满仓点燃烟袋"吧嗒"两口,"开个小会,部署一下明天的工作任务,小郝记录。"

山城虽然解放,但真正的考验还没有来临。接管山城的任务极其繁重,面对复杂的情势要做出正确的判断何其难也?最困难的就是人员紧张,从常德一路而来的接管干部才两千多人,分散到山城之后就如针入大海,点、线、面的工作想要铺开不是那么容易的。

陆枫和李天骄沉浸在嘉陵江的盛况之中,还没从接管长江舰队的胜利喜悦中冷静下来。但是,作为一名接管干部,陆枫第一时间便想到了任务的艰巨性,自己主管维护山城治安重任,如何确保山城百姓的安全才是第一要务。

程满仓从当前的政治形势讲到了上海接管工作的经验,又从山城的特殊性说到了沈阳接管的教训,最后落到了面临的困难上,说到了天光见亮之后才收住了话头,几名队员早已经进入梦乡了。

"李同志,你是经济组的队员,从今天开始务必回组开展接管工作,所以……"程满仓憨笑一下,"你个娃儿明白我的意思吧?现在山城的革命形势虽然一片大好,但需要我们共同努力。"

李天骄疲惫地点点头:"程队,您想说什么就直言吧,我不喜欢绕圈子。"

"程队长的意思是昨天已经成为历史,今天开始你要创造历史。"陆枫揶揄道。

程满仓嘿嘿一笑:"意思差不多,但有点儿偏,总体说山城的接管工作要吸取以往的教训,尤其不能发生彭县的情况,严防潜伏特务的破坏行动,所以请你务必注意安全,以后就不要参与陆枫的行动了吧?"

李半城打了小半夜的电话找他的宝贝女儿,弄得程满仓亲自率领队员满城寻找,最后无功而返。虽然没有找到李天骄,但他发现山城的形势与上海、沈阳完全不一样,这里更复杂,接管工作千头万绪啊。

国民党经营山城十余年,留下虚假的繁华之余,还扔下了一个烂摊子:大量的国民党特务潜藏其中,失业的码头工人遍地皆是,混迹码头的会道门混子幽灵一般难缠,还有乞丐、妓女、盗贼、国民党的散兵游勇等等,这些都是不安定因素,必须在短时间内铲除。

李天骄的眼眉一挑,想要反驳程满仓之际,却发现陆枫给自己使眼色,再看一眼满脸疲惫的程队长,心有不忍地点点头。

"山城的形势不容乐观啊,你们出去接管长江舰队起义的时候,我出去走了一遭,说实话,很乱。"程满仓裹紧了单薄的军衣,"今天同志们都挤在一起抱团取暖吧,之前开会的时候我已经请示了魏政委,要找一个大点的地方办公,我们还得扩编工作人员咧,这个任务就交给你咧。"

扩编势在必行，但总不能滥竽充数吧？既要保障党的队伍纯洁性，又要快速提升队员的素质。但鱼和熊掌不能兼得，这么短的时间怎么才能做到？陆枫苦思冥想良久，才凝重地点点头。

从接管长江舰队所遭遇的情况来看，现在的形势比当初预估的要严重得多。川东地委与长江舰队的几位关键人物酝酿起义投诚花了很长时间，地下党为此做了大量工作，但在接管的关键时刻还是突发状况，这说明了什么？

说明了起义投诚绝密信息已经外泄，邵奇峰和几位投诚的核心将领遭到了严重的人身威胁，尤其是作为舰队司令的叶裕，他深知舰队里隐藏着"统"字号的特务，故迟迟没有下定决心。

陆枫突然想起邵奇峰处决拒不投诚的死硬分子，现在想来那两个家伙定然是隐藏在"民权舰"内部的特务。好在有惊无险啊，加之解放军及时包围了长江舰队，并对叶裕展开强大的心理攻势，否则不会如此顺利地接管。

"程队，我不是搞接收的料。"陆枫呼出一口浊气叹息道。

程满仓敲打着烟袋，奇怪地看一眼陆枫："额滴乖乖，堂堂野战军的团副咋能说这种丧气话？长江舰队接管任务完成得多漂亮，整个山城的老百姓都见识到打着信号灯游江的军舰咧。"

"跟我一样，是不折不扣的完美主义者，倘若能兵不血刃地解决掉长江舰队您就不会这么说了呢。"李天骄嘲讽，"在铁皮船上您把我扔下独自去南岸侦察敌情，结果呢？"

陆枫懒得搭理李天骄，始终在思索着接管过程中的成败得失，越想感觉心里越郁闷！一次错失与李安成接头的机会，两次遭遇敌人的伏击，还有对叶裕的攻心战打得一塌糊涂，甚至没有发挥出自己应有的水准！

程满仓疑惑地看着李天骄："老陆是侦察专家，行动的时候难道还要带你这个拖油瓶？！"

郝仁在角落里发出猫一样的笑声，当初他就感觉"连营杀手"是个拖油瓶，没想到被程队长亲口说出来了。

"如果不是我这个拖油瓶，现在也不会和平解决长江舰队！"李天骄气得一跺脚，"起义投诚绝密信息已经泄露，我把这个消息告诉老陆之后，他竟然不理不睬，以至于三番两次被敌人搞破坏……"

程满仓望着被气走的李天骄的背影，诧异地问道："有这种事？"

陆枫漠然地点点头："敌人狡诈多端，阴魂不散……"

所以接管任务要从长计议，不能虎头蛇尾，而当前最重要最紧迫的任务就是彻底打击敌特分子。程满仓点燃烟袋狠狠地吸一口，刚要发表长篇演说，才发现陆枫已经响起了鼾声。

雨夜幽暗，冷风飕飕。山城的某个角落传来零星的爆炸声，估计是二野的同志们在跟敌人交火，或者是又有敌特在搞破坏。

"你个憨瓜皮，尿了吧！"程满仓拿过一条毛毯盖在陆枫的身上，心里却想着明天如何跟魏政委汇报接管长江舰队的事情。

美梦总在最精彩的时候被打断，正当陆枫睡得昏天黑地的时候,隐隐的爆炸声突然传来,陆枫下意识地从梦中惊醒,拔出手枪便窜到了院子里。后面的老房子被震得瓦片纷纷落下,差点儿砸到陆枫。

"狗日的又在搞破坏,应该是九龙口纱厂方向。"程满仓布满血丝的眼睛满是愤怒,在天井院子里不安地踱步,看一下手表对陆枫说,"你再睡一会儿,十分钟后我叫你。"

十分钟?老程可真够吝啬的!陆枫"啪啪"地打了两下嘴巴醒了醒瞌睡,感觉浑身酸痛乏力,估计是昨天在江水里浸泡后染上了风寒所致。

"不用了,我现在就带人去林园。"说完陆枫一头钻进办公室,差点儿把郝仁撞翻,这家伙正好像梦游一般抱着枕头跑出来。

歌乐山西郊林园,曾经是国民党主席林森的官邸,1943年林森病逝后葬于此地。

"林园一号楼是老蒋的官邸,叫什么'中正楼'!"郝仁展开地图笑嘻嘻地指点着一处标注红圈的位置,"二号楼叫'美龄楼',是宋美龄下榻的地方,还有马歇尔公馆、林公馆,占地面积一百多亩,这帮祸国殃民的当权者真是穷奢极欲……"

陆枫一边仔细检查着弹夹一边咬了一口窝头,瞪一眼郝仁:"传我命令,集合。"

"您不先了解一下咱们的接管单位?"郝仁不满道。

"重庆谈判的时候毛主席在那儿住过,我们必须保护好。"陆枫瓮声瓮气地应道,"现在那儿驻扎着一个营的投诚中央军,营长姓吴。"

郝仁快速收好地图:"叫吴胜利,就是没得胜利的意思,合着怎么打都是咱的手下败将!"

二十多名队员整装待发,陆枫发动汽车后一脚油门,汽车窜出十几米远,突然发现一个人影闯进院子,定睛细看才发现是李天骄,陆枫慌忙踩停刹车,在距离李天骄不到半米的地方停下来。

心怦怦乱跳,血压顿时升高了不少!

"你干什么?!"陆枫气急败坏地喊道。

李天骄敬了一个不甚标准的军礼,笑眯眯地看着陆枫:"今天是周末,我也去逛林园。"

第二十章
震慑李鬼

山城万人空巷,街头人潮如嘉陵江水一般狂涌,鞭炮的轰鸣冲击着耳膜,烟火弥漫的天空如熔炉一般激荡。面对如此火爆的场面,队员们百感交集。昨天的混乱和眼前的热烈形成鲜明的对比,山城老百姓的热情似火,似乎要点燃整个城市!

陆枫的心情却愈发沉重,要知道有多少敌特反动分子夹杂在其中?有多少心怀叵测的破坏分子正在酝酿着阴谋诡计?又有多少趁火打劫的犯罪分子隐藏在山城的角角落落?

心怀善念的百姓刚从白色恐怖中解放出来,在尽情享受拨云见日后的自由和幸福的同时会放松警惕,或许下一刻就要面对敌人的反扑。而自己的任务,就是全面保障山城百姓的生命和财产安全,任重而道远啊。

汽车艰难而缓慢地行进,几百米长的街道走了近一个小时,日上三竿了还没有到西郊。陆枫焦急地看一眼手表,立即决定全部下车跑步前进,孰料队员们一下车便被人潮裹挟住,热情的老百姓纷纷涌上来问候。

不容拒绝的热情让队员们备感欣慰，他们是人民的队伍，是真正为老百姓服务的子弟兵。为了完成党中央交给的任务，队员们不远万里从祖国的四面八方汇聚而来，经过常德休整，经过温泉山之战，也经过血雨腥风的考验，但却被眼前的境况给吓到了！

"全体都有了，两路纵队，跑步前进！"

一声虎吼从陆枫的喉咙里喷出来，李天骄不由得紧张起来。军人就应该有军人的气势，所有队员在一分钟内集合完毕，扛着枪跑步前进，一阵嘹亮的军歌随即响彻街头。

向前！向前！向前！我们的队伍向太阳！脚踏着祖国的大地，背负着民族的希望，我们是一支不可战胜的力量，我们是工农的子弟，我们是人民的武装……一！二！三！四！一二三四！

街头的人群自动分开一条道路，战士们昂首跑步通过，郝仁开着的汽车跟在后面，老百姓把慰问品扔在车里，不少人在追着队伍跑。

这种情景李天骄一辈子也没遇到过，这是山城百姓对解放军最高的礼遇，现在想来昨天自己所做的一切都是值得的！李天骄看了一眼带着队伍喊着口号的陆枫，才发现他始终黑着一张脸，根本没有笑容，仿佛周围的一切对他而言都不存在似的。

一支游行的学生队伍恰好与他们相遇，队伍不得不停下来，震天响的口号声冲破天际，整条街如沸腾的油锅一般，热情的空气就要燃烧起来！

"你不高兴？"李天骄望着群情振奋的游行队伍，又看一眼陆枫问道。

当然高兴，由衷地高兴。但陆枫的心里堵着一股火，一想到昨天接管长江舰队的遭遇，那股火就发泄不出来，他始终在思索投诚那么绝密的消息是怎么泄露的，哪顾得上高兴？而李天骄一眼便看穿了自己的心思，让陆枫有些诧异。

李天骄捋了一下秀发，因为兴奋而红润的脸微微仰起看着陆枫："美蒋特务的智商还没有强大到神机妙算的程度，那条扰乱了你判断的舢板是他们放的不假，目的是破坏一切渡江船只，给我方造成困难。"

"你怎么知道？"

李天骄莞尔一笑："你忘记我是学什么专业的了吧？经济学里统计学和概率学，还有一门课程叫'经济心理学'，试想特务专门放一条空船在几百米宽的江面上，而恰巧那时候被你看见，这种概率有多大？"

陆枫恍然大悟，自己犯了"先入为主"的错误，外界任何细微的变化都会影响自己的判断，但千算万算也没算准，还差点儿耽误了接管任务。

"就你能！"陆枫冷哼一声，继续望向游行的人群。

"当然。"

"那你算一下人群里有没有美蒋特务？概率有多大？"陆枫下意识地按了按腰间的手枪，大踏步向队伍前面走去。

"你……你无理取闹！"

小丫头片子不知道天高地厚，竟然敢当面教训起我来了？当初浴血奋战的时候恐怕你还在美利坚唱赞美诗呢！陆枫对这位资本家大小姐嗤之以鼻，尽管心底的某个角落曾经心动过，但时过境迁，现在她依然是个拖油瓶！

队伍顺利通过拥挤的街道，临近西郊地界才终于清静下来，但稀疏的人流仍源源不断地涌向老城中心，见到这支没有番号的队伍后，都肃然而立目送他们。

一阵尖锐的哨音突然凭空传来，远远地便看到纱场门口围了一大群人，把纱厂大门堵得水泄不通。陆枫扫一眼便看清楚了形势：纱厂院里是操着棍棒的工人，从脸上便看得出愤怒异常；而外面围着二三十名身着旧军装的人，看不出是哪个部分的，但绝对不是解放军。

纱厂门口路障上骑着一名穿着黑色制服的警察，正鼓着腮帮子狠命地吹铜哨，旁边十几名衣衫不整的警察晃着警棍想要震慑双方，却被外围当兵的推搡来推搡去。

利民纱厂，这是李半城的产业。

"都给老子消停点儿，有种你们去跟国军拼命去？知道人死鸟朝天吧……"铜哨戛然而止，付怀仁沙哑的声音传出老远，指着对面兵头，"老子差点儿忘了你们最擅长的是窝里斗，国军跑了留你们这帮鱼鳖虾蟹到我的地盘装大爷？"

兵头阴鸷地看着付怀仁，用枪管点了点付怀仁的肩头："朝天门码头的黑狗子？好大的口气，兵爷的枪可没长眼，小心敲碎你的脑壳！"

付怀仁梗着脖子，深仇大恨一般瞪着兵头，轻轻地拨开枪管，铜哨突然吹得山响："老子是朝天门码头水警分局局长付怀仁，借用解放军的口令警告你们，别他娘的给脸不要脸……"

"兄弟们，黑狗子什么时候登堂入室开始欺负咱了？上！"兵头凶狠地啐了一口痰，恰好吐到付怀仁的脸上，一点儿都没浪费。

砰！砰！砰！

清脆的枪声突然响起，还没等那帮散兵游勇动手，陆枫冲天就是三枪，队员们立即切断了他们的后路。让人啼笑皆非的是，付怀仁吓得从路障上摔了下来，脸上挂彩鲜血直流，两个水警慌忙跑过来搀起付怀仁，却被他甩到了一边。

气氛急转直下，两边的人都屏住呼吸看着从天而降的解放军，没一个敢动的。

"老陆，别激动。"郝仁拽了陆枫一下劝阻道。

陆枫冷着脸阔步走到那位兵头面前站定，上下打量一番，从装束上看应该是国民党的流兵散勇军装脏得看不出什么颜色，满脸菜色羸弱不堪。这样的兵能打胜仗才怪！

"你们是哪个部分的？在这里干什么？"

"你们又是哪部分的？"兵头所答非所问，面带不善地看着陆枫问道。

"中国人民解放军西南服务团，负责接管山城。"

话音方落,纱厂院子里爆出一阵疾风骤雨一般的欢呼,工人们热烈鼓掌,山呼海啸一般喊着口号:欢迎解放军!欢迎共产党!打倒护厂队……

了解过情况才知道,山城的护厂分为二种,一种是以地下党、爱国进步群众和青年组成的,另外一种就是流兵散勇打着'护厂队'的招牌挂羊头卖狗肉。眼前这支护厂队正是这伙人东并西凑而成的,程队长昨天还特意交代过,城里的各种背景的护厂队、护校队、护民队泛滥,没想到今天一出门便碰上了一支,恰好李鬼出门没看黄历遇到了李逵。

陆枫凝重地点点头:"护厂队?"

"欢迎长官莅临,有失远迎,有失远迎!"付怀仁的鼻子插着纸筒,抹了一下脸上的血迹笑容可掬地点头哈腰道,"鄙人付怀仁,朝天门码头水警分局局长……接到群众报警特来处置,没想到碰到解放军您了……缘分啊!"

油嘴滑舌之辈,一脸阿谀奉承,陆枫知道这帮混迹码头的旧警察都一副德行,见人说人话见鬼说鬼话!不过方才被枪管顶着硬是没退缩,这位"局长大人"还是有些骨气的。

"是谁封你的局长?现在山城解放了,国民党那一套体制已经土崩瓦解,政权归属人民。"陆枫冷眼看着付怀仁正色道。

付怀仁吓得一缩脖子,脸红脖子粗地干笑不已:"长官说的对……"

"我叫陆枫。"陆枫将付怀仁警服上的肩章摘了下来,"现在不存在水警分局了,你的头衔也就不存在了。"

付怀仁满脸赔笑地主动把领章也摘了下来,扔在地上踩了两脚,向队伍后面张望片刻,似乎发现了一张熟悉的面孔,正是李天骄!

"事情是这样的,'利民纱厂'是李老爷的产业,今早便接到他老人家的电话,说有人找纱厂的麻烦……不瞒您说,这地方不归水警分局管,方才您不是重申了嘛,国民党那一套作废了,但为了帮助贵党维护城中治安,我不得不带人来,正好碰到这帮没长眼睛的。"

"为官一任,造福一方?"那个兵头揶揄道,"听说你只当了一天的局长,就敢骑在人民的头上作威作福了,这还了得!"

众人一阵哄笑!

李天骄却微微皱眉,昨天若没有付怀仁相助,解放军不会那么顺利地接管长江舰队。在这点上,付怀仁是有功于山城解放事业的,而且他并没有把这件事放在心上,今天又跑出来维护治安了,可见其心怀善念,是可以改造好的有用之人。

不过李天骄一看到"利民纱厂"几个字,心里就感觉有些不自在:又是父亲的产业,不是被哥哥捐献了吗?

付怀仁狠狠地瞪一眼兵头,拉着陆枫走到一边,低声道:"人不为己天诛地灭,您道这当口我为什么来这里捅马蜂窝?鄙人不是趋炎附势之辈,虽说当一天和尚撞一天钟,过了一天局长的瘾也就满足了……国家兴亡匹夫有责,这道理是个人都懂!"

果然是一个见人说人话见鬼说鬼话的家伙！陆枫静静地听着，心里却嗤之以鼻，这种人在山城多的是，一抓一大把，都是国民党官僚体系造就的残渣余孽。

"我是来还债的，还欠李半城一百光洋的印子钱呢！"付怀仁此刻如释重负地长出了一口气，"现在好了，您来了我这心就有底了，这帮玩意想要接管利民纱厂，他们说是西南服务团的……我一眼就识破了他们的鬼把戏，没想到李鬼碰到李逵了，您千万别放过他们，让他们蹲笆篱子！"

陆枫的心头一紧，看来被程队不幸言中，昨天还担心有冒充西南服务团的人借托管之名浑水摸鱼呢，今天一出门就碰到真的了。一切都已经了然，接下来该怎么处置呢？陆枫快速思索着，望一眼那帮散兵游勇，目光落在兵头的身上。

如果把他们都抓进去是不现实的，服务团队员们现在还没有栖身之所呢，怎么安置他们？更何况那么多人要吃喝拉撒。但就此放过，岂不是对李鬼们太纵容了？一定要采取果决手段震慑才行，此风不可助长！

"把枪缴了。"命令下达，队员们还没有来得及反应，兵头手里的枪已经到了陆枫的手里，快速退出弹夹，子弹一颗一颗地卸下来，众人都惊得目瞪口呆。

李天骄还是第一次见识陆枫的手段，心里像有几只小兔子乱蹦，脸红成了一片飞霞！

冷汗从那个兵头的额角"唰"地流下来，干裂的嘴唇颤抖两下，随即媚笑："陆大队长，其实您大可不必，兄弟们手里的枪就是烧火棍，没有子弹。"

不仅没有子弹，这支护民队已经三个月没开军饷了，不知道上峰逃到哪去了，也不知道归属哪个部分。他们每天唯一要做的就是上街招摇撞骗，骗一个算一个，为了糊弄一口饭吃而已。

"你现在到西南服务团去说明情况，不要抱侥幸心理！"陆枫义正词严道，"解放军的眼里不揉沙子！"

兵头一头钻进人群，手下扔下步枪慌不择路地散去。

第二十一章
隐忧之始

陆枫从骨子里鄙视"黑狗子"。他们代表的是国民党旧势力,是美蒋反动势力的帮凶和工具,还因为他们与地方恶势力相互勾结鱼肉百姓称霸乡里,"军、警、宪、特"里没一个好人,尤其是对穿"黑皮"的旧警察怀有很深的敌意。

但在护民队冒充西南服务团接收利民纱厂这件事上,付怀仁表现得却与众不同。这位只当了一天水警分局局长的奇葩家伙之所以这么做,是因为他欠李半城一百大洋的"印子钱",所谓"收人钱财,替人消灾",付怀仁的所作所为总逃不出以权欺人的范畴。

难得的是,他还心怀一份善念。

"陆队长,介绍一下,这位就是水警分局的局长,付怀仁。"李天骄落落大方地走出来笑道,一看见那副油嘴滑舌的嘴脸,她就想笑,但现在那张满是血污的脸上带着难以捉摸的笑容,怜悯之心便开始泛滥起来。

陆枫冷肃地点点头,打量几眼付怀仁:"你明天去警察学习班接受再教育,重做新人。"

付怀仁尴尬地笑了笑,似乎对陆枫有一种天然的畏惧。其实,这是他对解放军的畏惧,从昨天见识到这支军队开始便产生了畏惧,尤其是方才陆枫空手夺枪的那一幕,畏惧里又增添了一点儿钦佩。

解放军都是"头上长角"的能人!

"长官……我们还没接到指示呢。"

"我现在就指示你,明天跟护民队一样去报到。"陆枫的声音有些不近人情,眼中露出一种咄咄逼人的目光。对这种混迹社会形同流氓一样的警察老油子不能心慈手软,若是没有接收任务的话,他很想专门"修理修理"这帮残渣余孽。

付怀仁抹了一把脸上的血污,微眯着眼睛看着陆枫,半晌才微微点头:"我知道这身皮惹你们不高兴,在你们的眼里我是'黑狗子',十恶不赦,昨天帮大小姐找船的时候还想着脱下这身皮从良呢,睡醒一觉之后我又悟出一个道理来,没有这身皮我是什么?"

付怀仁脸色黯然地望着天空,深深地叹息一下:"有了这身皮我就能理直气壮地跟那帮杂碎对着干,否则挨了枪子连收尸的都没有。"

林子大了什么鸟都有,但像付怀仁这样奇葩的警察为数不多。

付怀仁忽然脱下警服摔在地上,踩了两脚啐了一口:"老子不干了!"

几个手下面面相觑,不知道付局长抽的哪门子风,敢当着解放军的面摔耙子吗？他们的心情也是大起大落，现在想来才有些酸涩：改朝换代了。

刚下了一夜的雨导致气温骤降，付怀仁冻得直哆嗦，陆枫捡起赃旧不堪的警服扔给付怀仁，意味深长地拍拍他的肩膀："听说你是十八区的天地通？今天接收林园，跟我们走一趟吧。"

一听说要去西郊，付怀仁吓得脸色煞白，畏缩地后退两步急忙摇头："我还是回去自我改造好了……"

西郊是禁地，那里是"统"字号的天下，像他这种底层警察打死也不敢涉足，除非不想要吃饭的家伙了。

陆枫明察秋毫，从付怀仁细微的情绪变化里察觉到了原因，扔下一句"这是你表现的机会"，便下令出发。付怀仁精明地算计了半天，才快步追了上去。

"付局，咱……咱也去？"一个不知深浅的手下瑟缩道。

付怀仁狠狠地瞪一眼手下："老子不是局长了，去不去你自己掂量！"

几名手下亦步亦趋地跟在队伍后面，有一种被抓壮丁的感觉。

进入西郊地界，行人立即稀疏起来，唯有行进队伍整齐的步伐声。陆枫警觉地观察着周围的情况，酒楼茶肆已经关门歇业，不时有人探头缩脑，仿若对这支队伍怀有戒心一般。

与朝天门码头鱼龙混杂不同，这里曾是山城禁地，随便抓一个人都有可能跟军统有千丝万缕的联系。而现在陆枫就要打破这种禁锢，让西郊重回阳光之下，让那些魑魅魍魉原形毕露。不过这也是一个艰难的过程，可能下一刻就会遭到不测，也可能因此被打了黑枪，但无论如何都要坚持下去，一定要快速稳妥地完成接管任务！

道路是曲折的，前途是光明的。在光明的指引下才能找到正确的方向，但任何回避困难之举无疑是讳疾忌医，只有以坚强的意志和雷霆手段打击反动者，才能让阳光普照山城。

想到这里，陆枫坦然了许多。

"付怀仁不是普通的警察，思想里有先进的一面，当然短时间内也无法脱去旧警察的恶习，积习难改嘛。"李天骄若有所思地看一眼陆枫，递给他一张纸条，"他托我转交给你的。"

陆枫接过纸条展开，竟然是一幅林园的简图，上面写着几个字：七月流火，九月授衣。

图画得不错，字写得也很潇洒，看不出来付怀仁还真是有心之人。陆枫望一眼在前面跟着队伍前进的付怀仁："有点儿意思。"

"昨晚他在朝天门码头立了大功，维护码头治安尽职尽责，给解放军寻找船只诚心实意，我先前也误会了他的好意，这个人很怪，揣摩不透。"李天骄下意识地看一眼陆枫，"金无足赤人无完人，国民党旧警察里能秉持良心做事的人本就不多，他很难能可贵。"

擦亮眼睛看清敌人的本质，不要被表象所蒙蔽，更不要对敌人心慈手软。这是程队长说的，陆枫对此很是赞成，毕竟接管工作千头万绪，对敌斗争不能放松警惕。这个付怀仁到底安的是什么心,现在还看不透。

付怀仁绘制的简图很有用,他的用意也十分了然:想借此拉近与自己的关系而已。这种小伎俩陆枫一眼就能看穿,或许这就是他立功赎罪的表现,还或许以此彰显自己的与众不同。陆枫心思沉沉,揣测人心是一项技术活,不仅需要心思缜密,更要明察秋毫。

不放过一个坏人,但也不冤枉一个好人!

"长江舰队的起义投诚消息究竟是怎么泄露的?"陆枫将纸条塞进上衣兜里,思维还停留在昨天的谜团之中,之所以要刨根追源,直觉告诉自己这不是一起简单的事件,敌特的破坏行动有板有眼,陆枫有一种强烈的感应,敌特与他们的较量才刚刚开始。

李天骄迟疑一下:"这种事还用猜吗?形势所迫之下必然要做出趋利避害之反应,北平和平解放就说明了问题,长江舰队是困在嘉陵江里,我军不战而屈人之兵,叶裕别无选择。"

李安成也是如此判断,所以他笃定必然兵不血刃地解决长江舰队。不过,陆枫对此有不同的见解,此刻却憋在心里隐忍不发。

山城解放前夕,二野前指曾经试图配合山城地下党对歌乐山集中营内关押的数百名同志实施营救,丧心病狂的敌人提前行动,二百多名同志倒在了黎明之前,未能看见今日的红旗漫卷。而保护水厂一战,让陆枫不得不转变对敌作战的战略战术,尽管这种转变十分困难。

他喜欢在战场上跟敌人决死战斗,而不屑于做这种"婆婆妈妈"的接管工作,所以三番五次地要求上前线,却被程满仓的雷鸣火炮给轰得毫无脾气。经过昨天接管长江舰队一役，陆枫才意识到接管工作并不简单。

这是一个没有硝烟的战场，却随时准备着流血牺牲！

中街文成书店里，身穿米色西装扎着红色领带的冯路远摘下金丝边眼镜，用白色的鹿皮反复擦拭着，从纤尘不染的三接头皮鞋便可揣测出他似乎是一个有洁癖的人。此刻，冯路远淡然地看一眼在书架旁故作看书的李安成："一杯清酒语衷肠，千里江陵君莫忘。君莫忘，君莫忘，临涛听风夜梦长。"

"路远兄的谨慎是出了名的，又打谜语让我猜？"李安成捧着书微笑道，"水仙阁的清酒比较有味道，临风听涛，野望长河，好一番雅趣。山城解放是我们期待已久的大事，本来应该好好庆祝一下，不过今天有更重要的事情要做。"

冯路远戴上金丝边眼镜，不安地搓着手好奇询问，"什么更重要的事情？"

李安成苦笑："我来这里是告诉你上级党委的决定，山城解放后一定要全面做好城市接管工作，彭水的前车之鉴一定要避免，为此西南服务团要组织一支精干的力量，狠狠地打击国民党潜伏特务肃清流兵散勇土匪武装，维护山城稳定和保护百姓的生命财产安全。"

"上级要我到西南服务团工作？"

"是的，魏政委的意思是组建山城公安分局，你我可以光明正大地为人民服务了。"李安成激动得脸色绯红，放下手里的书笑道，"过几天去服务团报到，我已经安排妥当了，这里作为公安局的行动点继续保留，我会另派一名同志打理，所以，你要做好充分的准备。"

冯路远难掩激动地点点头："君问归期未有期，巴山夜雨涨秋池……"

"文绉绉的像个老学究，是当政委的料！"李安成戴好礼帽笑道，"我还有事，有问题我会及时通知你。"

大街上行人川流不息，阳光里弥漫着甜丝丝的味道，那是自由的味道，是胜利的味道，也是幸福的味道。李安成钻进小汽车，看一眼文成书店的门楣后发动了汽车，冷静地思索着接管林园事宜。

上级已经制定了一整套接管林园的方案，但接管工作仍不能马虎大意，任何细微的疏漏都会引发大问题。西郊林园是国民党政要活动的中心，也是毛主席在重庆谈判期间的重要会址，保护好利用好林园有着莫大的政治意义。

李安成看一眼手表，心里想着陆枫此刻是否已经出发了？这位服务团同志虽然有胆有识，但做地情工作经验不足，若不是自己沉得住气，昨晚接管长江舰队或许会出大事。但从另一个角度看，若没有陆枫的极限施压，叶裕也不会那么快缴枪。

杀人易，诛心难！

刚刚解放的山城表面上平静，但实质上是暗流涌动。洋溢的笑容和阴鸷的眼神一样会让人产生虚幻的感觉，这一切会不会像深秋的天气一样诡秘莫测？其实，压在陆枫心头的不安没有减轻一丝一毫，反而更加不安起来。

付怀仁以"林园"简图作为投名状，想要博得陆枫的好感，反而让陆枫感觉他心怀叵测，有一种强烈的投机感。不过，终究是好事，至少说明付怀仁良心未泯，有改造的价值。

他的目的无非是想证明自己的与众不同，但陆枫并没有改变对"旧警察"的成见，认为这是付怀仁油滑世故的个性。

走进林园，古木参天蔽日，陆枫无论如何也感受不到自然之美，反而有一种阴森惧怕。心里又想起之前歌乐山一战的惨况，血迹斑斑的土地和燃烧的愤怒交融在一起，悲悯的哭声和怒吼在歌乐山久久回荡。

不时会想起的血腥一幕，让陆枫陷入深深的痛苦之中。

"你对林园很熟悉？"陆枫阴冷地看一眼付怀仁问道。

"不熟悉。"付怀仁似乎在刻意地保持平静，抚摸一下路边的古树，"这地方是权贵们的乐园，对于我等屁民则是禁地，来一次能活着出去已经是烧高香了，不是谁家的祖坟都冒青烟。"

"你在撒谎。"陆枫一向相信自己的直觉，从付怀仁的面部表情可以断定他在隐瞒什么。

付怀仁奇怪地看着陆枫，忽然一笑："地图是前任局长给我的，要我来接他的三姨太，狗嘴里怎么能吐出象牙？丫的一撅腚我就知道他想冒什么坏！"

"你没接？"

"明显是个圈套，来了就会吃花生米，我还没蠢到那种程度，因此想临时应对。"付怀仁一脸坏笑道，"不过还真得感谢局长他八辈祖宗，昨天一大早我来接人，那娘们早就溜了，据说走的是水路，比局长还提前了三天。女人心棉里针，要是局长知道的话说不定气出脑震荡来。"

李天骄狠狠地瞪了一眼付怀仁，终归是在诽议女人，即别扭又不自在。

第二十二章
枪击事件

付怀仁油滑地一笑,知道自己的话戳了李大小姐的肺管子,但还是若无其事地折了一根木棍,殷勤地递给李天骄,意思是,如果大小姐不开心就让她打几下。

在陆枫看来,这家伙是个见风使舵的老手,但与其他旧警察有些不同,至于到底哪里不同想了半天也没想出来。大概是付怀仁比其他同类头脑灵活?趋炎附势、油嘴滑舌、笑里藏刀之类的词语用在他身上都不为过,这种人要严密提防,否则弄不好就会出大事!

一入林园便看见气势恢宏的墓冢,斑驳的石壁似乎历经风雨洗礼,幽静中有一种阴沉压抑之感。这便是林森之墓,陆枫在来之前听程队叨念过,并嘱咐一定要保护好这座墓。所以立即命令队伍就地休整,自己则举步向林森墓走去,李天骄、郝仁和付怀仁陪同左右。

付怀仁整理好警服,规规矩矩地三鞠躬致敬,惹得郝仁不仅狠狠地瞪一眼付怀仁,警告他注意自己的行为举止,多加检点不要与人民为敌！弄得付怀仁手足无措，满脸通红地退到一边不敢说话。

站在墓前，陆枫脱帽致意，心里却复杂难平。此举惹得郝仁一阵紧张，方才还教训付怀仁意图不轨呢，这会陆枫的举动无疑是打了自己一嘴巴，于是气呼呼地上前阻止陆枫。

"为什么要向一个国民党致敬？你违背了共产党人的原则！"

"你知道里面葬的什么人？"

"林森，国民党故主席。"

陆枫摇摇头："他与我们一样，是坚定的抗日志士。"

旁侧的付怀仁此刻眼神忽然一亮，继而奇怪地观察着陆枫，脸上露出难以置信之色。以为共党都是头上长角、身上长刺的主儿，但眼前这位有些与众不同啊！

"每个人都有自己的信仰，有人悟道梦求长生，有人信奉佛祖普度众生，信仰三民主义者如林先生，有治国安邦之壮志却无逆天改命之道。"陆枫沉默片刻道，"这些是从四三年的报纸上看的，我感觉有道理。"

陆枫冷肃地看一眼郝仁，目光又落到高大的墓碑上，越过墓碑看见穹顶上面的国民党的党徽，略显陈旧，心下不禁慨叹不已。斯人已逝，国民党已经溃逃作鸟兽散了，唯有如林森之辈独享山中的清静，不会为了信仰的破灭而苦恼啊。

李天骄眉头微蹙："这个林森到底是什么样的人？"

一个身在异国他乡接受高等教育的资本家小姐，是不会理解

"偌大一个中国放不下一张安静的书桌"这句话的!

"林公抗日,功在国家。"陆枫无限慨叹道,"共产党人应该胸怀宽广,应该理解信仰的力量,更应该尊重为了民族自由和国家统一而付出毕生心血的不同信仰者。"

郝仁有些懵懂,愣了一下,继而捶打一下陆枫:"三日不见当刮目相看啊,老陆,你是从哪儿学来的?一套一套的,好像有些道理。"

陆枫淡然一笑,其实李安成曾经这么说过,当时没有在意,现在想来颇有些哲理。不过这些没有什么可解释的,只当做一时有感而发罢了。

进入林园给人一种阴森之感,大概是没有人气的缘故。把守林园的宪兵完全丧失了最基本的看守职责,连他们顶头上司的阴宅也不屑看管了。不仅如此,林园道路两侧垃圾狼藉,随意丢弃的报纸随风翻卷,人去楼空难掩凄凉景象。

就在陆枫沉思之际,一声沉沉的枪声突然传来!

"警戒!警戒!"呜呜的哨音立即吹响,方才还在墓地转悠的付怀仁吼了两嗓子,然后便一下子窜上墓地右侧的石阶,身手敏捷地向外追了出去。

陆枫拔出枪望一眼付怀仁的背影,警觉地观察着周围的情况:"保护好李天骄同志!"

话音未落,陆枫也跳上石阶去追付怀仁,而郝仁则指挥队员们分散掩护,呈扇面队形将李天骄围在中间。

"天骄同志注意安全！"郝仁举着手枪挡住李天骄，生怕有冷枪伤到她，说话的声音都有点儿走调了，紧张得过了头。

枪声来自林园东南方向，距离这里有百米之遥，以陆枫的速度应该能很快能找到目标。李天骄也拔出手枪，一下将郝仁推向一边："快行动！"

李天骄看似柔弱，实则身手极为敏捷，大大出乎郝仁的意料，难怪被戏称为"连营杀手"！郝仁吓得慌忙追了上去："老陆让我们保护你……"

"我是来执行任务的，用得着你们保护？还是好好保护你们自己吧！"说话之间李天骄已经冲了出去，任凭郝仁叫喊也不回头。

队员们这才意识到应该全面警戒以防不测，他们大多数人是从前线来的打游击老手，对这种山地作战极为熟练，用不着指挥便形成了默契，纷纷钻进老林子里，向枪声方向搜寻过去。

只一声枪响，付怀仁便锁定了目标区域：是远离林园近四百多米的一处断崖。茂密的藤蔓植物完全覆盖住了断崖崖壁，崖壁下是一条东西走向的荒沟，荒沟里长满了灌木，几乎将荒沟给填平了。

付怀仁站在崖壁前怔怔地看着地上的一摊血迹，伸着脖子向荒沟里张望却没有发现可疑的人。此时陆枫也追了过来，由于用力过猛差点儿冲进荒沟里，多亏被付怀仁给拉住。

"人呢？"

"跑了。"付怀仁龇牙一笑，"追进林子我就看见那家伙从这滚下去了，不摔个半死也得残废。"

陆枫观察一下周围地形,临近土崖边缘的地方明显有摩擦的痕迹,而居高临下向荒沟里眺望却什么也看不见。距离出事地点十几米之外,便是一条"兽"道,茂密的野草将兽道遮蔽,若不仔细看根本发现不了。

对方是什么人?到林园来干什么?伏击他的人又是谁?难道是林园的守卫吗?一连串的问题袭上心头,陆枫警觉地观察着周围的情况。此处距离林园建筑的直线距离并不远,但因为山势的缘故,根本没有路通到此处。

付怀仁在树上发现了弹痕,树下腐殖质表面也发现了被掀掉的大块树皮,他捡起树皮仔细查看一番,又望向林园方向:"奇怪!"

"奇怪什么?"陆枫眉头紧锁看一眼付怀仁,方才自己用尽全力也没有追上他,看他一副吊儿郎当的警油子样,爆发力的确出类拔萃,估计队里只有自己能跟他抗衡,心里有一种怪怪的感觉。

付怀仁慢条斯理地拿出一根皱巴巴的哈德门香烟,讨好似的递给陆枫:"先抽一口?"

"我问你哪里奇怪。"

此时李天骄和郝仁等人追上来,陆枫立即命令他们下到荒沟里去找人,随即目光咄咄地看着付怀仁。

"弹道不对。"付怀仁指了指树皮上的弹痕说道。

陆枫是何等精明?付怀仁一句话便点醒了他,那一枪并没有打中逃跑的人,而地上留下的血迹说明那人已经受伤,由此可见这里不是事发现场。更重要的是,对手只开了一枪,没有想象中枪战的画面，足以说明开枪的人不想惊动林园里的守卫。

从这两点来看，开枪者和逃跑者应该与林园无关，他们来林园应该别有目的。

"陆长官，我们应该进园子看看，免得中了招子。"付怀仁一边抽烟一边望着在荒沟里搜寻的队员们，心事重重地说道，"打冷枪是'统'字号们的专利，别忘了这里可是他们的地盘，没准往咱们的脑袋上来一下，得不偿失。"

陆枫瞪一眼付怀仁："你好像对这里的情况很熟悉啊，我警告你不要耍小聪明。"

"陆长官您多心了，我付怀仁还没有混蛋到忘了吃什么饭的。"说罢"嘿嘿"一笑，凑近陆枫的耳边低声道，"以前是吃国民党蒋委员长的饭，现在换了饭东了，我强烈要求长官考验我。"

不愧是混迹重庆十八区的老警油子，见风使舵阿谀奉承的功夫一流！不过这家伙的警觉性和判断力的确超乎常人，之前真有点儿小看他了。陆枫一脸肃然地看着付怀仁："一会儿让天骄同志给你上上政治课，你需要改造的不仅仅是思想，还有令人恶心的灵魂。"

"嘿嘿，长官骂得好，这说明我还有改造的价值。"付怀仁掐灭了烟蒂正色道，"咱们言归正传吧，这事不简单，一会勘验一下第一现场，没准能有新收获。"

郝仁率领队员们搜索了半个多小时，诚如付怀仁所预测的那样，连根人毛都没有找到。陆枫只好下令做好安全警戒工作，立即进入林园。

接收工作可谓步步惊心，各种意外防不胜防，从接收长江舰队开始，陆枫便对此有了深深的体会。分析其原因，皆与国民党潜伏的特务破坏行动息息相关。目前山城的形势错综复杂，想要在短时间内完成接收工作还需要做更加艰苦的斗争。

敌人不会甘心失败，更不会顺从地把权力移交到人民的手中，他们会千方百计地设置各种障碍，山城的血雨腥风将会更加猛烈。陆枫心思沉沉地思索着，忽地又想到了方才发生的事情，关注点自然而然地落在付怀仁的身上。

一个混迹在朝天门码头的旧警察，付怀仁不仅仅巧舌如簧长袖善舞，而在沾染了市侩油滑的个性里似乎有某种说不出的感觉。他的侦察手段和精准的判断力让陆枫钦佩，但行事风格和油滑的个性却令人所不齿。

也许只有这样的人才能在山城十八街吃得开，上通神路下达江湖，游刃有余地混迹在鱼龙混杂的山城。从某种角度而言，付怀仁是个人才，如果能为我所用的话，对接管工作会有莫大的好处。

不过，要让性格耿直原则性极强的程满仓接受他，基本没有可能！

驻守林园的是国民党的一个宪兵营，早在数天前清剿歌乐山残敌的时候，他们便起义投诚了。经过几天的斗争，宪兵营走的走逃的逃，剩下没有门路又不愿意离开山城的兵已经不足三分之一，便成了驻守林园的警卫队。

掩映在苍翠之间的林园气势不凡,错落有致的小洋楼顺山势而建,藏静谧于苍松翠柏之间,隐雍容华贵于古朴之中,大有一种洗尽铅华之感。这里曾经是蒋介石、宋美龄的世外桃源,他们在山城的大部分时间都是在这里度过的。

马歇尔公馆在改造之前曾经是"第一夫人"的私人舞厅,多少个不眠的夜晚从那里流淌出醉人的舞曲,又有多少权贵曾经流连在这个名利场。而此刻,树倒猢狲散的林园早已人去楼空。

按照付怀仁提供的那张简图,陆枫快速熟悉一番林园的情况,仰望东南方向的一幢小洋楼,那个就是所谓的"中正楼"吧?老蒋没想到这么快就被端了老窝!

"全体立正,稍息!"林园入口岗楼前的空地上歪歪斜斜地站着三排五纵队的宪兵,一名兵头扯着沙哑的嗓子喊着口令,然后快步迎了出来。

这是陆枫在这段时间所见过的军容最整齐的国民党队伍,在山城一隅的这片"世外桃源",他们依然保持着一种军人的风度。不过从他们疲惫不堪的脸上,仍然能够感受到失败者的晦气。

"报告长官,林园驻守原宪兵三团警卫营营长林全三报到!"

声音虽然沙哑,但不失军人气质。军礼虽然不甚标准,大概是这帮当兵的并非职业兵的缘故,陆枫回敬一个军礼,以示尊重。对于起义投诚的军人不能以战俘对待,这是接管工作的一个原则。

林全三捧着一本花名册递给陆枫:"长官,这是我们的花名册,请过目。"

"你们辛苦了,有没有发现什么异常情况?"陆枫翻看几眼便把花名册递给郝仁,逼人的目光落在这位营长的身上,他似乎在有意躲避自己?

林全三犹豫一下,摇摇头:"这荒郊野岭的地方谁来?俺们守了半个月,连只野鸡都没见着。"

第二十三章
苦肉计

陆枫警觉地环视着周边的环境,静谧的林园看不出有什么异样,而方才定位的东南角的小洋楼则是林公馆,曲径通幽的尽头都被繁茂的古木遮挡。陆枫收回视线,心里不禁疑惑:李安成没有来?

据李安成提供的信息,驻守林园的宪兵营也是经过搞地下工作的同志做了很多工作,才决定起义投诚的。在接管这么关键的时刻,李安成应该现身才是,但他却爽约了。

其实,陆枫憋着一肚子问题想要找李安成问个究竟,包括长江舰队起义投诚绝密信息泄露问题、护民队归属管理问题等。服务团对山城的情况并不熟悉,许多关键行动需要地下党同志的帮助。

"中国共产党党中央令,中国人民解放军西南服务团接受你们的起义投诚,林园驻防权交接给我们,请你们交出武器,退出林园。"陆枫的声音并不高亢,但每一个字都重如千钧,不容抵抗的威严让那些宪兵色变。

而陆枫后面荷枪实弹的队员们凛然而立,目光炯炯地逼视着对面的人,双方竟然陷入了诡异的对峙之中,不过在短暂的碰撞之后,宪兵们立即败下阵来。林全三挥了一下手,率先交出手枪,又将肩章扯下来。

"长官,之前我们达成的协议还算数不?"林全三尴尬地问道。

所谓的条件,无非是要一些遣散费而已,这点李安成已经交代过了。不过考虑到目前服务团人员紧张的现状以及山城接管工作的实际困难,上级有留用一部分人的想法,这也是不错的条件。

陆枫阔步走进林园,肃然道:"解放军欢迎你们起义投诚,你们的正义之举有功于重庆的解放事业,我党希望你们成为山城的保卫者,我也希望你们成为我的朋友,中国人不打中国人嘛!"

林全三喜形于色,亦步亦趋地跟在陆枫、郝仁和李天骄的后面,滔滔不绝地介绍林园的情况。而陆枫敏锐地看到付怀仁竟然一个人向东南方向的林公馆而去,不禁皱眉,向郝仁使了个眼色,郝仁立即明白,快步追了过去。

"方才没有发生潜入事件?"陆枫的话头一转问道,"没有听见枪声?"

林全三疑惑地摇摇头:"长官,我们现在是两耳不闻窗外事,在您来接管之前都安分守己,城里面都乱成了一锅粥,谁还能想起到这个鬼地方占便宜?再说我们可不是吃素的……您抽根烟。"

林全三殷勤地递上一根香烟,被陆枫拒绝。一行人等接连检查了马歇尔公馆、一号楼、二号楼,没有发现任何异常。陆枫没心情欣赏富丽堂皇的公馆，他所检查的都是林园的关键部位：岗楼守卫室、军需库房和附近的制高点。

林园将会作为服务团重要的临时办公场所，或许有更重要的用途，一定要保证绝对安全。

临近中午，接管工作基本接近尾声，陆枫决定让宪兵营暂时在林院外驻守，服务团队员们立即上岗放哨，利用午休时间召开小会，并派人通知程满仓汇报接管工作。

"老陆，有新发现。"郝仁神神秘秘地打开一张油纸，里面是一支子弹壳，"是付局长发现的，在林公馆东南角的围墙外面。"

陆枫仔细观察着子弹壳，应该是7.63毫米口径的手枪子弹。陆枫拿起子弹壳观察片刻，又放下："美式M1911勃朗宁手枪子弹，射程大概500米，恰好能打到土崖那儿。"

"陆队，您的意思是宪兵队的人干的？"

"但林全三笃定说没有听见枪声。"

李天骄凝眉看一眼陆枫："从数学角度分析，他在撒谎。林森墓距离第一现场有700多米，那么远我们都听到了，院子里的宪兵能听不到？"

"付局长，你有什么意见？"陆枫捏着弹壳问道。

付怀仁笑出了满脸褶子："陆长官，您就别挖苦我了，叫我怀仁或者老付我就知足了。"

"怀仁比较亲切，但耳朵要是瘸了就会误听为'坏人'。"郝仁哈哈大笑，"还是付局长符合你的气质，快点儿用你的职业敏感解读一下,陆队给你邀功请赏。"

"真哒?"

"真的!"

付怀仁立即站起来,收敛了笑容:"陆长官,我建议全园搜捕!"

陆枫的第一反应是林全三在说谎,说明他在刻意隐瞒什么,那个用勃朗宁手枪的人就隐藏在林园。也许是宪兵队的一员,也许隐藏在林园的某个角落。

陆枫立即意识到了事情的严重性!

"呜呜——呜呜呜!"付怀仁撒着欢儿吹响了警哨,林园的上空立即弥漫起紧张的气氛,站岗放哨的队员们为之侧目,不知道这位"副局长"又要搞什么名堂。

驻守林园外面的宪兵们探头缩脑地观望,有些人幸灾乐祸地大声说笑,而林全三也慌里慌张地跑了过来,差点儿摔跤。

负责搜查的当然全部是付怀仁的手下,他带来的十几名警察终于派上了用场,这个警油子的威望显然提升了不少,十几名手下对他言听计从。当获悉要搜查林园的时候,都摩拳擦掌兴奋不已:当初这里可是蒋委员长的行宫,不要说是搜查,连西郊的边都不敢靠近。

"你确定能搜出那个人来?"陆枫对付怀仁这种张扬的作风颇有微词,即使开枪的人在林园里隐藏,经过他这么一折腾早就逃之夭夭了。

付怀仁一脸坏笑:"螳螂捕蝉黄雀在后,我们要做打黄雀的猎人,晓得?搜查是假震慑是真,您没看见那帮兵油子耍奸吗?"

其实无论是陆枫还是郝仁、李天骄,对此早就有所洞察,尤其是那个营长林全三,看似憨厚无比实则奸诈狡猾。陆枫的原则是听其言观其行,给他们充足的机会改过自新,如果一门心思往枪口上撞,那就军法伺候。

"付怀仁,你搞什么名堂?这样一来岂不给坏人报警了!"李天骄眉头微蹙着瞪一眼付怀仁,"我怀疑你用心险恶。"

付怀仁满脸堆笑:"大小姐啊,我已经改过自新了,现在正是戴罪立功,您千万别往我脑袋上扣屎盆子——那一百光洋回头亲自给老爷送去还不行嘛!"

"什么一百光洋?李老爷跟我有什么关系,你再胡说我撕烂你的臭嘴巴!"李天骄伶牙俐齿,叼一口能让付怀仁遍体鳞伤,说完气呼呼地向美龄楼前的大花坛走去。

任何事物都有两面性,有些人只看中了事物的表面,而忽略了其本质。方才发生的一连串事件若仔细梳理的话,存在其内在联系,如果深挖这种联系就会有重大的发现。陆枫沉稳地思索着,却见付怀仁一脸坏笑看着自己。

"你对勃朗宁手枪不感兴趣?"

"我用脑袋担保,事出反常必有妖。"付怀仁点燃一根烟,吧嗒吧嗒抽了几口,仰望天空叹了口气,"陆长官,勃朗宁M1911手枪一般是连以上低阶军官的标配,如不出所料那个姓林的应该有一支，但收缴的枪械里面没有。"

陆枫点点头，这点自己已经想到了。

"有些人金玉其外败絮其中……"

"什么意思？"陆枫感觉这家伙在奚落自己，但又好像在暗示什么，欲言又止的，让人捉摸不透。

付怀仁若有所思道："这事情不简单，如果搜不到人您就拘了我吧，扰乱军心甘愿受罚。"

跟聪明人打交道累心，付怀仁很聪明，他猜到了不可能抓到那个人，但还是唱了一出欲擒故纵的戏码。究其原因，必然用心良苦！

想及此，陆枫冷静地点点头："我会满足你的愿望。"

付怀仁率领手下在林园里折腾了一个多小时，没有任何收获，不要说是人就连只鸟都没搜到。陆枫判断问题出现在宪兵队，最大的嫌疑就是林全三，但没有证据。林全三没有勃朗宁手枪，而付怀仁也没有找到那把手枪，事情陷入僵局。

陆枫铁青着脸扫视着宪兵队的每个人，他们不是铁板一块，但想要打开缺口基本是不可能的。当确定的个人命运与整体捆绑在一起时，往往会产生铁通效应，那个整体在没有土崩瓦解之前是牢固的，但这种牢固是暂时的。

"陆长官，如果您真的找不到凶手就拿我定罪吧，我的兄弟们是无辜的，他们真的没听到枪声。"林全三梗着脖子说道。

陆枫盯着林全三看了足足有一分钟："林营长，您多虑了，既然选择相信就不会胡乱猜忌，我党的政策是用人不疑，疑人不用。"

足够冠冕堂皇，没想到老陆这段时间成熟了不少！郝仁憋不住想笑，却强自严肃地点点头，刚要说话，却见从付怀仁的兜里掉出一个子弹壳，落在青石上，发出清脆的响声。

所有人都看向付怀仁，这家伙的冷汗"唰"地流下来！

"勃朗宁M1911，付局长，你怎么解释？"郝仁捡起子弹壳怒不可遏地瞪着付怀仁质问道，"你……你在转移我们的视线，你图谋不轨！"

事情十分清晰了然，付怀仁纵有百口也难辨自身清白，陆枫立即下令把付怀仁绑起来，立即拘押到服务团总部。随着汽车的轰鸣，郝仁押送着付怀仁离开林园，宪兵们终于长出了一口气。

替死鬼没有高尚和卑劣之分，在林园枪击案上付怀仁犯了一个致命的错误：判断失误。但这件事让服务团队员满头雾水，因为付怀仁是与他们一起进的山，绝对不会是他放的冷枪，除非是同伙合谋。

但对于宪兵队和林全三而言，乐得有一个替死鬼给他们背锅，只是没想到背锅的竟然是一个八竿子打不着的警察？！

下午两点半钟，程满仓率领服务团队员正式进驻林园，他们要在最短的时间内让各个小组运转起来，立即开展有效的接管工作。从现在开始，军事管制委员会下设的七个接管委员会和公安局将全面开展细致工作。

幽暗的房间内烛光闪烁，办公桌两侧正襟危坐着几个人：程满仓、陆枫、郝仁、李天骄和两位精挑细选出来的战士，一位是曾经在二野某侦察连任连长的王文钊，另一位则是程满仓的警卫员刘全。

最奇葩的是付怀仁竟然堂而皇之地参加这次会议，在受宠若惊之余感到不可思议，暗自掐了自己不知多少次，但还有点儿不敢相信。毕竟从混迹朝天门码头的旧警察，到备受尊重的共产党西南服务团的座上宾，地位相差悬殊。

步子迈得有点儿大，付怀仁怕扯到蛋！

这是一次紧急的特殊会议，在陆枫的一再要求下付怀仁必须与会，让程满仓颇为不满。直到坐在这里，心里还对付怀仁保持戒心。从面相上看，这家伙油滑中透着精明，放光的三角眼里似乎总是藏着阴谋似的。

这样的人混进服务团总不是好事！

"十分感谢付先生能参加我们这个会议，作为山城警界的代表，希望您能在接管工作中出一份力，作出自己的贡献。"程满仓直视着面前这位以"局长"自居的付怀仁，他的事迹李天骄和陆枫已经汇报过了，在征得军事管制委员会特批后，才做出的决定。

陆枫从兜里拿出一个油纸包，小心地放在桌子上打开，里面露出两枚子弹壳。其中一枚是付怀仁在林公馆墙外捡到的，而另一枚则是付怀仁自己的。

第二十四章
非常线索

所有人的目光都落在子弹壳上，到现在才明白陆枫跟付怀仁一起唱了一出双簧，当然是表演给林全三的宪兵队看的。付怀仁在林公馆墙外的确发现了一枚7.63毫米的弹壳，并确认是美式勃朗宁手枪专用的，驻守林园的宪兵一定听到了枪声，但他们众口一词地否认。

这说明不仅林全三在撒谎，宪兵队所有人都在撒谎！

付怀仁发现了宪兵队有问题，与陆枫的判断不谋而合，两个人默契地演了一出苦肉计，堂而皇之地将付怀仁缉拿。林全三一定在隐瞒着不可告人的秘密，但在那种情况下不可能交代，与其撕破脸皮莫不如守株待兔。

而郝仁、李天骄等人显然被蒙在鼓里，直到此时看到付怀仁参会之后，才恍然大悟！

"老陆，介绍一些情况吧。"程满仓打开红色日记本，快速地在上面一边写字一边问道。

陆枫捏起弹壳:"首先要感谢付局长,你的丰富经验让我避免了一次致命的失误,默契的配合,成功地迷惑了隐藏的敌人,如果行动顺利的话,你的功劳是第一位的。"

付怀仁尴尬地笑了笑:"能为长官分忧是卑职的职责所在……"

"付先生,不得不警醒你一句话,我们是人民的军队,是老百姓的队伍,这里没有什么长官,你也不是什么卑职,国民党官场上的那一套最好收起来!"程满仓严肃地瞪一眼付怀仁说道。

付怀仁瑟缩地点点头:"知道知道,我这不是习惯了嘛,其实陆长官……哦,是陆队长,陆队长聪明绝顶慧眼识珠,一眼便看出那帮宪兵是假投诚,我只是配合他的工作而已,不敢邀功。"

林全三的宪兵队还暂驻在林园外,陆枫担心打草惊蛇所以并没有采取措施。怀疑他们假投诚不过是直觉,没有确凿的证据,但已经安排队员密切关注宪兵队的动向,程满仓也紧急抽调了一个连的兵力增驻林园,已经部署完毕。

不是每个人都清晰地理解这次会的重要性,譬如郝仁和李天骄。在他们看来今天的接管工作虽然发生一点儿小意外,但总体还是十分顺利的,这为军管会进驻林园开创了条件。

一想到在相当长的时间里在这里工作,郝仁便心花怒放,不过他只要看到付怀仁心里就堵得慌,想着该如何做一下这家伙的思想工作。

拯救一个人的灵魂远比医治他的创伤要难得多!

陆枫将子弹壳扔在一边，小心地拿起那张油纸，仔细抚平后凝重地说道："这是今天发现的最重要的线索，而不是弹壳。油纸是付先生在林公馆的墙外发现的，还有一些没来得及捡回来。起初我并没有重视它，是付先生的一句话提醒了我。"陆枫意味深长地看一眼付怀仁，"他说往往重要的线索都在不经意间与你擦肩而过，当你总结失败经验的时候机会也就溜走了。"

所有人都急切地看向陆枫，仿若要从他的脸上找到答案似的，却发现他没有任何表情。

程满仓仔细地看了几眼油纸："老陆，你就别兜圈子了，啥子线索嘛！"

"这种油纸是美制高爆炸药的包装纸，上面的外文是生产信息，包括生产日期、生产批次等，由此我想到山城这几天发生的多起恶性爆炸案，包括水厂和电厂的敌特破坏案。"陆枫的心里很乱，一想到近几天发生的案子心里就憋得慌，敌特分子的无差别破坏让山城惨遭涂炭，而自己却无能为力。

美制的炸药爆炸威力极大，一公斤的TNT足以将一座马歇尔公馆这样的小洋楼夷为平地，而在林公馆发现的这样的包装纸还有不少，说明有大量的高爆炸药存在。但陆枫命令搜查了数个小时，也没有找到这批高爆炸药的藏匿处。

"没找宪兵队恳谈？"程满仓焦灼地问道。

郝仁立即紧张地汇报道："陆队已经找了几个宪兵恳谈过，什么也问不出，那个林全三是个老滑头，一问三不知神仙怪不得！"

寻求宪兵队的帮助无异于与虎谋皮，他们是不会把自己的阴谋和盘托出的，而且陆枫担心打草惊蛇，线索断了变成死案就麻烦了。

"这段时间敌特的气焰十分嚣张，破坏行动的力度愈加频繁，我们接收长江舰队时便直接遭到了威胁，还死了几位同志。"陆枫低沉着声音，"敌人是不甘心战略上的失败的，他们展开丧心病狂的报复行动无非是想搞乱山城，想要浑水摸鱼阻滞接管工作。所以势必会进行更大规模的行动，对手的实力十分强大，我们绝不能掉以轻心。"

这种情况早在常德休整的时候，上级已经预料到了。山城毕竟与其他城市不同，这里是国民党的陪都，是美蒋势力盘踞八年的西南重镇。据可靠消息，国民党在重庆留下了几十万特务秘密潜伏下来，他们必然还在做着光复大陆的春秋大梦！

"前几日鹿鸣同志传达了截获的国民党的密电，密电显示国民党近期会派一支所谓'东南爆破技术大队'抵渝，开展一系列的破坏行动。"

破译国民党密电的信息已经知悉，上级对此十分重视，程满仓也接到了密切关注此事的密令，没想到这么快便找到了线索？！

"老陆，你怀疑这批高爆炸药与'东南爆破技术大队'有关？"郝仁握着钢笔的手因为激动而不停地颤抖，紧张地抽烟，"如果是真的，我们一定要全力捣毁他们的老窝，彻底消灭美蒋特务！"

陆枫心事沉沉地点点头，经过几个小时的严密推理和思考，感觉自己似乎掉进了敌人精心策划好的陷阱里。面对此起彼伏的破坏而找不到躲在暗处的敌人，明明知道对手就在自己的身边却无法甄别，危险时时刻刻存在却总被敌特牵着鼻子走！陆枫觉得憋闷得慌。

"喊口号是无法消灭敌人的，必须理性分析找到最有价值的线索。"李天骄冷静说道。

郝仁脸色通红，尴尬地点点头。这是西南服务团进驻山城后，面对的最直接的挑战和最困难的问题，如果无法消灭敌特破坏分子，确保山城治安稳定，其他一切工作都无从开展。但这太难了。

"下面请付先生谈一下看法，大家欢迎！"陆枫以鼓励的目光看向付怀仁，心里却复杂难平。之前对他的成见很深，或者说自己对所有国民党旧警察都怀有敌对情绪，看不惯他们市侩的嘴脸和油滑的个性，但现在有所改观，大概是因为今天发生的事情让自己有所感悟所致吧。

付怀仁点头哈腰地尬笑一下："多谢各位长官信任，多谢陆队长的提携……陆长官真的很厉害，付某佩服至极。"

还是改不了旧警察的市侩秉性，程满仓对此颇有反感，但还是礼节性地点点头，耐着性子听付怀仁汇报。

"几张高爆炸药的油纸说明不了什么，黑市上也有走私的军火炸药，但出现在林公馆性质就不一样了。"付怀仁双手握着拳，说话有点儿结巴，因为太激动，脸色严肃地说道，"西郊林园是山城禁地，这里发现高爆炸药包装纸只能说明两个问题，第一是有人要炸掉林园……"

李天骄的嘴角微微上扬，颇为不屑地摇摇头，被付怀仁恰好看到，不禁猥琐地笑了笑："这个判断当然不太靠谱，毕竟这里是党国……哦不，是国民党的政治中心，把守林园的宪兵营清一色是老蒋的嫡系部队，他们不需要高爆炸药……第二点，有人需要这批炸药，比如你们说的什么'东南爆破技术大队'。"

炸掉林园毫无意义，敌特分子总不会将林园作为爆破目标吧？那样的话岂不是自打嘴巴！但付怀仁第二点分析的与陆枫不谋而合，这批炸药出现在林园本身就不符合常理，一定有不为人知的秘密。

今天下午陆枫率领队员秘密将林园翻了个底朝天，都没有发现那批炸药，不知道被隐藏到什么地方。按照之前的判断，这批炸药还没有来得及转运走，或者只转运了一部分而已，因为山城解放的时间比预计时间提前了三天，打得敌人措手不及，才导致没有全部转运出去。

这种判断是否正确呢？陆枫并不确定。但有一点是明确的，"东南爆破技术大队"总不能自带炸药空投入渝吧！

"老付分析得完全正确，我同意第二个判断。我想此事不是单纯的事件，而要与之前水厂、电厂、纱厂乃至接收长江舰队等事件联系起来看，也许还会出现更多的破坏行动，我们要做好充足的思想准备。"陆枫道，"还有今天上午发生的枪击事件，是谁潜入了林园？目的是什么？又是谁开的枪？解决了这几个问题，我想真相就会水落石出。"

程满仓心事重重地点点头，环视众人："大家还有什么看法？

谈一谈，不要长篇大论，时间控制在五分钟内。"

一般情况下，郝仁都会争抢着发言，但今天不同以往，到现在还一头雾水呢。李天骄则低头思索着，严密推理是她的长项，但涉及破案之类的具体事情，她有点儿拿不准，遂看着那张包装纸一言不发。

"李天骄同志，你谈一谈？"

李天骄眉头微蹙地摇摇头："程队，我在想……为什么找不到那批炸药？是不是存在第三种情况，比如已经转运走了，我们迟来了一步。我是业余选手没有经验，说的不一定对。"

"这种情况绝对不会出现。"陆枫疲惫地靠在椅子上，曾经担心过这种情况，但从枪击案和林全三的宪兵队反常表现来看，林园里一定藏着不可告人的秘密。敌特分子策划的一系列破坏行动还在继续，而且愈演愈烈，如此有恃无恐说明了什么？

说明我军第一波次的打击并没有伤及敌特的筋骨！

至少破坏水厂、电厂的敌特分子还没有绳之以法，接管长江舰队的时候策划伏击的敌人也没有落网。

陆枫揉了揉布满血丝的眼睛："鹿鸣同志曾经告诫过我，山城的形势更复杂，敌明我暗的斗争会持续很久。我判断那些活跃的敌特分子绝不是散兵游勇，而是有组织成系统的敌人，'统'字号的敌特分子、军警宪顽固分子。"

付怀仁立即紧张地看一眼陆枫，随即避开陆枫的目光，极其不自在地咳嗽起来。这种反应惹得陆枫开怀大笑，拍了拍他的肩膀:"老付,有点儿心虚啊!"

"陆长官,我同意您之前的判断,炸药没有全部转运完,还有一部分藏在林园。"付怀仁心虚地擦了一把额角的细汗,结巴道,"所……所以一定要妥善安排好,万一那帮人来了咱们就来个瓮中捉鳖……"

程满仓凝重地点点头,和陆枫两人对视一眼,彼此心照不宣。按照计划已经布置了两个连的兵力,在林园附近重要的制高点和战略要冲都做好了安排,陆枫此举以逸待劳,专等敌人送上门来。

夜色漆黑,林园静谧。周围山林里传来天籁之音,潜藏在山林深处的队员们已经蛰伏了三个多小时,竟然没有一丝动静。程满仓、李天骄和郝仁等都在焦急地等待,时间一分一秒地过去,依然没有任何动静。

陆枫匍匐在林公馆墙外茂密的荒草中,距离三米之外是付怀仁的点位,两个人呈掎角之势封锁开阔地。而再往前面四百多米,便是今天发生枪击案的土崖,在那里陆枫部署了重兵,按照自己的判断今天被枪击的那家伙应该是"踩盘子"的,若是想要搞偷袭这里是最佳的切入点。

"陆长官,今天我骗了你。"黑暗中传来付怀仁沙哑的声音,"其实我们局长没有三姨太……"

老警油子的嘴里要是能说实话母猪都会上树,过后再收拾这个不老实的家伙。陆枫狠狠地瞪一眼付怀仁:"保持静默,别唠叨!"

话音未落,土崖方向传来一阵急促的枪声。

第二十五章
反伏击

土崖上的两个制高点处的树枝被喷射的子弹打得纷纷折断,山石迸溅四处乱飞,扇形的火力网将大半个荒沟覆盖,手榴弹爆炸的声音此起彼伏,轰隆隆的爆炸声响彻林园的上空。

陆枫虎吼一声跃出隐蔽点,一个漂亮的翻滚便冲出十多米远,爬起来奋力向土崖阵地冲杀过去:"同志们,给我狠狠地打!"

枪声立即响成了爆豆,全火力打击将敌人的反击彻底压制。

付怀仁被眼前的一幕吓得不轻,在第一声枪响之后便尿了裤子,待陆枫冲出老远之后才反应过来,想要跟着冲出去,却双腿一软,从隐蔽点滚下山坡。

这是服务团进驻山城之后打得最痛快淋漓的伏击战,身经百战的陆枫围绕林公馆部署了两道阻击防线,第一波攻击便将偷袭之敌给打花了。而程满仓率领的十几名战士组成的第二道防线显然成了摆设,虽然如此,程满仓依然命令防线前移三十米,与第一道防线呈掎角之势,对敌人展开第二波次打击。

蔡锦生没想到会遭到如此重创，还没有接近林公馆，便突然陷入了解放军的伏击，几分钟的接触战之后，身边只剩下五个人。而后面跟进的手下早就吓得进退失据，仓惶反击几枪之后掉头便撤，不顾蔡锦生等残余的死活。

两军相遇勇者胜，更何况陆枫已经给蔡锦生挖好了坑！

"不许后撤，活着回去老子赏小黄鱼两根！"蔡锦生一边反击一边撤到古树后面，扯着脖子疯狗一般喊道。

声音淹没在爆炸声和枪声之中，没有人听得到他的悬赏令，关键时候保住自己的小命才是最重要的。三名手下刚从隐蔽点起身，就被打成了筛子！

驻扎在林森墓的宪兵们不安地听着激烈的枪声，敏感的神经几乎要崩断了一般。身为军人，他们也曾经热血战斗过，但此刻他们成了看客。

两名宪兵惶恐地望向林全三，林全三偷眼观察着看守的位置，四名荷枪实弹的解放军战士把守要害位置，但凡他们有任何异动都有可能被爆头。而岗楼制高点还有一挺捷克造的轻机枪，居高临下的杀伤力更大。

"我要拉屎屎……"一名宪兵捂着肚子弯着腰喊道。

林全三粗鲁地呵斥："就你丫的屎尿多，你他娘的是被吓的吧？"

"都不许动，回到原位！"战士李全立即子弹上膛，程队长吩咐过，宪兵队若是有任何风吹草动都绝不手软。

"长官是想让你拉到裤子里，认命吧！"林全三冷眼望着正在向看守挪动的黑影，猛然甩手挥枪，扣动扳机，守卫的同志应声倒下。

突如其来的变故让其余三名守卫大吃一惊，第一反应便是宪兵队要哗变！

哒！哒！哒！

三声点射，那个喊着要方便的倒霉家伙一头栽倒在地，林全三趁着混乱一头钻进了丛林之中，三四名宪兵争先恐后地追了出去，子弹追着屁股打开了花。岗楼上探照灯立即横扫过来，随即响起轻机枪的炸响！

两名想要逃跑的宪兵立即被打成了筛子，其余的宪兵如惊弓之鸟一般趴在地上，混乱终于在三分钟内结束，十几名警察冲过来帮助弹压，立即抢救被打伤的队员。

付怀仁软着双腿从沟里爬出来的时候，土崖方向的枪声逐渐稀疏，一场漂亮的反偷袭伏击之战已经接近了尾声。付怀仁大口地喘着粗气，望着漆黑的老林子，恨不得打自己两个嘴巴：在陆枫面前吹嘘自己如何厉害，可到了关键时刻竟然是个十足的尿货！

正在此时，付怀仁忽然看见两条黑影从林子里钻出来，慌慌张张地向土崖方向摸去。付怀仁瞪着猩红的眼珠子，盯着距离自己十几米远的两个影子，从走路的姿态上看一眼便认出是林全三。

作为职业警察，洞察力超乎常人是付怀仁唯一的绝技，也因此受到局长的赏识。白天的时候他便发现林全三走路有点儿跛脚，但为了伪装自己跛脚的缺陷，林全三尽量保持正常人的姿态，看起来很造作的样子。

而现在，他跑起来终于现了原形！

"林瘸子？！"付怀仁打开手枪保险，盯着一瘸一拐的影子扣动了扳机，林全三眼巴巴看着旁边的家伙一头栽倒在地，吃惊不小，赶紧逃跑。付怀仁气得连开三枪，但林全三已经滚进了漆黑的荒沟里。

付怀仁恨不得打自己两个嘴巴，关键时刻手不听使唤了？在此之前自己可是水警分局里的神枪手，指哪打哪，弹不虚发。今天真是撞到鬼了！

黑暗中传来数声枪响，付怀仁顾不得那么多，冲出隐蔽点向林全三逃跑的方向追去。林全三哗变是意料之中的事情，但没想到他不但没有溜之大吉，反而要偷袭服务团？付怀仁一跃冲下了荒坡，顺势打出两枪，但都没有命中。

就在此时，脖子就像被刀剜了一般疼痛难忍，一根手腕粗细的树枝被付怀仁压折，他一头栽倒在地，翻滚着冲进了荒草之中。

土崖伏击战终于结束，山坡上燃着的火把亮如白昼，战场很快打扫完毕，击毙敌人十五名，伤敌五人。在荒沟中段发现身受重伤的蔡锦生，还在痛苦地挣扎着，陆枫一眼便认出来此人就是水厂混战中逃脱的那个敌特分子。

蔡锦生，国民党军统少校参谋，奉命潜伏山城行动组副组长。这是鹿鸣同志告诉自己关于蔡锦生的信息，目前仅仅知道他与水厂爆炸案、电厂爆炸案有关，没想到竟然在林园中了自己的伏击。

"蔡参谋，没想到这么快就见面了。"陆枫冷眼看着狼狈的蔡锦生，心里不禁一阵激动，现在才明白事情的来龙去脉。

蔡锦生派人来林园接头，目的是那批高爆炸药，不巧的是恰好遇到服务团接收林园，林全三担心事情败露，演了一出声东击西的好戏。那一声枪响成功地将服务团的视线引到了土崖，而林全三有充足的时间藏匿那批货！

来接头的人并没有受伤，他摸清了林园的情况之后赶紧逃走，蔡锦生为了尽快拿到那批货，不惜冒险打夜袭，没想到自己反被打了伏击。并非蔡锦生是饭桶，因为按照他的算计与林全三的宪兵队里应外合定然是能成功的。

但人算不如天算，林全三被解放军看得死死的。不过，夜袭也给了林全三逃脱的机会，但大局已定，他就是留下来也只是个送人头的。

蔡锦生嘴里吐出血沫子，张着嘴倒吸气，像是失了水的鱼。陆枫怜悯地看着他："这批高爆炸药是不是'东南爆破技术大队'的补给？说实话，你还有活路。"

"快说，是不是！"郝仁抓住蔡锦生的领子喊道。

蔡锦生已经说不出话来了，生命的华光最后闪现，随即便消逝而去。郝仁搜遍了他的全身，也没有发现有价值的信息，看来他此番来林园是抱着必死之心的，幸运的是他碰到了陆枫，让他死得一点儿也不拖泥带水。

陆枫掰开蔡锦生右手，手里面攥着一枚汉八刀的玉蝉。陆枫奇怪地看了几眼，小心地收起来，立即命令队员就地掩埋尸体。正在此时，付怀仁跌跌撞撞地出现在陆枫的面前，还没等说话，便一头摔倒在地，后背上的人滚到了陆枫的脚下。

火把光照映下，满脸鲜血的付怀仁几乎说不出话来，陆枫看向躺在地下的人，竟然是林全三。林全三的脖子血肉模糊，看着令人触目惊心。陆枫此时才知道，付怀仁把林全三咬死了！

天蒙蒙亮，战场全部清理完毕，当陆枫得知宪兵队乘人之危发生兵变打伤了一名队员之后，愤怒地命令全部羁押，听候发落。

"老子滚到沟里之后就被林瘸子袭击了……"付怀仁摸着受伤的脖子，虽然卫生员包扎得很好，但还是钻心的疼，说话有点儿不利索，"我们两个势均力敌，在沟里折腾了半天才把他给降服了。"

"你把林全三咬死了。"陆枫一边倒水一边如释重负地看一眼付怀仁，战争的惨烈没有参与其中的人是无法想象的，绝地求生的欲望往往成为活下来的唯一理由。任何被逼到绝境的人都会爆发出惊人的力量！

或者说，为了生存可以吃人。

付怀仁惶恐地看着陆枫："老陆，我哪有胆子咬林瘸子啊，那家伙比你还彪悍！"

"付局长，你当时进入了生死存亡的关键时刻，自己都没有意识到。"李天娇说道。

付怀仁干呕了半天，吐出一大口酸水来。

审问俘虏是突破此案的关键，但蔡锦生平素生性多疑，几名受伤的手下只是小虾米而已，不知道太多的秘密。付怀仁背着手看着几名伤员，阴鸷的目光落在一个白白胖胖的家伙身上，用二尺三的小刀在他眼前晃了晃。

"一会给你装网兜里，三千六百刀，刀刀见血。"付怀仁一脸坏笑，但一笑脖子的伤口就疼痛难忍，所以笑像哭一样，"你的肉会从网眼里露出来，一刀一刀地割，我保证你不会立即死，但可以保证你生不如死。"

胖子已经被吓尿了，哆嗦成一团："我说，我全说……组长带我们来林园取货……"

"取什么货？是供应'东南爆破技术大队'的美制高爆炸药吧？"

"是取剩下的炸药……其他的我真不知道。"

付怀仁用刀刮胖子的脸蛋儿，嘿嘿一笑："我真得把你装网兜里了，不老实呢！"

"官爷饶命，饶命啊官爷……"

陆枫冷眼盯一下付怀仁，这家伙跟凶神恶煞似的，仿佛昨天那一战让他恶鬼附体了。不禁皱眉："老付，解放军优待俘虏，不得刑讯逼供。"

"我知道你们是君子，坦白从宽抗拒从严，但对付这帮孙子不能太仁慈了，你知道他们的手上沾满了多少无辜的人的鲜血吗？"付怀仁瞪着猩红的眼珠子，振振有词，"当初老子就被狗日的局长弄到他们手里，三魂七魄差点儿弄丢了，现在该轮到老子了!"

"付怀仁!"陆枫忍无可忍,想要呵斥他几句却忍住了,毕竟这家伙在昨天的行动中立了大功,把一个旧警察改造好也不是一日之功。

付怀仁梗着脖子打了胖子两个嘴巴,把刀收起来,回头冲着陆枫龇牙一笑:"遵命……我看这傻缺就是个跟屁虫,蔡锦生来林园就是转运炸药的,没想到被咱们包了饺子。他交代说已经转运走一部分了,蔡某人负责下一步行动,现在他死了,下一步的行动线索也就断了。"

付怀仁的分析不无道理,其实一个活着的蔡锦生要比死了的更有价值,但子弹没长眼睛。陆枫长出了一口气,转身走出拘押室。

残阳如血,秋风萧瑟。静谧的林园被一种诡异的气氛所笼罩,压得陆枫喘不过气来,在检查了各处哨卡没有问题之后才放下心头的重负,和程满仓在二号楼前散步。

"目前最首要的任务是找到被转运的炸药下落,万一落入'东南爆破技术大队'的手里,后果不堪设想。"陆枫呼出一口浊气说道。

程满仓凝重地点点头:"你娃说的对,都晓得顺藤摸瓜,但现在藤断了,瓜在哪儿?"

蔡锦生没留下任何只言片语,他的那些手下也问不出有价值的线索,唯一的法子就是等待下一个爆炸事件。被动的等待是不可取的,那样无疑给敌人可乘之机,陆枫也晓得此中的风险所在,但究竟要如何应对呢?

"林园只是一处转运点,蔡锦生不会愚蠢到把所有的货囤积在一处,鸡蛋要放在不同的篮子里才保险。"陆枫冷静地思索着,按此推理,更多的炸药一定被蔡锦生分散藏起来了,这样寻找的难度更大了。

程满仓愁苦地点点头:"硬仗在后面啊,我们要化被动为主动,此事不能等。"

第二十六章
形势

　　接管林园最大的收获是查获了一批美制高爆炸药三十五箱，击毙国民党少校参谋蔡锦生及其残部二十余人，假投诚的林全三伏法。面对堆得小山一般的高爆炸药，程满仓和陆枫却兴奋不起来：这只是敌人转运的很小一部分，更多的炸药已经被转运走了。

　　因为线索中断，导致追踪变得难上加难。山城的形势并未如大多数人预料的那样乐观，反而充满了危险，那支潜藏在山城所谓的"东南爆破技术大队"一日不消灭，山城就永无宁日。

　　十二月一日解放军的入城仪式引起了山城人民的轰动，五星红旗在"胜利记功碑"升起的那一刻，标志着重庆解放了！大街上到处都是喜悦亢奋的老百姓，他们终于目睹了这支传说中的人民军队的风采，一段时间内都在津津乐道。

　　在军事管制委员会和中共重庆市委的领导下接管工作马上全面展开，而西南服务团的同志们则紧锣密鼓筹划着接管工作的细节，按照在常德制定的"自上而下"的原则，抓紧对旧机构及其主管人员分系统接收，大力发动工人、职员、群众参加接管。

十二月三日军事接管委员会的成立让接管工作终于走上正轨，全面粉碎旧社会残余势力的攻坚战就此打响。

"国民党两次迁渝，大量军警宪特成为镇压山城百姓的工具，蒋军溃逃时不仅残杀了我三百名同志，还将监狱关押的大量犯人释放，那些流氓地痞与潜伏的敌特分子沆瀣一气，是我们真正的敌人！"程满仓一拳砸在桌子上，震得水杯嗡嗡作响。

陆枫脸色肃然地点点头，陷入良久的沉默。程队长说的没错，几天的接管工作下来，尽管许多敌特机关单位人员配合接管，也缴获了大量的枪支弹药，军管会也出台了诸如《非法武器电台收缴办法》，并处决了与人民作对的犯罪分子数人，但压在心头的重担依然没有卸下，反而愈加沉重。

"刘大申冒充二野十一军非法接管利民纱厂，性质特别恶劣，影响十分严重，许多工厂因此拍了咱们的桌子，处决刘大申大快人心啊！"郝仁用钢笔点着桌子气愤道，"还有那个罗万德，竟然敢冒充解放军打砸抢烧，败坏我军威名，这样的人一定要从严从快处理，否则我们的接管工作会面临很大的阻力。"

程满仓微微点头，扫视一眼沉默的陆枫："陆枫同志，你也说几句，别像个闷葫芦似的。"

陆枫抹了一把脸，疲惫地笑了笑："治安问题是头等大事，没有良好的社会秩序就无法进行正常的接管工作，老百姓们会跳脚骂娘，所以我更担心的还是那件事。"

大家都心照不宣，三天前接管林园起获了一批美制高爆炸药，判断潜藏在山城的敌特分子会狗急跳墙，进行更恶劣的破坏活动。

破译的密电显示，国民党派出的"东南爆破技术大队"已经潜藏进山城了，但还没有发现任何蛛丝马迹。

众人陷入沉默之中。

"还有一件事，昨天财经接管委员会的李天骄同志给我打电话，目前市内的经济犯罪分子猖獗，变着花样的经济犯罪层出不穷，让经管会疲于应对，接管工作缓慢滞后，让我想想办法。"陆枫捏着鼻梁，李天骄在电话里的命令口吻让他极度不舒服，这位"连营杀手"前脚离开公安大队后脚便喊着要严厉打击犯罪，到底是什么意思嘛！

作为专业的财经人才，李天骄是财经接管委员会的宝贝，但她不思接管工作却专门对经济犯罪感兴趣，陆枫怀疑她动机不纯。在这次小会上，一定要提出这个问题，不负李天骄数十天以来的辛苦付出啊。

程满仓凝重地点点头："额不懂财经，能算明白账已经不错咧，酱油一毛醋一毛五，老白干是两毛，额就知道不给解放票是不行的。"

坐在角落里的李安成忧心忡忡地看一眼程满仓，话虽然粗糙但理不糙，可能程队长还没意识到一个根本性问题：经济犯罪和刑事犯罪是当前发生在山城罪恶的两个面，从中定然折射出治安不稳的被动局面，如果不加大打击力度，局势很有可能会失控。

"前几天山城老百姓要求发放解放票的事情大家还记得吧？"李安成沉思片刻低声道，"目前已经出台了金融管制办法，用解放票兑换国民党的银元券和银元，限期一个月。"

陆枫疑惑地看一眼李安成："这与经济犯罪有什么关系？"

"关系大着呢！"陆枫对面的冯路远阴沉着脸色，看也不看一眼陆枫，似乎不屑解释这个复杂的问题。

冯路远是川东地委的老青工，也是李安成在山城的上线，掩护身份是"致远书店"的老板。在李安成极力推荐下，程满仓请示公安部党支部，将这位穿着精致但有些病态的冯路远吸收进公安部，并进入行动大队。

一双永远锃亮的三接头皮鞋是他的招牌，走到哪蹭到哪。从他细腻的手部皮肤判断，此人娇贵得很，陆枫却对他没有任何兴趣。同样干革命，有些人或许因为工作需要，被资产阶级腐蚀的概率要大得多。

"冯路远同志，你博览群书见过世面，好好给同志们讲一讲。"程满仓端起绿漆斑驳的搪瓷缸吹了吹热气笑道。

冯路远欠了欠身体："我和鹿鸣同志潜伏在山城十年，对山城的情况是最熟悉不过的，国民党统治时期市面上流通的货币杂七杂八的，最常见的是银元券，还有银元、法币等等，国民党为了敛财大量发行各种各样的债券也进入流通领域，一方面造成经济的畸形繁荣，另一方面就是通货膨胀。"

什么是通货膨胀陆枫并不理解，但这几天在世面上看到不少银元券,还发现许多商家只接受银元,解放票反而受到冷落,这本身就不正常。

"路远同志说得不错,老百姓们不愿意兑换银元券、银元、法币和光洋,为什么?"李安成冷静地扫视着众人,"因为他们的心里还不踏实啊,万一国民党反攻回来,解放票就成了一堆废纸,银元券和银元便成了硬通货,根子就在于此。"

程满仓气得脸色铁青,一拳砸在桌子上:"老蒋早晚被赶进海里,解放军不会给他们翻身的机会,这么简单的道理老百姓们都不理解?"

"所以,我们需要一场彻底的胜利。"李安成淡然若素道。

陆枫长出一口气,心里仿佛被打开了一扇门!鹿鸣和冯路远的分析很有道理,但他关注的"点"在"不愿意兑换解放票"上,难道这只是老百姓的心理吗?同样,潜伏在山城的敌特分子也一定会想到这点!

"程队长,我有一个小小的要求。"陆枫两眼放光地看着程满仓,"我请求将付怀仁调进公安部行动队,他是旧十八区的天地线,对山城上上下下十分熟悉,这对我们打击潜伏的敌人非常有利。"

李安成眉头微蹙:"就是朝天门码头水警分局的旧警察?要我看……有点儿不靠谱。"

靠不靠谱只有陆枫知道。付怀仁的确市侩油滑,沾染了旧警察所有的恶习,但他的与众不同是其他警察所不能替代的。付怀仁心怀善念,拥护解放军的正义之战,在关键时刻能分清是非黑白,而且行事果断思维活跃，是不可多得的侦查高手。

最重要的是付怀仁在接管长江舰队和林园期间，立有不小的功劳。这样的人为什么不能为我所用，为彻底肃清敌特分子作出更大的贡献呢？

"他在学习班接受改造呢，要我看，他就是个市侩油滑的家伙。鹿鸣同志说得对，不靠谱。"郝仁放下笔，疑惑地看着陆枫说道，"陆队，现在我们缺少一心一意干革命的同志，而不是那种在反动统治的大染缸里镀过色的老油条，那样可能坏掉我们的革命事业。"

"但他咬过哗变的林全三。"

"那又能咋样？当初打小日本的时候我还掐死过两个鬼子呢！"

程满仓心思沉沉地思索片刻，起身在会议室里来回踱步："重庆旧十八区的天地线……黑白两道通吃的老油条……经济犯罪……敌特……"

看来程队长对起用付怀仁有不小的意见，其实最根本原因并非付怀仁能力不行，而在于他"旧警察"的身份。陆枫起身笑道："程队长，张霖之同志在常德的时候曾经说过，接管山城最重要的工作是做好群众工作，让群众参与到接管工作中，要千方百计地利用有学识、有技术、有能力的人为我所用，付怀仁在这点上做得很好。"

坐在对面的冯路远嗤之以鼻："我们要改造的是可塑人才，而不是混迹江湖的人渣，你说的那个是只当了一天警察局长的家伙吧？权欲熏心之辈，不堪重用。君子当以身报国，毋宁死不妥协。"

"冯路远同志，请您用发展的眼光看待人员改造问题，能不能堪重用并没有绝对的标准，只要对我们的接管工作有利，只要能真心辅助我们铲除'东南爆破技术大队'，只要能帮助我们做好接管工作，就应该用，而且要重用。"陆枫起身扶着桌案，双目炯炯地看着冯路远说道。

气氛有点儿尴尬，没想到他们第一次见面便争得面红耳赤，让角落里的李安成有些担心。程满仓没有提出反对意见，但也没有表示接受陆枫的请求，谈了一些相关细节性工作之后，话锋一转："明天我们大队要进来两位新人，一位是留过洋喝了几年洋墨水的秦晚晴，学的医疗专业，我们恰好缺乏这个专业的人才啊。"

陆枫微微一怔：秦晚晴？好熟悉的名字！搜肠刮肚半晌，陆枫才想起此人正是李天骄的闺蜜，是法医学专业的高材生。

"另一位……明天见到你们就知道了，散会吧。"程满仓看了一下手表，"我还要去部里开会，诸位再辛苦辛苦。"

程满仓快步走出办公室，陆枫紧随其后送出来，两个人一前一后走到门口，程满仓回头看一眼陆枫，意味深长道："我基本同意你的想法，最好形成一个报告，请上面批准之后才能实施。"

"付怀仁的事情怎么办？"

"陆枫同志，鹿鸣和冯路远同志是老青工，他们有反对的理由。"

一句不冷不热的话让陆枫感到有些愤怒，党内似乎存在着一股"任人唯亲"的武断作风，根深蒂固的僵化思维与我党宣扬的不拘一格使用人才格格不入啊！望着程满仓钻进汽车，陆枫感到前所未有的失落。

李安成匆匆地走过来，拍了拍陆枫的肩膀："情绪有点儿低落？我们在用人这个问题上一定要慎之又慎，如果用人不察会造成很严重的后果的，所以……我同意你的看法。"

"我在想那个汉八刀的玉蝉呢。"陆枫的内心十分激动，看来鹿鸣不愧是实用主义者，但语调有些生硬。

"那个玉蝉我查过，没有什么特殊性，世面上也发现很多这样的古董，属于泛滥成灾那种，不要把心思用在这上面，权当是蔡锦生给你的纪念品吧。"李安成哈哈大笑道，"我倒是对你提出的把经济犯罪和敌特联系在一起打击的思路，一边快刀斩乱麻打击银耗子盐贩子，一边洒下大网钓金鳌的想法很赞同！"

两个人热情地握了握手，李安成交代了几句之后便匆匆离去。陆枫远远地望见他和冯路远的背影，又想起了"君子当以身报国，毋宁死不妥协"的话，回味了半晌才作罢。

当晚，李天骄风风火火地打上门来，一看见陆枫便急切地将他拉到了大街上，说有重要的事情要沟通沟通。郝仁也跟了出来，却被李天骄给支开。

"有什么事快说吧，我手头还积压不少工作没做呢。"陆枫点燃一根烟，刚要抽，便被李天骄给抢走扔到地上。

"陆枫，你见证那个伟大的时刻了吗？解放军进驻山城仪式太壮观了，太激动人心了！"

因为激动而面红耳赤的李天骄变得愈发娇媚无比，隔着空气都能闻到那种甜甜的洗发水的味道，但陆枫淡淡地冷哼一声："我可没有你那么空闲，橡胶厂纵火案弄得我焦头烂额。"

风吹过，李天骄的一缕头发随风扫过陆枫的脸庞，陆枫按捺不住的怦然心动！

第二十七章
社情严峻

夜已深，秋风冷。

山城已进入一年中最难熬的季节，前几天下了一场冷雨，气温骤降。相对于老百姓们迎接解放军的热情，这种冷变得微不足道。他们走上街头庆祝，压抑了多年的愤懑在解放这一刻，都随之喷薄而出，这种情况也许会持续很长时间。

山城之乱不容小觑，接管初期陷入无政府状态虽然得到初步遏制，但惯匪盗窃层出不穷，流氓滋事随处可见，工厂、学校、伪政府机关单位遭到敌特破坏的情况时有发生，让新成立的这支公安分队疲于应对。

程满仓开会回来便又召集支队开会，陆枫、郝仁、李安成、冯路远、红妹等骨干悉数参加。时隔四个小时，社情形势又有了新变化，从程满仓怒发冲冠的样子看，一定发生了大事。

"程队，您先喝口水。"郝仁殷勤地倒了一杯水递给程满仓，"军管会有什么重要指示吗？"

程满仓接过水喝了一口,重重地放下搪瓷缸:"破坏、屠杀、潜伏、游击四宗罪,蒋光头想要把山城变成人间地狱,他们竟然在成都成立了游击总队,还想要公然与我人民解放军为敌,与人民为敌!"

每每开会必发表一通演说,这已经成了程满仓最经典的开场白,今天的开场白换成了咒骂而已。陆枫冷静地点点头,表示赞同:"秋后的蚂蚱,蹦跶不了几天了。"

"你说的完全正确,宋希濂部溃退川东一隅,胡宗南部被打到了西昌,要我看解放大西南指日可待,同志们啊,现在的形势对我军十分有利——不过,我们不能放松警惕,磁器口血案就是我们的教训啊!"

李安成窘迫地看着程满仓:"程队,军管会有什么指示?"

程满仓终于发泄完心中的怒气,打开记事本思索片刻:"关于陆枫同志极力推荐付怀仁的事情,我请示了刘部长,他答应了,但有一个原则问题,人才为我所用,思想改造不能松懈,要我看改造付怀仁思想的任务就交给陆枫同志吧。"

陆枫心里一阵激动,没想到这么快就批准了,与其让付怀仁在警察学习班改造,真的不如让他参与到山城接管工作中来,实践的改造也许更能触动他。想到这里不禁一笑:"人尽其才,物尽其用,是我党一贯的作风嘛,您放心,我一定把鬼变成人!"

一阵哄笑,气氛轻松了许多。程满仓喷出一口浓烟:"全山城总共有七千多名伪警察,现在都派驻各个厂矿、商铺、学校和伪机关单位帮助维持治安，上哪儿找付怀仁去？"

"他在朝天门码头呢，依然是水警分局。"郝仁补充道。

程满仓微微皱眉，沉默片刻才翻开记事本："刘部长给咱们下达了两个重要任务，一是帮助转运人民币，押送伪币和银元，千千万万保证安全。第二个任务，剿灭敌特分子，刻不容缓。"

两个艰巨任务就像两座大山压在众人的心头，大家明白其中的利害关系，此刻都沉默不语。公安支队刚刚成立不久，人员严重不足是最让人头疼的问题，支队配备了一个排的战斗力，加上几位骨干成员，要完成如此艰巨的任务谈何容易？

但陆枫从程队长的脸上似乎读出了某种奇怪的信息，该不是他又夸大了支队的任务吧？程满仓的优点和他的缺点一样明显，总喜欢将芝麻绿豆大的事情夸大，目的是引起手下的重视，但同时不明真相的队员们信心往往会"遭到打击"。

程满仓似乎看出了众人的心思，不禁龇牙一笑："额这次可没夸大其词，财经委员会在城里设置了七十三个兑换点，人民币兑换银元券，这个你们是知道的，他们那边人手奇缺，安全也没法保证……任务自然落到咱头上。"

坐在陆枫对面的冯路远此刻眉梢一挑，脸上随即浮现出一抹不经意的笑容："我想知道是专门转运人民币还是专门押运银元，还是专门负责兑换点的安全呢？程队，这是三个不同的任务，我们要根据不同的任务制定周密的计划，否则眉毛胡子一起抓，可就不好了。"

冯路远说的没错，老程只知道玩命接受任务了，没仔细分析任务的性质。此刻被冯路远质问，竟然满脸迷茫：有什么区别吗？

"我们只负责一批次人民币转运，押送银元的任务由财经委的同志负责，当然部里会专门派人的。"程满仓龇牙笑道，"届时派到谁的头上还说不准咧！"

大家七嘴八舌地讨论起转运路线等细节问题来，郝仁将一张1:500的山城市区地图铺在桌子上，程满仓、冯路远等人趴在桌子上开始研究。而陆枫却沉默地看着地图，思考着一个大胆的计划。

李天骄已经向自己如数家珍地"汇报"了这几天财经委的接管工作，但他没有问也没有兴趣了解财经领域的事情。她提到了人民币兑换的问题，一百人民币兑换一元银元券，老百姓们的兑换热情十分高涨，几天的时间就兑换了两亿多人民币。

国民党主政重庆时期发行了大量的银元券，导致的通货膨胀很严重，但这些伪币基本都储存在基层老百姓的手里。那些高官权贵们是不会储存的，他们更青睐"硬通货"——银元、光洋和金条。

断其粮草，必能出奇制胜！无论是山城百姓还是潜伏的敌特分子，都需要货币换取生活必需品，当人民币成为主币之后，银元券基本作废，便断了敌特分子的财路。他们不敢明目张胆地兑换人民币，同样也不敢明目张胆地使用伪币，长此以往就会产生同化的效应，把他们逼到绝境。

这是李天骄的高论，陆枫现在感觉很有道理。敌特分子会在两种情况下铤而走险：第一种情况是人民币兑换期间，他们会顺势而为去兑换；第二种情况是使用银元券的商铺等地，他们想要获得生活必需品，在手中没有人民币的情况下，只能铤而走险。

可惜的是目前人民币还是辅币，这种情况要持续一段时间。陆枫仔细思索着，"东南爆破技术大队"的信息自从蔡锦生伏法之后就断了线索，到现在全无消息，他们蛰伏在暗处伺机行动，很难剿灭啊。

陆枫头疼欲裂，索性走出会议室，深呼吸一下新鲜空气，脑子里继续着自己的所想。城里潜伏的特务多如牛毛，虽然军管会下发了相关文件，但对那些死硬分子而言无疑是耳边风。如果不实施强力的清剿行动，他们是不会举手投降的。

蚊子苍蝇必须得打，否则怎么会自己飞走？

"陆枫同志，是不是又有心事了？"

耳边传来李安成的声音，陆枫试探的语气："鹿鸣同志，有件事想跟你商量，能不能利用转运任务做文章？"

"当然可以，但风险极大。"李安成低声说道，"关于'东南爆破技术大队'我的情报并不多，只知道十一月中旬左右台湾方面以空投的方式，派爆破专家潜伏进山城，他们要对重庆进行最彻底的破坏，留给我们一片废墟焦土。"

庆幸的是人算不如天算，破坏计划还没有得到完全实施，重庆便回到了人民的手中。解放军二野突飞猛进击溃了国民党精心布设的西南防线，提前三天解放了重庆，"东南爆破技术大队"的专家没有发挥出他们高超的爆破水平，目前仍然潜伏于山城。

尽管蒋家王朝已经土崩瓦解，但效忠他们的敌特亡我之心不死，还在顽抗到底，期望反扑倒算的美梦还没有破灭。

陆枫凝重地点点头："我想他们对人民币未必感兴趣，我注意过山城的地下黑市，银串子遍地都是，利用这点可以发现他们的蛛丝马迹。"

"但不排除敌人会铤而走险？"

"是的，就像蔡锦生之流那样狗急跳墙。"

李安成思索片刻："可以试一试，但要取得程队长的首肯，计划一定要周密，将必要的情况上报部里，你看，我这边还需要做什么？"

"放风出去。"

"好！"李安成拍了拍陆枫的肩膀，"没想到陆兄文韬武略，佩服。"

陆枫苦笑着摇摇头："我也是快被逼疯了！心里不安得很！"

朝天门码头依然热闹非凡，江上航运逐渐恢复，之前失业的码头工人有了活计，痞子混子青皮又开始地龙一般乱窜，不过表面上看上去倒也井井有条，想必一定是付怀仁的功劳。因为，能压得住地头蛇的不见得是过江龙。

陆枫率领两名全副武装的战士一出现在朝天门，便传到了付怀仁的耳朵，这家伙跟长耳猴一般从水警分局办公室出来迎接。见到陆枫之后好一通谄媚，拍马屁的功夫竟然又进步了许多。

付怀仁讨好地给陆枫沏了一杯乌龙茶，用自己的水晶杯子斟满，满脸堆笑："陆长官，这是雨前乌龙，您慢用。"

"我只听说过雨前龙井，没听说有雨前乌龙。"陆枫严肃地看着付怀仁，目光又落到桌子上，办公桌玻璃下面压着一张全家福照片，"好幸福的一家子，孩子在城里还好吧？"

付怀仁把铜哨轻轻地放下，擦了擦桌面："我老婆胆子小，一个多月前就回乡下的娘家了，现在还不知道什么情况。"

"没回去看看？"

"建设山城忙得要死要活的，哪有工夫回去看呦！"付怀仁从怀里拿出一个红本本，在陆枫面前晃了晃，"白天执勤站岗，晚上学习马克思，瞧我这上进的劲儿……对了，您是无事不登三宝殿，一定是有重要的事儿找我吧？您尽管说，我付怀仁赴汤蹈火万死不辞！"

陆枫冷哼一声，这家伙脖子的伤还没好利索，缠着一圈看不出颜色的纱布，仿若是从火线上才下来的伤员。不过这股热情劲让陆枫很舒服，不禁一笑："我是来兴师问罪的。"

一句话差点儿让付怀仁吓趴下，战战兢兢地坐下不安地搓着手："啥……啥罪？鄙人一向爱民如子，哦不，是尽职尽责，积极改造旧思想，为人民服务……"

"你好好想想再说，否则罪加一等。"

冷汗"唰"地从脸上流下来，付怀仁一边擦着冷汗一边讪笑："您就直说了吧，我这头皮发紧脑袋发木，不转轴了。"

陆枫严肃起来，从兜里拿出一张电报纸放在桌子上："你说过你们局长没有三姨太。"

付怀仁猛然拍打脑袋恍然大悟，紧张的情绪缓解了不少，喝了一杯茶水之后才诡秘地点点头："您知道水警分局局长为什么是肥缺？上面的见缝插针要安排自己的人进来，下面的眼巴巴地看着这位置，恨不得局长快点儿死！"

"不要避重就轻，三姨太是怎么回事？"陆枫知道这家伙一打开话匣子就收不住，整个一个话痨，这是病，得治。

付怀仁嘿嘿一笑："国民党没倒台那会儿水上走私猖狂得很，贩夫走卒之辈不屑说，党国大员们哪个不贪黑？有走私烟土的有贩私盐的，有倒腾军管物资火中取栗的，更有走私军火的！"

付怀仁用手指重重地点着桌面，好像要故意引起陆枫注意似的。陆枫警觉地看着桌子上的图，脑子不停地思索着，似乎想到了什么却无法说出来。

"三姨太到底是怎么回事？"

"那是一个代号，一个女人。"付怀仁拿起电报纸看着上面的图，"这是从局长的保险柜里找到的，金条银元都带走了，老子只找到一张擦屁股纸。"

原来是一个代号，这大大出乎陆枫的意料，不禁皱眉："她走私的是军火？"

付怀仁慌忙摇头，警觉地将办公室的门关上："陆长官，我是放屁砸脚后跟，碰到点子上了，这单生意是局长最后做的，据说就是用这玩意换了一张去台湾的机票!"

  莫愁前路,柳暗花明。陆枫突然意识到了什么,抓住付怀仁的手激动不已。

第二十八章
暗涌（一）

付怀仁提供的这条信息极其重要！对陆枫而言，无疑是柳暗花明，那条断了的线索又在脑海里清晰起来：林园的高爆炸药很可能就是通过"三姨太"走私入境的，而根据付怀仁提供的信息，时间应该在一个月之内。

"三姨太现在在什么地方？我需要更准确的信息！"陆枫兴奋地来回踱步，如果能确定那批货就是林园发现的这批，便可以顺藤摸瓜，上溯时间清查与这批货有关的人，这样就可以避开蔡锦生这道死结，死局盘活。

付怀仁的脸上浮现一种少有的憨厚，一言不发地看着桌子上的照片，陷入回忆之中："现在世道这么乱，她恐怕在解放军攻占山城之前已经撤离了，有钱能使鬼推磨，手里有大把银子的主儿谁愿意留下来受死？"

"有没有更多的信息？或者……你知道不知道更多关于'三姨太'的信息？"

付怀仁摇头苦笑:"长官,我是一个下级小警察,怎么会知道国府大员三姨太的事情?"

"国府大员,是谁?"陆枫步步紧逼问道。

国民党军政要员向来贪腐成风,无一不是成天琢磨升官发财之道。俗话说小鸡不尿尿各有各的道,有贩卖烟土赚黑钱的,有开设赌场做局生金的,有走私洋货发国难财的,有囤积奇货薅羊毛的,更厉害的有走私军火假公济私的。

估计这位"三姨太"便是某位国府大员的协理,毕竟这种见不得光的事情一定要藏着掖着。

"您真拿我当人物啦?别忘了兄弟只当了一天的局长……前任局长跑路的时候总不会告诉我是谁家的三姨太吧。"付怀仁用手在自己的脖子上做了个"杀"的手势,"如果知道了还能保住我这条小命?但我可以明确地告诉您,这批货是七月中旬到的,'三姨太'亲自接货,兄弟我大饱了眼福,那小娘们的脸蛋嫩得像鸡蛋花花,骚气得紧呦!"

七月中旬到货?按照时间推算那会儿已经开始推进西南解放战略了,国民党准备死守西南防线,制定"破坏、屠杀、潜伏、游击"行动计划,国民党内部已经乱成一锅粥。陆枫眉头紧锁,是川东地委忽略了这个重要的信息还是他们根本不知情呢?

我党从一月份便开始策划西南地区的解放接管战略,川东地下党也紧锣密鼓地提前展开卓有成效的工作,目的是最大可能地保护这座西南重镇,防止国民党狗急跳墙搞破坏。事实上正是因为有此防范，山城大部分工厂、商业、学校等机关处所才都得到了妥善的保护。"

陆枫心思沉沉地点点头："你还知道些什么？譬如这批货的去向。"

"陆长官，我向老天爷保证就知道这么多了，有一点儿保留让天雷劈我！"

付怀仁信誓旦旦，满脸虔诚不容置疑，但陆枫从他狡黠的眼光里发现这家伙没说实话，至少不是全部！

"你可是十八区的天地线，不会这么孬吧？"陆枫冷哼一声，"你说前任局长以权谋私换了一张飞往台湾的飞机票，难道你没分一丢丢好处？还有，那'三姨太'给他这张图是何意？该不会是亲自押运到林园吧。"

一口烟喷出来，咳嗽半天才喘上一口气："局长跑路之前提拔我坐他的位子，兄弟我只当了一天的局长，屁股还没等焐热呢，重庆就解放了……您说我这点子有多背！"

陆枫的脸上浮现一抹庆气，锥子一般的目光盯着付怀仁，话锋一转："老付，你知道的，我是可以交心的人，今天来不仅仅是找你问事情，主要是通知你明天不必来此上班了，我给你申请了新的工作。"

付怀仁的手颤抖了两下烟灰悄然落下，半天才长出一口气："用人不疑，疑人不用，陆长官，兄弟我在十八区混了三十年，从来没跟外人交过心，跟我交心的都死得快。"

"少废话，收拾一下，跟我走。"对这种油嘴滑舌之辈不能有半点儿恻隐之心，若不是前几日接管林园的时候立有大功，陆枫一定会好好改造付怀仁。

付怀仁擦了一下鼻子，从办公桌的玻璃下面取出全家福照片，小心地揣在怀里，龇牙一笑："陆长官，我跟兄弟们打一声招呼去，我这一走恐怕他们不习惯，毕竟是一口锅里吃饭的兄弟嘛！"

"小心有人打你冷枪，这种事还是保密为好。"陆枫快步走出办公室，下一步就要实施对敌作战计划，一定要把那些躲在暗处的敌特分子一网打尽！

朝天门码头藏污纳垢鱼龙混杂，白天人模狗样到了晚上也许就变成了"鬼"，各种罪恶无时无刻不在上演，能把这种地方治理得井井有条，足以说明付怀仁有一定的道行。出了警察局，一路上碰到各色人等都躲着付怀仁走，怕这位只当了一天警察局局长的家伙找他们的不自在。

"注意左前面那个卖瓜子的没？他是'扫听'瓢把子，偷盗扒窃行的掮客，您要是丢东西了不用费心去捉贼，找他就行。"叼着烟卷的付怀仁低声道，"他管着码头上百八十号小偷，千万别小看了，或许以后能用得着他。"

沿着付怀仁的指示看去，只见一个满脸褶子蓬头垢面的老者，正靠在破烂的逍遥椅上打盹。之前陆枫在他的摊位前走过去好几次，除了嫌弃之外丝毫没在意他的存在，但没想到这家伙有这么大的"能量"，真人不露相，陆枫想到，这些人都是旧社会留下来的糟粕，用不了多少日子务必除尽！

正在此时，一辆轿车从两人的旁边而过，突然"咯吱"一声停下，车窗里露出一张满脸堆笑的大肥脸："哎呦喂，付局辛苦，我家老爷前些日子还念叨您呢！"

付怀仁摘下警帽掸了一下："钱大爷还好吧？有时间我得孝敬孝敬他老人家。"

"托您的福，钱大爷的身体好着呢，我奉钱大爷之命去码头收货，回见。"

汽车屁股冒着黑烟快速离去，付怀仁脸上的笑容逐渐消失，戴上警帽若有所思地望着汽车背影："钱大爷……你大爷！"

两个人钻进汽车，快速驶离码头。

"钱大爷是谁？"陆枫看一眼旁边的付怀仁，这家伙的脸色有点儿不对劲，一副老谋深算若有所思的样子。

"您刚来山城有所不知，这朝天门码头是袍哥的地盘，大把头钱大爷是山城响当当的人物，手眼通天，国府要员是他的座上宾，山城有头有脸的人物一提钱大爷都怵头，如果说白天是党国的天下，到了晚上就是钱大爷的天下，惹不起，惹不起。"

陆枫心下冷哼一声，无非是地头蛇而已，那些国民党要员竟然跟这种货色互通有无？可见这家伙是朝天门的一颗毒瘤，不除不足以平民愤！

"有一个重要的任务要完成，一切必须在今天晚上策划好，你要做好思想准备。"望着窗外逐渐稀疏的人流，汽车就要驶离闹市区,向西郊的方向而去。

付怀仁"嘿嘿"一笑,露出标志性的大黄牙:"鄙人愿意效犬马之劳,不过有一个前提,伤人性命的事情我不干,金盆洗手了,自从那天咬了林全三之后,老子皈依了。"

这家伙绝对是一个奇葩!

"解放军做事光明磊落,不过对待敌人就得像秋风扫落叶,落叶不扫不净,敌人不消灭的话山城永无宁日。"陆枫冷肃地望着路两边高低错落的旧房子,还有百十多米就是利民纱厂,期间要经过两个十字路口,然后掉头向歌乐山方向前行一段路便是西郊林园。

陆枫对这条线路总有一种难以释怀的疑虑,总感觉那些敌对分子一定隐藏在附近。因为最危险的地方就是最安全的,敌特分子可能混迹在城市之中,但随着打击行动的临近,他们定然会嗅到其中的危险,转移会很容易让他们暴露。

付怀仁沉默片刻:"陆队,你要撒网抓大鱼?"

"七月中旬'三姨太'走私的那批高爆炸药是通过水警分局上岸的,林园只是一个转运点,蔡锦生负责二次转运。转运的炸药势必要运到使用人的手里,期间的环节不能过多,否则很容易暴露。"陆枫应道,"但因为我军提前三天解放重庆,打乱了敌人的破坏计划,除了没有及时转运的炸药以外,更多的炸药会藏匿在哪儿呢?"

"他们会人货分离,保密局的人做事只有鬼能猜到。"付怀仁小心地看一眼陆枫,解嘲道,"所以才说'鬼精鬼灵'嘛,总不能放在利民纱厂吧?"

"如果你是敌特分子,现在应该做什么?"

"老子不是……长官,这种玩笑可开不得!"付怀仁不安地看着陆枫,"跳到黄河也洗不清的事儿,死都不知道怎么死的。"

"我说是如果!"

"反证法?"

"嗯。"

付怀仁油滑地眨着眼睛,仔细思索片刻:"如果我是敌特分子,就像黄鳝那样藏在地洞里,藏得越深越好,伺机行动。"

"让那些不重要的鱼鳖虾蟹先暴露,比如蔡锦生之流?"陆枫很赞同他的揣测,换做自己也一定会这么做,如果顶着风头作案的话很容易被我军消灭,想必那些狡猾的敌特分子不会这么蠢。

付怀仁一本正经地点点头:"他不过是一个弃子而已,因为他已经暴露了。"

汽车进入西郊林园地界,顺利通过第一道岗哨便向林园方向缓慢行驶。这条路线对陆枫而言再熟悉不过,按照之前的计划,押运银元的汽车将会从伪重庆绥靖公署出发,途径闹市区,然后进入西郊并抵达林园。

这是经过程队长等人精心挑选的路线,在转运之前陆枫必须仔细侦察,尽快熟悉周边的环境。在哪里布置流动哨、在什么地方设置哨卡等等都要做到心中有数,毕竟这是一次相当冒险的行动。

"明天要转运一车银元到林园,把这个消息以最快的速度传出去，你就完成任务了。"汽车停下，陆枫静静地望着苍翠的老林子，此处十分险要，进可攻退可守，是不可多得的打劫之地。

"转……转运银元？"付怀仁惊诧地瞪圆了眼珠子，"我没听错吧？"

陆枫淡然一笑，没有回应他的话，汽车掉头，沿着来时的路线疾驰而去。

江北，一条安静的小街人流稀疏，十字街头传来兑换人民币的嘈杂声，一个戴着礼帽身穿浅蓝色长衫的中年人匆匆钻进一家小客栈。客栈门楣上是一块漆色斑驳的牌子，依稀可辨认出"兴隆旅馆"的字样。

房间里有一股发霉的味道，因为长时间见不到太阳导致被褥潮得都能拧出水来，尤其是在初冬季节，阴冷潮湿的屋子冷得令人无法忍受。

"冷先生，我回来了。"中年人将雨伞轻轻地放在门口恭敬地说道，"外面的情况跟昨天大同小异，很乱。"

"人的观察力往往受到外界的干扰之后，会逐渐变得不敏感，这种情况持续久了就失去对事实真相的判断能力，长此以往后果不堪设想。"靠在窗前的一个戴着金丝边眼镜精瘦的中年人缓缓地转过身，两道锐利的目光在中年人的身上停留片刻，便又望向窗外。

中年人打开食盒，屋里立即飘散着菜香，但与发霉的味道混合之后呈现出难闻的味道。

"您最爱吃的辣子鸡和水煮肉。"

食盒里只有几块辣子鸡,而水煮肉只能看见几片肉,红油几乎凝固成血块一般。精瘦的汉子三角眼不禁瞪了一眼来人:"国府大员们现在躲到成都享福去了,让我们在这鬼地方遭罪,真不知道这日子还要熬多久!"

"冷先生,总归有一天党国会打回来的,新闻日报上不是说西南游击司令部已经成立了吗?四路纵队已经开始了反击行动,相信我们的出头之日不会远的。"中年人撩起长衫坐在床边说道,"老鬼发来一条重要消息,明日午后有一批银元要转运,这是一个不错的机会,我们可以趁机制造混乱,狠狠地打击赤匪嚣张的气焰。"

第二十九章
引蛇出洞

冷雪冬，国民党重庆保密局二处特召爆破专家，有留美背景，深受毛人凤的赏识。只是命运不济，特召进入保密局即将扶摇直上之际，国民党兵败如山倒，他的仕途戛然而止，受命潜伏山城伺机策划破坏任务。

"蠢人是不懂得躲避风口而去寻找所谓的危险中的机遇，那个蠢货死有余辜，还指望委座委以重任？"冷雪冬不满地将食盒盖上，推到一边狠声骂道。

中年人阴鸷地望一眼窗外："您就不要追究蔡锦生失责之罪了，毕竟他想尽快把剩余的货转运出来，时也命也运也啊。"

"损失那么多弟兄们怎么交代？如果毛局长知道他的手下都是些蠢货，早就应该让他们去成都打游击，搞什么潜伏？害得我们东躲西藏，过孤魂野鬼的日子！"冷雪冬气急败坏地来回踱步，三角眼瞪着来人，"告诉老鬼，我算准了十天之内中共必有大行动，这段时间我们还是消停点儿，别打不到狐狸惹一身骚。"

"老鬼说这是一个难得的机会，目前共党立足不稳，炸掉转运车不仅能捞一笔不菲的浮财，还能打击金融系统，让那些拥护共党的土包子长点儿眼力见儿，这是攻心之策，一举三得。"

都四面楚歌了还想着捞一笔浮财，这帮党国精英都是守财奴变的吗？如果共党是那么容易击溃的话，固若金汤的西南防线何至于一触即溃！冷雪冬对上司的行动计划嗤之以鼻，身为爆破专家，他最专业的最精通的是爆破，却要每天面对一群不学无术的同僚，实在是难以苟同。

中年人沉吟片刻："冷先生，您还是认真考虑一下行动方案，我们的时间只有十几个小时，还要调配高爆炸药，关于行驶经过的路线图我会想办法去搞。"

冷雪冬摆了摆手，坐在床上闭眼冥思了好一会儿，才长吁一口气："一包炸药足以炸掉运输车，但为了以防万一，至少提前准备出三包炸药，方案即刻拟定，但路线你要摸准，不要像蔡锦生那个笨蛋，死都不知道怎么死的！"

中年汉子微微躬身，笑道："既然如此，我就去做准备了，想必兄弟们这些天憋闷坏了，在山城与我们作对会死得很惨！"

窗外传来一阵汽车的笛声，冷雪冬把脸贴在窗口向外面张望，一辆电台测量车正缓缓地通过街口。不禁皱眉：看来这里也不安全了。

买消息的人当然舍得出大价钱，只要消息准确可靠就不愁来钱快。付怀仁深知其中的奥妙，只是在回水警分局嗑了一把瓜子的时间，那个满脸褶子的家伙听到付怀仁说明天执行银元转运任务之后，马上嗅到了铜臭的味道。

解放军转运人民币和银元的消息像长了翅膀一般，顷刻间便在山城"地下世界"传开了，混迹其间的包打听、小贩们像打了鸡血一般，争相挖掘其中的秘密，并抬高价钱将这个消息贩卖出去。

文成书店里一天也没有几个客人，这年月人心惶惶，没有人跑书店来消遣。不过就在冯路远百无聊赖地擦他那双三接头皮鞋的时候，进来两位解放军战士，告诉他三天后召开重庆商界恳谈会云云。

身为军管会旗下的公安分部一分子，冯路远从没听到过此方面的消息，或许队伍刚刚成立，彼此磨合的时间太短的缘故。他对这种消息不屑一顾，商界恳谈会应该归财经委员会辖属，参加恳谈的一定是有头有脸的商会名人，诸如李半城之流。

一想到李半城，冯路远的精神为之一振，多年地下工作者的经验告诉他，一场影响山城商业的风暴就要来临！冯路远若有所思地望一眼十字街口人山人海的人民币兑换点，顺手拿起一张"新闻日报"走出书店。

一辆破旧的汽车停在书店门口的街上，付怀仁从里面钻出来，叼着铜哨四处张望几眼后便匆匆而去。

陆枫目送付怀仁走远才长出一口气，手里抚摸着汉八刀的玉蝉发动汽车，却忽然看见文成书店门口出现一个熟悉的影子，竟然是那位斯文先生冯路远！

冯路远将报纸扔在门口的书摊上，回头跟伙计说了几句话，便匆匆向小什字街方向走去。正在此时，后面传来一阵汽车鸣笛声，冯路远吓了一跳，回头正看到陆枫探出半个身子冲着自己笑。

"冯先生，去哪儿？我送你一程。"陆枫憨笑着打招呼。

冯路远故作惊讶地打量一番陆枫和破旧的汽车，谦和地笑了笑："叫我文成兄即可，你我是同志嘛。我要跟鹿鸣同志见面，不远，就不劳驾您了。"

陆枫微笑着点点头，望一眼冯路远的背影，又打量一番那间狭小破旧的书店。原来这位冯路远的代号是"文成"？书店只是他的掩护职业而已，在山城白色恐怖之下能坚持如此之久的地下工作，实属不易。

回到支队，陆枫向程满仓详细地汇报关于明天转运路线侦测情况，又将付怀仁的情况如实汇报。程满仓听完之后不断地点头，关于转运路线没有异议，但他对付怀仁有一种天然的成见，尽管付怀仁曾经帮助过解放军。

同流而不合污，程满仓做不到。陆枫则不然，他认为付怀仁只是一介平头百姓，心有良知身怀善意，虽然狡黠却不失为本分。应该给他足够的机会去改造，在接管山城的重要工作中改造。

"刘部长已经批准你的计划了，具体实施的细节问题还需要我们仔细推敲一下，千万不能故步自封，敌人不是傻子，比长尾巴猴子还精！"程满仓审慎地说道。

陆枫喜出望外，但表面看上去平静如常，这种定力是在长期的对敌斗争中养成的。不喜怒于形，不妄言于声，不骄狂于色，以至于同他初次接触的人都感觉陆枫深不可测。程满仓认为这是陆枫最大的优点，但他的缺点跟优点同样明显：总是拒人千里之外。

"程队，再精明也不过是猴子，蔡锦生给咱送人头便是明证，今天下午我收获颇丰啊。"陆枫端起搪瓷缸吹了吹水面上的茶叶，"国民党七月中旬通过走私的方式从水路运进那批炸药，转运点是朝天门码头水警分局，十一月初左右运进林园，但那里只是一个中转站，蔡锦生直接负责转运，搞破坏的是'东南爆破技术大队'，这足以说明一个问题。"

程满仓犹疑地看一眼陆枫："说明他们是人货分离？"

"不仅仅是人货分离，还说明他们搞大破坏是有目标、成体系、有战略性的，'东南爆破技术大队'的专家负责爆炸技术指导。"陆枫喝一口开水，又分析道，"按照常理，为了防范敌特搞破坏，我们的眼睛都盯在了工厂、矿山、码头、商铺、学校和伪机关单位，李天骄同志提醒我，财经领域的破坏才是更厉害的，我比较赞同。"

程满仓微微一怔："所以你才想到利用转运之机引蛇出洞？"

"是的，我们能想到的敌人一定会想到，打击人民币最好的办法不是毁掉有限的人民币，而是打击持币的信心，敌人怎么才能打击老百姓的信心呢？一场大爆炸也许效果更直接。"

陆枫想起那天与李天骄的谈话，财经金融的破坏威力不输于枪炮，金融崩溃所造成的严重后果会殃及民生之根本。李天骄还以第二次世界大战为例，1929年美国发生经济大萧条殃及世界，为大战埋下了一颗金融炸弹，最终导致全面战争。

程满仓当然期望"引蛇出洞"计划能获得成功，毕竟当前最重要的任务是找到那批随时致命的高爆炸药，剿灭潜入山城的"东南爆破技术大队"，至于财经金融之类的问题，不是自己考虑的范畴。

不过程满仓对陆枫的一席话感到十分满意。一位在战场上浴血拼杀的战士，能够在最短的时间内转变思想，全身心地投入到接管工作中来，这是对山城重建最好的支持。

程满仓揉捏着太阳穴："一提到钱我就一个头变成两个头大，打小额就不爱动钱的脑子，现在偏偏要动脑……陆枫，咱们的'连营杀手'不赖嘛，这么短的时间就把你改造成功了？！"

陆枫尴尬地笑了笑："墨水喝得少，总羡慕有学问的，比如您。"

一阵爽朗的大笑，程满仓从办公桌抽屉里拿出一封信递给陆枫："你的，从老家来的信吧？家书抵万金，很难得啊。"

陆枫接过信立即打开，果然是父亲亲笔，不禁心下激动不已："是我父母写来的，问我现在怎么样。"

"没记错的话，你是上海人？"

"父母住在上海，老家是苏南的。"陆枫又看了两遍信，才小心地折好收起来。

程满仓察言观色道："报平安？"

"他们要来重庆看我……咱们不谈私事，现在可是上班时间哦！"

程满仓兴致勃勃地笑道："欢迎他们来重庆，来看看解放的山城，看看祖国的大好河山，来了我一定要请二老吃最地道的麻辣火锅！"

陆枫不知道父母为何在非常时期来重庆，千里迢迢不辞辛劳，心下不禁潸然：应该有两年没见面了，书信也只写过两封。一封是在南京疗伤的时候，另一封是在常德休整时。

目前最重要的任务就是转运押送人民币和银元，任何微小的细节都会决定计划能否成功，毕竟敌特分子不是草寇小蟊贼，他们不仅有强大的武装火力，对地形也十分熟悉。陆枫在巨幅地图前反复思忖，对比今天实地考察的路线，揣测着敌人最有可能动手的时机和位置。

陆枫在脑海里勾画着行动路线图：从伪重庆绥靖公署沿大街南行至化龙桥，绕朝天门大街至解放碑大街，然后一路向西行进，进入西郊后途径利民纱厂，最后驶入歌乐山林园路……此间要经过闹市区和偏僻的西郊，几个重要的地标节点敌人绝对不会动手，而林园目前是军管会驻地，有重兵把守。

最危险的地方也是最安全的，敌人会选择在歌乐山动手吗？

正在此时，电灯忽然熄灭，陆枫怔了一下，快步走到窗前向外面张望，方才还灯火阑珊的山城已经是一片黑暗，远处似乎传来隐隐的爆炸声音，21号电厂遭到破坏了？

门被轻轻地推开,一个黑影闪身而入:"陆枫同志,我找了您一下午!"

听声音便知道是李安成,陆枫难掩兴奋地应了一声,点燃煤油灯,屋内亮了起来,此时陆枫才看到李安成满头大汗:"原来是鹿鸣兄,我正有事情找您商量呢,坐。"

"电讯处截获一条发自成都的电报,'东南爆破技术大队'要行动了。"李安成不安地看着陆枫说道,"我们在江北的兴隆旅馆也发现有可疑人员,已经布控好了,就等敌人钻我们的口袋。"

陆枫喜欢真刀实枪地打阵地战,对这种猫鼠游戏颇为不屑,但面对隐藏在暗中的敌人只能玩捉迷藏。口袋已经布置好了,如果李天骄分析得对的话,人民币和银元对敌人的诱惑将会超过任何诱饵。

"这次行动风险极大,务必要严谨对待,为防万一有必要抽调医护人员参与,秦晚晴同志明天来报到,率领一支三人卫生队跟你一起随行。"

陆枫沉默半晌,心里对李安成擅自变更人员安排颇为不满。诚如他所言,此次行动成功与否不仅在于策划更在于保密,临时派来三个不熟悉的同志参与行动,是否有失严谨?而且,他对秦晚晴其人并无好感。

"你不要有顾虑,晚晴同志是天骄的好友兼闺蜜,美国宾夕法尼亚大学临床专业的高材生,品质没问题。"李安成缓缓地说道,"目前我部人员配置不齐,极度缺乏医学专家,虽然全城医疗卫生系统正在接管中,但还是要保障老百姓的日常看病嘛,经过广泛调查后刘部长亲自批准，秦晚晴同志才肯到我们这里来。"

陆枫点点头："既然这样，我接受组织安排，鹿鸣同志，您认为敌人会在何处对转运车发难？"

虽然策划方案完备，具体行动路线也拟定，但陆枫的心里始终在敲边鼓，力求周全！

第三十章
诱敌

林森路，原国民党西南军政长官公署。

山城解放之后，这里已经被解放军接管。陆枫之所以选择此处作为起始点，是因为这里曾经是国民党在重庆的军政中心，一定会引起潜伏特务的关注。而且付怀仁还在朝天门码头将转运人民币和银元的消息散布出去，那些嗅觉敏锐的潜伏特务们一定会第一时间知道这个消息。

昨天程队告诉陆枫，在军管会公安部特情会议上一封密电引起全体与会人员的震动：从常德二野后勤司令部军需供应总站押运的一批人民币和银元的车队将于三天后抵达山城，这批人民币是由老区济南和上海造币厂紧急供应的。

武装押运队在湘西偏远地区艰难行进，据悉在沅水发生车祸，五名同志牺牲。所以，为确保这批人民币和银元万无一失地抵渝，是我们当前最重要的任务。刘明辉部长对迎接转运任务极为重视，这个重担压在支队的肩上，无疑让每位接管队员备感压力。

而陆枫就是要利用转运之机，虚实结合扰乱敌人的视线，一方面为真正的武装押运队掩护，一方面要引蛇出洞，彻底消灭"东南爆破技术大队"。

敌人若火中取栗，我必然要一举歼灭！

黑夜是一切阴谋或者阳谋的温床也是最好的掩护。当山城人民在睡梦中的时候，三辆押运汽车悄然出现在林森路的街头，此时一双阴鸷的眼睛也随时关注着眼前发生的一切。

从汽车沾满污泥的轮胎、斑驳的车身和架在车头上的机枪，到全副武装荷枪实弹略显疲惫的解放军战士，无疑不显示这支押运队伍已经疲惫不堪。

而坐在汽车里的陆枫对此也颇感惊讶：鹿鸣同志果然是高手，能在如此短的时间将押运行动布置得天衣无缝，实在让人惊叹！

"陆队，我们什么时候出发？"郝仁情绪紧张地看向窗外三辆伪装好的汽车，低声问道。

陆枫看一眼手表，恰好凌晨三点半钟，回头看一眼正在熟睡的李安成："让鹿鸣同志再睡一会儿吧，按计划行事。"

李安成引着三辆伪装押运车在城外绕腾了十多个小时，连续工作的疲累已经让他不堪重负，一头扎到车里便呼呼大睡。

"那个秦晚晴怎么还没来？程队交代她们要在天亮前到位的。"郝仁嘟囔一句，"跟咱们的'连营杀手'当初一样，喝过洋墨水的人就是不一样，把拖沓当成自由，视懒散为个性，这在程队面前活不过三分钟。"

陆枫奇怪地看一眼郝仁:"今天的话这么多,莫非看上人家姑娘了?"

隔着军装陆枫都能感觉到郝仁体内的躁动,从语气中体悟到某种奇妙的意思!陆枫对这位善于做思想工作的指导员太了解了,难道年轻人都有荷尔蒙释放的过程吗?为什么自己却没有?

"俺是农村娃,哪有吃天鹅肉的野心?"郝仁不自在地憨笑道。

"她是宾夕法什么亚的高材生,但咱也不赖嘛,军政大学野战专业,八年的老学究,擅长打游击,门当户对!"陆枫笑道,"要不要我在她面前给你美言几句?"

郝仁点燃一根卷烟:"本人政治清白,不贪财好色……老家有媳妇咧,是童养媳,在家等着俺呢,等全国解放了咱也马放南山,回家生一大堆娃去。"

陆枫意味深长地看一眼郝仁,拍了拍他的肩膀:"郝仁真是一位好同志。"

兴隆旅馆阁楼那间发霉的屋子里,此刻仍然亮着一盏油灯,门口两名猥琐的汉子像鬼一样站立不动。冷雪冬的背影在地上拉得老长,对面的中年人垂首静立:"冷组长,外线的兄弟已经证实转运消息绝对可靠,共党从常德来的武装押运车已经到了林森路军政长官公署。"

"外线?开什么玩笑!"冷雪冬冷哼一声,"内线的人都靠不住,你认为外线还可靠吗?那些平素食党国俸禄的所谓精英们到了关键时刻都递上投名状了，吃东家的喝东家的还得革东家的命！不过，从成都发来的信息显示的确有这么一支押运队，就是不知道是不是你看到的这支。"

"您……您对此表示怀疑？"

"这个时候不要相信任何人。"

来人擦了一下冷汗沉吟道："消息是从朝天门码头郭瘸子那买的，他说是水警分局的付怀仁透露出来的，姓付的我有些了解，这段时间他摇身一变成了共党的座上宾……"

"我听说宪兵二十四团三营的林全三就是被他咬死的？这个见人说人话见鬼说鬼话的家伙。"冷雪冬对重庆警察局的人没有任何好感，若在以往他不屑关注那帮披毛穿甲的警耗子，在保密局的眼里他们不过是端着痰盂要饭的货色。

冷雪冬缓步走到窗前望一眼夜色："前几天你说共党召集了一千二百多名警察训话，说什么要彻底肃特云云，付怀仁也参加了吧？有没有可能是共党的圈套，目的就是让我们主动暴露？"

"您多虑了，方才您还说收到成都的电报，证明从常德有一批银元押送队近日抵渝，在时间点上恰好吻合，而且据卑职观察，这支武装押运队符合您的猜测。"汉子低声道，"而且老鬼的消息应该是最准确的，他指示您要做好伏击计划，并且说这是关乎接下来的潜伏大计。"

冷雪冬摆了摆手，打断了手下的话。现如今的形势的确到了最危难的关头，按照委座的大破坏计划，重点实施重庆兵工厂、大渡口钢铁厂、机械库以及大溪口发电厂等军事战略要地的爆破。

但没想到国府制定的西南防线就像纸糊的一样,一冲即溃,许多破坏行动还没有来得及实施,山城就已经落入共军之手。冷雪冬的计划是继续潜伏以待时机,此时上峰却下达了与自己的任务毫不相关的行动命令,着实让人费解。

风吹进来,冰冷而新鲜的空气让冷雪冬的精神为之一振,转身披上风衣戴好礼帽,阴鸷地看一眼时钟,时间恰好是凌晨三点四十五分,还有半个多小时就是黎明。

"今天有雾,命中注定。"冷雪冬望一眼从兴隆旅馆对面的胡同里缓缓地开出的一辆破旧的军车,阴冷地说道。

山城重庆迷雾重重,即便狭路相逢也不知道对手是人还是鬼,唯有剥掉伪装后,才能识破庐山真面目。

同一时间,在林森路上的三辆押运车也缓缓启动。

浓重的雾色之中,提着医药箱的秦晚晴焦急地站在十字街口,不安地眺望着大街尽头,耳边忽地传来汽车的轰鸣,一道车灯射了过来,秦晚晴慌忙躲在一边。隔着车窗可以看到驾驶室里穿着军装的人,但从车轮胎受压程度判断,这是一辆空车。

而且这辆军车并没有武装押运员。

秦晚晴注视着汽车消失在视线之外,不禁拍了拍胸脯:"我们的人在哪儿?押运车队该不是还在路上吧!"

卫生员丁如军依然还在亢奋之中,这是他跟随服务团到山城之后第一次执行战斗任务,心里有些紧张:"秦同志,我们服务团六支队只是配合转运工作，程队长派了一个加强营的警察沿路保护，一定不会出问题的，我担心我们会无用武之地呢。"

为了配合完成任务，今天秦晚晴没有穿着时髦的衣服，而是一身雪白的医用白大褂，眉清目秀的脸上透出一种难以抵御的妖艳之色。夜色和浓雾遮住了她深邃的目光，激动的心情尽量隐藏，故作一副成熟老练的样子。

她只是学院派，没做过战场救护，今天是第一次，难免紧张和兴奋，而让她感到不安的是死寂沉沉的大街，黎明前的街头悄无声息，虽然在暗处晃动着执勤的警察，但没有人发出一点儿声音。

军管会六支队为做好这次转运工作下足了功夫，流动巡逻队在暗夜中守护着转运线路的安全，而沿途还有不计其数的特工人员暗中护卫，公安部派出一个加强营的军力全力保护转运安全。

还有一支特殊的队伍，虽然只有三名同志，虽然那位"喝过洋墨水"的秦晚晴同志没有战斗经验，但还是为这次转运工作增色了不少。

一切迹象表明，这次非常时期的转运计划正在周密部署和顺利展开。

暗夜的浓雾中，隐隐地听到了汽车的轰鸣，秦晚晴莫名地紧张起来，不安地看一眼手表，时针刚好在凌晨四点钟的位置。距离方才那辆汽车过去正好十五分钟，如果不出意外的话，那辆车已经出了渝中路。

两名经验丰富的卫生员没有注意到秦晚晴表情的变化，当三辆押运车通过的时候,他们激动地敬礼致意,随即便拉着秦晚晴上了第五辆安全保障车。

西郊利民纱厂的大院里气氛有些紧张,厂门口堆积的沙袋和铁丝网两侧,十几名护厂队员正严阵以待。进入西郊之后,凡是临路的工厂学校均设了护厂队、护校队,他们彻夜站岗放哨,一方面是应对混乱的局势,另一方面是保护转运车队的安全。

他们当然不知道转运车辆要经过这里,只知道今天要封路,他们负责本区块的安全护卫工作。一辆军车轰鸣着由远及近,靠在利民纱厂岗楼里的付怀仁努力地想看清车牌子和驾驶里的人,心下不由得紧张起来。

十几分钟前,第一道哨卡打来电话:一辆宪兵24团的军车执行转运护送任务。付怀仁知道,真正的考验已经开始,不出意料的话这辆汽车里的人与转运无关!

汽车行至利民纱厂前的第二道哨卡停下,付怀仁从岗楼里钻出来快步走到车前,车窗缓慢地摇下,露出一张精瘦的脸:"同志,我们是六支队负责转运的先遣车,请通过一下。"

"通行证拿来我看看。"付怀仁跟没听见似的,瞪一眼穿着解放军军装的司机,里面有三个人,因为光线不够根本看不清。

司机磨蹭着拿出一张巴掌大小的纸片递给付怀仁:"前面还有几道卡子?"

付怀仁煞有介事地看两眼通行证:"有几道你难道不晓得?糊涂虫,注意点儿安全,非常时期,路不好走。"

司机接回通行证收好，嘿嘿一笑："陆队交代过可能临时设卡，我们也是临时执行转运任务，哪里知道得那么详细？"

付怀仁摆摆手，两名护厂队队员挪开铁丝网路障，汽车快速驶离。

一切都跟预想中的一样，付怀仁对陆枫的设想佩服得五体投地，他说敌人最有可能冒充解放军进行渗透式的冒险。

果不其然，他们选择最有利的时间出动了。

但他们不知道前面有万丈深渊，进去就成了瓮中的王八！

二十分钟之后，一排汽车鱼贯驶来，陆枫率领的"转运车"终于出现了。付怀仁难掩激动，敬了一个不甚标准的军礼："陆队，狗日的入瓮了！"

陆枫跳下车，淡然一笑："这只是第一步，敌人狡猾得很！"

"就一辆汽车，咱这么铺张是不是太抬举他们了？"付怀仁狠狠地吸了一口烟，手有点儿抖，声音也走了形。

不这么设局的话敌人能上当吗？陆枫从李安成那里获悉一条振奋人心的消息：藏匿在兴隆旅馆的是一条"大鱼"，很有可能就是破坏21号兵工厂和军械库的"东南爆破技术大队"的人员。

当晚上，就在陆枫和李安成执行接收长江舰队的时候，重庆兵工厂发生大爆炸。

那一瞬间惊天动地的大爆炸让城郊陷入火海之中，陆枫对此记忆犹新！

第三十一章
歼敌

　　暗夜的歌乐山笼罩在阴森之中，浓得化不开的大雾弥漫天地间，站在山岗上远眺依稀可见山城零星的灯火。

　　若是在以前，这里是整个山城防守最严密的地方，也是山城名副其实的禁地。自从1945年南京光复以来，形势一片大好让党国上下陷入自我陶醉当中，没想到这么快就变了天地，二度退守重庆、退守成都直到退守台海一隅，党国基业瞬间土崩瓦解！

　　一个笔直的影子站在一块巨石前，烟火明灭间露出那张狰狞的面孔，冷雪冬在痛苦地思索着几天来翻天覆地的变换，如同置身噩梦里一般。还梦想着反攻？党国的基业就败在那些尸位素餐的小人之手。

　　"组长，下午踩点的时候在这里发现三个形迹可疑的人，我怀疑其他小组也要染指此次行动。"一名手下低声道。

　　冷雪冬掐灭烟蒂，阴冷道："你怎么才说？"

　　"这次行动非同一般，老鬼或许也通知了其他组参战也有可能,如果有外援岂不更好?党国的反攻指日可待啊!"

区区十几个人谈何反攻大计?冷雪冬不屑地冷哼一声:"恐怕不是为反攻大业吧?我还不知道他们的心里想什么,如果不是伏击银元押运车,他们能来?"

手下低头不语,组长说的没错,目前的形势对我们很不利,只会再进一步恶化,短期内根本无法扭转颓势。且不论远在天边的委员长和那些大员们如何调兵遣将,只说眼下的成都,最新消息显示那里早已经瘫痪了。

远远地听到汽车的轰鸣,冷雪冬拔出手枪:"管不了那么多了,按计划行事。"

"是!"

几个手下发疯一般冲上汽车,警卫保护着冷雪冬向高岗下奔去。就像一群几天没进食的饿狼看见了美味一般,这帮穷凶极恶的顽固分子在黑夜的大雾中狂奔,完全不顾什么战术掩护。或者说,他们根本不懂得战术,更勿谈战略。

视线受大雾阻碍,但汽车的雾灯能很清晰地看到,目测距离不到三百多米,足足有五辆汽车。伪装成解放军的司机瞪着猩红的眼珠子,握着方向盘的手不住地颤抖,耳边的汽车轰鸣如炸雷一般作响。

若真的抢到足够多的银元,鬼才愿意为党国效命,党国在哪儿?!

"出击!"

汽车发动机如猛兽一般轰鸣,震得周围的树叶飒飒飞落,重达两吨的汽车在强大的动力和惯性的作用下,发疯一般向坡下冲去,里面的人像炮弹一般射了出去,滚到林子里。

急促的刹车声伴随着发动机的轰鸣,失控的汽车直接撞飞了第一辆转运车,强大的冲击力将转运车拦腰折断,紧接着又撞向第二辆汽车,随即发出惊天动地的大爆炸,熊熊燃烧的大火和浓烟冲天而起,火蛇瞬间将三辆汽车淹没!

终于见识了美制高爆炸药爆炸的威力,从爆炸规模看足以炸毁一座铁路桥的炸药量,狗娘养的!匍匐在隐蔽点的陆枫望着公路上冲天的火光,耳膜简直被震碎了一般。付怀仁翻滚着跑过来:"我的乖乖,这帮玩意太狡诈了,咱们的埋伏看来打空了。"

出乎意料的是,按照之前的部署,在两个弯道和山坳里埋伏了一个营的兵力,这里距离伏击点仅有一公里之遥,没想到狡猾的敌人会以这种"自杀"的方式伏击。

眼前发生的一切让所有人震惊不已,如果晚撤离一分钟,所有人都会成为陪葬品!陆枫的应对策略棋高一着,就在经过利民纱厂听到付怀仁汇报之后,脑海里立即浮现出那段必经的陡坡。敌人很可能利用有利的地势发起攻击,陆枫临时改变计划,将所有汽车的车灯全部打开,车不熄火,停在坡底。

这叫诱敌之计。

正在此时,照明弹划着弧线升上天空,在暗夜的天空中绽放出刺眼的白光,白光笼罩之下,在大爆炸现场奔跑的敌人正乱成一团,几乎同时间都机械一般停下,呆呆地仰望着天空。

嘹亮的冲锋号突然响起,高亢的号声在山谷里回荡,陆枫第一个冲出隐蔽点,冲锋枪喷射出火蛇,愤怒的子弹飞向敌人,伴随着爆炸声、激烈的枪声、冲锋号声和战士们的喊杀声,火力网在瞬间便将敌人笼罩。

照明弹依然发出刺眼的白光,照亮了黎明前的黑暗。陆枫与真正的战场阔别已久,今天终于能畅快淋漓地大干一场了,突如其来的冲锋打得敌人措手不及,还没来得及组织反击的时候,便被撂倒三四个。

冲在最前面的几个顽敌被打成了筛子,血肉横飞,后面侥幸没死的想要逃跑,却根本跑不掉,大爆炸的冲击波和熊熊燃烧的大火席卷而来。敌人成了活靶子,毫无反击之力,而外围的敌人以为打了个漂亮的伏击,饿狼一般横插过来。

十几名穷凶极恶的敌人冲到爆炸地点的时候,才发现陷入了解放军的包围圈,反击瞬间被打爆。急促的枪声爆豆一般响起,子弹如流星划过夜空,空气如燃烧了一般。

"王八蛋,害死老子了!"此刻他终于明白身陷重围之中,仔细辨别一下枪声,老谋深算的冷雪冬竟然无法辨别解放军的位置,只看到火光中如无头苍蝇一般突围的手下纷纷在枪声中倒下。

冷雪冬一头钻进旁边的丛林里,强忍断臂的剧痛想要钻山逃跑,子弹在屁股后面追着打,喊杀声愈加迫近。这是他职业生涯里最狼狈的时刻,人算不如天算,本来想出其不意地偷袭,结果却落入了陆枫的圈套!

一梭子子弹洞穿了他的胸膛，只见他一头栽倒在地。

黎明如约而至，浓雾中的大火和浓烟逐渐减弱，陆枫、付怀仁站在爆炸现场，地上被炸出一个三米多深的大坑，两辆汽车已经成了废铁，好在其余三辆汽车没有过度破损。

"报告陆队，战场打扫完毕，共击毙敌人十五名，缴获美制冲锋枪五支，电台两部。"郝仁气喘吁吁地跑过来汇报战果，他负责埋伏在距离战场一公里外的山坳里，这边发生大爆炸后快速穿插，及时地参与了此次战斗。

陆枫凝重地点点头，回头看到秦晚晴和两名卫生员正在给伤员包扎伤口，三名同志挂了彩，不过伤势不重。此战没有陆枫想象中打得那么顺利，狡猾的敌人利用熟悉的地形搞突袭，打得自己措手不及。

"还有什么重大发现没有？"陆枫望了一眼摆放在地上的十几具尸体问道。

"击毙两个当官的，应该是'东南爆破技术大队'的骨干，一个是国民党保密局设在渝中区站电讯科上尉副科长江本达，还有一个中尉报务员。"郝仁从包里找出两张被血浸泡过的委任状，"还有一个'东南爆破技术大队'的爆破专家，叫冷雪冬。"

陆枫仰望苍天，这片天空曾经无比阴霾，如今拨云见日初见曙光，相信很快会露出晴天，阳光终将普照山城。想及此，陆枫难得地露出了笑容："传我命令，按照我军规定优待俘虏，确认尸体身份，受伤的要妥善治疗，投降的押送支队候审，死亡的就地掩埋。"

"是！"

付怀仁顿时如同坠入云雾之中一般，想半天也没弄明白陆枫究竟是如何部署的，怎么这么容易就把敌人给算计了？自己和被击毙的江本达曾有一面之缘，不过自己这样的小角色是无法与之比拟的，现在却得了现世报，果然是富贵在天啊！

"陆长官，您是怎么算出他们必然要在这里伏击？"付怀仁结结巴巴地问道。

陆枫静默了片刻："不是我算出来的，是天意。"

"共产党也相信天意？"

"我们是正义之师，敌特分子是秋后的蚂蚱，他们血债累累，多行不义必自毙，山城人民势必要对他们进行清算。歌乐山上的渣滓洞、中美合作所里的英灵们可以含笑九泉了。"想起几天前去渣滓洞和白公馆凭吊的一幕，陆枫的眼睛湿润了。

从常德历经艰险武装押运人民币和银元的车队与军管会公安分部和警备司令部的派员会合，数辆汽车鱼贯缓行在大街上，两侧无数夹道欢迎的老百姓兴高采烈，彩旗飘扬，鞭炮声此起彼伏，整个山城顷刻间便成了欢乐的海洋。

"你个娃娃立了大功咧，额的心脏快要受不了咧，现在国内形势一片大好，看没看见旗子上写的啥子？"程满仓听到陆枫的汇报之后，兴奋得有点儿语无伦次，"反攻大西南，解放全中国咧！"

陆枫也激动地点点头："程队，今天是十二月九日，'一·二九'

运动纪念日，大中小学的学生们都走上街头游行纪念呢。"

"额知道咧……"程满仓擦了一下眼睛，"再过几天服务团六支队就抵达山城，有了强力后援我们就不怕咧！"

六支队军管会下属的公安分部，刘部长率领几十名骨干先行抵达山城，大部分同志们作为军代表派到各警察分局，督导山城治安工作。

纵使如此，对于维护山城治安工作仍是杯水车薪，各种抢劫案件时有发生，敌特电台信号在山城的上空满天飞，针对工厂等的破坏始终没有停止过。这次诱敌行动虽然在某种程度上打击了敌人的嚣张气焰，但陆枫清楚地知道，顽固的敌特分子是不会轻易被打击的，很快便会发起更加猛烈的反攻。

人民币和银元的转运任务圆满完成，但让陆枫没想到的是，非但没有受到局里的嘉奖，反而刚回警察局便被"请"到了局长办公室问讯。一进入办公室陆枫便感受到了紧张气氛：黄副处长满脸怒容地坐在椅子里，站在对面的程满仓低头不语，而在窗前的冯路远正看着报告，脸上阴云密布。

"报告！"陆枫敬了一个标准的军礼。

黄副处长瞪一眼陆枫，脸色缓和了一些："陆枫同志，坐。"

陆枫不安地看一眼程满仓，又望一眼在窗前看报告的冯路远，沉默地坐在椅子里。

"趁转运之机'引蛇出洞'伏击国民党潜伏特务是你策划的？"

"是……是我和程队长共同策划的，还得到了鹿鸣同志的支持。"陆枫的心里直敲边鼓，知道此次行动的人没有几个，除了一科室的行动队之外只有部里的几位首长同志知道，难道哪里出现纰漏了吗？

黄副处长严厉的目光看着陆枫："我想知道是哪位首长批准了此次行动计划？绕过了情报科、侦查科、政治科发动了一次近乎自杀式的伏击，一科的同志人才辈出啊！"

陆枫的心情一下跌到了谷底，手脚冰凉僵硬！眼角的余光扫了一眼程满仓，脑子里快速思索着。按照程队的说法是请示了刘部长啊，现在黄副处长怎么明知故问？难道高层对此次行动没有取得一致意见吗？

"首长……行动是我批准的……"

"啪"的一声炸响，茶杯被重重地摔在地上："程满仓同志，你有什么资格批准？毁了两辆汽车，伤了三名同志，美其名曰'引蛇出洞'，实际上是'打草惊蛇'，这是典型的无组织无纪律！"

程满仓一咧嘴："还消灭了十五名敌特分子呢，击毙国民党上校组长冷雪冬，他可是'东南爆破技术大队'的爆破专家，是制造21号兵工厂大爆炸的罪魁祸首……"

黄副处长气得来回踱步："程满仓啊程满仓，你真个是程大胆！不知道小不忍则乱大谋的道理吗？击毙了一个冷雪冬，知道有多少潜伏的冷雪冬逃之夭夭了吗？知道这对打击敌特分子设置了多大的障碍吗？胡闹！"

陆枫顿时感觉脊背发凉，胜利的喜悦瞬间荡然无存。

第三十二章
暗涌（二）

程满仓的胆子大是出了名的，但不会大到先斩后奏的地步。陆枫对他十分了解，是一位党性十分坚定的老党员，有大局观，绝对不会在大事上犯糊涂。但事实是他已经承认了自己擅作主张批准了这次行动。

难道其中有什么玄机？

"黄副处长您消消气，满仓同志虽然行事鲁莽些，但其沉重地打击了潜伏敌人的嚣张气焰，给山城人民出了一口恶气，从这点来看他做的没错。"冯路远放下报告端起水杯擦了擦杯沿，又放下，"没有经历过地下工作的同志不会体悟到其中的危险和艰难，以为消灭了一两个敌人就认为是胜利，实际上效果恰恰相反，以冷雪冬为例，与他联系的上下线就会雪藏行踪，成了'死棋'。"

程满仓面无表情地点点头，而黄副处长余怒未消地坐在椅子上："死棋？"

"潜伏在山城的敌特分子有许多这样的'死棋'，他们会长期潜伏下去，直到有一天被唤醒。"冯路远意味深长地拍了拍陆枫的肩膀，"覆巢之下焉有完卵？君子不立危墙之下，想要再抓住雪藏的敌特分子是极其困难的。当然，你此次的伏击行动从战斗的角度说，打得很好，应当给予鼓励。"

黄副处长的脸色缓和了一些："冯科长，你来这里该不是给他们开脱的吧？"

"当然不是，电讯科截获山城发给台湾总部的电报，具体内容不便在这里公开，但跟潜伏特务大破坏行动有关，已经上报给部里了。"冯路远微笑道，"我是来征求首长意见，组建一支特别行动组，专司肃特。"

部里已经下发了国民党散兵游勇管理办法，设置了散兵游勇登记点，限期登记、待查、遣散。布告已经张贴出去两天了，目前登记在案的散兵游勇和特务有三千多人。黄副处长、程满仓和陆枫当然知道这一举措，而冯路远的意见也早就提上了日程，只是还没有时间实施而已。

黄副处长冷静地思索："这个意见很好，我一定会向刘部长汇报此事。路远同志，您在山城长期搞地下工作，经验丰富，对山城的情况又比较熟悉，在反特这项重要任务上一定要多做工作，更要及时提醒我们的同志，他们虽然骁勇善战但反特经验不足啊。"

"一定，一定。"冯路远深意地看一眼陆枫，告辞离开。

陆枫和程满仓相视一眼，彼此心照不宣。从第一次接触冯路远开始，两个人便产生了相同的看法：此人古灵精怪！

从副处长办公室一出来,陆枫终于松了一口气,在山城工作了一个月有余,感慨颇多。每每经受考验的时候他都会产生一种奇怪的想法:自己不适合搞公安工作,迫切希望扛着枪渡江去打老蒋!

"又打退堂鼓了?"程满仓吧嗒一口烟笑了笑。

陆枫望一眼阴霾的天空,心情就像天空一样晦暗,曾经想在山城做出一番轰轰烈烈的事业,现在的确有些郁闷。不禁苦笑:"关禁闭写检讨公开道歉,先斩后奏罪加一等,您还能笑得出来?"

"这叫'欲加之罪何患无辞',斗争的复杂性和艰巨性一定要认清,擦亮你的眼睛把这个世界看个明明白白,才能在肃特任务中游刃有余。"

陆枫还在等着程满仓说那句"革命斗争形势你娃不懂"的口头语,但老程却话锋一转:"再交给你一个艰巨的任务,咋样?"

"先把擅自批准行动这件事搞明白吧,这可是重罪,要上军事法庭的!"陆枫拉住老程的胳膊,"到底咋回事,您不是说任处长已经同意了吗?"

"你要相信党。"

"我陆枫对党绝对忠诚,但……但对您……有意见!"

程满仓打开抽屉的锁,从里面拿出大红记事本翻开,找到几张纸递给陆枫。那是陆枫拟定的"引蛇出洞"策划方案,上面有部里三位主管领导的签字。白纸黑字历历在目,让陆枫如坠五里云雾中。

"我明白了……"陆枫又看了一遍上面的签字,赫然有公安部刘部长、二处的王处长和三处任处长三位主管领导签字。

"你不明白。"程满仓将文件收好,"说额不懂地下工作?额在晋察冀的时候是老公安咧,你个娃对革命斗争形势参悟得不透,空有满腹经纶倒不出来,遇事一定要多动动脑瓜儿。"

陆枫凝重地点点头,老程说的没错,自己对山城的革命斗争形势认识还不够深刻,对这场斗争的残酷性和长期性也没有足够的认知。萦绕在内心深处的疑虑又翻了出来,那是他冥思苦想许久也没有想明白的问题。

入山城第一次战斗就遭遇挫折,导致水厂设施被破坏;而后接收长江舰队起义投诚三番两次遭遇伏击,李天骄曾预警绝密被泄露,差点儿因此接收失败;接收林园遭遇宪兵哗变,虽然发现击毙的蔡锦生,但遭遇也是一波三折。

而这次策划"引蛇出洞"的伏击行动也并不顺利,敌人似乎更有针对性地制定了反击方案,自己只是侥幸改变方案,才注定了胜局。

许多细节表明似乎有一双无形的眼睛在盯着自己,对自己所思所想所为都了如指掌,那个人是谁?而今天黄副处长和程满仓演的这出双簧,到底是在给谁看?压在陆枫心头的石头非但没有落地,反而更加沉重起来。

"有什么重要任务安排?"陆枫尴尬地看着程满仓,故作轻松地笑道,"该不是又让我打草惊蛇去吧!"

程满仓打开记事本咳嗽一声,郑重其事地翻到一页:"财经委昨天来人咧,要我找一个既懂经济又晓得侦察的人,我一下就想到了你,毕竟你算账快嘛,又是侦察兵出身,当然是最合适的人选。"

"什么任务?经过部里授权没?"陆枫用手指敲打着桌面,"该不是您老又擅自批准先斩后奏吧?事不过三……"

"是李天骄同志的要求,我会及时请示的。"

陆枫站起来:"老程同志,现在咱一科的工作忙得团团转,哪有工夫管财经委的事?还有,算账快的侦察兵一抓一大把,非要我去跟'连营杀手'合作?您高抬贵手……"

"这是命令!"

军令如山,陆枫懂。

山城的夜晚很迷人,错落有致的灯火如流动的星河,静谧之中浮动着天籁之音。但这只是表面所见,暗涌的激流正在撞击着新生政权,隐藏在山城角落里的敌人无时无刻不在觊觎和敌视。

陆枫没有想到自己策划的"引蛇出洞"行动正在坊间发酵,心怀叵测的人关注的并非是击毙了多少敌特分子,而是转运人民币和银元的车队遭到了伏击。坊间出现了人民币被焚毁和银元被抢劫的流言蜚语。

造谣者显然是在利用此次事件转移老百姓们的视线,人民币兑换点以及各银行、钱庄兑换点兑换的人锐减,黑市上的银元水涨船高,物价更是像坐上了电梯一般飞涨,让老百姓们惶恐不安的是,某些商铺竟然明目张胆地拒收人民币!

财经委二层楼的会议室里,正在进行着一场唇枪舌剑。

"全国大部分地区已经解放，金融系统正在全力恢复，人民币正在取代银元券和银元，人民币的正常供给形成稳压器和压仓石，对经济稳定起到了至关重要的作用。"李天骄环视在座的几位财经老专家，他们大多是从老区调过来的，都是从事解放区金融工作的老同志，而自己在他们眼里不过是个黄毛丫头。

"但是，以往惯用的接管程序和调控手段未必适用于重庆。"李天骄的话锋一转，"在其他地区如同废纸一样的银元券，在我们重庆依然在流通，虽然我们限定了五天的兑换期限，但还没有完全退出市场流通，币值依然十分坚挺，这说明了什么？还有，市场上以银元、外币为标的物的交易方式依然存在，而且有很大的市场，这又说明了什么？"

在场的老财经们先是沉默了一会儿，一位头发花白的中年人清了清嗓子："说明我们的管控力度还不够，应该加大打击银元券和银元非法流通的力度。一种新生的币种要想取代原有的标的物，是需要一定时间的，这个时间可长可短，一般而言，以上海为例……"

"丁先生，那如何解释以物易物的交易模式呢？"李天骄打断了他的发言，反问道。

那位丁先生一愣，随即笑道："以物易物自古有之，山城一隅闭塞日久，依然还保留着这种交易方式，这有什么奇怪的？"

李天骄一笑，针锋相对道："不知道诸位听到过'劣币驱逐良币'的理论没有？"

"就是使用价值更高的货币被使用价值低的货币驱除嘛！"

李天骄不想跟这些老学究们争论高下，她必须要让政府理解目前金融系统存在的风险和弊端，但财经委的这些老同志们太故步自封了。他们对人民币很有信心，并没有意识到在流通领域里，人民币远没有他们料想的那么乐观！

"您说的没错，但您知道其本质和引发这种现象的内因吗？劣币驱除良币又叫雷格欣理论，是英国伊丽莎白一世时期的财政大臣雷格欣发现的，其存在的基础是信息不对称。当一种价值较高的法定货币和价值较低的货币同时流通时，譬如目前的人民币和银元券，因为人民币的内在价值并没有凸显出来，老百姓对人民币的信心不足，导致其使用意愿降低，反而选择信心较高的银元券，长此以往人民币就会退出流通。"

从某种角度而言，这种现象既是老百姓对动荡时局的忧心反应，也是受到不法商家的刻意诱导所致。国民党对重庆的破坏不仅仅是工业基础设施，更包括经济民生领域等方方面面，其中金融系统是重中之重！

"而金银等硬通货被拥有者作为保值升值标的而囤积，使其价值不断飙升，让使用者产生歪曲的价值心理。不出意料的话，银元还将升值，一直到诸位不敢相信的地步。"李天骄从随身的皮包里取出一份文件，"这是我对目前山城金融改革的思考和建议，希望诸位首长能真正地重视起来。"

在座的老学究们面面相觑：这位李半城的千金是不是洋墨水喝

多了？！

滚滚东流的嘉陵江上，一艘小火轮冒着黑烟行驶过去，耳边传来呜呜的汽笛声。李天骄转身看一眼正在打水漂的陆枫："我递交给上级关于金融系统风险的建议书石沉大海，那些只会打仗的首长们没有人重视我的建议，人微言轻啊！"

"天骄同志，请你注意措辞，目前山城百废待兴，同志们都在奔忙在火热的重建之中，首长们自然日理万机。"陆枫对李天骄这种态度颇有微词，纵使他们不明白金融专业的问题，也不应受到诋毁。

"专业的人做专业的事情，这样才会把事情办好，这点你不懂？"李天骄瞪一眼陆枫，"目前人民币兑换银元券是100：1，老百姓的兑换热情高涨，知道是为什么吗？"

"这说明你们做的事情是正确的。"

"不，那是因为银元券基本都在底层老百姓的手里，但他们宁愿使用银元券去交易而不喜欢用人民币，根本原因是他们对人民币的信心不足，人民币的供给量也不充足，这是对新生政权不看好的表现，所以，分析问题要有针对性！"

陆枫诧异："这么严重？"

"你也有一份功劳，坊间流传转运车被炸掉了，老百姓担心人民币供给量不足造成挤兑风险，更降低了兑换意愿。他们更钟情于银元，我们的人民币兑换银元是6000：1，但黑市上更是高得离谱！"李天骄忧心忡忡道，"应该出台强制金融政策，取缔金银的金属流通！"

第三十三章
命案

"您找我该不是给我上金融课的吧？鄙人才疏学浅，只对枪炮感兴趣，不喜欢和铜臭打交道。"陆枫捡了一块扁石头扔了出去，贴着江面飞出三十多米远，拍拍手，"科里忙得脚打后脑勺，紧急案件一宗接一宗，一个人当三个人用，忙不过来！"

李天骄痴痴地望着一片涟漪的水面："小时候父亲经常带我到江边来玩，他打飞漂的手法跟你一样完美，可惜我却总是学不会呢。"

所问非所答！陆枫发现两个人根本聊不到一块儿去，自己急得快爆炸了，她却闲庭信步顾左右而言他，难怪老程说她鬼怪精灵的，思维跳跃得厉害。

"李天骄同志，我真没时间跟你谈这些事儿，科里还等着我分析案情呢。"陆枫看一眼手表，焦急道。

"保护我的安全是你的工作，程队没跟你说？"李天骄傲慢地笑道，眼前陆枫身材魁伟，棱角分明的脸上满是男人的气息，沙哑的声音里似乎夹杂着某种吸引自己的东西，跟初见他一样让人着迷。

难道这就是晚晴所说的"爱情"？不是爱情，是爱慕。李天骄脸色微红，嗔怒地瞪一眼陆枫："陪我放空心情，欣赏欣赏美丽的嘉陵江，俯仰天地寥廓，纵论人生起伏，岂不美哉？"

"李天骄同志，还要我怎么跟你解释？！"

有些人天生不解风情，但如陆枫这样对女人木讷的人的确不多。李天骄非但不生气，还故作深沉地笑了笑："公安三处的职责是什么？给我背一遍！"

公安部下设一室四处，一室指的是办公室，四个处分别是：一处是人事处、二处是政治保卫处、三处是治安行政处、四处是总务处。陆枫所在的三处负责处置治安、刑事、反特和金融犯罪等案子。

陆枫一贯很强势，但在李天骄面前却强势不起来，她一发问陆枫便明白了用意，心下却懊恼不已："你可以报案或者提供犯罪线索，科里会派人侦查，但需要你们财经委派员支持。"

"算你聪明！"李天骄柔媚地看着陆枫，"那我现在就报案，非法使用银元券、银元以及外币者，违反了财经委关于金融系统整顿的若干规定；囤积居奇抬高物价，严重扰乱山城经济秩序构成犯罪；造谣生事说什么解放军的转运车遭到伏击，扰乱社会安定团结秩序。"

"李大小姐，李天骄同志——请你严肃点儿好不好？"

"打击经济犯罪是公安三处的职责，我没说错吧？"

陆枫的脸色跟苦瓜似的，凝重地点点头。

"陆枫同志，您是真的想明白了还是为了敷衍我暂时妥协？"

李天骄不依不饶地质问道，"如果是暂时妥协逃避，我代表财经委劝您回去抓特务吧，我一个人也能闯码头走黑市，打击那些钱串子和银耗子。"

说罢，李天骄向前面走去，迎着冰冷的江风，陆枫感觉脊背一阵发凉，之前的关注目标全在"东南爆破技术大队"的敌特分子身上了，没有着重关注金融系统的破坏案件，李天骄此举为自己提了个醒。

正在此时，前面突然传来几声枪响，一个抱着包裹发疯一般奔跑的汉子在距离几十米的地方一头栽倒在地。

李天骄吓得双腿瘫软，摇摇欲坠之际被陆枫扶住，快速拔枪寻找目标："别怕，有我在！"

又一声枪响，子弹擦着陆枫的耳边过去，陆枫抬手便是一枪，冲在最前面的人应声倒地。李天骄也拔出手枪，胡乱地向对面射击，枪声爆豆一般响起来，对面两个家伙见势不妙掉头逃跑。

"不许动……"陆枫一个箭步冲了出去，追出一百多米之后，前面的两个家伙分头钻进了巷子里。

激烈的战斗只持续了几分钟，两条鲜活的生命便烟消云散。被打死的是一个长相猥琐的老者，包裹被摔散开，几十块银元散落在地上。李天骄拿枪的手颤抖着，惊惧地看一眼惨不忍睹的尸体，忍不住跑到一边干呕起来。

混乱的山城随时随地都会发生这种滥杀的罪案，尽管军管会全力维持治安，但一千多名警察要维护好几百万人口的大重庆，几乎是不可能完成的任务。陆枫紧锁双眉，检查一下老者的颈动脉和鼻息，人已经死透了。

摩托车的轰鸣和警哨声音几乎同时响起，原来是付怀仁率领两个手下赶了过来，一看是陆枫和李天骄，惊得目瞪口呆："陆长官……大小姐……你们没事吧？山城这么乱咋跑到江边来了，该不是执行任务吧？早知道是你们……我亲自来保护啊！"

李天骄瞪一眼付怀仁："你的耳朵倒很管用，我和陆枫就是来江边执行任务的。"

付怀仁讪笑着点点头："卑职知道，卑职知道。"

"两个凶手逃掉了，那边还有一个。"陆枫点燃一根烟狠吸了一口，山城虽然解放十多天了，但这里绝非是太平世界，各种罪恶无时无刻不在上演。

付怀仁煞有介事地俯下身体查看死者，仔细端详了半天："这家伙怎么这么面熟呢……"

"吴瘸子，码头包打听的瓢把子，那个卖瓜子的。"陆枫第一眼便认出了老者的身份，超强的记忆力让他过目不忘，只要他见过一面的就会映刻在脑子里。

"对，对对对！"付怀仁戴上手套检查吴瘸子的呼吸，啧啧两声，"人为财死，鸟为食亡啊——看来朝天门码头的包打听瓢把子要换人了。"

李天骄不屑地冷哼一声："你怎么知道是为财死的，难道不是仇杀？"

"大小姐金口玉言,是仇杀,是仇杀。"

"拿这么多银元难怪被人追杀,偏偏他又是一个舍命不舍财的主!"李天骄莞尔一笑,"付局长,明明是一桩图财害命的案子,你偏偏说是仇杀,可见平时你是揣着明白当糊涂,没少草菅人命吧!"

付怀仁的脸青一阵白一阵,苦瓜脸拉得老长,慌忙作揖:"大小姐您就行行好饶了我这条贱命吧,吴瘸子是朝天门码头的老混子,吃喝嫖赌、埋眼线设局子、贩卖假消息玩仙人跳,专干损阴丧德的买卖,山城老百姓要是知道他死了,铁定乐得放炮庆祝。"

话音未落,南岸方向传来两声惊天动地的爆炸声,两股黑烟冲天而起。

付怀仁摘掉帽子手搭凉棚眺望:"特务们又放大烟花了,好像是坝下的玻璃厂。"

"报告长官,那边的人还没死彻底!"一名小警察跑过来报告。

陆枫只是射中了那人的肩头,血染透了棉衣,煞白的脸没有一点儿血色,在地上痛苦地挣扎着,看到陆枫之后,整个人瞬间崩溃,想要爬起来逃走,被小警察一脚踢在脑袋上,顿时血流满面。

"老付,你亲自把他送到医院包扎一下,然后送到我那儿。"陆枫收好手枪,才感觉右小臂被李天骄死死地攥着,不禁心头一跳,挣脱了一下却没有挣脱开。

付怀仁敬了一个不甚标准的军礼:"陆长官,您有特殊任务?"

"她有任务。"陆枫趁李天骄不注意,抽出胳膊活动了一下,眼角的余光扫见那张泛着红晕的脸，视线立即转到了江面上，长出一口气。

李天骄淡然一笑："今天晚上去鬼市，要穿便衣的。"

鬼市，即地下市场。地下市场也并非是地下面的市场，如果是外行人的话第一次肯定找不到鬼市在哪儿，只有道中人才晓得。而山城的鬼市五花八门，各种非法交易在鬼市里都变得合情合理，每天都有无数的人趋之若鹜。

付怀仁僵硬地点点头："哪个鬼市？"

"朝天门有几个鬼市？我想抓几只银耗子。"李天骄扔下一句话之后，便大大方方地拉着陆枫向码头方向走去。

付怀仁在风中凌乱，但心下不禁窃喜：自己也好久没逛鬼市了，正好趁机捞一笔外快！

吃过晚饭，陆枫正在办公室整理当天的报案资料和相关出警情况，今天的案子几乎是昨天的两倍，大多数是偷窃、抢劫的案子，有两起爆炸案，其中一起就是南岸坝下玻璃厂爆炸案，死伤十多名工人，程队长亲自带领调查科、技术科和两个卫生员出警，调查结论还没有出，但可以认定是敌特破坏所致。

"坝下的公安成了摆设，护厂队也是窝囊废，这么大的爆炸我就不信没有蛛丝马迹。"郝仁扔下钢笔揉捏着太阳穴，"好好的一家玻璃厂说没就没了，奶奶的熊！"

警力不足是一个原因，最主要的是震慑力度不够，潜藏的敌特分子诡诈多端穷凶极恶，趁我军立足未稳之际搞破坏，实在可恨。但跟敌特的破坏行动相比较，陆枫担心的是山上的国民党武装乱匪。

电话铃突然响起，陆枫拿起电话："我是陆枫。"

"我在家里出不来了，来车接我吧。"

"什么情况？"

"你来了不就知道了嘛！"

电话里传来一阵忙音，李天骄似乎很着急的样子。陆枫放下电话，再无心看资料，索性将卷宗扔在桌子上："老郝，替我收拾一下，我去接人。"

郝仁笑眯眯地看着陆枫："是资本家大小姐吧？以我多年的侦察员经验来看，十有八九对你有意思！"

"注意你的言辞，凡是主动积极为人民服务的都是我们的同志。"陆枫扔给他半盒哈德门，"下午朝天门码头江边的枪击案子交给你审，回来我要看结果。"

"是敌特还是刑事案子？"

"审过才晓得。"陆枫穿上便服推门而出。从案发情况来看应该是刑事案件，一个混迹在朝天门码头多年的老流氓，得罪的人不会少，被"黑吃"了也不足为怪。但吴瘸子的身份很特殊，他是职业包打听的总头子，知道许多不应该知道的信息。难道是被灭口了？

调查这种案子非付怀仁不可，他可是十八区的天地线，不要说是吴瘸子，就连街上乱窜的耗子他都能知道是在哪里生的。

陆枫一边开着汽车一边思索着，忽然想起了付怀仁提起的那个

"三姨太"来。任何一位国府大员都不会让自己的姨太太铤而走险走私军火，尤其是这批美制高爆炸药是专门调配的，以供潜伏特务的大破坏任务使用。

由此可见，"三姨太"不过是一个代号而已，她知道炸药的真正用途。之所以要以"走私"的名义进入山城，其目的无非是欲盖弥彰掩人耳目，但这样的信息能瞒得住吴瘌子吗？按照付怀仁对他的评价，吴瘌子在朝天门码头手眼通天，应该对这个信息有所掌握。

可惜的是吴瘌子竟然死了，而且就死在自己的眼皮子底下！

陆枫发现自己真的错失了一次极好的机会，或者说自己对公安这种行业没有足够的经验，在战场上摔打出来的战斗经验有时候并不适合搞反特工作。诚如冯路远所言：地下工作是伟大的事业，但从事此职业的人往往意识不到自己的伟大，反而会因为这项伟大的事业而陷入无边的痛苦。

同样一个经验丰富的公安人员，最大的痛苦是受害者死在你的面前，而你却束手无策。

此时的李家正在上演一出闹剧！

"我不会让你去鬼市那种地方，调查什么黑市银元？打击什么非法囤积？要我看，一个女孩子家家的做好你手头的工作已经对得起共产党了！"李天鹏重重地拍着桌子发怒道。

李天鹏是比较开通的父亲，他全力支持儿子钟情的事业，同样也全力支持女儿在军管会财经委的工作。他可以大度地将自家的产业让李安成无偿地捐赠给政府,也可以容忍二姨太背地里搞银元生意。

但他却无法容忍女儿长时间不回来探望他,他认为这是一种无情的背叛!

第三十四章
鬼市（一）

三天前李天鹏参加了军管会举行的山城工商界座谈会，受到重庆市陈市长的接见，这对"李半城"而言无疑是莫大的荣耀。但在商言商，他本质上是一个无利不起早的商人，并不是政治家。

"骄儿，你是不是又得罪财经委那些老学究了？"李天鹏坐在太师椅里捧着一盏紫砂茶壶，低眉看一眼正在生气的李天骄问道。

"您有完没完了？从南京上船那会儿没见您这么关心过我，知道一路上我经过多少困难才回来的吗！"李天骄把淡青色的鸭舌帽摔在地上愤怒道，"温泉山一战差点儿见不着您，现在平安回来了您才开始关心这事那事的。"

李天鹏把紫砂壶重重地放在桌子上："不关心你我能一个月写八封信？不关心你我能派老李去常德找你？老李差点儿把命给搭上，老子我满嘴燎泡整天站在朝天门码头望眼欲穿！"

李天骄的心忽然软下来："您这会儿关心我该不是有所图吧？毕竟我现在大小也是财经委的专家呢，所谓无商不奸！"李天骄忽乖巧地凑到父亲身边嬉笑道,"我可警告您,现在是人民当家做主的新时代,收起您的歪心思,投入到山城重建中才是正道。"

"混账!怎么能这么跟老子说话?要是你大哥听见了小心关你禁闭。"李天鹏气得声音沙哑,一阵剧烈地咳嗽。

李天骄慌忙给他捶背:"您就别指望大哥了,他整天神出鬼没地抓特务呢。对了,您好像很在意财经委那些老学究,恐怕是醉翁之意不在酒吧!"

"果然是我李天鹏的女儿,聪明!"李天鹏语气缓和了一些,"我想知道这段时间是不是有什么大动作?各个银号人民币兑换点的人又多了几成,鬼市上的银元价格跟坐了火箭似的,那些通神的银耗子一定是嗅到了什么,告诉爹到底会出台什么样的政策?"

正在此时,内屋的门忽然发出"吱呀"一声,一双眼睛正透过门缝向客厅里张望。李天骄早就注意到了里面的"二姨娘",她在偷听他们的谈话!她对这位"二姨娘"没有好印象,因为进门没多久,李天娇就发现二姨娘是一个贪财好斗小肚鸡肠的小脚女人,父亲在她的蛊惑下盘下了一家绸缎庄,没几天店铺就被她给捣腾空了,害得父亲大病一场。

这样的女人就是一条寄生虫,若不是担心父亲寂寞,早就把她逐出李家了!

"您让我说什么?解放军是有保密条例的,身为军管会的一员我不能告诉您。"李天骄整理了一下衣服,望一眼外面的院子,老李率领几名家人牢牢地把守着大门和东西两院,想要出去还真得费点儿心思。

李天鹏老谋深算地笑了笑:"老李家出了两位给共产党办事的,你爹我也一向支持共产党的事业,否则怎么会任由你哥哥捐出两座厂子?还有,培养你留洋回来给共产党效力,我可是赔了女儿又折兵,问你这么一点儿芝麻粒的事,总算不过分吧?"

"近水楼台先得月?"

"要得要得!"

李天骄乖巧地笑了笑:"解放军从常德二野军需总处紧急调运的人民币和银元已经到了山城,您不会不知道吧?有了足够的人民币和银元保障,山城的金融系统初步站稳,但不排除敌特分子蓄意破坏,所以我奉命调查金融黑市的问题。"

"不是谣传武装押运车被炸掉了吗?"李天鹏隐隐地感觉到事情重大,女儿没跟自己说实话,不禁试探性地问道。

心思缜密的父亲总能准确地把握政策风向,规避因此而产生的风险,但今天怎么如此谨小慎微了呢?李天骄忽地想起了陆枫的那句话:山城的老百姓对新的政权抱有怀疑的态度,他们担心国民党有朝一日反攻回来。

"既然您都说了是谣传,还向我求证什么,难道要我亲口对您说不久的将来银元将会退出流通、人民币会成为主流货币吗?"

李天鹏要的就是这句话!

而内屋的门轻轻地关上,二姨太像嗅到了铜臭味的钱串子一般,激动得喘不过气来。正在此时,外面传来一阵汽车的鸣笛声,只见李天骄一边披上披风一边急匆匆地向外走去:"这周我可能不回家了,您多保重。"

"你个娃儿要注意安全……"一阵冷风吹进屋把李天鹏的嘴给堵住了,望着女儿的背影,李天鹏心疼肝疼地直跺脚,没来得及披上夹袄便追了出去,这说走就走的,搞得人措手不及的。

管家老李刚要拦住李天骄,听到外面传来汽车的鸣笛声,一辆军车停在李家门口,老李发愣的刹那间,李天骄夺路跑出院子。陆枫来得真是太及时了。

李天骄一头钻进汽车:"快开车,不然我父亲又反悔了!"

汽车发动之际,李天鹏已经追出大门,上下打量陆枫几眼:"娇儿,这位是……"

"他叫陆枫,我的同事。"

陆枫望一眼气派的繁门大院和门前笑容可掬的胖老头,憨笑一下,开动汽车。李天鹏凝重地看着汽车远去,半天没有说话。

管家殷勤地介绍道:"他是军管会公安部三处的,人很好,实诚。"

"大小姐今晚要去鬼市,你要去保护她的安全,我不放心。"李天鹏宁可相信管家老李也不相信外人,在他看来军管会的公安部和国府的公安局没有区别,只是换了个称呼而已。

管家立即明白了老东家的意思:不放心女儿。现在城里这么乱大小姐怎么能去鬼市那种地方?鬼市鱼龙混杂藏污纳垢,青皮混子地痞流氓遍地都是,各种帮派队员混杂其中,青红榜的、袍哥会的、三青团的、龙蛇会的等等，就算自己去也得小心着点儿！

黄昏将至，残阳如血。夕阳的光晕射进车内，感觉暖暖的。李天骄长出了一口气，看着陆枫线条俊朗的侧脸有些心乱，平复之后才笑道："夕阳真的很美。"

"夕阳无限好，只是近黄昏。晚上是敌特分子活跃的时间段，但愿运气好能逮住几个，也不枉我浪费这么多时间。"陆枫一本正经地说道。

李天骄立即噘起嘴："难道陪我是浪费时间吗？！"

能找到有价值的线索才是陆枫最终的目的，至于身边这位打扮入时的女伴，不过是一个陪衬而已。从执行任务的角度说，她还不如满脸油滑邪气的付怀仁耐看。汽车在大街上快速驶过，稀疏的人流让陆枫感到有些奇怪：往日朝天门码头可是人山人海的。

吴瘸子的摊位上换了个新人，穿着粗布褂子，棉衫油腻腻的好似麻油炸过一般。陆枫点燃一根烟，缓步走到摊位前想要给他长长眼，而李天骄却拉着陆枫向水警分局门口走去。

"我要了解一下情况……"

"一看你就是解放军，能了解到什么？朝天门码头上没有善人，都是头上长角脑后有反骨的！"李天骄谨慎地回头望一眼摊位上的人，发现竟然不见了踪影，不禁疑惑地搜寻半天，那人趁他们不注意的时候消失了。

穿着一身码头工人装束的付怀仁嘴里叼着铜哨跑过来："陆长官，大小姐，好早！"

"叫我老陆。"

"是,陆先生。"付怀仁的目光落在陆枫的内衣上,不禁嘿嘿一笑,"您的内衣领子露馅了,一看就是解放军!"

付怀仁把自己的围巾扔给陆枫:"还是遮住吧,不然没人愿意跟你做生意。"

围巾有一股重重的柴油味道,直冲鼻子,李天骄差点儿没被熏吐了,也不知道这家伙在哪儿淘的宝贝。

"二位跟着我就行,别太近也别太远,别跟丢了。"付怀仁抽了口劣质香烟,"大小姐不是抓银耗子吗?鄙人知道一个地儿,是耗子窝,走吧。"

三人一前一后离开码头,走了不到三百米便钻进了小街。小街脏乱得不成样子,凹凸不平的石板路只能深一脚浅一脚地走,偶尔传来买卖人的吆喝声,站在门口端着饭碗吃饭的和扛着猪肉准备回家的邻居大声闲谈,一间破旧的老房子门口倚墙靠着一位正在嗑瓜子的女人,一股劣质香水的味道直刺鼻孔。

这种地方陆枫还是第一次来,望一眼昏暗的小街深处,各色人等似乎都被囚禁在同一个市井世界,在这个世界里没有绝对的好人坏人——甚至不会关注别人的好与坏,在他们的眼中只有熟悉和陌生。

所以,陆枫和李天骄刚置身这个地方,周围的人自然便看出了端倪,反而是油滑的付怀仁看起来更像地道的山城老百姓。

"吴瘸子的摊位有人接管了?"

付怀仁诡秘地点点头："国不可一日无主，朝天门码头也不可一日没有包打听瓢把子，吴瘸子走了李瞎子就回来，铁打的营盘流水的兵。"

"那人是个瞎子？"陆枫深一脚浅一脚地跟在付怀仁的后面，还要搀扶着李天骄，免得高跟鞋崴了脚。

付怀仁一脸坏笑："聪明！"

"可我看他不像个瞎子呀。"

"你们去调查他了？"付怀仁忽然放缓了步伐，回头凝重地看一眼陆枫道，"他会算命，很准，比码头上那个抽签唬人的瞎子还准，所以得了个诨号李瞎子。据说最近吴瘸子找他算了一卦，结果还真准，一命归西见了阎王爷。"

这家伙在满嘴跑火车，没有一句是真话！陆枫仔细揣摩付怀仁说的每一句话，似乎还真的有道理，不禁苦笑："老付，你的意思是李瞎子提前知道吴瘸子必死无疑？"

"什么都知道的人往往死得快。"

"吴瘸子知道了他不该知道的信息，所以被灭口了？"

"大体上是这样。"付怀仁又点了一根烟，放缓了脚步，低声道，"回来之后我就调查此事，坊间流传的版本有很多，我归纳出三条，一是他的手伸得太长，二是遭人秋后算账，第三条嘛就是贩卖了假情报，这个您是知道的。"

陆枫一下子反应过来，所谓的"假情报"就是付怀仁散布出去的转运人民币的事情，通过他将假消息传给敌特分子，导致"东南爆破技术大队"的专家被围歼。陆枫没想到吴瘸子会成为自己行动的牺牲品，心下不禁怅然若失起来。

但下一秒陆枫便又兴奋莫名：杀人灭口的一定是敌特分子，这条线终究没有断，因为杀人凶手在局里待审呢！

付怀仁在临街的一幢筒子楼门前停下，上下打量一番之后才冲陆枫点点头："就是这里，耗子窝。"

筒子楼门楣上挂着破旧的牌匾：雅轩茶楼。

李天骄不禁紧张起来，后悔没多带些人手，这样可以将银耗子们一网打尽。而陆枫则下意识地摸了一下腰间的手枪，这个微小的动作被付怀仁看在眼里，他打了个手势，低声道："别冲动，今天咱们只是踩点，明白吗？"

几名茶客步履匆匆地钻进茶楼，三个人也鱼贯而入，伙计慌忙上前招呼："几位老爷太太欢迎光临，品茗听书一楼有雅座，交朋靠友请上阁楼，鄙茶楼只收茶钱，莫谈国事啦！"

一进入茶楼才发现里面人满为患，阔大的厅堂角落正有说书人在唱大鼓，几个伙计背着大茶壶为客人们添水。陆枫扫了一眼满屋子的茶客，立即意识到此地并非简单的茶楼，而是地地道道的"鬼市"！

三个人刚一落座，李天骄便看见一个熟悉的身影从楼梯上缓步下来，两个胖子陪在左右，三人有说有笑。正是那个小肚鸡肠的蹩脚女人——二姨娘。

第三十五章
鬼市（二）

李半城的二姨太显然是雅轩茶楼的座上宾，陪在她左右的其中一位是远近闻名的何老财，茶楼东家何春泰。而另一位则是永安洋行的经理秦永安，山城商业的后起之秀。若不是国民党倒台的话，这位被李半城称为"商业奇才"的秦永安将会成为新生代商贾的翘楚。

"我这点儿体己就拜托秦经理了，您可是我的贵人哦！"二姨太一手捏着兰花指提着孔雀毛的披肩，向秦永安抛了个媚眼笑道。

秦永安一笑："李太太真会说话，您的大手笔我秦某佩服得五体投地，说句实话纵观山城还有谁能拿出那么多银元？您只用票子都能砸晕半个山城！"

"嘘！"二姨太被秦永安的几句"实话"恭维得飘飘然，像蝴蝶一般飘出了雅轩茶楼。

李天骄始终在暗处盯着小脚女人，待她出去之后才松了口气。

没想到那个不知深浅的女人竟然背着老父亲当起了"银耗子"？可怜父亲被骗还不自知！

所谓的"银耗子"无非是非法倒卖银元和金条并从中渔利的掮客，李半城的二姨太充其量是放高利贷的，跟掮客有本质的不同。以银元为抵押物，换取一纸凭证，俗称"小票"。当市场上的银元贬值时，"小票"的价值自然也跟着贬值，投资就会缩水；若当市场上的银元升值，"小票"也就水涨船高，收益很可观。

这种"投资"有点儿像上海的股票，但因为有大量的银元被当作标的物抵押给地下钱庄，市面上的银元供给量就会减少，银元就会升值，给那些银耗子们留下套利空间。也因为此，地下的交易会对正常的金融市场造成冲击，严重的情况下会出现货币挤兑现象。

这也就是李天骄所说的"劣币驱除良币"现象，当银耗子们为了获取最大利益而选择抛出"小票"时，就会造成货币贬值，最终导致通货膨胀。

"你怎么了？是不是着了风寒，身体不舒服？"陆枫发现李天骄的脸色有些苍白，本来喜欢笑的她变得沉默寡言，不禁关心道，"多喝些热水会好一些。"

在陆枫看来，女人不舒服要喝水，就像男人不舒服要喝酒一样。不过他哪里知道李天骄的心事。

三个人坐在靠近角落里的座位上一边喝茶，一边观察着形形色色的茶客。很显然来这里的人并非仅仅是喝茶，从他们鬼鬼祟祟的表情来看是有所期待，以至于说大鼓的成了摆设，稀稀落落的掌声不时响起,以此掩盖作为"伪"茶客矫揉造作的内心。

莫谈国事是约定俗成的规矩,可以不谈国事但不可以不谈人生和理想。陆枫发现这些人谈论的焦点都在"钱"上,也许这是山城老百姓最关心的话题。这边说人民币要贬值,那厢反驳银元还有升值空间,有不开眼的"杠精"非要收藏些银元券,以备不时之需。

"都是有头有脸的人物。"付怀仁嚼着花生米低声说道,"永安洋行的秦永安,泰兴茶行的卢勇涛,新世界百货的王三麻子,还有怡和百货的鲁秃子,感情整个山城商会搬到鬼市来了?"

李天骄凝重地点点头:"当面一套背后一套,阳奉阴违是他们的拿手好戏,前几天刘邓首长接见商界代表的时候他们还信誓旦旦,这会儿竟凑在一起要造反,翻脸比翻书还快!"

陆枫低头喝一口水:"你父亲没来,他们攒不成局儿!"

"我爹可是地地道道的爱国主义者,怎么会跟这帮杂碎同流合污!"李天骄愤然瞪一眼陆枫,父亲虽然没来,可那个蹩脚的二姨娘却不请自到,若是叫父亲知道的话又得吐半盆老血!

满耳朵里塞满了对人民币的非议,可见这帮人的险恶用心!陆枫紧锁眉头瞪一眼后面那位唾沫星子乱飞的鲁秃子,他以为这里是法外之地?陆枫暗怒这些人放着人不做偏当鬼,等老蒋骑着他们的脖子拉屄屄就舒服了。

陆枫摸了一下腰间的手枪,却看见付怀仁正冲自己使眼色:"不要冲动!"

"好戏还在后头,您好好看热闹就成了!"付怀仁从怀里拿出两枚银元在手指尖摆弄,一会儿吹了一下听听音,一会儿又在桌子上旋转如陀螺,自娱自乐地笑道,"老陆,咱俩打个赌怎么样?猜正反面,你正我反,输了请下馆子,咋样?"

"你是嫌我的手铐没带够!"陆枫气呼呼瞪一眼付怀仁,这家伙还有心思赌博呢?所谓关心则乱啊。

李天骄冷哼一声:"打击金融犯罪一定要以其人之道还治其人之身,让他们赔得吐血才行,手铐是不管用的。"

正当陆枫闹心的时候,楼梯那边传来一阵皮鞋踩踏的声音,那位头发油光的秦永安在茶楼老板的陪同下缓步下楼,楼板一响楼下立即安静了下来,连说大鼓的也停掉了三弦,所有人的目光都望向秦永安。

秦永安穿着跟假洋鬼子似的,金丝边的眼镜后面老谋深算的眼镜扫视着众人:"比价出来了,诸位久等了,1比6600,不知道各位可否满意?"

出奇的安静,所有茶客都僵在原地,大家似乎各有心思,突然一位茶客不小心把茶碗掉到地上,一声脆响,仿佛砸醒了众人似的,大家开始活跃起来,交头接耳地小声议论起来。

"离谱,可恶!"李天骄重重地把茶碗拍在桌子上,"这是在明抢,一块银元换6600块人民币,他们怎么不抢银行呢!"

陆枫懵懂地看一眼李天骄:"他们是不是正在犯罪?"

"我说'是'的话,你把他们全抓起来?经济犯罪跟刑事犯罪不同，取证十分困难，而且要有确凿的证据！"

"哦。"陆枫从嗓子眼里挤出一个字，心里却憋闷得不行，这帮家伙明明是妄议新生政权、非法倒买倒卖银元、哄抬物价扰乱社会经济，自己出马立即能抓他们现行，还搜集什么证据？

秦永安清了清嗓子："当然这是十分钟前的比率，诸位财神爷，一个银元放在我这儿，十分钟内升值三百元，比官方比率多出六百元！你们自己盘算盘算。"

"秦老板，我想知道现在的比率是多少，手里还有大几千要脱手呢。"一个脑满肠肥的家伙摇头晃脑地问道。

楼上传来报价的声音："东家，现在是一比六千八！"

秦永安阴鸷地笑了笑："诸位听到了吧，秦某人下楼这工夫又长了二百元，恭喜各位了。"

茶客们惊呼，这比抢银行快多了，手里要是囤积千八百的银元，一夜之间就飞黄腾达了。茶客们的丑态自不必说，但李天骄坐不住了，山城的地下黑市原来这么火爆，之前虽有所耳闻，却不晓得规模如此之大，难怪这几天人民币兑换这么艰难呢。

"告诉诸位一个好消息，一天前共党从常德来的银元转运车被国军炸掉了，我就问你们惊喜不惊喜？"

秦永安这句话如同火上浇油，立即点爆了茶客们的热情，忘记了"莫谈国事"的规矩，都在相互兜售着市面上谣传的各种消息，每条消息都跟人民币和银元的比率相关，茶客们兴奋得如同打了鸡血一般！

付怀仁忽然起身，压着嗓子："我这还有两块银元，500元一枚起拍，想要的加价啦！"

所有人的目光都聚拢过来，这会儿他们才发现角落里还坐着三个人，拍卖银元的竟然是朝天门码头水警分局的付怀仁，而旁边的年轻男女却有些面生。

"银元的比价蹭蹭往上涨，就像嘉陵江的水、黑狗子的腿，吴瘸子的屁股秦经理的嘴，快得邪乎！"付怀仁哈哈大笑，吹响了手里的银元，然后放在耳边听，"正经八百的袁大头，有没有出价的？"

鲁秃子不屑地瞪一眼付怀仁："就你这仨瓜俩枣的敢来这显摆？兄弟我是真佩服你不要脸的勇气。"

"承让了鲁经理，您这话打击面太大，没看见我还带着两个老板吗？"付怀仁一脸坏笑地看一眼陆枫和李天骄，向两个人谄媚地笑了笑。

陆枫面色赤红，低声呵斥："你搞什么鬼？"

李天骄努力平静一下心情，向陆枫使了个眼色，淡然地品着香茶，俨然是一位富家千金模样。她本来就是资本家大小姐，不用装扮自带那种高贵气质，看一眼就会让人心生敬意。尤其是此刻，穿着典雅别致，一颦一笑颇有大家风范。

留洋归国后，这是李天骄第一次在这种场合抛头露面，以往都是窝在财经委办公室里工作。

"你们也有银元？"鲁秃子摩挲着秃脑袋，嘴撇得像瓢似的，眼前这个女人的确不凡，但还不至于被吓到。

付怀仁把两枚银元揣在兜里,面带不善地瞪一眼鲁秃子:"您这话说的没水平,什么叫也有啊?我家大小姐要是高兴的话,分分钟把你的怡和百货给收入囊中,您信不?"

"哈哈!"鲁秃子笑得有些猥琐,起身冲着付怀仁龇牙笑道:"风大不大不知道,我知道你的舌头有点儿大,一个月薪水恐怕只有三块半银元吧?想要收我的怡和百货,我替你算算……不吃不喝也得三万多年!"

茶楼内一阵哄笑!

这会秦永安却分开人群走了过来,上下打量一番,额头冒汗:"如果我没猜错的话您是李半城李老先生的千金?"

李天骄优雅地放下茶杯,拿过纯皮的小包,淡然一笑:"您没猜错。"

李半城之名在山城如雷贯耳,但凡经商的没有一个不晓得,不过他们自知自己的分量,不要说是同李半城喝茶,就是能说得上一句半句的,都得回家看看祖坟是否冒了青烟。但此时,他的女儿竟然也来鬼市了?!

鲁秃子像泄了气的皮球一般,摸着秃脑袋不知道该说什么好。秦永安打量几眼陆枫,脸色忽然变得极其不自然,尴尬地笑道:"二位可否赏脸上楼小坐片刻。"

"秦经理,你的永安洋行价值几何?"李天骄冷然地问道。

一句话问得秦永安张口结舌,不知道该怎么回答李大小姐的问题。而陆枫恨不得把整个茶楼都端了,把这帮奸商都关笆篱子。

不过方才李天骄告诫自己不要冲动,她有更好的办法对付这帮奸商,于是隐忍不发。

"咯咯,跟您开个玩笑,我们是真的来喝茶的,恰巧碰见了这么多山城有头有脸的人物,多有打扰了。"李天骄把手搭在陆枫的小臂上,"我们走吧。"

众目睽睽之下,三个人从容地走出茶楼。

"她……她是李半城的女儿?"鲁秃子还没有缓过劲来,她竟然要买永安洋行?跟永安洋行相比,自己的怡和百货不过是卖破烂的!

"听说李大小姐留学美利坚,怎么会在这儿出现?"

"你那是老黄历了,上次我去军管会受刘邓首长接见的时候看见过她,听说是财经委的专家……"

"您说什么?"

"军管会财经委……"

秦永安和老板嘀咕了几声,匆匆上楼。茶客们下抹油溜之大吉,庆幸自己没去拍付怀仁的那两块会成为被专政的对象。那位怡和百货的老板鲁秃子天就得被军管会请去喝茶!

汽车在颠簸的路面上疾驰。

"你们两个合计好了唱双簧,为什么不让我抓他们?"陆枫气道。

付怀仁讪笑道:"是大小姐让我这么做的,不关我事。"

李天骄诡秘地一笑:"我不过是初步调查一下,回去好跟那些老学究辩理的。"

第三十六章
一波未平

不愧是搞经济的，鬼精灵！原来方才两个人唱双簧是早有预谋的，自己还蒙在鼓里，差点儿没冲动把那个鲁秃子和秦永安给铐起来。陆枫意味深长地看一眼李天骄："恐怕不是辩论那么简单吧？"

"秦永安不过是站在台面上的人，我们要放长线钓大鱼。"李天骄长出一口气，"重庆商会鱼龙混杂，别期望奸商们弃恶从善，他们无利不起早，大多数人是一身黑皮脑后长反骨的！"

"什么意思？"

付怀仁嘿嘿一笑："墙头草随风倒，他们在赌共产党的政权不稳。"

"听财经委的同志说，国民党溃逃之前制定的大破坏计划不仅仅只包括兵工厂军械库等部门，还有山城的经济，从上海反馈回来的经验告诉我们，敌人亡我之心不死，他们扬言解放军能进城，人民币绝对进不了城。"

陆枫在《新华日报》上曾经看过这方面消息，上海接管期间发生了严重的挤兑风波,银元兑换人民币的比率一路飙升,敌人通过做空人民币来摧毁上海的经济云云。不过他对经济一窍不通,只对抓敌特分子感兴趣,想到此不禁有些兴奋:"秦永安背后那条大鱼是国民党反动分子?"

"有可能。"

"那我们立即抓捕啊,不能让他们逍遥法外!"陆枫激动地拍了一下方向盘,车子行驶不稳,李天骄惊呼一声抓住陆枫的胳膊。

付怀仁嘿嘿一笑:"有陆长官在,特务就是长了翅膀也飞不出山城……"

解放军的眼里不揉沙子,任何跟解放军和人民作对的敌人都将会被无情消灭!

夜深人静的时候,陆枫和付怀仁才回到局里,郝仁不在,打了一通电话没有找到,却惊动了程满仓。陆枫立即决定审讯白天抓到的那个凶手,查清吴瘸子的死因。

"任务完成了?"程满仓揉了一下惺忪的睡眼问道。

陆枫疲惫地靠在椅子里,一边仔细看着郝仁留给他的审讯笔录一边叹息:"以为是抓杀人犯那么简单?我们去了一趟鬼市,情况比我们想象的要严重得多。"

程满仓古怪地看一眼两个人,点燃烟袋吧嗒抽一口:"怎么个严重法,说说看。"

"总之很严重,反动奸商用五辆卡车都拉不完!"

"老陆,你想一竿子打翻一船人是不?可能有几个鱼鳖虾蟹,但也不至于全都反动吧？我警告你不要把手伸得太长，这可是财经委的事情，咱们只是配合他们的工作。"程满仓先给陆枫打了一剂警告针，他太了解自己这位"猛将"了。

犯人被带到了审讯室，程满仓提出要亲自审问，这位老公安自信有一百种方法让犯人招供，而不是像郝仁那样，只问出了一点儿皮毛。陆枫也感觉郝仁的审问能力有点儿欠缺，审了一晚上只供出了姓名和年龄，而同案犯、杀人动机等等一概不知。

陆枫把笔录扔在桌子上，微眯着眼睛看着对面长相猥琐的家伙，笔录显示他叫李忠诚，36岁。

"叫什么名字？"程满仓吧嗒一口烟问道。

犯人低头一言不发，程满仓重重地拍了一下桌子："问你叫啥子名字！"

"滚刀肉一个，拉出去毙了算了。"陆枫把笔录递给程满仓，对待这种滚刀肉必须要用特殊的办法，但军管会明令禁止严刑逼供，否则给他灌辣椒水。

程满仓瞪一眼陆枫："解放军不干草菅人命的事，不过现在是非常时期，不招供的话一律以杀人罪论处！"

这句话似乎触到了李忠诚的痛处，抬头看看程满仓和陆枫，目光刚一接触到付怀仁便低下头。付怀仁一脸坏笑端着一杯热水走到李忠诚面前，把台灯直射在他的脸上，开始给他相面。

付怀仁把热水倒在犯人包扎的纱布上，疼得李忠诚直咧嘴，付怀仁冷笑道："以为是谁呢，原来是朝天门码头鼎鼎有名的坏事包贾大牙，你还认得我不？"

李忠诚畏惧地看着付怀仁："不……不认识。"

付怀仁把杯子重重地拍在桌子上："老陆，不用审了，快派人去码头把李瞎子给抓来，这小子是李瞎子的小舅子，外号贾大牙，青皮混子一个！"

在朝天门码头混的没有不认识付怀仁的，贾大牙当然也不例外。既然已经被认出来，李忠诚的心理防线立即崩溃，扑通一声跪在付怀仁的脚下抱着他的大腿哀号恳求却，被付怀仁一脚踹倒在地。

"说吧，为什么杀吴瘸子？"付怀仁凶狠地抓住李忠诚的衣领像提小鸡一般给拎起来，塞进椅子里，"坦白从宽，抗拒从严，再装哑巴老子把你的假牙给敲掉了！"

神鬼怕恶人，纵使李忠诚使出浑身解数也无法逃脱罪责，眼前这位水警分局的付怀仁是个狠角色，落在他的手里就是不死也得掉层皮。

"有人买吴瘸子的命……您老知道我是赚快钱的……"李忠诚鼻涕一把泪一把地喊道，"不杀他，我和姐夫都得没命！"

"谁买吴瘸子的命？"

李忠诚又低头不语。

陆枫抓起电话打给水警分局，立即逮捕李瞎子。想要完全破案只有凶手全部归案才行，现在这家伙还抱着侥幸心理，这是犯罪者的共性。部署完抓捕任务，陆枫终于松了一口气："买凶杀人与杀人罪同处，只要你交代是谁买凶，可视同有悔罪立功表现，量刑上可以给予宽大考虑，如果顽抗到底，罪加一等。"

"我姐夫给我十块大洋……他说吴瘸子得罪了'统'字号里的人，要他死。"

陆枫的精神为之一振："到底是谁？说详细点儿。"

"只有我姐夫知道，我真不知道啊！"李忠诚耷拉着苦瓜脸，鼻涕眼泪一块往下流，陆枫递给他一支烟，被他两口就给抽没了。

这家伙原来是个瘾君子，这会烟瘾犯了。

"贾大牙，想好了再放屁，小命可攥在你自己的手里，别说你姐夫，就算是天王老子也帮不了你！"

付怀仁用手比画着开枪的手势，吓得李忠诚几乎虚脱："官爷们啊我说的都是事实，我真不知道是谁想要吴瘸子的命……哦对了，我想起来了，前一段时间我姐夫算准了吴瘸子要出事，他得罪了永安洋行秦经理……"

"莫非吴瘸子跟秦经理的小老婆还有一腿？"付怀仁哈哈大笑，踢了一脚凳子，吓得李忠诚慌忙站起来，付怀仁低头思索着，永安洋行秦经理的小老婆是谁？

审讯似乎到了死角，无论怎么问李忠诚都是这些话，以程满仓的经验判断他并没有说谎。一个混迹在朝天门码头的青皮瘾君子，为了钱什么事情都可能做得出来。不过审讯还是有很大收获的，至少知道买凶杀人跟秦永安有关。

"秦永安有几房姨太太？"陆枫捏着太阳穴陷入沉思。

付怀仁掰着手指头："让我数一数……明媒正娶的有一个，不过这老小子精力旺盛,没事就往花街跑,据说楼子里还有一大堆准姨太太,排队等花轿那种。"

"三姨太是谁?"

"这个有点儿难度,二姨太死了,谁都想争当三姨太,只有姓秦的才知道谁是三姨太。"付怀仁一脸坏笑,"家里红旗不倒,外面彩旗飘飘,在山城每个成功男人背后没有一堆女人怎么行?"

程满仓瞪一眼付怀仁:"满脑子封建糟粕,你现在还是考察期,检点你的言行!"

"三姨太……我们好像哪里没弄明白!"陆枫慌忙穿好军装,检查一下枪械和弹夹,拉着付怀仁匆匆走出办公室。

程满仓弄得一头雾水,望着两个人匆忙的背影,心里有了新的想法。

汽车在石板路上颠簸,冷风飕飕地从耳边飞过,望着漆黑的夜,陆枫愈发兴奋起来:蔡锦生被击毙之后,期待已久的线索终于浮出水面!

吴瘸子被杀的原因不简单,背后肯定隐藏着极深的原因。身为朝天门码头的老混子,吴瘸子是上通天下通地中间通空气那种人,掌管着码头那片地下世界的很多信息,譬如"三姨太"走私军火的事。

现在最关键的事情是确定谁买凶杀人。一个是山城商界的新秀老板,另一个是朝天门码头的包打听,两个人基本没有交集,但如果买凶的人是秦永安的姨太太,那么这出戏就太好看了!

"你对李瞎子很熟悉吗？"陆枫看一眼歪在副驾驶座里的付怀仁问道。

付怀仁龇牙一笑："兄弟，是不是想三姨太呢？如果我没猜错的话，吴瘸子知道她，可惜啊，被灭口了。"

这家伙纵使所问非所答，但跳动的思维让陆枫感觉很舒服，因为他付怀仁从来不说废话，他不仅了解自己的意图，而且一件事情能看穿好几步。不禁憨笑一下："你是当警察局长的料，眼下正是用人之际，好好表现对你以后有好处。"

"其实我也在想这个问题，前任局长在保险柜里留下那张林园的地图还记得不？我怀疑是那厮暗度陈仓帮助协办的。"付怀仁叼着烟凝重地说道，"至于李瞎子，没那么大的能量，青皮混子，他小舅子贾大牙不过是亡命徒瘾君子而已，可以为了一小包大烟把他姐夫给捅了。"

陆枫点点头，秦永安这条线索很重要，如果是他买凶灭口的话，基本可以确定他与走私那批军火有紧密的联系。而且，他是永安洋行的总经理，近水楼台先得月，这单生意可以让他赚得盆满钵满。

目前需要搜集证据，下一步就抓人！

车到朝天门码头，陆枫和付怀仁刚下车，便听到一阵警哨炸响，随即便看到码头上一片混乱。十几名警察正在维持治安，一边在拉警戒线一边驱散周边的行人，付怀仁一拍脑袋："坏事了！"

两个人向出事地点跑去，一名协理水警气喘吁吁地汇报道："长官，李瞎子死了！"

瓜子摊位七零八落，李瞎子倒在地上正在挣扎，看样子十分痛苦。陆枫慌忙俯身查看伤势，才发现他肚子上插着一柄匕首，鲜血流了一地，但人还没有咽气。

"到底怎么回事？"陆枫抱着李瞎子大声喊道。

李瞎子的双目空洞无物，嘴角的鲜血拉着浆线直流，脸上因痛苦而扭曲变形，无力地说道："他们……想……灭口……"

"我是水警分局的军代表，快告诉我他们是谁。"

"……老鬼……"

话没说完，李瞎子的脑袋一歪，生命的华光在此刻流逝，陆枫检查一下他的瞳孔，已经扩散。陆枫放下李瞎子的尸体："立即封锁朝天门码头，缉拿凶手！"

几名水警面面相觑：水警分局只有这几个人，怎么实施封锁？

陆枫分开人群冲向大街，街头人流稀疏，只远远地看到一个女人走进一家杂货店。本来想通过李瞎子能找到相关证据，没想到敌人先于他们之前灭口，晚来一步！

陆枫没有足够的公安办案经验，而且心思也不够缜密，不能未雨绸缪进行布局的结果就是让犯罪分子逍遥法外。他恨自己太幼稚，眼看着触手可及的真相转瞬间便消失得无影无踪，陆枫懊恼不已。

就在陆枫在朝天门码头办案之际，李天骄在财经委正与几名老学究唇枪舌剑，辩题无非是山城的金融安全问题。不大的会议室内挤满了人，财经委的主要领导和十几名专家齐聚一堂，很显然这是一次高规格且十分重要的会议。

第三十七章
一波又起

"我们都知道山城的经济问题很复杂,金融风险也很突出,这一问题将会长期困扰我们的接管工作,也是我们最大的挑战。"财经委徐主任意味深长地说道。

军管会下设的财经委员会主管山城财经系统的接管工作,对经济稳定和金融安全负责,许多专家都是党培养起来的,从实践中成长起来的"土"专家,没有经过专业的训练,对金融风险防范等专业问题看得不是很准确。

而财经委的主任副主任都是非经济专业人才出身,这样的班底自然会导致无法有效解决目前山城出现的问题。

"人民币兑换已经出现了不小的问题,从各银行钱庄以及兑换点反馈回来的信息看,老百姓兑换的意愿不强烈,这就说明山城的金融已经出现弊端。"李天骄看着桌子上的三部电话,沉默片刻道,"已经一文不值的银元券为什么在重庆这么坚挺?足以说明老百姓还没有完全认可新生的政权,对人民币没有足够的信心,而更重要的是金融敌人的蓄意破坏。"

坐在李天骄对面的一位老专家不屑道："李同志，你说的问题是老调重弹了，有什么稀奇的？在解放区的时候我们也经历过这样的事情，老百姓不信任我们的银票，时间长了问题自然会迎刃而解。"

"这里是重庆，不是解放区，问题自然更复杂。"李天骄不想给他们讲理论，这些老学究们不相信理论，那就讲事实，"我们发放出去的人民币经过老百姓之手后，最终又回到了我们的手里，并没有在流通领域发挥重要作用，知道是为什么吗？"

老百姓们将银元券兑换成人民币之后并没有储存起来，而是立即换回了生活必需品，或者拿到黑市兑换成银元。因为他们知道一个浅显的道理：金银是硬通货！

"诸位首长，目前整个重庆的工业体系已经有86%的工矿企业瘫痪，彻底停产或者半停产的更多，有的厂矿虽然可以生产但没有原材料，也只能停工停产，而想要恢复工业体系需要花费大量的金钱和时间，所以，我们无法满足老百姓们最基本的生活所需。"

"我看山城人民只要自力更生，没有过不去的火焰山！"一位老同志自信满满地回应道。

在座的与会者纷纷点头赞同，让李天骄更忍无可忍的是三位主管经济的领导也同意他们的主张，自己则是孤军奋战。也难怪，这些从各解放区调来的同志们做的都是之前从来没有做过的工作，思想保守、缺乏接管经验。

李天骄从包里取出一份《申报》："这是八月中旬的上海《申报》，详细介绍了上海接管工作初期遇到的困难，大家都有所耳闻，上海因为接管工作准备不足发生了人民币挤兑风险，居民的基本生活物资保障出现严重问题，因为敌人进行了大规模的金融破坏，导致人民币兑银元的比率一夜之间大幅度飙升，甚至有商家拒收人民币的现象，如今在山城也发现了这种情况。"

这是金融风险的先兆，始作俑者当然是永安洋行的秦永安们，他们利用庞大的金融网正在对山城的金融系统进行大规模的破坏，而这些专家还没有意识到。

"今天晚上，我和公安部的陆枫同志去鬼市调查，情况比诸位想象的要严重得多。人民币兑换银元比率已经达到了1∶6600！"李天骄拍案而起，因为情绪激动而涨红了脸，"上海发生金融挤兑的时候银元兑换人民币的比率最高也没有达到这个比例，这说明了什么？很显然，山雨欲来！重庆这边的金融问题会更加严重"。

与会者开始窃窃私语，这些老革命真的没有意识到问题的严重性，李天骄抛出了这个问题后他们还是不以为然。

李天骄举着《申报》："上海为解决人民币贬值问题，一期抛出了三十一万枚银元，但如此庞大数量的银元抛入市场后，如泥牛入海，连个水花都没砸出来，第二期又抛出四十一万枚，但杯水车薪，这些都说明敌人使用的'金融炸弹'是何等强悍，远非枪炮所能及！"

面对调查事实，专家们坐不住了！

正在此时,电话铃突然响起来,财经委徐主任接听电话,放下电话后脸色骤变:"市面上人民币兑银元的比率突破了7000,事态很严重啊!"

会议室内一片死寂,刚才还自信满满的专家们都一言不发。李天骄看着办公桌上的电话,脸色十分难看:"各位首长,上海发生的金融风险正在山城重演,而且威力会更加巨大,因为国民党溃退之前掏空了各个银行的金库,留给我们的只有一文不值的银元券。"

"天骄同志,面对困难我们要充分发挥党的作用,问题是,嗯……到底该怎么办?"徐主任擦了一下脸上的汗焦急地看着李天骄问道。

当务之急当然是打击奸商们的嚣张气焰,让人民币正常地进入流通领域,而且要充足地供给基本生活物资,防止人民币贬值发生扩散效应。这几件事要同时做好,何其难也?

"前日从常德转运来的人民币和银元根本不够用,问题的根本没有解决,再多的银元投入市场也无法彻底打击奸商们做空人民币的热情。所以,目前最重要的有两件事,请领导考虑一下。"

所有人的目光都投向李天骄,先前还自信满满的土专家们也不得不放下派头,认真聆听。电话又响起来,徐主任半天没有接,李天骄思忖片刻,拿起电话:"我是财经委的李天骄。"

"你们财经委到底是怎么搞的?我去怡和百货买东西不收人民币,只要银元,我的银元都兑换人民币咧,你让我怎么办?"

电话里传来一阵嘶哑的声音,整个会议室的人听得清清楚楚。李天骄沉吟片刻:"同志,您反映的情况很及时,我们会认真对待并妥善解决,请您放心。"

李天骄轻轻地放下电话:"解决这个问题必须做到两点:第一,强行禁止金银等贵金属流通,尽快推出相关政策法规,取缔金银非法交易行为;第二,严厉打击黑市炒作银元的非法行为,净化金融市场。我希望首长现在就下令起草相关政策文件,明天就实施,以防夜长梦多。"

"我们也可以向市场投放银元抑制人民币贬值嘛,再说起草一份这么重要的文件是需要向重庆市政府和军管会报备的,这么短的时间流程都走不完……"

李天骄忍无可忍:"投放银元是中策,而我们没有那么大的储备,老百姓们等不了!"

徐主任微微点头:"就按天骄同志说的做,我立刻去市政府找陈市长。老管,你跟公安部刘部长沟通一下,让他们派人协助我们打击黑市行动,越快越好。各位今晚辛苦一下,开始起草相关文件!我立即向西南军政首长报告现在我们面临的迫切情况,请求西南军政主要首长给予我们最大力度的支持。"

李天骄听到徐主任的表态仿佛一支强心剂一般,刚刚其实她故作镇静内心也是忐忑不安,金融领域不同与其他领域,直接影响着重大民生和社会稳定,理论是理论,实践则是实践,理论联系实践是需要时间的,更需要容错的成本,非常可惜他们现在即没有时间，也没有容错成本。

现在有了西南刘、邓几位首长的大力支持，重庆的额奸商们是翻不了天的。

电话铃又响起来，徐主任慌忙接电话："喂，我是，找天骄同志？好的。"

李天骄接过电话，里面传来陆枫的声音："我要逮捕永安洋行的秦永安，你们那边没问题吧？"

"现在？"

"现在！"

"绝对不行，我们要放长线钓大鱼！"李天骄停顿一下，"金融系统的案子都比较复杂，要有足够的证据才行，你的鲁莽行动很容易打草惊蛇……"

水警分局内，陆枫放下电话，怔怔地望着漆黑的夜，的确如李天骄所言自己没有足够的证据，李瞎子被杀之后证据链又少了一环，线索又中断了。

"人算不如天算啊，李瞎子算人算己就没算出自己怎么死，世事无常。"付怀仁看着心事重重的陆枫，嬉笑道，"兄弟，你也别太着急了，心急吃不了热豆腐，抓一个秦永安还不是小菜一碟？关键是我们要搞明白一件事情，'三姨太'究竟跟他是什么关系。"

秦永安跟他的"三姨太"还能是什么关系，这不是明知故问嘛！陆枫不想跟付怀仁费口舌，自顾自点燃一根烟想着心事。

"我的意思是说'三姨太'是否是那条大鱼？"

"不是。"

"为什么?"

"别问为什么,我想知道老鬼究竟是谁。"陆枫吐出一口烟,李瞎子临死前只说了"老鬼"两个字,此人一定是凶手或者买凶人,这与他小舅子招供的有些出入。吴瘸子和李瞎子被灭口是自己最大的失误,如果早把他们控制起来,何至于此?自己对山城复杂的社情不了解,公安工作经验不足也是重要原因。

付怀仁耸耸肩:"很显然是外号,据我所知码头上叫'老鬼'的不下一百人,纵观整个山城估计得上万人。"

"代号老鬼,买凶灭口者,敌特分子。"山城的情况太复杂了,陆枫感觉自己就像瞎子摸象,依靠想象怎么能成大事?

线索无疑又中断了,不过陆枫暗中锁定了秦永安!

永安洋行二楼,一个背影站在窗前眺望山城夜景,金丝边眼镜后面那双阴鸷的眼睛似乎在搜寻着什么。寂静之中传来开门声,油光粉面的秦永安不安地走进来,规规矩矩地立在门口:"今晚有惊无险,李半城的女儿跑到雅轩茶楼喝茶……"

"蠢货!"背影关上窗子,声音冷硬地呵斥道,"李天骄是军管会财经委专家组成员,那个陆枫是公安部三处侦查科副科长,他们会去喝茶?真是胆子大,如果还有下次,你就摸摸你的脑袋还会不会在!"

秦永安擦了一下冷汗:"她们想盘下我的永安洋行,财大气粗得紧。"

"那是在警告你,他们已经盯上你了。"

"那……那怎么办?"秦永安像泄了气的皮球,哭丧着脸向前走了几步,"要我看一不做二不休,找个人弄死他们。"

那人转身就扇了秦永安一个嘴巴:"老子替你擦干净了屁股自己却引火烧身?一切以党国反攻大计为重,听我指示,继续做空人民币!"

"您的意思是……"

"除掉吴瘸子之后没有人知道你走私军火的秘密,你给我听好了,从此以后夹起尾巴做人,低调点儿没有坏处。"

秦永安拿出雪白的手帕擦着肥油脸:"听说有人没有脱身,被警察抓了个现行,还有那个李瞎子也不是省油的灯。"

"李瞎子也死了,就在十几分钟前,这个你不必担心,倒是那个被抓的贾大牙得想办法干掉,否则只能坏事。"说完戴上礼帽,看着秦永安,"你的任务是继续做空人民币,让人民币贬值得再厉害一点儿。"

"是。"

"党国的反攻大计啊,务必尽力而为!"

秦永安点头如捣蒜,还未等开口说话那人便匆匆离去。

一夜之间,人民币从老百姓欢迎的货币沦落到无人问津,银元比率一路飙升,达到了令人瞠目结舌的地步。而从财经委其他接管小组反馈上来的消息更让人触目惊心:米粮价格一日涨价数次,盐、煤炭等基本生活物资出现缺口，商家普遍拒绝接收人民币！

越来越严峻的状况让财经委的专家焦头烂额，情况反映到市政府，获得的信息是正在急调银元进入山城。远水救不了近火，李天骄昨晚预测的一切正在发生，只是这一切来得太突然，让军管会的接管工作变得十分被动。

"上级决定组织成立打击金融犯罪专案组，现从各部委抽调精干力量立即进组，彻底打击敌人的嚣张气焰！"军管会刘部长神色肃然地看着手中的文件有力地说道："我亲自负责指挥协调，一切人员调动、物资协理等手续从速办理，由三处的程满仓同志任组长，其他处室要严密配合。"

"是不是人员审查要严格一点儿，毕竟关乎接管大局，不能草率行事。"政治保卫处的贺处长出于严谨考虑说道。

"名单已经报上来了，除了服务团的同志之外还有川东地委的同志，还有部分旧警察。我的意见是边调查、边审核，一切以破案为重点！"

第三十八章
冷枪

打击金融犯罪专案组成员是经过部委推荐组成的，财经委专家组的李天骄和两位老专家进组，专门负责经济调控方面的工作。而身为专案组的程满仓，心里早有谱，三处电讯科的老地下党员冯路远，侦查科的陆枫、郝仁、李安成以及总务处卫生所的秦晚晴都赫然在列。

经过一段时间暴风骤雨式的接管工作磨合，服务团的队员们在各自的岗位上发挥出至关重要的作用，但每个人都以能进专案组为荣，这代表着"能打硬仗"！

但对于陆枫而言，心头的压力又重了几分：连续发生的灭口案件让他感觉到敌人正在疯狂反扑，各个领域都遭到了很大挑战，尤其是治安和经济领域更为严重。

"鉴于当前形势，专案组成员务必要保证个人的绝对安全，我们有一个加强连的兵力可调配，还有全市一千二百名留用的旧警察，他们都是现成的资源……"程满仓吧嗒一口烟，"天骄同志住在南岸区，你负责她的人身安全，不要找理由拒绝，这是命令。"

陆枫面无表情地摇摇头："我手里有案子没处理完，跟这次的专案有千丝万缕的联系，不能断。"

程满仓的褶子脸突然严肃起来："那就并案，小题大做，难道要我亲自接送吗？"

"我们的维保队武器严重不足，各分局基本没有武器只有木棒，您该不会让他们拿木棍参加枪战吧？"想要拒绝是不可能的，只要程大胆认准的事情九头牛也拉不回来，不过陆枫存点儿私心想做点儿交换而已。

这倒是一个实打实的困难，枪弹不足始终是困扰我军的大难题，山城解放后国民党搞大破坏炸掉了重庆兵工厂，军械库也未能幸免于难。程满仓紧锁眉头："这个嘛……你自己解决一下，活人还能叫尿憋死！"

陆枫气得真想捶一顿程满仓这个老滑头，这可不是一两支枪的问题，一个加强连的兵力啊，要我个人怎么解决？老程这是在死磕我呢！

让财经委的老学究们没想到的是，按照上海的经验投放到市场里的十万枚银元连水花都没漾起来，诚如李天骄所言的那样，泥牛入海一般，人民币的贬值速度却始终在加快，"金融炸弹"的威力实在太恐怖了。

"幕后总有一种无形的力量在左右着事态发展，翻手为云覆手为雨，不到最后的时刻谁都无法预料鹿死谁手。"李天骄裹紧了西装，靠在汽车副驾驶的位子上，"这种状况若任由发展下去，老百姓对人民币的信心会彻底被摧垮，山城将会腥风血雨。"

冷风袭来刮得脸生疼，陆枫第一次感觉心生恐惧，应该是李天骄的恐惧情绪感染到了自己所致。在枪林弹雨里拼命的时候都没有这种感觉，也许这条隐秘的战场太过惨烈，她所说的那股无形的力量太过强大了。

一个下午的时间，李天骄和陆枫巡查了十几处人民币兑换处和几家钱庄，形势不容乐观。但让李天骄欣慰的是，人民币兑换银元的比率有所回落，这是一个好现象！

"为什么会发生这种情况？"陆枫疑惑地问道。

李天骄长出一口气："从兑换点和钱庄反馈的情况看，十二月份颁布的使用人民币和禁用伪币规定起到了很大作用，而且西南区金银管理办法正在起草中，估计奸商们嗅到了风口变化。"

变化来得太突然，让李天骄有点儿怀疑是奸商耍的拙劣把戏，但事实是人民币兑换银元比率在下降，人民币正在趋稳。不管怎样，山城上空紧张的气氛终于缓和了一些，不过在巡查多个人民币兑换点之后，李天骄却发现了更加令人不安的事情：米粮等基本生活物资正在悄悄涨价，而且涨幅迅速！

这说明并非敌人放松了金融破坏活动，而是从多点出发，有计划、有预谋、有组织地破坏山城经济。两名老专家去南岸区和江北区调查的结果显示，老百姓们储备的米粮、油盐仅够一周食用，这么短的时间根本无法从周边城市调拨过来。

军管会根据专案组的建议,组建征粮小组专门筹集米粮油盐,以解老百姓生活所需。连续几天的奔忙让陆枫疲惫不堪,连上厕所、吃饭的时间都在想着连环杀人案,许多问题还需要求证,交织的无头线索乱麻似的,现在看来程满仓所谓的"并案侦查"就是一个"坑"!

一阵急促的电话铃声响起,办公室里几位休息的同志立即清醒过来,李天骄抓过电话:"我是李天骄,找哪位?"

接到电话的李天骄表情严肃,手势制止所有人安静,似乎是一个特别重要的电话。

挂了电话,李天骄舒缓了一下紧张的情绪,抛出了重磅消息:"秦永安约我八点钟在雅轩茶楼见面,其他的什么也没说。"

"哈哈,终于送上门来了,狗急跳墙?!"陆枫猛地捶了一下桌子,似乎等这个电话等了许久似的。

李天骄认真想了想:"这几天银元兑人民币的比率大幅下跌,甚至已经跌到了官方回收的下限,看来秦永安们已经受不了啦,照此下去他们会亏得血本无归。"

"可我们只投入十多万枚银元啊,能起到这样的效果吗?不可思议,不可思议!"一位老专家难以置信道,"按照市场规律,人民币回归价值区间是需要一定时间的,而且在银元的供给量难以维系的情况下,会出现人民币继续贬值,直到金融系统崩溃为止的情况。"

程满仓面色凝重:"这到底发生了什么事情呢?"

"这也是让我费解的地方，似乎有一股无形的力量在操控着这个市场，但这次绝对不是那些奸商。"李天骄冷静地思索着，"我怀疑有人在刻意地做空银元，如此大体量的市场他竟然能翻手为云覆手为雨，实在不可思议。"

专案组的所有人都一头雾水，包括两位资深的财经专家都无法解释。李天骄抓起风衣披上："程队长，我要去会一会秦永安，看看他葫芦里到底卖的是什么药！"

从付怀仁那里反馈回来的消息显示，永安洋行比之前热闹了许多，秦永安忙得团团转，客人一拨又一拨的。

经过调查，那些客人无一不是投资银元的奸商，付怀仁还发现了李半城的二姨太……

"我陪天骄同志去，老郝同志，你准备好人手，发现苗头不对立即抓人！"陆枫检查一下枪械命令道，"还有，通知付怀仁加强监视，一有风吹草动马上汇报。"

非常时期非常行动，让众人的心里都蒙上了一层阴影。专案组的人各就各位，每个人都感觉到了山雨欲来风满楼！

公安局二楼医务室的玻璃窗前，秦晚晴正看着楼下严阵以待的队员们，忽然心思一动，收拾好医药箱急匆匆地跑了出去。

"小秦，这么晚了你去哪儿？"站在门口的程满仓看见背着药箱的秦晚晴喊道。

秦晚晴慌忙收住脚步："专案组今天又要有大行动，我担心有人受伤……我先去帮忙了，回见！"

正在此时，警卫员小刘急匆匆地跑出来："首长，电话。"这是一个不好的预兆，程满仓之前也曾有过这种感觉，但却没有今天这么强烈。

电话是任处长打来的，命令程满仓做好配合警备司令部收缴民间枪械的准备，明天开始行动。目前人员紧张到了极点，程满仓已经无人可用了，好在时间点上给他留下了回旋余地，时不我待啊。

汽车行驶到朝天门码头附近的十字街口，即将右拐之际，突然传来两声枪响！还未等李天骄反应过来，陆枫急忙猛打方向盘，汽车撞在路边的邮筒上，挡风玻璃立即碎裂，陆枫眼疾手快将李天骄抱在怀里，滚落车下！

玻璃碎片划到了李天骄的额头，鲜血流下来。而车子的侧面则遭到疯狂的扫射，子弹从陆枫的耳边飕飕飞过，打得到处都是火星子。陆枫拔枪还击，整个街头立即陷入混乱之中，两个不走运的路人被流弹击中，痛苦地在地上挣扎。

步话机里传来郝仁声嘶力竭的喊声：是不是出事了……

郝仁率领维保队几名队员距离出事地点仅有百米之遥，袭击刚一发生便敏感地发现了情况有变，立即率领六名队员冲过去跟敌人火拼。美制冲锋枪的压制起到了关键作用，呈扇面形的火力压制让对手无处遁形，一接火便打死了两名敌人。

战斗持续了五分钟之后，第三名敌人终于被击毙。

"陆枫……你这是怎么了？"回过神来的李天骄转头看到陆枫的胳膊血流如注，李天骄吃惊不小，赶紧压住陆枫的伤口，撕下一块布条快速简单地包扎了一下。

李天骄心有余悸地倚靠在陆枫的身旁,呆呆地望着被打成了筛子一般的汽车铁皮,眼泪"唰"地流下来:"陆枫,你……你没事吧?"

"小臂被碎玻璃划了一下,小伤。"陆枫没有想到敌人竟然敢在闹市街头公然行凶,穷凶极恶的气焰嚣张到了极点!

就在此时,秦晚晴提着药箱跑了过来,看到相互倚靠的陆枫和李天骄不禁一愣,但很快恢复了正常:"伤到哪儿了?我马上处理!"

秦晚晴熟练地打开药箱,手脚麻利地撕开纱布,打开方才草草包扎的伤口,外翻的皮肉看得人触目惊心。

"秦医生可真是及时雨啊……这么快就到了。"陆枫看着那双灵巧的手上下翻飞,两分钟不到就包扎完毕,疼痛似乎也减轻了不少。

秦晚晴凝重地说道:"开放式创伤,需要打消毒针,出来得有点儿急,没带破伤风药,立即回医务室处理吧。"

"晚晴,谢谢你啊!"李天骄额头的伤并不严重,只是轻轻地划了一道小口子,秦晚晴为她贴了一块胶布。

郝仁立刻指挥封闭出事地点,紧急调集朝天门公安分局和码头水警分局支援,严格排查敌特分子。不过查了三条街也没有发现可疑的人,三名袭击的敌特分子已经被当场击毙,两名无辜的路人送到人民医院接受治疗。

"距离约定时间还有十分钟。"李天骄冷静地看着陆枫,"我们还要去赴约吗?"

郝仁气急:"我已经增派人手把雅轩茶楼包围了,一旦有反抗立即击毙,狗日的秦永安,只要他出现,就立马把他逮捕归案!"

冲动不是解决问题的办法,目前最好冷静地捋清思路。秦永安不会愚蠢到如此地步,一方面邀约军管会的人另一方面却派人劫杀,他的本质是一个奸商,暗杀军管会的人对他没有半点儿好处。再说了,即便想杀,也不会挑这么敏感的时间,谁也不会在杀人之前召告天下吧。

在必经的路上发动突然袭击,必须满足两个条件:一是提前预知陆枫和李天骄必经此路,二是选择动手时机。很显然,敌人对他们的出行路线了如指掌。这点让陆枫颇感疑惑,从接到秦永安的电话到出事,不过三十五分钟而已,敌人怎么会如此精准地在此埋伏呢?

陆枫心思沉重:"不要打草惊蛇,秦永安不过是个小虾米,我们要抓的是大鱼。"

"老陆,这不是小事,盲目行动会造成不必要的牺牲……"

"我是专案组副组长,执行我的命令,把人都撤回原地待命。"陆枫斩钉截铁道。

夜深沉,风冰冷。

从无形的经济金融领域到看得见的各项接管工作,密集颁布的政令法规压得敌人透不过气来,彼此之间的较量愈演愈烈。山城并非法外之地,要以更严苛的手段强力打击敌人,做好准备,因为随之而来的会有更多的冷枪偷袭!

李天骄把额角的伤用绒线帽遮住,表面根本看不出来。

雅轩茶楼一片死寂沉沉,付怀仁布设的眼线几乎成了茶楼的看门人。当陆枫和李天骄出现在茶楼的时候,秦永安早已迎了出来,完全看不到可疑之处。

但几天不见,秦永安瘦得不成样子,像变了一个人似的!

第三十九章
深喉

雅轩茶楼里安静得有些诡异,死气沉沉的一楼茶室没有半个人影,与之前门庭若市的热闹相比大相径庭。陆枫站在门口张望,恰巧一个老者探出头来,见来了客人却又缩了回去,鼓捣半天才端出一个茶盘颤颤巍巍地走出来放在茶桌上,而后退了出去。

陆枫警觉地观察四周,透过窗子可以看见付怀仁安排的眼线守在外面,桌子上面厚厚的一层灰,似乎有些日子没人用过了。

"秦经理,今晚这么有雅兴?"李天骄浅笑着坐下,摆弄着茶碗盖子,"是不是发了一笔小财,请我们两个只有一面之缘的人喝茶?"

秦永安可怜巴巴道:"就三天时间啊,你看看我,是不是很搞笑?堂堂永安洋行的经理、美其名曰的山城商界翘楚,怎么就成了穷光蛋,穷得连请你们喝茶水的钱都没有了!"

李天骄微微一怔,曾猜测过奸商们因为投资银元挤兑人民币获利的行为会血亏,但没想到会这么快。按照他们以往翻手为云覆手为雨的做派,应该会搅闹得山城鸡犬不宁,然后坐收渔利。

"怎会这样？"

秦永安突然狠狠地拍着桌子："都是拜您所赐，现在您满意了吧？雅轩茶楼的何老板赔得倾家荡产，把茶楼低价当出去都没人要，今天上午跳了嘉陵江！"

何老板死了？陆枫震惊不已，按照天骄的说法他们会血亏，却不知道竟然赔上了身家性命。不过自己并没有收到付怀仁的线报，还不能肯定秦永安说的是真的，"你们想趁我军立足未稳之际打击人民币，这种行为已经违反了政府颁布的禁令，曾劝过你们要认清形势悬崖勒马！"

"好一个悬崖勒马，冠冕堂皇的话哪一个不会说？现在永安洋行破产倒闭了，我秦某人认栽！"秦永安惨笑道，"早知现在何必当初，我死了倒无妨，还拉上那么无辜的人垫背，真是作孽啊……我就想知道你们是怎么做到的？"

李天骄额角的伤痛和遭袭的惊吓还没有过去，听到这番言词，又多了一份紧张，以至于呼吸有些困难。秦永安是聪明人，不可能不知道这几天有人暗中做空银元，他把矛头指向了重庆市政府和军管会财经委是自然而然的，但实际上为了抑制奸商们过度投机和人民币挤兑风险，财经委只投放了十几万枚银元而已，泥牛入海之后就再没有动作，秦永安在故意套话，想知道财经委的下一步行动是什么。

"秦某人只求速死，这个要求不算过分吧？但在死前您得让我做一个明白鬼啊！"秦永安哭得一塌糊涂，一个大男人捶胸顿足地哭闹着。

李天骄面无表情地看着秦永安，曾经不可一世的人到如今都成了泼皮无赖草民，只留下一具臭皮囊游荡在这个世界，与行尸走肉无甚区别。所谓鸟之将死其鸣也哀，李天骄受不了这种情况，无言以对。

"秦永安，能不能像个爷们，哭顶个屁用？难道你找我们来就是装尿的？"陆枫点燃一根烟狠吸一口，李天骄努力平复一下心情，"你找我来就是说这些的？"

秦永安掏出手帕擦着鼻涕眼泪："我秦某人这辈子没做过几件好事，临了得了报应是罪有应得，但还是那句话，让我做个明白鬼，到了地府里好跟那些个老板们有个交代。"

"秦永安，问你一个问题，要如实回答。"陆枫拉过一把椅子坐在秦永安的对面，"你有三姨太没有？"

李天骄想笑却笑不出来，都这个时候还有心思问人家三姨太的事。

秦永安一听到"三姨太"三个字，身体不由自主地哆嗦一下："您说什么我怎么听不懂？"

"说实话，坦白从宽抗拒从严！"

秦永安畏惧地看一眼门口，恰好付怀仁晃荡进来，立刻缄默不语。

"老陆，这茶楼晦气得很，上午何老板跳江死了。"付怀仁咧嘴笑道。

陆枫微微点头:"我知道了,你去把住门口,不准任何人进来。"

"好嘞!"付怀仁喝了一口茶水随后又跑了出去。

屋子里弥漫着诡异的气氛,落地大铜钟"滴答滴答"催命一般响着。

"秦永安,我们会保护你和你家人的安全,也可以保全永安洋行的资产不被冻结,但前提条件是必须跟我们合作。"陆枫的声音缓和了一些,递过一根烟,"我知道有些事情与你无关,你不过是个背黑锅的角色。"

秦永安陷入沉思,烟头烧到手指的时候才突然惊跳起来:"我的家人不在山城……三个月前就送上海去了……没有后顾之忧。"

"我们来的路上遭到了袭击,你还不知道吧?"陆枫脱下风衣,露出受伤的胳膊,纱布上沁出鲜红的血色,看得人触目惊心。

把遭遇袭击的事情告诉秦永安并非明智之举,这种人不值得推心置腹。不过陆枫看到了秦永安还心存一丝善念,否则就不会这么自责,也不会选择在雅轩茶楼会面,更不会给军管会打电话,其间必有苦衷!

"秦经理,必经之路遭遇杀手,有三人被当场击毙,陆科长在负伤的情况下依然坚持前来赴约,知道为什么吗?"李天骄起身给秦永安倒了一杯茶水,"我们知道不是你干的,但一定跟你有关系,这可是杀人的重罪,你如果不想背这口黑锅的话,就应该老实交代问题,以求政府的宽大处理。"

秦永安崩溃一般捶打着胸脯，嘴里念叨着"卑鄙"，竟然气得一翻白眼直接昏死过去。半晌之后，才终于悠悠地醒过来，眼睛里空洞无物地看着陆枫："我配合你们的调查，问题是你们必须保全我的性命，否则他们一定会杀了我的。"

"我们会全力保证你的安全，军管会派人一天二十四小时警卫。"陆枫放缓了语气，"秦永安，山城已经解放了，重庆市政府已经成立，现在实行军事管制，打击犯罪是我们的职责，你说的'他们'也是我们的敌人，早晚会被彻底剿灭！"

"这里不方便说，我们约定一个时间详谈，如何？"

秦永安还不是犯人，陆枫无法把他关押到局里，但现在派不出人手保证他二十四小时安全，唯一的办法就是亲自保护他，看来明天收缴枪械的任务自己无法完成了。

"好，我亲自保护你的安全。"

"你？"秦永安不置可否地看着陆枫，突然跪在地上，"陆科长……我罪该万死啊……都是'三姨太'那个老鬼害惨了我！"

这句话十分有意思，即便李天骄不明就里也听出了非同小可的门道！

而就在这个时候付怀仁又跑了进来，在陆枫的耳边低语道："程科长来接你们了。"

程满仓接到陆枫和李天骄遭遇伏击事件之后震惊不已，亲自率领一个排的维保队员赶到现场，才知道两个人去了雅轩茶楼，老程气急败坏地把郝仁骂了个狗血喷头！这种情况应立即终止行动，集中火力追查凶手。

"陆枫，听说你小子挂彩了……咱们的'连营杀手'怎么样咧？"人未到声音先到，随即门被推开，程满仓全副武装地闯进来，后面的维保队员进门后将门窗全部封锁。

陆枫淡然一笑："程科长，您怎么亲自来了？我和天骄同志一切都好，只是一点儿皮肉伤而已。"

"打死了三个敌特分子，我已经汇报给军管会了，警备司令部听到这消息后也十分震惊，刘部长命令立即全城戒严，全力缉拿漏网之鱼。"程满仓气喘吁吁地说道。

陆枫思忖着点点头："敌人太猖獗了，不严厉打击他们的嚣张气焰不足以平民愤，不过我还有更重要的事情要办，恐怕今明两天不能回警局，您派人把天骄同志送回去吧，这样我也放心。"

"就算有天大的事情你也得跟我回去，老程给你们二位好好压压惊！"

李天骄："您不叫我'连营杀手'我就心满意足了，待消灭了敌特分子后再给我们压惊也不迟。"

"那不叫压惊，应该叫庆功。"

"这位是永安洋行经理，秦永安，现在是我们的客人，我要亲自保护他。"陆枫向程满仓递了个眼色，心照不宣地笑道。

程满仓心中了然，立即命令付怀仁跟随陆枫一起保护秦永安，还派了四名维保队员协助。又命令郝仁带领两名队员护送李天骄回家，安排好一切之后才放心回到局里。而陆枫和付怀仁坐着秦永安的防弹车去他在南岸区的别墅,维保队员们随行保护。

戒严令一下,山城大街小巷草木皆兵,山城的老百姓们还不知道发生了什么事。不过他们对这种阵仗已经见怪不怪了,当初国军驻扎山城的时候,军警宪特满大街都是,现在过的这种平静日子反而让他们感觉不踏实。

李天鹏这几天春风得意,"买卖"兴隆得不得了!虽然是做洋买办起家,但李天鹏赚了第一桶金之后就开始折腾实业,开办利民纱厂、成功玻璃厂、东南橡胶厂等等,置办商铺地产扩大经营规模,李记米粮店、李记绸缎庄、李记烧锅等等,但这些都只不过是李天鹏商业帝国的一小部分!

最让李天鹏得意的是,他拥有山城九成以上的钱庄股份,每年坐吃红利让人眼红。不过这些都是李天鹏用真金白银砸出来的,别人羡慕嫉妒也没有意义,而且他有一个原则:不跟官方做生意。

国民党那些贪婪的饿狼吃人不吐骨头,临走前把银行里的金银全部运走了,留下一文不值的空壳子。所以,国民党溃逃之后,旗下的银行早被掏空了,只有积压的银元券。1948年重庆又发行战争债券,加上将民间的金银都搜刮一空,导致银元券大幅贬值,在城里吃一顿火锅得扛着一麻袋的银元券付款。

乱世的金银,盛世的古董,李天鹏显然理解得更为深刻。

"老爷,解放军搞戒严,城都给封了。"管家老李心事重重地汇报道,"我在码头转悠了半天也没见大小姐回来,会不会……您给财经委打个电话确认一下。"

李天鹏捏着酒盅思考:"不用,有解放军保护还怕出幺蛾子?这世道有枪就是草头王,蒋委员长虽然明白这个理儿,但他手下的枪不管用,古语云'水能载舟亦能覆舟'啊!"

老李不明白什么叫"水能载舟亦能覆舟",只知道嘉陵江和长江里的小火轮现在都跑成热蹄子了,也没见哪只船倾覆了。

正在此时,外面传来家人的吆喝声:大小姐回来了!

一天的奔波让李天骄疲惫不堪,但一进家门就掩饰不住的兴奋,闯进客厅看到父亲在自斟自饮,自顾自脱下风衣摘下绒线帽:"父亲,今天是什么日子,这么高兴?"

李天鹏一眼便看到女儿额头包扎的伤口,不禁大惊失色:"你这是怎么搞的,受伤了?"

"没事,撞南墙撞的。"李天骄缓步走到父亲的后面给他揉肩,"今天上午碰见我哥了,我们是一个专案组的。"

李安成很久没回家了,李天鹏几乎忘记还有这个儿子的存在!

李天骄温柔道:"他说他很想您……"

李天鹏冷哼一声,一言不发地捏着酒盅喝酒。都说儿子是上一世的冤家,这话用在李安成身上恰如其分!

"想您了他便到祥和钱庄支取些银元花,可掌柜的说没有银元,只有人民币,钱庄里的银元什么时候都换成了人民币呢?"李天骄暗中观察着父亲的脸色,一边敲着边鼓。

李天鹏眯着眼睛:"丫头,你今天说话怎么阴阳怪气的?"

第四十章
老鬼

山城之乱只是暂时的，那些抱有侥幸心理的奸商在国民党潜伏特务的蛊惑下，大张旗鼓地发动了一场人民币挤兑浪潮。在重庆市政府和军管会的沉着应对下，挤兑风波有所放缓，虽然如此，奸商们会选择暂避锋芒，不至于血本无归。

所以，李天骄认为背后有一条搅浑水的"大鳄"正兴风作浪，他在最正确的时间抓准了机会大肆做空银元，就像收割韭菜那样，将投机银元的奸商全部淹没。金融"炸弹"的厉害之处在于在没有任何预兆的情况下，能瞬间摧毁整个金融系统，甚至摧毁山城的经济基础，严重打击人的意志。

谁是那个做空者？在雅轩茶楼李天骄便有所怀疑，因为秦永安将矛头指向了军管会财经委，只有如她这种聪明的人才会想到一个人——自己的父亲。

昨天一个下午的调查取证工作进行得非常顺利，李天骄和陆枫在走访了二十余家钱庄和十多家银行人民币兑换点之后，得出了一个让自己也不敢相信的结论:大肆抛售银元挤兑人民币者与山城的几家大银号有关。

李天骄长出了一口气,温柔道:"如您这样开明的资本家在山城凤毛麟角,能够顺应形势顺势而为者更是少之又少,三天来的人民币挤兑风波让我看清了一个事实。"

"就你嘴甜,来,陪你老子喝一杯!"李天鹏若无其事地斟满一杯酒笑道,"小时候你娘说你聪明,没想到还真是一语中的,老李家的祖坟年年冒青烟!"

提起母亲,李天骄的眼睛湿润了,悄悄擦了一下眼角,坐在父亲对面端起酒杯:"父亲,我应该敬您一杯,您居功至伟帮了政府的大忙,应该获得一枚山城解放勋章才是呢。"

李天鹏一愣,故作疑惑:"你……你别给我戴高帽子,是不是想像你大哥一样糊弄我?"

"您的出手时机拿捏得恰到好处,手法老辣,把做空人民币者打得落花流水!"李天骄绷紧着神经,"雅轩茶楼的老板何忠才亏得倾家荡产跳江自杀,怡和百货的鲁老板气得吐血,还有永安洋行的经理秦永安成了穷光蛋……"

李天鹏凝重地放下酒杯思忖道:"我也听说这几天山城不太平,没想到发生这么多大事!你……没骗我吧?"

"怎么,不是您所为?"李天骄奇怪地看着父亲问道。

李天鹏苦笑着摇摇头:"难得今天这么高兴,咱们不论国事,喝酒!"

父亲为何否认做空银元？明明是帮助了政府压制了金融风暴，若首长知道此事的话定然会大加褒奖的。李天骄没有继续追问下去，父亲的性格自己最了解，平时不事张扬低调得很，事实上，刘邓首长接见山城工商业代表座谈的时候，父亲虽为座上宾，却从头到尾缄默不言，谦恭有礼。会后刘邓首长又单独接待了父亲几个商界人士，也正是这次接见刘邓首长提出了希望重庆商界人士要配合政府稳定金融市场的建议。

这次父亲联合商界人士共同配合政府出手挟制奸商囤积银元做空人民币，在这些人开始谋划布局过程中就悄然参与进去，正所谓知己知彼百战不殆，敌人的金融阴谋才迅速的土崩瓦解，这一战略布局展现了共产党人用人不疑的博大胸怀，更显示了刘邓首长的高瞻远瞩，对敌人可能的一切行径做出了预判和相应的准备。

在刘邓首长的精心部署和指挥下，在山城工商各界人士的努力下，反动势力图谋的金融炸弹最终被悄然拆除。

警察局小会议室内的气氛有些紧张，披着风衣伤口外露的陆枫疲惫地靠在椅子里，看着眼前打开的笔录陷入沉想。与秦永安的谈话可谓收获颇丰，他提供了做空人民币的所有人员名单，交代了他是受代号"老鬼"的国民党特务的蛊惑，而李瞎子被暗杀也是"老鬼"所为。

由此，一条由"老鬼"组成的国民党特务小组的线索浮出水面，但陆枫现在还没有掌握有关"老鬼"的详细信息。只知道这个特务组织实施了暗杀吴瘸子、李瞎子的行动，其目的无非在灭口，掩盖自己的罪行。

最有价值的线索是秦永安无意中说出来的："三姨太"是"老鬼"。由此可见，"老鬼"很有可能是参与炸药走私的始作俑者，线索终于形成了闭环！

从这些推断中还可以得出一个结论：昨晚的暗杀行动很有可能是"老鬼"所为。

但谁是"老鬼"？

程满仓用烟袋敲了敲桌子："目前的革命斗争形势很严峻，到了你死我活的地步，活跃在山城明面上的国民党残余分子和散兵游勇虽然清除得差不多了，其实说白了，那些都是虾兵蟹将，没有威慑力，危险的是那些还没有被发现的隐藏的敌特分子，那才是真正的对手。鉴于目前形势，专案组要加大打击力度，不留死角——请各位踊跃发表自己的意见嘛，不要老是我一个人唱独角戏！"

郝仁推了一下眼镜，小心地看一眼正在冥想的陆枫，清了一下嗓子："我……我要向陆枫同志检讨，没有很好地保护他和天骄同志的安全……"

"不是要你作检讨的，这次会也不是检讨会，要做检讨也轮不到你。"程满仓不满地敲了敲桌子满脸严肃，"这次袭击事件让我们更深刻地认识到了敌我斗争的严峻，军管会联合警备司令部的戒严清剿行动正在进行，据说效果很好，逮住了几十名顽固分子，老郝同志，你接着说。"

郝仁讪笑一下点点头："从昨天击毙的三名敌特分子的武器装备来看，清一色的美制冲锋枪，还搜到了美制手雷和一部微型电台，这说明特务们的装备精良，我们千万不能掉以轻心。"

众人纷纷点头，这是不争的事实，上次执行诱敌任务的时候就发现敌人的武器装备十分先进，他们是有备而来。

"我查看过收缴上来的武器和弹药，大多是美制装备，中正式步枪和三八大盖大多是散兵游勇上交的，还有德国造的撸子。"郝仁摘下眼镜，翻着日记本，"经过调查盘问，基本查明不少枪械弹药来自走私军火的黑市，我想只要黑市存在一天，我们的斗争工作就会十分困难，一定要铲除黑市、军火，从根本上解决问题。"

陆枫突然睁开眼睛，这正是自己要说的问题，没想到老郝同志跟自己不谋而合。这位搞思想政治工作的"眼镜男"分析问题很准确嘛！不禁坐直了身体："郝仁同志说的对，山城不仅仅有银元黑市，还存在军火黑市、米粮黑市、食盐黑市等等，奸商们在国民党残余分子的蛊惑下哄抬物价蚕食山城的物资，必须雷霆出击彻底取缔。"

"二位同志短时间内便对山城的情况了解得这么透彻，看来完成接管任务指日可待啊。"李安成淡然笑道，"与城内的治安形势相比，最严峻的考验在于山上那些打游击的散兵游勇，国民党溃逃后制定了'破坏''潜伏''暗杀'和'游击'四大战略，情报显示在成都成立了四路游击纵队，他们正从外围向城里渗透，危害极大。"

正在会议室角落里做记录的秦晚晴轻轻地放下笔，轻扫一眼窗外，楼下的维保队员正在将收缴的枪支弹药装车，送到总务处那边登记造册，修造完整后配给给军队。不过她的心思不在会议上，而是想到了李天骄。

她嫉妒李天骄，从内心深处嫉妒！

"安成同志说得很对，我们不能放松警惕，面对穷凶极恶的敌人只有拿起武器消灭他们，邪不胜正，胜利一定属于我们！"程满仓铿锵有力地说道，"下面请陆枫同志向各位汇报一下这两天的情况以及部署专案组接下来的任务，大家欢迎。"

单调的掌声有些不合时宜，冯路远也没想到老程慷慨激昂的话竟然没有引起大家的共鸣，此时只好尴尬地望向陆枫，脸上却蒙上了一层阴影。

陆枫强忍住伤口的疼痛翻开记录本："这段时间经过仔细筛查和取证，朝天门码头枪杀案取得了突破，是国民党代号'老鬼'的特务组织所为，而更深层次的原因很可能与国民党大破坏行动有关。"

秦晚晴的手颤抖一下，收回目光呆呆地盯着记录本，眼角的余光却扫向陆枫，拿起笔在记录本上记录起来。

"服务团初进山城便遭到特务蔡锦生的袭击，在接收林园的时候他又袭击林园，当初蔡锦生的目标并不是我们，而是林园的那批美制高爆炸药。在蔡锦生被击毙后线索中断，我和老郝、付怀仁试图从炸药的源头寻找线索，后来发现这批炸药是走私入境进入山城的。"

会议室内非常安静,所有人的目光都聚焦在陆枫的身上。他们都知道,这是一起极其复杂且影响极大的连环要案,包括国民党"东南爆破技术大队"谜案、山城金融风暴大案以及连环枪杀案等一系列大案要案。

"最初我得到的线索是一张林园草绘图,是国民党特务代号'三姨太'交给前伪水警分局局长,由此推断这批炸药是水警分局协理转运到林园。知道'三姨太'的人很少,前任伪局长潜逃台湾之后线索又断了。"陆枫盯着记录本继续说道,"于是我想到了混迹朝天门码头的包打听吴瘸子,就在找他调查的时候,吴瘸子被灭口,同时我们抓到了凶手李忠诚。"

程满仓凝重地点点头:"李忠诚招供此事与永安洋行的经理秦永安有关。"

"但事情并不简单,为彻底揭开事实真相缉拿幕后真凶,昨日我又去找李瞎子,结果敌人先我一步暗杀了李瞎子。"敌人似乎对我们的行动了如指掌,每次行动都会精准地预测并抢占先机,导致自己步履维艰,陆枫缜密地思索着,翻开第三页纸,"之前我也怀疑连环暗杀与永安洋行的秦永安有关,但现在我改变了看法,秦永安不过是前台的跳梁小丑而已,真正的操盘手深藏不露时时在跟我们较量。"

秦晚晴的记录本上写满了"老鬼"两个字,苍白的脸上没有半点儿血色,惴惴不安的眼神不时瞟向角落里的冯路远。

而这一切无人注意。

陆枫点燃一根烟,继续道:"秦永安交代了控制他的人,是保密局二厅潜伏在山城的特工,代号'老鬼',这恰恰与李瞎子在临死前的交代不谋而合!"

程满仓疑虑重重道:"这帮顽固分子成了炮灰还在崇拜老蒋呢,真是可悲!"

"我有一个问题,'老鬼'和你所说的'三姨太'是什么关系?听得我一头雾水啊!"冯路远微眯着眼睛看向陆枫,思忖道,"我在山城搞地下工作这么长时间也没听说过什么'老鬼','三姨太'倒是认识几个,不过据说都逃到台湾去了。"

这也是在座所有人最关注的,专案组队员对这件案子只是"望山不见山",经过陆枫的解释才明白错综复杂的情况,不禁感叹:实在太复杂了!

"线索表明,'三姨太'可能就是'老鬼',也就是说'老鬼'很可能是女的。"陆枫深呼吸一下,合上记录本,忽然想起李瞎子被暗杀的情景,那天自己追凶的时候分明看见一个女人走进了杂货铺,但那时没有怀疑凶手是一个女人,现在想来恐怕是大意了。

"女……女人?老陆,你的推测太大胆了吧?"郝仁瞠目结舌,还是第一次听陆枫如此大胆的推断。

程满仓不屑地瞪一眼郝仁:"女人凭什么不会是老鬼?咱们搞公安的就是要独辟蹊径,想常人不敢想,做常人不敢做、不肯做甚至不会做的推断,我在晋察冀搞边保的时候抓过不少女特务,有什么稀奇的!"

正在此时,外面传来一声洪亮的"报告"声,随即门被推开,一个身穿藏青色短褂戴着绿色围巾的女人走进来:"报告首长,红妹报到!"

面对鲁莽闯进来的陌生人,所有人都警觉起来,陆枫早已拔出手枪严阵以待,但听到她说完话之后又放下心来:自己人。

"红妹。"程满仓连忙起身哈哈大笑,"说曹操曹操就到,刚才我还想着川东地委派来的县干部是啥子角色,这立马就蹦跶我眼跟前了。"

门外传来呻吟声,程满仓探出头看,只见门外的两个警卫员此时都趴在地上表情痛苦,很显然遭到了重创。红妹爽朗地笑着,把介绍信拿出来递给程满仓:"首长,外面的警卫也太窝囊了,被我一个女流之辈给撂倒不说,还放不出个屁来!"

此人不善,一来就给众人上了一课,这句话让程满仓的老脸发烫!

"我终于找到组织了……原来你也在这儿?"红妹扫视了一圈,视线停留在李安成身上,吃惊不小地喊道。

李安成欠了欠身:"您好,红妹。"

第四十一章
内奸

为保障山城接管工作顺利进行，川东地委应重庆市政府及军管会请求，调派有经验敢打硬仗的党员增援山城。红妹是川东地委领导下的游击队副大队长，也是第一批抵达山城的党员。

程满仓诧异地看着红妹和李安成："原来你们认识的，瞧我这记性，安成同志是山城老地下党人了，当然认识我们这位川东游击队著名的巾帼英雄！"

"程科长误会了，我们是今天早上才认识的。"李安成苦笑一下。

红妹向诸位敬了一个标准的军礼，爽朗地笑道："可别提早上进城的事情了，气得我要吐血。早上一进城就遇到了贼娃子，把我包裹给抢跑了，贼娃子不开眼竟然抢革命同志的财物？我就去追，还真别说，那贼娃子脚速比较快，让他给逃掉了。"

"你对山城的街巷不熟悉，当然追不上。"程满仓笑道，"然后呢？"

红妹满脸通红:"然后你问问眼镜吧!"

李安成戴着一副金丝边的眼镜,红妹索性给他起了个外号"眼镜"。李安成苦笑道:"然后被我撞见了,抓住了贼娃子夺回了包裹,贼娃子被送到派出所去了。"

"英雄救美啊这是,我们的巾帼英雄一进城就被贼娃子欺负,这还了得?来,喝杯茶压压惊!"

众人一阵哄笑,秦晚晴端着茶杯笑吟吟地递给红妹:"看年岁你比我大几岁,就叫你红姐吧,我叫秦晚晴,是局里总务室的卫生员,欢迎你加入我们的集体。"

"你长得真漂亮,听口音好像不是本地人?"红妹接过茶杯喝一口水,"城里的水又酸又涩,难喝死了!"

这是个愣头青,陆枫的第一感觉总不会错的,第一次见到李天骄就知道了她的个性,果然又是另一个"连营杀手"。不过这位红妹比起李天骄更是有过之而无不及,混世魔王一枚。

程满仓呵呵笑道:"专案组又多了一位实力干将,诸位在工作生活上要照顾有加,红妹,你有什么问题就别掖着藏着,尽管提,大家都是革命同志。"

"我们都是来自五湖四海,为了一个共同的革命目标,走到一起来了!"红妹的声音很洪亮,因为激动而面色潮红,有一种原始的美感。

陆枫碰了一下旁边的郝仁,低声道:"你的革命同志来了,这接头暗号都说出来了,下一句是什么?"

"我们和一千九百万中国的老百姓一道……"郝仁忽地瞪一眼陆枫，"老陆，我发现你学坏了，思想有问题呀！"

秦晚晴拉着红妹一起坐下，女人之间有天然的共同话题，而在这个特殊的集体内，她们会走得更近些。

陆枫合上红色记录本，起身笑道："欢迎红妹同志，我叫陆枫，大陆的'陆'，陆枫的'枫'……"

一阵哄笑，陆枫尴尬莫名，才发现自己介绍有失水准，不禁吸了吸鼻子："是枫叶的'枫'。"

红妹敬了一个军礼："早就听过您的大名，军管会三处顶顶厉害的侦查科副科长……你这是怎么了？挂彩了？"

"皮肉之伤，不碍事。"陆枫淡然笑道，"先熟悉一下诸位同志，这位是电讯科的冯路远，山城老地下党员，这位是老地下党员李安成同志，这位是水警分局付局长……"

付怀仁尴尬地笑了笑："鄙人的名字叫付怀仁，只在11月29日重庆解放前一天当了一天水警分局的局长，幸会幸会。"

众人会心地一笑，经过长期接触大家对这位留任警察的印象十分不错，虽然有这样那样的毛病，但在积极改造之中。党的统一战线原则是团结一切可以团结的人，把他们变成自己的同志，共同为全国的解放事业团结一心。

"这位是郝仁同志……"

红妹爽朗地笑道："大家都是好同志，为啥你叫郝仁同志？难道就为了突出你的人好吗？"

"姓郝名仁，郝仁。"郝仁被红妹的话说得面红耳赤，尽量保持着矜持。

陆枫淡然笑道："今天的会就开到这里，时间不早了，回去好好休息一下，明早负责下乡征粮行动保卫工作的同志要提前做好安全防范，老付和我要去调查军火黑市的事情，天骄同志回财经委办事，咱们明晚继续开碰头会。"

秦晚晴拉着红妹一起回宿舍，队员们纷纷散去，程满仓把陆枫单独留下来。陆枫把秦永安写的名单递给程满仓："这份名单很重要，我初步排查过，大多数是重庆工商界的人士，基本都参与了金融案，您要跟政治保卫处碰一下头，然后请示军管会出具处理意见。"

程满仓看着名单，凝重地点点头："照名单抓人，我保证不会有抓错的！"

"上面的原则是不要一竿子打翻一船人，先礼后兵以理服人。"陆枫谨慎地看着程满仓，"这份名单要极端保密，绝不能透露出去。"

"专案组的人也不能透露？有点儿太保守了吧！"

陆枫苦笑一下："这是您教的，您不是说在晋察冀边区搞安保工作的时候，内部曾经出过几次问题嘛。"

"你的意思是我们的内部有问题？"这种判断让程满仓后背发凉，冷汗直流。

"我只是怀疑，还不确定。"陆枫捂着伤口缓步走出会议室。

陆枫没有搞过地下工作，侦察能力却很高超，得益于在野战军当侦察兵的经历。这几天他始终在思考一个问题：敌人为何总能先他们一步采取行动？

伏击"东南爆破技术大队"那次，敌特分子只提前了十五分钟部署完毕，而这十五分钟恰好是抵达西郊的车程，即便距离最近的郝仁也没有发现敌人的行动，从而导致自己不得不临时改变作战计划，差点儿因为失误而导致行动失败。

而最近发生的连环杀人案更是说明行动出了问题。林园案件击毙蔡锦生后，陆枫想从源头追查敌特分子，但唯一知道"三姨太"内幕的吴瘸子被灭口，而实施暗杀行动的李瞎子同样也被灭口。更让陆枫起疑心的，是昨晚在小什字街遇袭事件，基本可以肯定是出了"内鬼"。

陆枫回到宿舍躺在床上时还在思考这个问题，久久难以入睡。

山城之夜没有想象中那么静，涌动在地下的丑恶正在发酵！

月色乌蒙，江水湍急。

一条铁皮货船在江面上行驶，马达声音传出好远。

"把头，快到地方了，您有什么吩咐？"一个黑瘦的汉子叼着烟冲着驾驶舱里的一个影子说道。

舱里的人半晌才点点头："老地方卸货，人手已经安排好了，船上的人不必上岸，你押着船继续往前走，停在朝天门码头三号泊位，记住了是三号泊位，靠近水警分局那个。"

"好嘞！"黑瘦汉子将烟头掐灭，"老地方靠岸，动作都快点儿！"

铁皮船缓慢地改变航线，在黑夜的掩护下向江北岸行进。

船上的工人对此都心照不宣，为逃避水警巡逻队的盘查，他们经常在进朝天门码头之前将私货卸下，然后带着正常货物进港。岸上早已经安排好接货的人，按照既定的路线把货悄无声息地运走。

船舱里的"把头"阴鸷地望着北岸，城里的灯光错落有致地闪烁着，宛如一幅美丽的水墨图。如果此行顺利的话，明日山城就会热闹起来，炒作银元虽然血亏，但这次一定能稳赚不赔。

不仅如此，还能借机狠狠地报复李半城，让他尝尝破产的滋味！

陆枫辗转反侧无法入睡，或许是因为近日工作太过忙碌所致，满脑子充斥着线索推理。"三姨太""老鬼"不时蹦出来，想要更好地捋顺时，却无法集中精力。他忽然想起了李瞎子被暗杀的情景，本来已经看到了凶手，却因为疏忽大意失之交臂。

想到这里，陆枫再也没有睡意，干脆翻身坐起来，点燃一根烟默默地抽着，正在此时郝仁被他惊醒，揉一下惺忪的睡眼，沙哑着嗓子："老陆，是不是又在想'三姨太'呢？放心吧，我们早晚会揭开她的神秘面纱。"

"现在的形势对我们十分不利，明面上的散兵游勇虽然都清理干净了，但隐藏在暗处的敌人更加危险。"

"军管会联合警备司令部进行的大搜捕逮住了不少敌特分子，山城几个监狱都人满为患，据说老蒋逃走的时候制定反攻计划，留下上百万搞破坏、暗杀、潜伏和游击的特务，我们抓捕的只是一小部分。"郝仁也没了睡意，打了个哈欠说道。

陆枫紧锁眉头："明天你负责征粮保护的时候一定要注意安全，山上国民党的游击队很难对付，他们熟悉地形，武器装备精良，而且神出鬼没……"

"您就别操心这事了，打游击我们是国军的老师，哪有徒弟打败老师的道理？"郝仁苦笑道，"而且咱们还来了一个外援，那个红妹一看就不是善茬，游击大队的副大队长，敌人不长眼想跟咱打游击？玩去吧，我有信心全歼他们！"

陆枫沉默地点点头，老郝说的是实情，国民党打游击就是个笑话。当初国共二次合作期间，国民党也效仿中共开展游击斗争，像模像样地组成游击纵队深入边区，结果那些平日养尊处优惯了的国民党兵根本不习惯艰苦的游击战，还没等打仗就已经逃之夭夭，最终游击纵队不得不撤出战斗序列解散，就是一个大笑话。

"敌特分子并不可怕，可怕的是我们内部出现问题，最坚强的堡垒往往是从内部攻破的。"

郝仁忽地爬起来愕然地看着陆枫："老陆，你的意思是……有内奸？"

"有没有不好说，但最近发生的几件事不得不让我怀疑。"陆枫掐灭了烟蒂，低声道，"接管水厂遭到袭击，接管长江舰队遭遇袭击，接管林园的时候又遭到伏击，尤其是这段时间，意外状况频发，许多线索因为意外而中断，我在想如此林林总总到底真的是意外还是有人刻意为之？要说是意外吧，这意外是不是也太多了？"

这个问题在陆枫的心里憋了好长时间，今晚专案组开会的时候便有意无意地透露了一点点，清者自清浊者自浊，明白的人自然会明白。陆枫分析案情的时候有所保留，没有将更重要的信息全盘托出，就是担心有内奸。

"老陆，这事应该立即向程队长汇报，这段时期部里的三处接收了许多外人，包括留任的旧警察、长期潜伏山城的地下党和起义投诚的国民党，谁也不敢保证百密无一疏。"

陆枫疲惫地躺下，沉默片刻："用人不疑，疑人不用，不要一竿子打翻一船人……我们公安工作要有牺牲精神，要有强烈的好奇心，更要有缜密的推理思维和敢于怀疑精神……这是程满仓同志教育我的……不应该怀疑自己的同志，尤其是长期潜伏山城与国民党斗争的同志……"

陆枫昏昏欲睡，说话模糊不清，像梦呓一般。郝仁却来了精神："我知道你怀疑谁了，之前我也曾经怀疑过，无论从家庭出身、个人经历还是从发生的事实上，他都有嫌疑。"

"他……他是谁？"

"水厂一战有他，接管长江舰队有他，接管林园有他，伏击'东南爆破大队'有他！"郝仁越说越激动，拍了一下额头，"我怎么没想到呢，真是知人知面不知心啊！"

陆枫已经起了鼾声,但嘴里依然模糊不清地说着:"你……说的是……我吧……"

真是泄气!陆枫把自己给搅得睡意全无,他却进入了梦乡。郝仁索性披上衣服找出记录本,借着窗外的月光翻看着,其实根本看不清字迹,只是凭着记忆回想着上面的内容,事情的真相一幕幕逐渐清晰起来。

今夜少有的安静,静得让郝仁有些心慌,尤其是听到陆枫说内部有问题,郝仁实在难以接受。一起朝夕相处的同志,怎么可能是敌人?!

第四十二章
借据

山城收缴枪支弹药行动第二天，收缴上来的枪支十分繁杂，有美制微型冲锋枪，有破旧的手雷，有正规日产的三八大盖，还收到不少汉阳造、火铳等等，甚至有人将生锈的捷克轻机枪拿来换奖赏。

由此可见国民党军队的装备也是良莠不齐，蒋介石嫡系部队如胡宗南部的装备比较好，而其他的地方武装和杂牌军就没有那么好的待遇了，这也是国军内部派系相互掣肘的结果。陆枫拿起一支美制冲锋枪，7.62毫米的子弹还卡在弹夹里，拿在手里十分舒服。

程满仓见陆枫正摆弄着冲锋枪，便背着手走过来："美制枪械的膛线精雕细刻做工精良，击发有力听着就舒服，远距离击杀精准度很高，可惜的是在国军的手里就是烧火棍，球用都没有！"

"这些武器可以装备一个连，我建议挑选精准度高的美制冲锋枪给咱警卫连，战斗能力会提高一大截。"陆枫端起枪瞄准，"这就叫以其人之道还治其人之身，让敌特分子尝尝美国造的厉害！"

程满仓微笑着点头："我正有此想法，那天听郝仁汇报十几个人抵挡不住三名敌特分子的时候我就难过，落后的装备是我军伤亡较大的根本原因。对了，我去部里汇报名单的事情，估计很快就会下来，你要做好行动准备。"

陆枫不舍地放下枪，思忖片刻才长出一口气："我希望上面能理性处理这个问题，大多数奸商都是受'老鬼'蛊惑上当受骗的，秦永安就是典型，他不仅有悔过的表现还立了大功，连环杀人案的突破就靠他了。"

"所以现在最重要的是确保他的安全，不能以犯罪分子论，他可是咱们的'深喉'啊。"程满仓拍了拍陆枫的肩膀，"老郝同志一大早就找我汇报情况，他怀疑李安成有问题，我想征求一下你的意见，毕竟你们相处的时间比较长。"

郝仁就是一个成事不足败事有余的家伙，狗肚子里盛不下四两猪油，这种事情怎么可以随便汇报呢？陆枫的心里突然有一种异样的感觉，他不相信一名经过白色恐怖考验的同志会是内奸，他也不希望李安成背叛革命。

因为李天骄。

男人的心里一旦有了某个女人的位置，就会下意识地呵护她，与她相关的一切都会被男人所关注。陆枫不知道自己的心里究竟有没有李天骄，但真实的感觉是一天见不到她，心里就会滋生渴望。

昨天夜里一想到"内奸"的问题，从自我意识上便将李安成排除在外，但从理性而言李安成最"像"那个出问题的人。

"他是老地下党员，也是我们的革命同志。"

程满仓满意地点点头:"所以我告诉郝仁同志,我们现在最需要的是团结,最珍贵的也是团结。安成同志与冯路远同志都是长期战斗在敌人心脏的地下党员,是经过国民党白色恐怖考验的忠诚革命战士,他们坚定地信仰布尔什维克,不容置疑。"

真正的公安干警最优秀的素质,是要有公而忘私的牺牲精神,要有强烈而理性的好奇心,更要有缜密的推理和敢于怀疑的精神。程满仓的教诲犹在耳旁,但是陆枫在真正面对内奸问题时,思想斗争得十分厉害。

望着程满仓匆匆而去的背影,陆枫陷入沉思,正在此时传来一阵汽车的鸣笛声,一辆黑色轿车停在院子里。陆枫赶紧停止纷乱的思绪,仰头望一眼湛蓝的天空,纯净而天然的蓝色让陆枫有些心旷神怡。

虽然晴天,但陆枫感觉到阴霾正在隐隐袭来。

二楼的一间窗子忽然闪过一道刺眼的白光,陆枫打了一个大大的喷嚏。那里是总务处医务室?女人啊,无论什么时候都要照镜子!

陆枫揉了一下眼睛,向汽车快步走去。

秦永安这段时间比蹲监狱还难受,别墅外面有十几名公安便衣执勤,屋里还有付怀仁贴身看护,怎么想怎么别扭。吃喝拉撒睡都在屋里解决,连出外透气都有严格规定:付怀仁打开窗子后,自己只能站在窗子的侧面并且距离窗户三米之外。

这样据说可以有效防范狙杀!

别墅的对面便是滔滔东流的嘉陵江,视野开阔得很,秦永安不相信如此严密的安保措施会有意外发生。

今天是个不同寻常的日子,因为秦永安可以开车出去透气,这让他感到既紧张又兴奋。毕竟在山城商界人间蒸发了数日,家里的电话被打爆了,永安洋行据说也被人给砸得稀巴烂。这些都不会影响秦永安的心情,大风大浪见得多了!

"陆长官,早。"秦永安瑟缩地探出头,颇为绅士地问好。

陆枫看了一眼手表:"已经不早了,快十点半了,我们走吧。"

汽车在公安局大院里划过一道弧线,快速驶离大院冲到了街上,片刻间便消失不见。

精致的单筒望远镜里,黑色的汽车已经无法辨认,秦晚晴感觉眼泪都要流下来了,只好放下望远镜,她有些焦虑。

突然电话铃声响起,惊得秦晚晴差点儿把望远镜扔到地上,紧张地看着办公桌上的电话,思忖片刻才拿起来:"喂,你好,这里是总务处医务室。"

"晚晴,晚上有时间吗?请你去川菜馆吃大餐,我得好好感谢你呢!"

电话里传来李天骄好听的声音,秦晚晴舒了一口气:"你吓了我一跳,以为又要出勤呢!就你我两个人吗?多没意思。"

"还想要谁参加呢,你的那位……白马王子有时间吗?"

秦晚晴冷笑:"热恋的时候看谁都像王子,时间长了才发现都是跛脚!对了,你也要邀请心上人参加哦,我很期待的……"

"开什么玩笑?我忙得快成钟表了呢,不过今晚上是给陆科长压惊，他可是主角呢。"

正在此时，门突然被撞开，全副武装的红妹大大咧咧地进来："小秦，怎么还磨蹭啊，今天下乡征粮，你也要去的。"

秦晚晴眉头微蹙："我正在准备需要携带的药品和外伤处置器材，现在物资匮乏药品奇缺，需要仔细拣选，不能太奢侈了。"

红妹好奇地拿起一小瓶药，上面写的外文根本看不懂，不禁笑道："这是哪国文字，弯弯勾勾的。"

"这是进口药阿司匹林。"秦晚晴夺过药瓶，"不要随便碰医药用品，这些都是无菌的。对了，下次进来的时候要敲门，这是对我最基本的尊重，谢谢。"

红妹大大咧咧地笑着退了出去，秦晚晴生气地瞪了一眼门口，疲惫而又失望地将自己窝进椅子里默默地盯着电话看，似乎在等待着一个很重要的电话。

山城的繁华在国民党大溃退之后荡然无存，虽然军管会成立的七个小组日夜开展接管工作，但混乱依然存在。沿街开设的人民币兑换点和散兵游勇接待站都人满为患，尤其临时开设的遣散人员集中站点，更是乱成麻团。

针对散兵游勇遣散问题已经出台了相关规定，秩序相对还算稳定，而散布在山城各个角落的码头工人以及乞丐的收容遣散才是最令人头疼的问题。陆枫一路上看到许多游荡在街头的乞丐，他们是底层的无产阶级，其中有破产的码头工人、有家破人亡的瘾君子、有无家可归的战争受害者,这些人是城市最不稳定的因素。

敌特分子很有可能就混迹其中,而我们却无法进行甄别。望着混乱的街头,陆枫的心里也纷乱起来。

"陆长官,我的永安洋行债务问题该怎么解决?那可是我赖以生存的家当啊!"秦永安带着哭腔说道,"您答应过我政府会保全永安洋行财产的……"

陆枫沉默地望着街景想着重要的事,秦永安的洋行对于陆枫来说只不过是私人钱财的事,怎么能和反敌特这样的大事做比较。

一旁的付怀仁叼着烟冷哼道:"秦经理,您这是想当婊子还要立贞节牌坊啊,是你的所作所为引爆了山城金融地震,不仅害得那么多人倾家荡产,搞得城里人心惶惶,更严重侵害新生政府安全、严重动摇了人民信心、扰乱了正常经济秩序,严重……老陆,还有什么来着?"

这是《新华日报》上一篇社论写的一段话,陆枫没想到一个整日拿着报纸当厕纸的人竟然能背下来,不禁侧目,微笑道:"与人民的意志背道而驰,同反动顽固分子沆瀣一气。"

"秦永安,你听到没有?"

秦永安像泄了气的皮球一般:"我……我该死,我悔罪!"

"只要你站在人民的一边做有益于山城接管工作的事,党和政府会宽大处理你的,老付说的这些是针对顽固派的,你不在此列。"陆枫语重心长道,"我始终没有放弃你,始终在引导你走正确的路,国民党已是末日黄花,老蒋逃到台湾一隅,他的反攻打击就是在垂死挣扎。难道你甘愿用身家性命当炮灰?"

"我该怎么做呦……知道的都告诉您了啊,名单也给您了啊!"

陆枫严肃地看着秦永安:"好好想想,'老鬼'有没有留下蛛丝马迹?"

秦永安陷入沉默之中,从他的表情上可以看得出在做艰难的思想斗争。不多时,秦永安把兜子里杂七杂八的东西都倒了出来,无非是一些票据、欠条和借据之类的,这些是压在他心头的重负。

"这个给您,看看有没有价值。"

那是一张借据,盖着永安洋行的财务专用章,陆枫仔细看着上面的字迹,脸色不禁大变!

秦永安察言观色道:"陆长官,'老鬼'从洋行借了七千大洋,利息翻三倍,洋行大堂经理请示我之后出具的借据,当时我去了上海,就没见着他本人。"

借据上的字迹似乎在哪里见过?陆枫一时间蒙住了,从字迹来看明显出自女人的手笔,完全印证了"老鬼"就是走私军火入城的"三姨太"。这是极具价值的证据,对案子的突破非常重要,因为陆枫忽然想起了付怀仁交给自己的那张林园草图!

七月流火,八月未央。

汽车在朝天门附近一个脏乱得不成样子的巷子口停下,付怀仁检查了一下枪弹:"老陆,这里是整个朝天门最脏最乱的地方,白天不会有外人来,晚上满地跑老鼠,您贵足不踏贱地。"

"山城乃至全国每一寸土地都是珍贵的存在！"陆枫穿好风衣跳下车，警觉地观察一番周边的环境后，打开后面的车门，"老秦，下来吧？"

"干……干什么？"

付怀仁踢了一脚车门，凶神恶煞般吼道："老子挖好了坑要活埋你，滚出来！"

保护秦永安这段时间，付怀仁"受尽折磨"，这老家伙比娘们还娘们，没有一丁点儿男人的样子，今天终于可以出来感受一下外面美好的世界了，付怀仁憋着一肚子气全部撒在他的身上。

巷子的尽头，两个青皮混子拦住了他们仨，面带不善地看一眼陆枫，似乎要看透他似的，付怀仁的眉梢动了动，上去就是两个嘴巴子，随即拿出警察证在他们的面前晃了一下："别他娘的给脸不要脸，带路！"

青皮混子立马尿了，乖乖在前面引路。

老付不愧是十八区的天地线，各种肮脏的行当烂熟于心，关键是混地头的招子比较狠，翻脸比翻书还快，刚才还温顺得像亲哥似的，转眼便六亲不认。他说过在朝天门码头上不好混，混好了吃大鱼大肉，混不好分分钟丢人丢性命！

"注意一下言谈举止，别像土匪似的。"陆枫低声提醒道。

付怀仁嘿嘿一笑："您有所不知，跟这帮玩意客气等于自戕，时间长了您就知道了。"

第四十三章
暗访

山城的地下世界是一张巨大的网,触角延伸到各行各业,山城的老百姓深受其害。当初国民党为维护自己的利益,曾经四处出击打击地下黑市,有许多在黑市上翻手为云覆手为雨的幕后人物,大多是国府要员。

譬如军火黑市,小到间谍小手枪、大到万国造的先进冲锋枪,应有尽有。"三姨太"走私美制高爆炸药不过是瞒天过海之计,是国民党逃脱使用的伎俩,当然也成全了不少以此谋生的人。

以美制高爆炸药为例,成本费、运输费、储藏费、人工费、安保费、抽红等名目繁多的花销数不胜数,但军火生意是暴利,这些费用不值一提。因此,即便山城解放了,那些以此为发财之道的人依然随性地做生意。

极其嚣张,肆无忌惮!

取缔各种非法黑市行为已经刻不容缓,无论是做空人民币、枪支泛滥还是各种囤积居奇都导致接管工作难以正常进行,新生政权势必遭到严重挑战。一路上，陆枫观察着周边的情况，思考着该如何取缔黑市的问题，这是一项长期而艰巨的任务。

黑市极具隐蔽性，没有"介绍人"是无法进入其中的，付怀仁便承担了"介绍人"的身份。那两个在巷子口被他扇嘴巴子的家伙，是望风的崽子。巷子里不时有人对进来的陌生人投以怀疑和警惕的目光，当看到带路的崽子之后，才释放出某种善意的笑容。

他们的笑容很古怪，里面隐藏着一种拒人千里之外的感觉。

走过之际，陆枫便一目了然，这条巷子并不简单：有以毒养毒的瘾君子，有放赌抽红的掮客，有卖淫拉客的皮条，还有销赃的偷盗者，可谓"五毒俱全"、藏污纳垢。这里已经成为山城的毒瘤，正在毒害着山城百姓，一定要用强力手段彻底清除！

带路的崽子在一处破烂的房子前停下，用当地的方言跟付怀仁嘀咕了几句，而后另一个崽子便钻进院子，说话的崽子把守在门口。

"他说要去禀报一声，我跟他说我们是大买家，他说现在局势紧张，货不一定能调来，这种事要看中间人的能量大小。"付怀仁低声解释道。

陆枫以为能直接看到货呢，原来是人货分离的，以此确保安全。如此一来，即便带人查抄也找不到罪证，最后只能不了了之。好狡猾的黑市奸商！

迎接他们的是一个面如死灰的中年汉子，看一眼便知道才过完烟瘾，阴鸷地看两眼陆枫和秦永安："跟我来。"

破烂的屋子里有一股发霉的味道，满地狼藉，几乎没有落脚之处，秦永安捂着鼻子不肯进屋，那人却呲着满嘴大黄牙笑了笑："永安洋行的秦老板，这段时间据说许多人都在找您，没想到在这儿见您金身了。"

"我们要买美制冲锋枪，还有大量的子弹。"陆枫沙哑着声音说道。

那人披着旧衣服坐在烂椅子里："我这不卖枪，您找错地方了吧？"

付怀仁嘿嘿一笑："这兄弟有点儿心急，他的意思是说山上要断炊了，愿意出高价买。"

"国军还缺枪支弹药？这是我这辈子听到的最扯淡的笑话。"那人点燃一根劣质香烟，抽一口便剧烈咳嗽起来，"好啦，不扯闲篇了，这段时间大把头盼咐不接活，甭管是'统'字号的还是靠山头的，让各位白跑一趟，对不住了。"

陆枫从秦永安的包里拿出一包银元，直接扔在了那人的身上："以前你要是敢这么做，'老鬼'会让你坐电椅舒服舒服，这是定金，三天后来取货。"

付怀仁盯着钱袋子，听声音估计有三十块银元，不禁打了个哆嗦："告诉把头，这位兄弟诚意满满，如果是我，顶多给你十块！"

陆枫转身走出屋子，呼吸一口新鲜空气："老付，走吧。"

三个人一前一后走出破烂院子，沿着来的路往回走，那两个引路的崽子早已消失了踪影，陆枫突然有一种如临大敌的感觉。付怀仁伸出大拇指:"老陆,没想到你气场很大嘛,那家伙估计被震住了。"

"注意点儿脚下,小心老鼠上脚面。"

秦永安吓得一下蹦起老高,随即哭丧着脸:"长官,您这又是唱的哪出戏?一支枪要瞎我五十大洋,那可是我最后一点儿财产……"

"自古都是破财免灾,你把大洋当祖宗老子不拦着,但别忘恩负义。"付怀仁虎着脸低声骂道,"让前水警分局局长当贴身保镖,还叽叽歪歪,小心敲破你的脑壳!"

秦永安立刻哑巴了。

"此人只是一个掮客,他无权出货与不出货,赚的就是过路浮财,你那几块大洋不过是药引子,药引子好不好使还得看掮客的能力。"这些都是付怀仁告诉自己的,山城的军火黑市规矩很多,不是谁拿大洋都能买到货,也不是谁付了钱就一定能拿到货。

花了大价钱丢了性命的大有人在!

正在此时,一个穿着破烂衣裳的崽子突然从旁边的巷子里跟上来,递给他一张发黄的名片:"权叔答应了,这是拜帖,三天后南岸区小什字街有人等你们。"

陆枫接过帖子,望着那人远去的背影淡然一笑:"老付,这回你又立大功了。"

想要断掉军火黑市并非易事,因为他们的运作方式极其诡秘,这条巷子不过是一个幌子,真正的卖家根本不在这里。

公安局里此刻被李天骄闹得鸡飞狗跳，从财经委办事回来之后她就去找程满仓汇报情况，不巧的是老程去军管会开会去了。整个公安三处只有老程的警卫员小刘留守，郝仁、红妹、秦晚晴等人下乡征粮，而电讯处的冯路远之前就是个神龙见首不见尾的主，这会儿更加不知道去哪儿了。

"陆枫去哪儿了？我找他有急事。"李天骄靠着门框看一眼空无一人的办公室问道。

小刘敬了一个标准的军礼："陆科长有任务。"

"什么任务？该不会去南岸别墅跟秦经理谈人生去了吧！"

小刘矜持地笑道："天骄同志，专案组的所有工作都是秘密，我无权过问，只能告诉您陆科长不在。不过……"

"不过什么呀？我是专案组的成员，他们人都不在，现在这里我说了算！"李天骄娇蛮地命令道，"快说，不然我关你的禁闭。"

"关了我的禁闭难道您亲自站岗吗？"小刘不以为然地笑了，"陆科长的父母来了，来得很突然，陆科长还不知道呢。"

李天骄的心忽然莫名地狂跳起来："他们在哪儿？"

"当然在后面的招待所。"

招待所在公安局后院，是一幢老式仓库改建的，一楼左侧是食堂。李天骄立即意识到自己应该做点儿什么，否则怎么对得起陆枫那天的舍命保护呢？

思子心切的陆枫父母今天一早才到的山城，为不影响儿子的工作,也为了给他一个惊喜,两位老人没有跟陆枫打招呼便来到公安局,被警卫员小刘安排到局里的招待所。老两口相互埋怨半天,父亲说不应该在这时候来山城,母亲却说思子心切,总之两个人说不到一块儿去。

正在两个人吵累了谁都不愿意说话的时候,外面响起了敲门声。房门打开,一个穿着时髦的漂亮姑娘拎着水果和饭盒走进来,脸色羞红如同玫瑰花一般好看,竟然不知道说什么好。

"我是军管会财经委的李天骄,是陆科长的同事,二位是伯父伯母吧?"李天骄小心地放下水果,"陆科长一早就去执行任务了,忙得忘记你们今天要来,我还是听警卫员小刘说你们已经到了呢。"

陆枫的父亲脸色有些难看:"臭小子,翅膀硬了!"

"你说的这是什么话?山城刚刚解放,接管工作艰巨而繁重,陆枫不是来信说这里的情况比上海还复杂嘛,人手又不足……"陆母细致地打量着李天骄说道,"我们家的陆枫就是实诚,为了革命工作都两年没回家了,我现在都不知道他长成了什么样……"

眼睛有些湿润,李天骄突然发现自己不知道何时变得如此脆弱,听不得老人家的絮叨了。以前跟父亲谈话的时候为什么没有这种感觉呢?

"陆科长他可是大忙人,三处的工作又多……"李天骄矜持地笑道,真不知道该如何跟他们说话,心里堵得慌,只好打开饭盒,"伯父伯母,这是局里食堂做的饭菜,我顺便给您二位打了两份。"

陆母几乎笑成了花："小李同志，你也是从南京干革命过来的？"

"我才回国不久呢。"

"你出国干革命去了？真了不起！"陆母拿起筷子惊诧地看着李天骄，半天没喘上一口气，没想到眼前这个姑娘这么年轻竟然出过国！

陆父实在看不下去了："人家出国是留学吧，干革命怎么能跑那么远？跟你那宝贝儿子一样不靠谱，不靠谱！"

"伯父的眼光真独到，我的确是出国留学的，学的是经济学专业。"李天骄看出来老太太眼里多了一种黯然，礼貌地说道，"但伯母说的也没错，我也的确是同陆科长一起从南京来的，同属西南服务团。"

陆母释怀地一笑："一看姑娘就是大家闺秀，老家是南京的？令尊不会想你吗？山城这地方就是山多，不像南京那么平整，生活还习惯吧？"

一连串的问题让李天骄应接不暇，也终于激怒了老爷子，陆父重重地放下筷子："听口音都知道小李同志是四川人，怎么和你儿子一样执拗呢！"

"陆枫不也是你儿子？性格都随你，比我还执拗呢！"老太太反唇相讥。

陆父面红耳赤地冷哼一声："那小子是一条道跑到黑的主，我什么时候像他那样拧巴了？让他去工厂锻炼结果跑到陕北干革命，负伤后让他回上海养伤却到了南京参加西南服务团，让他用技术爱国却偏偏进公安局搞什么刑侦……对了，就他那死脑筋的劲儿，小时候你藏个苹果他都找不到，怎么能干刑侦？"

李天骄笑着摇摇头："伯父，你说的话可不完全对，陆科长可是侦察兵出身呢。"

"小李姑娘说得对，哪个娃从娘胎里出来就会侦察的！"陆母从自己的饭盒里挑出一块肉放在陆父的饭盒里，又关心地看着李天骄，"姑娘，你真的是四川的啊？"

"又来了，以为自己是户籍警啊？在上海当红娘当惯了，看谁都像没成家立业呢！"

这对老夫妇吵起来颇有喜感，李天骄不敢笑却也憋不住："您是不是对陆科长有些小意见？陆科长的性格很稳重，行事果断判断力准确，还有啊，他枪法出众不畏牺牲……关键时刻能挺身而出保护战友，我们处里的人都很喜欢他呢！"

一听到"牺牲"二字，陆父拿着筷子的手突然抖动一下，筷子掉在地上："小李同志，这小子的工作没什么风险吧？他已经两次负伤了，我和你伯母特别担心……"

李天骄意识到自己说错话了，有些黯然，前天晚上遭到伏击陆枫挂了彩，虽然伤情不是很重，但情况的确比想象中危险得多。那是自己遇到的最大的挑战，也是最不敢回忆的瞬间，好在有惊无险。

"伯父伯母，我要回局里工作了，有空再来看你们。"李天骄想要立即逃离他们。

关上房门,李天骄靠在墙边望着窗外阴霾的天空。人生是如此短暂,短暂到回头之间便是百年身;人生又是如此漫长,漫长到有时候会迷失自己,看不到未来。

这姑娘还没成家呢……

屋里传来陆母欣喜的声音。

第四十四章
惨案

黑色的防弹车划过一道弧线冲上纷乱的街头,一路鸣笛向人民医院方向奔驰而去。

陆枫紧紧地攥着拳头,手指骨捏得咯咯作响:"再快点儿!"

"老陆,我知道您的心情不好,事情已经发生了应该沉稳一点儿……我想事情还没有那么糟糕。"付怀仁紧张地盯着前面的路,不停地按着喇叭。

就在十几分钟前,陆枫接到了一个不幸的消息:下乡的征粮队遭到武装袭击,三名同志壮烈牺牲,十几名同志受伤,损毁汽车三辆。

这种恶性事件还是第一次发生,去征粮的正是陆枫亲自点将的红妹和老郝,他率领十几名全副武装的队员保护征粮队安全,使用的是最近征缴上来的美制冲锋枪。即便如此,也惨遭不测,这让陆枫怒不可遏!

"再快点儿!"

汽车一直在加速,在急速转过一道弯时,突然一辆军车横切过来，只听"轰"的一声巨响，防弹轿车径直撞上了军车，巨大冲击力让轿车翻了个跟头，陆枫只感觉头部被重击之后天旋地转，耳边一阵鸣笛声，忽地晕死过去。

此地距离人民医院仅百米之遥，站在出事地点可以清晰地看到医院的红十字。

现场一片狼藉，满地被撞散的零部件昭示着这场车祸是何其惨烈，那辆破旧的军车已经近乎解体，驾驶员的座位满是鲜血。

冥冥中，似乎有人在敲击耳膜，一下、两下、三下……每敲一下，陆枫的脑子就钻心地疼痛，好不容易才苏醒过来，才发现许多老百姓正在用各种各样的工具破窗。玻璃并没有碎裂，即便用铁管砸也只留下一道印痕。

"老付……你怎么样？"陆枫擦了一下脸，手上立即染红了鲜血，鲜血遮住了眼睑，满世界都是血色。

一阵剧烈的咳嗽，车门被打开之后，付怀仁直接滚到了地上，吓得周围的群众立即散开。陆枫此刻感觉浑身的关节全部脱臼了一般，钻心地疼痛，陆枫记得自己在战场上各种受伤也比不上这次的疼痛。

车祸的一瞬间，他看到了那辆汽车似乎也在全力加速，付怀仁想要躲根本不可能，也就是说那辆汽车就是冲着防弹车来的。

打开车门，一阵新鲜空气的进入让陆枫如获新生，周围的欢呼似乎很遥远又近在耳边，就像欢迎凯旋的英雄一般。陆枫打开后面的车门，把还在昏迷之中的秦永安拖出来，这家伙也满脸鲜血，不知道撞在哪儿了。

"大家让一让,快让一让!"两名解放军战士抬着担架分开人群跑过来,开始抢救付怀仁和秦永安。

满脸烟火色的秦晚晴背着药箱紧随其后,恰好与陆枫相遇,药箱落地,泪水夺眶而出:"陆……陆科长……您没事吧?"

"征粮队伤员现在怎么样?"陆枫摇摇欲坠,被秦晚晴给扶住,闻到一阵掺了硝烟的香水味道。

"都在人民医院救治……我和两位同志要回局里取麻醉药,两位伤得较重的同志需要做手术,恰好遇到发生车祸,没想到是您。"秦晚晴伤心地哭泣,这一天经历的痛苦和磨难足以让她痛苦回忆一辈子。

陆枫此刻大脑清醒了不少,活动了一下身体发现没有太大问题,但疼痛却更加严重,轻轻地拍了一下秦晚晴的肩膀:"快救人吧,那辆汽车撞得很惨。"

围观的人群被驱散,陆枫和付怀仁背靠背坐在被撞翻的邮筒上,老付的脑袋撞了个口子,经过包扎后并无大碍。秦晚晴指挥两位卫生员把秦永安抬上担架,向人民医院跑去。

"大难不死必有后福!"付怀仁吐出一口血沫子,瞪着被撞散架了的军车,记忆还停留在被撞击的那一刹那,以自己的驾驶技术根本不会发生这样的事情,但当时的速度太快了,没有反应过来。

"报告陆科长,肇事司机已经死亡,我们找到了他随身携带的证件,是交通局车辆组的高原,已经通知了交通局协助处理。"一名维持秩序的战士跑过来汇报道。

陆枫疑惑地望一眼狼藉的现场："本人身份经过交通局核查了吗？"

"要等到他们来人，结果稍后向您汇报。"

"辛苦你们了，给公安三处打电话就行。"陆枫仔细回忆当时的情况，因为时间太短竟然没有记忆。

付怀仁从狼藉不堪的现场找到了被撞变形了的车牌子，向陆枫晃了晃："老陆，事情没那么简单，咱们被算计了。这牌子是原宪兵队的，还记得上次那辆汽车吧？林园路伏击'东南爆破技术大队'那次。"

现在可是全城戒严期间，丧心病狂的敌人无孔不入，而且陆枫发现针对自己的暗杀始终没有停止过。上次是在小什字街遭到伏击，而这次是假借车祸。这辆车曾经在鬼市的路口见过，但没有引起陆枫的注意！

"可能针对的目标不是我们，而是秦永安。"陆枫忽然意识到事情的严重，这辆黑色的防弹车是秦永安的座驾，而且今天他跟来一起执行调查任务，他是自己的"证人"。

人民医院走廊的拐角处，秦晚晴疲惫地靠在墙上，本来清秀的脸十分苍白。

"今天的任务完成得很好，'巫山'对此表示很满意。"

秦晚晴看一眼只露出双眼的陌生人："我受不了了……每天都

在做噩梦,无时无刻不在恐惧之中,这种日子我受够了。"

"这是你的工作,一旦成为死棋你就会失去上峰的信任,今天的挽回或许能让你起死回生。"

秦晚晴盯着对方露出的眼睛,脸上露出一抹嘲讽之色:"我只接受老爷子的命令。"

那人贴近秦晚晴的耳边:"他自己都自身难保,怎么给你下命令?'巫山'会交给你下一个任务的,但联系的人不会是我。"

秦晚晴手里的空药瓶掉落在地上,摔得粉碎。

陆枫和郝仁在医生的指引下走进一间病室,秦永安像死人一般躺在病床上,苍白毫无血色的脸上没有半点儿生机。

"病人怎么样?"

医生打开日志:"陆科长,病人送来的时候陷入深度昏迷,大脑有可能受到重创,打了一针强心剂之后也不见好转。这种情况我还是第一次遇见,经验判断短时间内很难苏醒。"

"有没有生命危险?"陆枫焦急地问道,"他对我们很重要,一定要想方设法救活他,这是命令!"

"我们会尽力而为,但您也看到了,现在山城缺医少药,尤其是针对脑外伤的药。"医生说完夹着日志退出病房。

付怀仁扒开秦永安的眼睛:"这家伙真不经折腾,瞳孔快散一半了,那医生还在睁眼说瞎话呢!"

陆枫欲哭无泪,本来预计完成清剿黑市和抓捕经济犯罪之后,秦永安作为有重大立功表现的人，能够得到宽大处理，没想到竟然发生这种事。各种迹象表明，敌人欲除之而后快，而且他们也做到了。

对于敌人而言，金融风暴被挫败后秦永安已经没有了利用价值，弃之如敝履。

"老付，你留在这里保护秦永安，我去看看受伤的队员们。"

付怀仁凝重地点点头："陆科长，有件事不得不跟您说一下，我怀疑公安局内部有内奸，我们就像透明人一样，放个屁都有人能测出多少分贝！"

陆枫面无表情地点点头："这话只允许对我说，不能向任何外人透露，包括专案组成员。"

在走廊的拐角陆枫遇到了疲惫不堪的秦晚晴，不禁心生恻隐："小秦，怎么样？"

秦晚晴捂着脸哭泣起来："那么多……的同志都倒在了血泊里，我不知道该先救谁……"

"你已经尽力了！"陆枫缓步上楼，心情却愈发沉重，虽然国民党蒋介石政权已经土崩瓦解，但他不甘心正面战场上的失败，潜伏在大陆的顽固敌特分子仍然会在较长时间内兴风作浪，诚如程队长所言，我们要保持足够的信心和警惕性，要用最有力的手段还击。

医院二楼的走廊里人满为患，程满仓早已经赶到探望，军管会也派来调查小组了解相关情况，望着纷乱的人群陆枫有些头晕。正在此时，头上包扎着纱布的红妹一眼便看到了陆枫，慌忙跑过来:"陆科长,您也受伤了?"

"不碍事,你的伤怎么样?"

红妹擦了一下湿润的眼睛,摇摇头:"牺牲了三位同志,敌人的损失情况不明,他们的火力太猛了,我们误入了敌人的伏击圈。"

征粮地点是经过精心挑选的地区,往往群众基础比较好,这有利于发动征粮工作。而且这次征粮是在距离城区不是很远的大溪口山区,二处的调研报告显示那里有地下党工作站,前期做过几次征粮宣传工作。

但尽管如此小心谨慎,还是遭到了敌人的伏击,这说明了什么?陆枫心事重重地点点头:"牺牲的同志们在哪儿?"

"外面的太平间,我陪您去吧。"

"不用,好好养伤,还有更重要的任务等你去完成。"

太平间里死寂一片,一进门便看到站在里面的程满仓,见陆枫居然也挂了彩,程满仓不禁愕然:"究竟发生了什么事?"

"在医院前大街上发生了车祸,都怪我啊,为了快点儿赶到医院下令超速行驶,结果撞到了交通局的一辆汽车,汽车司机也牺牲了。"陆枫心如油烹一般难受,正所谓祸不单行,本以为很简单的任务却频频出错,搞得极其被动。

最让人扼腕的是秦永安昏迷不醒,失去一个极其重要的证人。

陆枫悲痛地摘下帽子,望着躺在冰冷床板上的尸体,眼睛瞬间被泪水模糊。

"二处的保卫干事刘金福也牺牲了,其他两位同志是维保队队员。"程满仓沉痛悲伤,"老郝第一时间报告了警备司令部,刘司令派一个加强连的兵力增援,但抵达事发现场的时候土匪已经逃之夭夭了。"

已经失了先机,失败在所难免。这次血的教训太让人痛心了,我们的侦察员难道没有发现隐藏的敌人吗?这说明我们有些干部做工作不细致不扎实,没有贯彻好党中央关于征粮安全的工作精神。

但陆枫认识到自己也有不小的责任,不应该草草布置安全护卫工作,更不应该让搞行政工作的郝仁和初来乍到不了解情况的红妹负责安保工作。

牺牲的本应该是自己!

陆枫愧疚得深深地鞠了一躬,心痛得蹲在地上痛哭起来!

会议持续到深夜,在全面分析当前面临的形势问题之后,程满仓命令劳累了一天的队员回去休息,明天要执行更重要的任务。他没有宣布是什么任务,但专案组成员们预感到有大事要发生!

"交通局车辆管理组打来电话,经过仔细认真的核实后,肇事司机并不是他们的人,身份证件的确是高原本人的,但据他说身份证件昨天就丢了。"程满仓递给陆枫一张纸,"这是交通局的证明函,那辆汽车也不属于交通队,经过车牌查证,车是原国民党宪兵二十四团的,那个团是山城解放后第一个起义投诚的,番号已经取消,大部分宪兵被遣散,无从查找肇事者的真实身份。"

陆枫一拳砸在桌子上,正在此时电话铃急促地响起来!

第四十五章
天网（一）

秦永安终于没能挺过来。

"证人"永远也无法发声了，他带走了所有陆枫想知道的秘密，只给陆枫留下一张名单和一张据说是"老鬼"签字的借据。陆枫呆呆地坐在椅子里，记忆还停留在车祸发生的瞬间，以及把满脸鲜血的秦永安从车里拽出来发出的呻吟声。

"陆枫，你的父母昨天上午到了，不去看看？"程满仓把开水放在陆枫面前，声音沙哑，可见他也没有休息好，"发生车祸的事儿没敢跟他们说，二老问你怎么还没回来，小刘撒谎说你去乡下执行征粮任务，要三天时间。"

陆枫怔怔地看着那张借据："又是一场连环暗杀，这次的目标不是我，而是秦永安。"

"他罪有应得，你不要自责。"

陆枫抓起搪瓷缸喝了一大口水，喘着粗气看着程满仓，一字一顿地说道："不是自责，我想知道究竟是谁，那个人知道我们今天去大溪口征粮,知道我们必然会走那条路,知道我今天要去朝天门码头调查黑市,更知道秦永安是我们的'证人'!"

程满仓摸了一下陆枫的额头:"没有发烧怎么说胡话呢?征粮宣传工作弄得轰轰烈烈,整个山城老百姓都知道,土匪能不知道?去大溪口只有那一条路,不走那儿走哪儿?还有,你们开着秦永安的防弹车去黑市调查,就像光腚游街一样,当然,我不是说这都是你的过错。"

陆枫猛然站起来:"老程,为什么每次我怀疑内部有问题你都一棒子给压下来?您说过最坚强的堡垒总是从内部被攻克的,种种迹象表明,的确出了内奸,我能强烈地感觉到那个人就在我们的身边。"

浓重的烟雾里,程满仓心疼地看着陆枫苦笑:"你的压力实在太大了,忙完这段给你放一个长假,好好陪陪父母逛逛山城,先回去睡吧。"

夜深人静,月朗星稀。

因为时间太晚,陆枫没有去招待所探望父母大人,还是别让他们担心了,让他们做一个好梦吧。陆枫枯坐在灯下,呆呆地盯着桌子上的两张纸:一张是林园草图,另一张是"老鬼"的欠款借据。这是有关敌特分子可能的证据。

现在唯一能证明的是,"三姨太"就是"老鬼",而"老鬼"是一个女人。

以陆枫现有的侦查能力,对这样的线索简直一筹莫展,那个若即若离的敌特分子就像空气一般围绕身边,却总是失之交臂。陆枫望一眼窗外,忽地发现局里一间办公室的灯还亮着,那里是局档案室。

同样心神不宁的还有李天骄,这样深沉的夜晚本应该属于梦境,但她还在矛盾中挣扎。父亲变得很顽固,即便面对确凿的证据还断然否认自己做空了银元,顽固得不可理喻!

"从几家银行和钱庄的流水可以看出,最关键的三天时间,他们出货了几十万银元,大量购进人民币,造成了银元黑市大暴跌。"李天骄看一眼记录本,"父亲,数据还用我一一给您念吗?"

李天鹏微眯着眼睛一言不发,完全将李天骄和李安成视为空气。

李天骄又翻开一页:"您用半个多月的时间调集海量银元,利用蚂蚁搬家的办法做到人不知鬼不觉,在秦永安们最得意的时候出手杀入黑市,那天的银元兑换人民币比率是1∶7500。做多人民币符合政府和人民的利益,但若没有雄厚的金银支撑,您会亏掉一生的心血,但您做了,而且做得很决绝。"

"娃,我饿了。"

李天骄顽皮地笑道:"您终于开了金口!"

"父亲,夜宵已经备好了,您只要答应我们的请求,就可以美美地享用。"李安成舔了一下干裂的嘴唇笑道。

李天鹏狠狠地瞪一眼儿子:"被你交出去的三家工厂停产了一对半,还有脸回来?!"

"最近原材料紧张，工厂设备老化严重，局势不好工人流失严重，但请您放心，政府会想尽办法替您管理好的。"李安成淡然笑道。

李天骄拍了一下桌子："哥，我严重怀疑你转移话题替父亲开脱，要知道这是很严肃的问题。现在父亲的手里储存着大量的人民币，他是在等待时机购入银元，此举将导致人民币再次大幅度下滑，新一轮的金融'炸弹'将会被引爆，我在全力阻止父亲的这种无底线自杀行为呢！"

"党的金融政策你给他老人家讲了一箩筐，油盐不进！"李安成气恼地起身走出客厅。

李天鹏气得直拍桌子，却一句话也说不出来。

"我哥的激将法您都看不出来，看来您是真的老了。"李天骄娇嗔地给父亲捶背，"您的义举财经委十分重视，主任说您是红色资本家，老学究们惊得大跌眼镜，那些投资银元的奸商亏得血本无归，只有你女儿知道您要干什么，我说的对不对？"

"就算我做空银元做多人民币，违反天规戒律哪一条哪一款了？老子是看不惯秦永安那帮人太嚣张……"

"秦永安今天死于车祸了，您还是留点儿口德吧！"李天骄忽然严肃道，"父亲，今天我和大哥劝您是有原因的，秦永安提供了一份参与金融投机案的名单，上面有二姨娘的名字。而且我正式通知您，近日将进行大搜捕行动，您现在终止自己的计划百利而无一害。"

李天鹏终于坐不住了,眼皮直蹦:"你说的是真的?"

"我哥也知道这件事,你问他好了。"

"我是说你怎么知道那个臭娘们在炒银元!"

李天骄瞄了一眼屋门,眉头微蹙道:"法网恢恢疏而不漏,在黑市调查取证的时候我亲眼看到过她,而且秦永安提供的名单里有她的名字。所以,您要做好最坏的打算。"

一波未平一波又起,李天鹏本以为自己的算计又将是山城商界最浓墨重彩的一笔,没想到真正的搏杀刚刚开始就不得不结束,那种纵横捭阖的心气直接泄了一大半。更没想到自己做空银元竟然让二姨太血本无归!

这种事情要是传扬出去,"李半城"将名誉扫地,而且他将成为山城商界的罪人,害人害己啊!

"从小你就牙尖嘴利!"

"您答应了?"李天骄喜极而泣,"政府会奖励您一枚解放勋章,以鼓励您为接管山城作出的杰出贡献!"

李天鹏翻了一下眼皮:"不稀罕,我饿!"

"哥,上夜宵!"

阴霾终归会散去,烈日晴空终将会到来。一场暴风骤雨终于来临,它将以雷霆万钧的威势横扫一切丑恶的灵魂!

翌日黎明,全副武装的公安战士、维保队员、警备司令部所属部队已经准备就绪,一场以打击金融犯罪、取缔银元和军火等黑市的大搜捕行动就此拉开帷幕。秦永安提供的人员名单经过政治保卫处的严格核查后，下达给作战小组，作战小组分成各小队执行，按名单逮捕归案。

汽车一路轰鸣着惊醒清冷的街道，警笛声声响彻山城！

"老郝，怎么不见陆科长？"红妹心急火燎地冲出公安局，冲着脑袋上还缠着绷带的郝仁吼道。

郝仁抬手看一眼时间："还有三分钟，你急什么？"

"怎么不急？晚行动一分钟敌人都有可能逃走，再想抓可就是比登天还难了！"红妹急得团团转，虽然初来乍到，但俨然成了三处最活跃的武装力量，有她在的地方一定会人仰马翻。

郝仁的心里不禁敲边鼓：平日陆科长绝对会第一个到指定位置的，今天怎么回事？

二楼档案室，女档案员正面对满脸严肃的陆枫不知所措："昨天李安成同志是来借阅档案的，但看完就走了。"

"有主要领导的批示吗？"

"他是专案组的同志，而且很急……"

陆枫怒道："档案管理是怎么规定的？任何人不得以任何理由私自借阅档案，如有特殊情况要有主管领导批示！"

"我……我错了，您千万别跟任处长说……"

"把相关资料整理一下，下午我来取！"陆枫看一眼时间，转身匆匆下楼。

没想到李安成会私自借阅档案，他在搞什么名堂？局里档案室的档案大都是从各地移送过来的，收编留任人员的档案是接管原山城警察局的，而新编的档案正在进行中。如此敏感的时候，他李安成为什么要借阅这些档案，目的是什么？陆枫满腹疑惑。

"陆科长，开始行动了。"红妹焦急地跳上摩托车喊道，"不少小组都已经出发了，我们小组已经落后了一分钟。"

陆枫跳上摩托车，示意红妹立即开车。摩托车突然加大油门，车子猛地向前冲去，差点儿把郝仁从车上甩出去。这个红妹简直就是一个火药桶，点火就着。

陆枫望着纷乱的街头，这次大搜捕行动极其秘密，行动时间是提前一小时通知的，抓捕对象包干到行动小组，一般一个行动组负责十几名犯罪分子的抓捕工作。如果行动顺利的话，几个小时就能结束战斗。

"我们小组负责几个人？"郝仁小心地问道。

"一个。"

摩托车的速度一下慢了下来，红妹急得满脸通红："陆科长，怎么才一个？刚才问冯路远小组，他们可是二十一个！"

从陆枫的脸上就可以判断这次的抓捕任务很特殊，否则不会这么凝重，红妹只知道抓得越多越好，岂不知真正难啃的骨头就是老陆抓的这位。索性冷笑一声："你以为咱抓的是个小虾米啊？！"

"该不是蒋光头吧……"

心急吃不了热豆腐，急性子的红妹也没有办法让脚下的离合和油门协调，摩托车刚走出不远便熄火了，陆枫把红妹"请"到了挎斗里，亲自发动摩托车，向朝天门码头飞驰而去。

财经委办公室里的电话几乎被打爆，三部电话机此起彼伏响个不停，李天骄有点儿手忙脚乱，最后只好将电话听筒放在桌子上，任由里面举报的人说个不停。几位专家看着电话面面相觑，不禁苦笑着摇头：这位牙尖嘴利的李专家还真不好惹！

电话又急促地响起来，李天骄犹豫了一下拿起话筒："喂，我是李天骄，这里不是投诉电话，投诉请打……"

"我已经到你家附近了。"电话里传来陆枫的声音，"按照局里指示我负责抓捕，你不介意吧？"

握着话筒的手颤抖一下，眼睛有些湿润："别吓着我父亲。"

李家别墅的大门已经敞开，全副武装的红妹和郝仁把守在门口，陆枫打量几眼宽阔的院落，几个下人吓得不轻躲在一边，管家老李迎了出来："欢迎陆科长光临，我家老爷早就在客厅恭候了。"

陆枫面无表情地点点头："我是公安局三处的陆枫，奉命执行任务，请给予配合。"

"大小姐和大少爷已经吩咐过了，老爷想见见您，请。"

脚上的泡是自己走出来的，既然敢冒天下之大不韪，无论是谁都应该受到法律的严惩！

第四十六章
危机

古色古香的客厅里禅香扑鼻，典雅中透着厚重的文化气息，古董架前，李天鹏正在把玩一只汝窑滴水观音瓶，听到管家老李的禀报后，回头正好看见一身戎装的陆枫站在门口，满脸笑意："陆科长，您终于来了。"

陆枫拿出逮捕证放在桌子上，脸色略显尴尬："李先生，我来奉命执行逮捕行动，请您见谅。"

"路走错了，观音娘娘也救不了她。"李天鹏将观音瓶轻轻地放在古董架上，顺手打开收音机，淡然笑道，"请小坐片刻，喝杯茶润润嗓子，上次接小女的时候没有机会跟你攀谈，没想到会以这样的方式相谈，老朽实在是有些羞愧。"

李天鹏的确有绅士风度，与那些浑身戾气的奸商不一样，来之前任处长亲自找陆枫谈话，要求务必要先礼后兵。毕竟他是李天骄和李安成的父亲，是山城屈指可数的商界巨擘，他的选择将会成为山城商界的风向标！

"李先生过虑了，贵夫人也是受害者，请您到局里取证做一下笔录，不会耽搁太长时间。"陆枫尴尬道，"您对平息这次金融风暴有功，政府一定会酌情考虑贵夫人的问题，请您放心。"

李天鹏微眯着眼睛点点头："那就好，那就好，昨晚老朽一夜未睡，近日山城政情动荡，这种乱局若不及时止息，定会殃及诸多民生。我年纪大了，心有余而力不足，空有报国情怀却又无能为力，人将老矣，希望全寄托于你们这些年轻人身上啊。"

就在此时，收音机里传来一阵"靡靡之音"：七月流火，九月授衣。一之日觱发，二之日栗烈。无衣无褐，何以卒岁？三之日于耜，四之日举趾。同我妇子，馌彼南亩，田畯至喜……七月流火，九月授衣，春日载阳，有鸣仓庚……

陆枫不禁一怔：这句话太熟悉了！"三姨太"绘制的那张林园草图上，便写着这样的句子。

"好好的《诗经·国风·豳风》被念出了靡靡之音，罪过罪过！"李天鹏快步走过去关了收音机，"国府对大陆的广播经常如此靡靡，难怪要败退台湾一隅……对了，莫谈国事，莫谈国事！"

陆枫淡然一笑："您方才还忧国忧民，此刻为何又莫谈国事了？老先生，国家兴亡匹夫有责，国事跟家事一样，一定要好好谈。"

李天鹏怅然若失地点点头："陆科长，我有一个小小的请求，用我的汽车送夫人去吧，可否？"

"当然可以。"

一辆黑色轿车驶出李家大院，红妹用手铐子拴住了二姨太的手,横眉怒目地瞪着她,这个给自家蒙羞的女人,安生的日子不过,非要惹是生非。

抓捕行动虽然很顺利,但陆枫心里的压力非常之大,一则李家兄妹是专案组的同志,影响甚大;二则李天鹏有功于接管工作,而且贡献了几个工厂以支持鹿鸣的革命事业。这样一个不折不扣的红色资本家,家里竟然出现这种令人扼腕叹息的事情,实在让人痛惜。

大搜捕行动持续了整整一天,名单上的犯罪分子悉数归案,有的人是在睡梦中成了阶下囚。正如秦永安所交代的那样,不少受到蛊惑的商人竟然没有意识到扰乱金融市场已经是犯罪,他们的眼里只有利益。

但没想到的是,在"李半城"那双看不见的"翻云覆雨手"的主导下,他们不仅血亏而且还成了阶下囚!

李天鹏的二姨太当然受到特殊"礼遇",在一哭二闹三上吊不起作用的情况下,只好配合做笔录,然后被单独关在公安局后院招待所的空房内,等待再审。

此次大搜捕行动虽然在打击金融犯罪方面取得圆满成功,但在打击各种黑市方面因为准备不足,发生很多意外事件,尤其是在打击军火走私黑市行动中,因为没有具体名单、抓捕行动的范围过大等原因,许多犯罪分子逃之夭夭,没有打到他们的骨头上,甚至因拒捕而发生枪战,多名同志在战斗中受伤。

但出其不意的行动的确沉重地打击了黑市,有效遏制了犯罪分子的嚣张气焰，起到了敲山震虎的效果。

"这次行动从根本上动摇了敌特分子的军心，他们见识到了新生政府强大的执行能力，也打出了人民解放军的威信，这对接下来的相关工作很有益处！"虽然疲惫不堪但难掩兴奋之情的程满仓铿锵有力地说道，"目前国内国际革命形势还不容乐观，美蒋亡我之心不死，大家都知道，三八线那边已经开火了，中国人民志愿军雄赳赳气昂昂渡过了鸭绿江……全国上下一条心，抗美援朝必然取得最终胜利！"

程满仓激动地来回踱步："6月27号，杜鲁门下令美国第七舰队在我台湾海峡巡逻，他们是吃了熊心豹子胆了，敢在咱家门口招摇过市，这次大搜捕行动是对美蒋反动邪恶势力最强有力的回击！"

热烈的掌声响起，程满仓红着脸："额还没说完，国际的形势咱就不说了，国内形势一片大好，咱山城的接管工作虽然遇到一点儿挫折，但大局还是好的，同志们一定要认清当前特殊时期的特殊形势，咱们面前的敌特分子还没有完全消灭掉，我们内部也有不少问题……"

程满仓突然收住了话锋，看一眼正在沉思的陆枫和李安成，话锋一转："昨天抓了几个散布第三次世界大战谣言的妖魔鬼怪，额就想第二次世界大战才取得胜利嘛，这帮妖魔咋又跳出来兴风作浪咧？！"

昨天陆枫和郝仁下午去朝天门码头巡逻的时候，发现几个留任的警察也在谈论什么"第三次世界大战",后来在码头上发现有不少码头工人也在谈论。这引起了陆枫的警觉,谣言流传之快绝非空穴来风,定然有隐蔽的传播渠道。

敌特电台、国民党的广播以及坊间流传的"第三次世界大战"的谣言不谋而合,很明显这是敌人又一次有阴谋地散播谣言,他们的目的无非是引起群体性恐慌,居心叵测。陆枫索性抓了两个散布谣言的头头,经过身份审查发现他们是敌特分子!

让陆枫不安的是,"老鬼"依然没有浮出水面,这段时间似乎偃旗息鼓了?不过,从询问被捕的散布谣言的敌特分子情况分析,陆枫的直觉告诉自己:"老鬼"还在山城。

当众人想要发言之际,两位政治保卫处的干部突然破门而入,其中一位是保卫处王副处长,会议室内的气氛立即紧张起来。

"各位打扰了,政治保卫处清查小组接到举报,受上级指示,经过相关调查,现决定对李安成同志进行隔离审查!"

还没等众人反应过来,两名政治处的战士便进来将手铐戴在李安成的手上。李安成没有挣扎,但却无比地震惊。

程满仓虎着脸:"王副处长,你们这是干啥子嘛,安成是一位好同志,咋个说抓就抓起来了?"

"程科长,这是上级的决定,我只是执行上级命令。"

"是哪个上级?我怎么一点儿消息也不知道!"程满仓脸红脖子粗地问道。

王副处长冷哼一声:"我无可奉告,这是隔离审查手续,您签个字。"

"签个球的字？额是科长为啥什么都不知道？"程满仓终于被激怒了，同志们这段时间累得跟机器人一般，尤其是李安成同志往返乡下和城里搞征粮工作，今天下午才回来的，竟然被政治处的人说抓就抓了？

李安成终于缓过神来，虽然面色苍白但眼里透射出一股坚毅，扫一眼对面的陆枫，淡然说道："程科长，我不会有事的，您放心。"

"我放个啥子心嘛，额去找任处长讲理去，不能让我们的同志流血的同时还要流泪！"程满仓生气地将文件摔在桌子上。

流言始于愚人，蜚语止于智者。

众人眼睁睁地看着李安成被政治处的人带走，办公室里陷入一阵可怕的沉默。面对程满仓刀子一般的目光，陆枫劝慰道："程科长，您冷静点儿，清者自清浊者自浊。"

程满仓是经过实战考验过的老公安战士，他深知"无风不起浪"的道理，既然政治处的人言之凿凿，定然有他的道理。自己的确应该冷静下来，好好处理这件事，但他对陆枫表示怀疑，一直在用怀疑的眼光看着陆枫。

"不是我。"陆枫只扔给他三个字，然后便急匆匆走出会议室。

自从小什字街遭袭之后，陆枫对李安成的怀疑与日俱增，尤其是在大搜捕行动前发现李安成私自到档案室查档案一事，让陆枫深度怀疑。不过，当前最重要的任务是审查敌特分子，做好笔录工作，暂时还没腾出时间来想李安成的事。

陆枫从抽屉里拿出一份档案清单："这是大搜捕前一天晚上，李安成私自到档案室违规查阅档案情况，请您过目。"

清单上所列的是1947年以来国民党重庆公安局打击我党的特情案件记录，这种档案均是从原重庆市公安局移交过来的，还没有整理完毕。程满仓余怒未消地看完清单："你在暗中调查李安成？"

"没有，只是发现异常之后让档案员整理出来的，您是第一位见过这份清单的人。"陆枫还没有想出李安成冒着危险调阅这些文件的理由，即便是对原重庆市公安局，这些文件也是绝密。

虽然没有特工经验，但这段时间肃特行动已经让陆枫感觉到战斗在敌人心脏的巨大危险，也对自己的怀疑产生动摇。对任何事物的怀疑是公安工作最宝贵的精神，理性分析和确凿的证据是怀疑的支撑，两者缺一不可。

但是陆枫缺少最关键的证据，他想证明李安成是"老鬼"！

"不要把这份清单透露出去，到我这里为止。"程满仓把清单放进抽屉里锁上，却不放心，又拿出来看了一遍，"我的直觉，李安成没有问题，我去找任处长谈谈，你跟我一起去。"

"程大胆"要是跟谁铆上劲儿，九头牛都拉不回来！

任处长早就恭候在办公室里，待程满仓和陆枫一进来，便立即关上门:"你们二位是不是为李安成来的?"

"处长,您未卜先知?"程满仓瓮声瓮气地哼了一声。

任处长苦笑一下:"先别问我知道不知道,你们之前有没有过怀疑,比如通过某一件事或者某些言谈举止,具体一点儿?"

"怀疑……怀疑什么?安成是一位好同志,这是公安部三处公认的,您不也知道嘛!"程满仓说完犹疑地看一眼陆枫,如果陆枫的怀疑准确的话,那么自己的责任也不小,但无论如何以自己的经验来看,安成不会有问题。

"陆枫同志呢?"

舔了一下干裂的嘴唇,陆枫感到一阵心慌,他多想自己的怀疑是不成立的,他真心希望李安成是自己的同志。陆枫甩了甩头,理智战胜了感性,陆枫深呼吸一下:"恕我直言,怀疑过。"

"说说看,或许我能从你这里得到更有价值的信息,这也是对安成同志的一种保护。"

陆枫沉默片刻:"李安成是原国民党二厅保密局专员,他在山城的人脉根基很深厚,这也为他开展地下工作开创了很好的条件,但是不是同时在策反和被策反,这个就不得而知了。这些都是他亲口告诉我的,我向毛主席保证,没有一个字是我个人杜撰的。"

这个开场白很有深意,让程满仓不禁感觉阵阵凉意!

第四十七章
特别报告

　　陆枫的心情很沉重，他不想捏造莫须有的证据，也不想欺瞒上级渎职藏奸，只想把自己听到的如实地讲出来。

　　人间正道是沧桑，是可恨的内奸还是忠于党的革命者，最终让事实说话。

　　"安成同志的档案也是这么写的，我想听听你怀疑的理由是什么，至于如何处置这件事情我们还需要深入调查。"任处长点燃一根烟显然有点儿沉重，"找到证据很重要。"

　　程满仓紧张地吧嗒一口烟："说事实，不要捕风捉影！"

　　思绪很乱，尤其是车祸以后，陆枫发现自己的记忆力很差，因为长时间陷入自我推理中无法自拔，有时候感觉自己如同掉进了黑暗的陷阱，无论怎么向上挣扎也徒劳无功。

　　"我是在水厂一战中第一次见到安成同志的，那一战已经打乱套了，服务团接受上级指示接管水厂起义投诚的国民党军队，川东地下党已经提前布局，但还是发生了意外。"陆枫仔细回忆道，

"蔡锦生率领特务分队抢夺水厂，遭到我们的联合痛击，过后我才知道起义的宪兵队、川东地下党、国民党特务和杨森的保民队、自发组成的护厂队都参与了那次行动。"

"这能说明什么？"

如果先入为主地将李安成看作内奸，那次行动蔡锦生的突然出现便有了理由，陆枫并不怀疑李安成的努力协调所作出的贡献，但后来发生的一件事让他感到有些意外。陆枫黯然道："安成同志不仅与投诚的宪兵队队长认识，他还和蔡锦生相熟，有怀疑的理由。"

"继续说。"

"接管长江舰队的行动，服务团遇到了很大困难，我跟安成同志接头被特务袭击，事后了解那股特务就是蔡锦生领导的小组，他们想要炸掉长江舰队，但没有得逞。"

任处长微微点头："这件事我知道，发生在去年11月29号，二野的先头部队已经攻占了江口和北岸的炮兵阵地，长江舰队被架在火上烤，他们不得不投诚。川东地下党为策反长江舰队拟定了一整套方案，先是策反了舰队作战参谋邵奇峰以及其他两位舰长，李安成冒着很大风险到'民权号'上说服叶裕的。"

"那时我也在'民权号'上，在清除了潜藏的几个特务之后，叶裕才决定起义投诚。"

"在这件事情上李安成有什么反常的地方吗？"

陆枫思忖片刻，摇摇头："那天激战一共打死三十多名特务，接管成功之后李安成不知去向,我没有机会跟他更多交流。后来接管林园,驻守林园的宪兵队发生哗变,蔡锦生偷袭林园被我方击毙。蔡锦生去林园转运最后一批高爆炸药,而这批炸药就是敌人搞大规模破坏行动之用,那时我们的情报科同时也发现了'东南爆破技术大队'的存在。"

"从兵工厂和军械库的爆炸威力和破坏情况来看,他们使用的的确是美制高爆炸药,国民党派出一支爆破专家组潜入山城,那个蔡锦生不过是个小虾米,负责转运炸药的。"任处长淡然地看着陆枫,"所以你后来策划针对'东南爆破技术大队'的'引蛇出洞'计划,击毙了保密局江北区的爆破专家冷雪冬?"

"那是后来的事情。通过林园的高爆炸药,我在无意中得知那批炸药是在七月份运抵山城的,并通过水路由水警分局转运至林园,炸药是以'走私'的名义走的秘密渠道,这是国民党特务惯用的伎俩。"

任处长凝重地看着陆枫,不时记录几笔:"你还真有侦破天赋!"

"走私那批炸药的是代号'三姨太'的特务组织。"陆枫从兜里拿出一张纸轻轻地放在桌子上,推到任处长面前,"这是水警分局前任局长溃逃之前留下的,应该是他协助转运的罪证,上面还有几个字'七月流火,九月授衣'。"

程满仓第一次见到真实的证据,这说明陆枫的怀疑并非空穴来风!

"后来发生了连环杀人案，朝天门码头的吴瘸子被枪杀，我跟付怀仁一度怀疑是秦永安的报复，因为吴瘸子掌握他的那些风流韵事；也怀疑是'东南爆破技术大队'的特务报复，因为实施'引蛇出洞'计划之前，付怀仁把这个消息故意透露给他；但这些最后都被我否认了，据秦永安交代他的确有许多女人，但没有'三姨太'，控制他的人叫'老鬼'。"

陆枫的思路逐渐清晰起来，自己之所以怀疑李安成，并不是毫无根据，之所以还没有捅破这层窗户纸，是因为自己想要找到更确凿的证据。

"在'11·29'兵工厂大爆炸前一天，'老鬼'曾经去永安洋行借款七千大洋，这是借据。"陆枫将另一张纸推到任处长面前，"您看看这两张纸有什么区别？"

程满仓和任处长比对了半天，满脸狐疑："你发现有什么区别？"

"是出自同一人之手。"陆枫喝了一大口水镇静了一下心神，"'柒'字写得很特别，笔法一模一样，于是我怀疑走私炸药的'三姨太'就是控制秦永安的特务'老鬼'。"

任处长眉头紧锁，沉思半晌："这是另一条线，与安成同志有关系吗？"

"吴瘸子是被朝天门码头袍哥会的青皮李瞎子灭口的，凶手李忠诚是他的小舅子，供出了李瞎子后我立即意识到他是重要的证人，决定抓捕李瞎子，但就在抓捕之前，李瞎子被灭口，临死前交代是'老鬼'灭口。"

程满仓急不可耐地敲打一下桌子:"老任在问你这些线索与李安成有什么关系咧!"

"程科长,您曾经教导我要有怀疑精神,要有发现精神,看待任何事物都要从大局着想,从细节入手,不能只横向联系而不顾纵向关系,不能以偏概全更不能一条道跑到黑……我在从另一条线作为切入口,然后引到我们的谈话主题上来。"

"好好,你说,你快说,我急得都快尿炕了。"

陆枫沉稳地一笑:"李瞎子被灭口之后,我就意识到'老鬼'是一个女人,在破获金融案子的时候我又进一步有了怀疑,从小什字街遇袭和人民医院车祸两次事件综合分析,我们的内部的确出现了问题,代号'老鬼'的特务或许就隐藏在我们的内部。"

程满仓和任处长相视一眼,两个人都陷入了沉默。

"车祸是敌特分子的一次暗杀阴谋,但对象不是我,而是秦永安。"陆枫深呼吸一下,"敌特分子利用交通局车辆管理组高原的身份,偷了一辆原宪兵二十四团的军车,司机当场毙命,车祸之后秦永安昏迷不醒,之后死了,敌人达到了最终目的。"

陆枫的内心在挣扎,一种难以隐忍的痛苦始终在折磨着他。敌我斗争你死我活,稍有不慎就会陷入万劫不复的深渊。这段时间以来,敌人的暗杀行动十分猖獗,许多同志没有牺牲在战场上,却被敌特分子残忍地杀害。

找出内奸给牺牲的战友们报仇雪恨,一定要让他们含笑九泉!

"我明白了！"程满仓老谋深算地看一眼陆枫，因为太过兴奋，满脸褶子笑得都挤到了一起。

任处长紧锁着眉头："老程，你明白什么了？"

"陆枫这小子是得了福尔摩斯的真传，根本不适合干公安，应该去八卦小报当三流小记者！"程满仓怒气冲冲地把烟袋磕在鞋底上，"别忘了我还教你怎么识人呢……"

"别打岔，继续说！"

陆枫拿出了一份病历放在桌子上："这是秦永安的病历，是我从人民医院档案科借来的，他根本不是死于脑外伤，而是急性中毒导致呼吸衰竭死亡！"

这是陆枫无论如何也没有想到的，早上让付怀仁将病历借来的时候才发现蹊跷：病历被篡改过。陆枫急忙赶到人民医院，召集主治医师和法医对秦永安进行尸检，结果表明秦永安是死于一种神经抑制类药物中毒，因神经系统麻痹导致呼吸系统衰竭。

经过排查，主治医生、当天值班的护士等一一被排除，到底是哪个环节出现了问题？陆枫百思不得其解。陆枫点燃一根烟，长出了一口气之后靠在椅子里一言不发。

"就这么多？"任处长疑虑重重地看着陆枫问道。

"征粮队到大溪口征粮信息被人透露，专案组办案行踪敌人一清二楚！"陆枫显得有些激动，"我已经掌握了内奸相当一部分证据，他就隐藏在公安局里，或许就是你我的同事。"

"所以，你怀疑是李安成？"

"任处长，我怀疑的是局里有内奸，而不是怀疑李安成是内奸，我们每个人都有嫌疑。"陆枫掐灭了烟蒂，将所有证据都收好，"大搜捕行动前一天晚上，李安成违反规定查阅档案，查档清单我已经交给程科长了，如果政治部以这个为证据证明安成同志是内奸的话，有失公允。"

陆枫敬了一个标准的军礼："我的分析就这么多，但查证内奸的行动还远远没有结束。"

"难道你不想知道李安成为什么会被控制起来吗？"任处长从抽屉里拿出一个文件袋，从里面拿出一份的文件，意味深长地说道，"我们是根据举报才做出临时控制安成同志的决定，但你提供的一系列的证据让我不得不佩服陆科长的工作，大胆假设细心求证，的确是公安三处的扛把子！"

陆枫扫一眼那份文件，没有一点儿想看的欲望，索性退出办公室。

"老程，这份文件很重要，是一处转给我的，现在交给你保存，三处只有你跟陆枫可以看，一定要注意保密纪律。"任处长低声说道，"还有今天的谈话内容也要保密，看来我们的内部的确出现了问题，最坚固的堡垒往往是从内部被攻克的，狡猾的敌人也善用这个招数啊！"

程满仓沉默片刻，很是沉重："您说得不错，但我用人格担保，李安成没有问题。"

"有没有问题不是你我说了算的，用事实说话。党不会冤枉一个好人，但也绝对不会放过任何坏人！"

陆枫的心里终于畅快了许多，呼吸一口新鲜的空气，才感觉自由呼吸是多么幸福的一件事情！他发动摩托车刚要开走，后面传来红妹清脆的喊声："陆科长……"

这位女同志堪比花木兰，到哪儿都是风风火火的，性子太急容易耽误事！陆枫的心情瞬间跌落冰点，李安成被隔离审查对三处的影响很大，尤其是专案组同事们异样的目光，让陆枫如芒刺在背。

陆枫头也不回，加大油门，摩托车在剧烈的轰鸣声中扬起一阵尘土，下一秒便冲上了大街，转眼间便融入了人流之中。现在他不想见任何人，不想跟任何人说话，因为自己说的太多了！

人民医院院长室，戴着金丝边眼镜、气质儒雅的李凌院长热情地接待这位来自公安局三处侦查科的副科长，因为征粮队的伤员还在紧张治疗中，陆枫每天都要到医院来慰问，就这样彼此熟稔起来。

"陆科长，伤员的恢复情况出乎意料地好，这与战士们常年行军打仗有关，身体素质都不错。"李凌热情地为陆枫倒了一杯凉白开，"照此下去，半个月就能出院，但重伤员还需要时日长期调治啊。"

陆枫淡然一笑："李院长，我代表公安局和受伤人员家属感谢你们的辛苦付出，他们大多是从正面战场转移到山城的，本来以为和平环境下工作会更舒心些，却不料敌人亡我之心不死，接管山城的工作任重道远啊。"

"跟战士们舍生忘死比,我们这些生活在城里的人是何其幸运?我们山城的老百姓,盼星星盼月亮终于盼到了解放……实属不易。"李凌的声音有些哽咽,"卫生单位的接管工作也正在有序推进,我们医院派来了军代表,协调医药、人事等方方面面的工作,忙得不可开交。"

"李院长,我想了解更多关于秦永安治疗的细节,比如急救用药是否会导致脏器衰竭?"陆枫的话题一转突然问道。

李凌沉默片刻:"联合法医进行尸检后,我们也成立了医疗事故调查小组,盘问当值医生护士关于急救的细节问题,我可以负责任地告诉您,急救药物没有任何问题,但是在死者的血液里发现了神经抑制类药物残留,而这种药都是国外进口的,我院根本没有。"

第四十八章
伪币案

陆枫对此已经有所了解，这次来询问细节问题主要是为了排除因医疗事故导致秦永安非正常死亡。既然排除医疗事故，唯一的原因就是敌特分子钻空子毒杀了秦永安，伪造了医疗事故。

谁有这么大的本事？！

"李院长，一切有关秦永安的调查资料全部封存，过后我会派人来取，因为这件案子错综复杂，我不得不谨慎对待。"

李凌肃然地点点头："我院一定全力配合！"

从院长办公室出来，陆枫又去了一趟市殡仪馆，着重关注一下秦永安的尸体存放问题。他的尸体依然没有火化，在陆枫看来这是取证最重要的证据，一旦发现新线索取得突破之后，再让秦永安入土为安。

临近中午时分，陆枫准时出现在财经委对面的路灯下。几乎同时，李天骄也出现在财经委下班的人流之中，今天是周末，是两个人事先约定的沟通信息时段。而陆枫今天要见李天骄，无疑是因为她哥哥李安成被隔离审查的事。

李天骄像小燕子一般跑到陆枫近前，从兜里拿出一块巧克力塞进他的嘴里，然后抱住陆枫的一只胳膊："甜不甜？"

"有点儿苦。"陆枫窘迫地躲避一下，但还是让李天骄捉住了手腕，小臂的伤口处一阵剧痛，"让别人看见多不好……"

李天骄脸色一红，故意贼兮兮地左右观察："谁那么无聊敢盯本大小姐的梢？"

两人沿着街道向小什字街方向缓步慢行，惹来不少关注的目光。与风风火火的红妹相比，李天骄知性许多，她有那种大家闺秀的温柔，却不失留洋归国知识分子的洋气。但与同样留学回国的秦晚晴有所不同，秦晚晴比较忧郁，而李天骄更阳光一点儿。

陆枫突然停下脚步，一个让他既熟悉又陌生的名字闯进脑海：秦晚晴！

"你怎么了？"李天骄发现陆枫有些不对劲，他的脸色异常苍白，呼吸也急促起来，不禁焦急地问道。

"没……没什么。"

李天骄拿出自己的手帕给陆枫擦汗："是不是饿的？我们一起去吃午饭吧，我知道一个味道极好的川菜馆，厨子师傅手艺好，环境相当不错哦。"

"川渝菜馆"是这条街的老字号，周末晌午时间吃饭的人并不多，两个人走进菜馆找了一张临街的桌子坐下，点了几道可口的川菜，不多时便做好端了上来。

"我小时候母亲经常带我到这里吃饭,味道几十年没有变。"李天骄一边给陆枫夹菜一边笑道,"在南京就有一家同样名字的川菜馆,味道难吃死了。"

陆枫默然地点点头:"你最近在忙什么,该不会还在抓倒卖银元的事吧?"

"自从大搜捕之后银元黑市消停了不少,那些投机分子元气受到很大挫伤,目前山城的金融形势比较稳定。"李天骄眉头微蹙道,"不过最近接到群众举报,发现有大量伪币进入流通领域,老学究们都下去调查情况去了,只有我留守在办公室起草下一阶段的金融调控草案,利用市场调控手段平抑物价上涨风险。"

陆枫诧异道:"有假人民币在流通?"

"制造假币成本低廉,可以赚取暴利,会严重干扰货币市场正常流通。当大量假币涌进流通领域会造成人民币信誉受损,严重打击持币信心,同时也会造成老百姓恐慌,是与做空人民币同等危害的违法犯罪行为,必须予以严厉打击。"

正在这时候,菜馆外面突然传来激烈的吵架声,两个伙计正在和几名客人吵架。一个伙计慌忙跑过来:"公安同志,他们使用假币吃饭,被我发现了还想抵赖!"

"你血口喷人,凭什么说这钱是假币?老子才从……从兑换点换来的!"一个长相猥琐的家伙一蹦老高,从兜里又掏出几张人民币,"瞎了眼的好好看看,这要是假钱我吃了它!"

陆枫瞪一眼几个食客,凭经验判断这几个家伙应该是混码头的，不是青皮混子就是流氓地痞，索性脸色阴沉地冲着那家伙怒道："吃人民币是反革命罪，你吃一张试试！"

"同志……这个要是假钱我这个月就白忙活了！"小伙子一脸无奈。

李天骄走到那人面前，突然把他手里的纸币一把夺过来，仔细验看一番："你是从兑换点兑换的？哪个兑换点？什么时候兑换的？"

"就小什字街那个，文成书店对面的兑换点！"

李天骄将纸币放在鼻子下嗅了嗅："是新钞，就是假的。陆科长，把这几个人铐起来！"

就在此时那家伙拔腿就跑，陆枫一个箭步冲了出去，几步就撵上了他，一个扫堂腿把他掀翻在地，然后拔出枪："都给我老实点儿，我是军管会公安局的！"

"小什字街的人民币兑换点早已经撤销了，你们该不会不知道人民币兑换只有五天的时间吧？！"

画风骤变，谁都没料到吃个饭会撞到枪口上！

李天骄愤恨地瞪一眼那家伙："再说了，政府的人民币是上海造币厂和济南造币厂生产的，从常德二野军需总处转运过来，到山城之后又储存了三天，怎么会有这么重的油墨味道？"

李天骄从兜里拿出一张人民币伸到几个人的鼻子下面："鼻子没堵住的话好好闻闻！"

几个人没有话说，自己认栽，围观的路人们鼓掌叫好：打倒害人精!惩罚假币贩子!

"伙计,麻烦你打电话报警,这几个人先交给你看管,警察来了交给他们就行。"陆枫把假币贩子交给几名群众,说完便拉着李天骄冲出人群,两个人上了摩托车,向小什字街方向疾驰而去。

李天骄嗅出了假币上的油墨香,说明假币刚印刷出来不久,造假者一定隐藏在山城。而那家伙交代在小什字街文成书店对面"兑换点"兑换的人民币,则说明那里一定是假币窝点。蠢人说话是不经过大脑的,即便他们自我感觉很聪明。

那是一间杂货铺,当陆枫和李天骄走进去的时候,两个形迹可疑的人正从里面出来,一见到穿军装的便吓得夺路而逃。陆枫并没有去追,和川渝菜馆遇到的几个人一样,他们是来此处兑换假币的。

最重要的是起获赃物!

杂乱无章狼藉满地的柜台里面刚探出一个脑袋,立即被陆枫按在了地上,抓这种软蛋用不着枪。不过此举让李天骄大跌眼镜:难道公安们破案都这么暴力吗?

其实陆枫也是迫不得已,潜伏在山城的特务们丧心病狂,他们惯用的伎俩就是打黑枪,给抓捕工作带来很大的损失。前段时间大搜捕的时候,有两个小组就吃了这样的亏,导致有两名战士牺牲的严重后果。

陆枫直接把老板铐在门柱子上:"我是军管会公安局侦查科的,现在怀疑你制造窝藏假币!"

正当陆枫讯问的时候,李天骄已经从杂七杂八的货物堆里找出两只箱子，打开之后里面全是崭新的人民币。

"丧心病狂！嚣张至极！"李天骄拿出一打假币仔细查看着，假币造得很精美，几乎可以以假乱真，与以往群众举报的假币有很大的不同，看来制造假币的工艺也升级了啊。李天骄一脸严肃，"陆科长，这种质量的假币不是私人作坊可以造出来的，必须有专业的印制工具，而且这种币纸绝非山城能有，应该是从上海等商埠外运进来的。"

陆枫点点头："我立即通知局里，重点打击假币窝藏点，掘地三尺也要找到制造假币的家伙。"

真是多事之秋啊，山城的接管工作不仅仅是对原国民党单位的接管，也不是收拾烂摊子那么简单。潜藏的敌人无时无刻不在破坏山城的正常秩序，无论是金融领域还是治安领域等等，挑战无处不在。

作为水警分局的军代表，陆枫要对分局工作情况进行督察，把被捕的杂货铺老板交给前来接洽的郝仁之后，便匆匆赶往水警分局。而李天骄捧着两箱子假币回财经委汇报工作，要及时研究有效的应对方案，严厉打击假币泛滥。

大搜捕行动之后，陆枫给付怀仁放了三天假，回乡下看望媳妇和孩子。付怀仁说什么也不回去，结果陆枫强行命令：探望家属是为了更好地工作。

而且并非是单纯的探视，陆枫交给他一个很重要的任务，搜集袭击征粮队土匪的情况。今天一大早付怀仁便向陆枫汇报，已经回到警局上班，而且收获颇丰！

路过吴瘸子曾经摆摊的地方，陆枫才发现那个摊位已经撤掉了，但临近的一家新开的杂货铺很可疑。陆枫借买烟的机会进里面查看，果然不出所料，一个半边脸遍布疤痕的老者一看就不像善类。

看来朝天门码头的包打听可谓神通广大，死了个吴瘸子立马来了个李瞎子，李瞎子被灭口之后又调来一位"刀疤脸"。陆枫叼着烟走出杂货店，掸了掸自己唯一一件涤纶风衣，今天是周末，本来要和李天骄去江边散步，没想到事情一件接一件，让他疲于应对。

付怀仁红光满面，一眼便看出来心情不错，难道受到女人"滋润"的男人都这副样子吗？

"老付，嫂子和孩子都还好吧？"陆枫憨笑着问道。

付怀仁打开柜子，从里面拿出两大包山货放在桌子上："你嫂子知道我留任后差点儿没乐疯了，临走的时候捎回来两大包山货孝敬您。"

"解放军是有纪律的，你又不是不知道。"陆枫淡然笑道。

付怀仁苦笑一下："又不是什么值钱的东西，再说了，我那个啰唆老婆，一再交代要送到您手上，必须收下。"

"那就谢谢大嫂了，我心领，但是东西我就不往回拿了，你替我补贴给分局的兄弟们吧，他们这段时间也没少遭罪啊。"陆枫坦然道，"山里的情况怎么样？有没有那股顽匪的消息？老程这几天火上得满嘴燎泡，正在着手制定打击土匪的方案。"

付怀仁凝重道："情况很复杂，据说有好几股土匪盘踞在东山,都是打山城那会儿被打散了的中央军,散兵游勇,乌合之众,昨天警备司令部还派游击队去宣传剿匪呢。"

"决非散兵游勇那么简单,他们有美制装备,有电台,有资金供给,城里面还有眼线,不好对付。"最重要的是我们的内部有内奸,但话到嘴边陆枫没有说出来,这种事知道的人越少越好。

付怀仁也言不由衷地叹息一下:"我还去了大溪口电厂了解一下情况,那里的情况还算稳定,警备司令部派驻的军队和护厂队联合保护电厂,据说有一次土匪们想打电厂的主意,被护厂队给打跑了。"

这些情况足以说明山城老百姓们自主反抗意识已经觉醒,他们对来之不易的解放是绝对拥护的,这些为剿灭顽匪提供了便利条件。陆枫释然地笑道:"前段时间那个黑市的把头被我们放了鸽子,大搜捕行动打击军火枪械黑市的成效也并不显著,我想应该先礼后兵,有时间找谢把头再谈谈?"

付怀仁点燃一根烟:"接替李瞎子的就是谢亚楠的小弟,叫'大脸猫',这小子是码头混子,有次喝酒喝醉了被狸猫舔花了脸,后来就有了这个诨号。"

陆枫拍了拍付怀仁的肩膀,低声道:"老付,这段时间你要注意安全,有更重要的任务还等着我们去完成,千万不能出问题。"

这段时间敌特分子活动猖獗,针对军管会的暗杀时有发生。付怀仁虽然是留任的旧警察,但他起到了别人无可替代的作用,他的安全是陆枫最担心的事情。

第四十九章
局中人

  周末的大行动抓捕了使用假币者一百多人，因拒捕被击伤者两人。郝仁带领队员在杂货铺又收缴了三箱假币，全部是带着油墨香的币纸，这就更加印证了李天骄的猜测：假币的制造地就在山城！
  而郝仁根据杂货店老板的交代，又在江北区一间绒线坊起获一模一样的假币，在朝天门码头的一间小百货店同样有所斩获。让陆枫惊诧的是，假币几乎在一夜之间洒向了山城的边边角角。
  使用假币的多是上当受骗的群众，他们的辨别能力很差，当知道自己使用的人民币是假币的时候，情绪非常激动，陆枫决定作完笔录教育之后全部释放。而针对贩售假币的三名店铺老板，则以扰乱金融秩序罪收押。
  利欲熏心是他们触犯法律的理由，火中取栗让这帮家伙身陷囹圄。面对人民公安的审讯，他们并没有想象中的老实，而是百般抵赖，口供统一地咬定这批钱是在兑换点兑换的。
  "这帮家伙是厕所里的石头，又臭又硬！"一贯擅长做思想工作的郝仁气得把笔摔在地上，苦口婆心地给他们讲政策法规，几乎就是对牛弹琴，"坦白从宽，抗拒从严，他们再这样对抗下去没有好果子吃！"

陆枫冷眼看着笔录："审讯是有技巧的，不能太依赖常规手段。"

"现在是您陆科长展示技巧的时候了，我……我无能为力。"郝仁干脆猪八戒摔耙子了。

三位老板同时审讯，陆枫气定神闲地坐在几个人对面，锐利的目光盯着三个家伙，一言不发。足足盯了五分钟。而后点燃一根烟，缓步走到杂货铺老板近前："从你的牙齿和手指判断，你的烟瘾很重，要不要先抽一根醒醒神。"

那家伙接过烟猛吸了两口，瑟缩地看一眼陆枫："您……您就是陆科长吧？"

"我知道你们也是受害者，为了一点儿蝇头小利罔顾政府的法律法规，火中取栗的后果知道有多严重吗？"陆枫肃然地看着三个人，"你们可以不用交代，但我陆枫一定会抓到你们的上线，信不信？"

三个人沉默不语。

"就在刚才审问你们的时候，我已经派人冒充伙计进驻了你们的店铺，守株待兔以逸待劳等着鱼上钩。"陆枫平静地笑道，"其实你们对破案无关紧要，让你们来这里喝喝茶抽根烟，不过是缓兵之计罢了。"

正在此时，一名战士突然进来，在陆枫的耳边耳语了几句，然后便匆匆而去。陆枫哈哈大笑："老蒋派来的人怎么都这么废物，这么快就沉不住气了？老郝，给他们一人发一张纸，把自己知道的都写下来，坦白从宽，抗拒从严，想要什么样的结果完全看你们自己的态度，限定半个小时，我先去小什字街杂货铺！"

三个人顿时心理压力巨大，不知道陆枫葫芦里卖的什么药。

会议室内，专案组成员们都在埋头工作，当陆枫出现的时候，感觉到所有人看他的眼神很奇怪。李安成的椅子是空着的，隔桌是冯路远，正跷着二郎腿用鹿皮擦着金丝边眼镜，见陆枫进来颇为热情地笑道："陆科长辛苦。"

"诸位，来任务了，都清空一下脑子，讨论一下。"陆枫故意不和冯路远对视，他总感觉这位文成兄哪里不对劲，但又想不出理由。

队员们都放下了手头工作，红妹一本正经地看一眼陆枫："陆科长，您怎么被窝里放屁吞独食啊？昨天那么大声喊您都没有听到，害得我错过了抓捕假币贩子的机会！我可告诉您，下不为例啊！"

众人一阵哄笑，红妹气愤地敲打着桌子："在这件事上我是认真的，真的认真的！"

"交给你的任务完成了吗？"陆枫意味深长地看着这位游击队副大队长问道。

红妹一怔："什么……什么任务？"

"每天认识一个字呀!"

红妹撇着嘴:"两天认识三个字呢,'老'字和'鬼'字,这么难的字,您能不能教我几个简单的,比如'一''二'之类的。"

笑声戛然而止!

冯路远擦完金丝边眼镜后小心地戴上,旁若无人地翻开一本文件,又故作深沉地笑道:"陆科长教你的这两个字很有意思的,譬如'鬼'字,魑魅魍魉魂魄魃魁,每个字都是'鬼'偏旁,但我告诉你,世界上根本没有'鬼','鬼'在人的心里。"

陆枫拍了拍手:"文成兄解释得妙,人心有鬼世上无鬼,所以鬼在人心。"

"谬赞,实属谬赞!"

"好了,书归正传,开会。"

陆枫刚打开记录本,老郝便推门进来,手里拿着三张纸"啪"地拍在桌子上:"陆科长,都招供了!"

众人的目光全部集中在陆枫面前的三张纸上,里面记录的很有可能是此次抓捕对象。红妹急切地看着陆枫:"下命令吧陆科长,我都等不及了。"

陆枫看一眼纸上的内容,不禁冷笑:"看来敌人破坏我山城稳定大局的手段真是无所不用其极啊,做空人民币的风波刚平息这倒卖假币的事就又出来了,还有放风筝、登天梯的赌博游戏都如雨后春笋,必须得把这帮敌特分子一网打尽——现在,我给大家布置午后行动任务!"

所有人立即紧张起来,红妹眼巴巴地看着陆枫,恨不得立即投入战斗,好好出一番恶气!

"郝仁同志率领的第一组目的地是小什字街;二组到江北区临江楼;第三组协助两个小组,发现目标立即实施抓捕。"

"是!"两名组长立即跑出办公室部署。

陆枫看向冯路远:"文成兄,最近敌台有什么异常动静没有?三天没听到你的喜报了。"

冯路远"嗯"了一声,笑眯眯地瞥了一眼陆枫:"陆科长的行动这就部署完毕了?我们的'巾帼英雄'还在等你配发任务呢,做人要讲原则嘛,不要厚此薄彼,那样会打击同志们的积极性的。"

贩卖假币的不过是几个小虾米而已,真正的敌特分子躲在幕后操控这一切,想办法把他们引出来一举歼灭才是正道。所以,陆枫大张旗鼓地部署任务,一方面是震慑敌人,另一方面是等待敌人犯错!

冯路远保持着神秘的微笑:"这几天还真截获了敌台重要情报,破译正在进行,相信晚一点儿就会知道内容,我第一时间向您汇报。君子成人之美嘛,我冯路远不是贪功的人。"

冯路远缓步走出会议室,脸上隐隐浮现一抹古怪的笑容。

"阴阳怪气!"红妹瞪一眼冯路远的背影嘟囔一句,转而热情地说道,"陆科长,到底有什么重要任务您直说啊!"

陆枫从门缝里向外观察片刻,确认没有人之后关好门,拿过一张纸写了几个字,递给红妹:"注意保密纪律,不要跟任何人透露。"

红妹展开字条仔细观看，又惊又喜："抓捕'老鬼'……程科长知道这件事吗？"

陆枫摇摇头，缓步走到窗前打开窗子："敌我斗争形势越来越错综复杂，看到的或者听到的不一定是真实情况，我最不希望有身边的同志背叛革命。如果一个和你朝夕相处的朋友背叛了你，除了伤心难过之外，真的会是一种最沉痛的打击。"

红妹敬了一个标准的军礼："陆科长，我保证完成任务！"

外面又响起警报声，举着标语的人群从公安局前大街游行，朗朗口号声震天响。这种游行活动已经持续了数周，大多都是爱国学生、工人和心怀正义感的老百姓自发组织的。

但今天的游行队伍显得很特别：衣衫褴褛的乞丐、打扮得花枝招展的妓女以及众多无业游民，都掺杂其中，将学生和工人的队伍冲散，继而引发冲突。那些维持治安的留用警察根本无法维稳复杂的局面。

电话突然响起来，陆枫接听，里面传来付怀仁的声音："陆科长，现已查明唆使妓女乞丐影响游行队伍的幕后元凶是'老鬼'，我请求收网！"

死到临头了还装神弄鬼，其心可诛！陆枫冷静地思索："火候还不到，小心跟踪即可，不要打草惊蛇。"

"我怕她狗急跳墙……"

"贪婪的人永远自认为比别人运气好，她在跟我们比耐心，继续监控,不要麻痹。"陆枫放下电话,缓步走到窗前望向街上游行的队伍,看来'老鬼'已经成了弃子,此举将让他暴露无遗。

正在此时,程满仓急匆匆地走进来:"陆枫,你在搞什么鬼?为什么把维保队员都派去执行任务了!"

"程科长,这次抓捕行动十分重要,您说过要支持我所有的工作。"陆枫淡然笑道。

程满仓把手里的文件摔在桌子上,点燃烟袋吧嗒两口:"不就是抓几个假币贩子、扣几个捣乱的乞丐和妓女嘛,用得着这么兴师动众?我可告诉你,晚上准时召开联合工作会,届时专案组必须全员参加,这是政治任务,否则你吃不了兜着走。"

"我怎么不知道有重要会议?"

"还不是拍着屁股决定的?现在二处主管党政保卫工作,局里出了内奸这么大的事情,还不闹得天翻地覆的!"程满仓一边打开文件,一边不满道,"会哭的孩子有奶吃,昨天他们又新添了五位骨干,你瞧瞧咱这衙门口快要关门歇菜了!"

陆枫苦笑一下:"不要发牢骚是您的口头禅,今天怎么憋不住了?程科长,虽然是会哭的孩子有奶吃,那也得有奶才行啊!"

程满仓叹息一下,把文件夹推到陆枫近前:"这是任处长昨天交给我的绝密文件,他让你好好看看。"

"您看了吗?"

程满仓抽了口烟,靠在椅子里瞪着陆枫:"老任特意交代我,说你们三处有人头上长角身有逆鳞,还说你小子处处袒护李安成!"

"任处长说的应该不是我,是天上飞的龙。"陆枫苦笑着打开文件,里面是一份厚厚的手稿:关于李安成情况的调查报告。

"里面写的情况跟你的怀疑如出一辙!"程满仓疑虑重重道,"搞了这么多年公安,我怎么就没看出来冯路远这么有能力?不愧是老情报!"

陆枫只看了一眼文稿的落款,清雅的字迹映入眼帘:冯路远。

走廊里寂静异常,陆枫端着受伤的胳膊敲响了医务室门,推开门便看见秦晚晴正在收拾药箱,见陆枫进来有些局促:"陆科长,有什么指示?"

"换一下药,怎么,就你一个值班,其他人呢?"陆枫瞄了一眼药箱,若无其事地坐在凳子上问道。

秦晚晴莞尔一笑:"都出去抓特务去了,您说哪儿来那么多特务呀?兴师动众草木皆兵的,都弄得我神经质了。"

"现在是非常时期,习惯就好了,也就不会那么紧张了。"陆枫若有所思地看一眼秦晚晴,"听李天骄同志说你是宾夕法尼亚大学毕业的?"

秦晚晴听出陆枫话里有话,神情大变。

"怎么了?来局里工作是通过严格审查的,感觉我有问题就直言不讳,不要拿李天骄说事。"秦晚晴用手术剪刀剪开纱布,"还疼不?疼的话给你打一针麻药。"

陆枫意味深长地笑道:"话是软刀子,杀人不见血。"

第五十章
天网（二）

小什字街文成书店前，冯路远习惯性地将一张《新华日报》扔在门口的杂货架上，然后便骑着自行车离去。五分钟后，一个戴着前进帽的年轻人把那张报纸拿走，吹着口哨闪进拐角的巷子里，让他没有想到的是刚进入小巷便被陆枫用枪顶住了脑袋。

付怀仁够狠，一脚踹在"前进帽"的小肚子上，然后两记老拳便把他给打晕，拖死狗一般扔进了轿车的后备厢。轿车悄无声息地驶出巷子口，融入车流之中。

"陆科长，这算不算打劫？"付怀仁一脸坏笑看着正在看报纸的陆枫问道。

陆枫仔细检查着报纸，并没有发现异常之处，难道自己的判断有误？

"一不劫财二不劫色，何来打劫一说？"陆枫把报纸折好放进兜里，回头瞄一眼被打晕的"前进帽"，老付下手太重，这家伙还没醒呢，不禁思忖道，"这间书店是冯路远干地下党时期的掩护,他现在已经是军管会公安部的人,该不需要掩护了吧?"

"事出反常必有妖,我已经发现多次这种情况了,冯路远把报纸扔到杂货架上,总会有人在第一时间取走。"付怀仁神秘地说道,"知道我是怎么发现不对劲的吗?"

"每次捡走报纸的都是同一个人。"

"您明察秋毫,这还不能说明冯路远有问题吗?说不定他就是隐藏在咱们内部的敌特分子'老鬼'。"付怀仁很是兴奋。

陆枫想起来什么,又拿出那张报纸仔细察看,是昨天出版的,日期是7月25日,除了有看过的痕迹之外没有特别之处。陆枫摇摇头:"看报纸是冯路远的习惯,他还有一个习惯就是看过的报纸随手扔到杂货架上,问题是为什么每次取走报纸的都是同一个人?"

如果能确定"前进帽"的真实身份,就一定能揭开心中的谜团,但愿对手的这一破绽能成为突破口!

车到水警分局,"前进帽"被关在水警分局的禁闭室,付怀仁派两名警察二十四小时看守,等待提审。就在陆枫准备回局里的时候,付怀仁接到了一个电话,放下电话后激动不已。

"真是有福之人不用忙,无福之人跑断肠,谢大把头让我们现在就去接货!"付怀仁兴奋地搓着手,"前段时间碰见鬼市的那个老客,我还问他啥时候有货呢,本以为五十大洋喂了狗了,没想到峰回路转……"

陆枫饶有兴致地看向付怀仁:"上次大搜捕他是漏网之鱼,抓到的都是小虾米,这次我要彻底端了他的黑窝!"

"陆科长,您不是还想买美制微冲吗……"付怀仁回过神来,假装打了自己一个嘴巴,马上改口,"彻底剿灭军火黑市,鄙人义不容辞!"

陆枫看出来这家伙一心想达成交易,然后从中"抽头",估计这种事没少干!想了想,抓起电话找郝仁,让他带人快速赶到朝天门码头,又让付怀仁立即准备渡船,人到码头立即展开行动。

所谓兵贵神速,二十分钟后两辆军车便抵达码头,郝仁带着二十多名全副武装的维保队员到位。陆枫交代了几句之后,所有人立即登船,马达声在波涛滚滚的嘉陵江上鸣响,一场特殊的行动即将展开!

"谢亚楠,江湖诨号'谢鬼子',青帮的一个小头目。"付怀仁如数家珍,"山城没解放前,谢鬼子是国民党二厅保密局南岸区副站长,其实就是保密局毛人凤安插在南岸区的眼线,让'谢鬼子'一战成名的是一次抓获了共党的一大批药品。"

陆枫对这些杂七杂八的坊间传闻不感兴趣,国民党白色恐怖时期,我党有不计其数的地下党员和游击队员惨遭杀害,烈士们的鲜血成了敌人加官进爵的阶梯,现在该是彻底清算的时候了!

就在陆枫站在渡船上迎风眺望之际,秦晚晴正提着药箱走出二楼医务室,努力平静一下心神后从容地下楼。她的心里有些慌,感觉脚下绵软无根,几次差点儿扭着脚。这种感觉常常会有,但今天特别强烈!

死棋子有朝一日会被组织唤醒,而弃子只能自生自灭。为了不落到曝尸街头的下场,一定要想办法让自己成为对弈者,而不是什么棋子,尤其还是一颗死棋。

秦晚晴在招待所一楼的禁闭室外停下,上下打量几眼门前持枪站岗的战士:"同志,我是医务室的秦晚晴,常规检查。"

"口令?!"

"什么口令?"秦晚晴略显紧张,思索片刻才莞尔一笑,"今夜有雨。"

话音刚落,一声炸雷猛地在头顶炸响,豆大的雨点随即便砸落下来。秦晚晴慌忙提着医药箱躲在房檐下:"小同志,要不我问一下任处长再来跟你对口令,是不是太麻烦了。"

战士摆了摆手让秦晚晴进去,这里是公安局内部招待所,而且他与秦晚晴有数面之缘,知道她是总务处医务科的卫生员,很漂亮。

突如其来的大雨让陆枫措手不及,在这种恶劣天气下执行任务危险系数很大,用程满仓的话说就是:"老天爷在给你脸色看呢,不吉利!"

杂草丛生的货料仓库更显空旷,两辆锈迹斑斑的汽车被拆得只剩下了空壳,敞开的货料库大门黑洞洞的深不见底,让人望而却步。陆枫端着冲锋枪走在最前面,付怀仁和郝仁紧随其后,队员们则形成了保护队形,小心翼翼。

奇怪的是他们一路进来畅通无阻，"谢鬼子"既没有派引路的接应也没有手下把守，难道世界清透到可以"夜不闭户"了吗？陆枫突然一阵紧张，是不是误入伏击圈了！

正在此时，仓库里传来枪声，一个人从二楼的窗口处跌落，沙包一般摔在泥地里，挣扎了几下便死透了。陆枫打了个手势，严阵以待的队员们立即分散卧倒，仓库里的枪声不断，玻璃纷纷碎落。

"情况不对啊老陆，里面干起来了？"付怀仁抹了一把脸上的雨水喊道。

陆枫紧盯着仓库门口，隐隐传来汽车马达声音，一辆汽车从里面冲出来，直接碾过那具尸体向这边驶过来。

"打！"随着一声令下，陆枫第一时间扣动了扳机，子弹穿过汽车玻璃正中司机的脑袋，失控了的汽车撞向两辆报废的汽车，只听"轰"的一声巨响，汽车在惯性动力下侧翻，滑出十多米远后才停下。

另一个押车的人直接被甩了出去，还没等爬起来便被打成了筛子！

陆枫和郝仁一前一后冲进仓库，其他队员快速跟进，将仓库团团包围。仓库里的枪战还在继续，对战双方根本不知道外面发生的一切，当发现从外面冲进来的陆枫之后，枪声比之前更加猛烈。

扔下几具尸体之后，两个家伙逃向仓库更深处，陆枫、郝仁率领几名队员追进去，一通乱枪之后里面终于没了声音。仓库里血流满地，十几具尸体倒在血泊之中，清查人员的时候才发现浑身是血的谢鬼子，身中三枪竟然没被打死！

"我是军管会公安部侦查科的，你被捕了！"郝仁拿出手铐就要铐谢鬼子，却被陆枫阻止。

谢亚楠吐出一口血沫子，空洞的眼睛看着陆枫，呼吸突然急促起来。

陆枫抓紧他的手："我是侦查科长陆枫，你有什么话要交代？"

"我……我不行了……他们是……东南爆破……技术大队……的……"

谢亚楠无力地看着陆枫，似乎有太多的话想说，但此刻却气息微弱，陆枫抱住他的头，尽量将耳朵贴近他的嘴边，才听明白他说的话。他说的是"东南爆破技术大队"的特务？陆枫错愕地看着谢鬼子："我一定想办法救你！老郝，快把车开进来！"

陆枫感觉谢鬼子用尽全力想要传达一些信息，但却无能为力，谢鬼子吐出大量的鲜血，面色惨白呼吸沉重。

"陆……巫山……七月……计……划……"

生命的华光就这样悄然而逝，在陆枫看来，谢亚楠是十恶不赦的青帮混子，是走私军火的犯罪分子，还有可能是国民党敌特分子。

但他在死前留下了最具价值的信息："东南爆破技术大队"，七月计划，巫山！

"陆科长，人死了。"付怀仁拍了拍陆枫的肩膀说道。

"立即清查现场，有喘气的立刻送医院治疗！"陆枫轻轻地把谢亚楠的头部放在地上，鲜血染红了自己的双手。此刻，自己不知道该庆幸还是应该悲伤。鸟之将死其鸣也哀，人之将死其言也善。他非善类，临死前却留下善言。

"报告科长，发现二十只美制微型冲锋枪，三十箱子弹，还有美制高爆炸药。"

"报告，发现大量假钞！"

"报告科长，现场已全部清理完毕，十五人被打死，没有伤员。"

陆枫摆摆手，缓步走到仓库门口，望着低沉阴霾的天空："老付，有一个问题我没想明白，谢亚楠他们这些人生在中国长在中国，但他们爱过这个国家吗？"

"陆科长，您说像我这样的人爱国不？"

陆枫转头看着付怀仁，苦笑着摇摇头："生于斯，长于斯，死于斯，小而言之是生活所需，大而言之是匹夫之责，我为我成为在山城敌我斗争中的一位热血勇士而感到开心。"

从仓库里起获的假币、枪械和美制高爆炸药不难判断，这里是敌特分子的一个窝点，那批高爆炸药就是从林园转运至此的。陆枫此刻才回想起之前谢亚楠在电话里为什么那么急切，催着交货，陆枫当时就预感到了将会发生不测。

这里不是谢亚楠的地盘，据付怀仁说仓库是朝天门码头大把头封三爷的，也就是说谢亚楠发现了这处窝藏军械的仓库，想方设法引公安局来此地"接货"，到底是为什么，究竟发生了什么事情，陆枫觉得是一团谜。

当两辆军车驶进公安局院子的时候,陆枫又发现医务室窗口闪过一道白光,现在终于确认那是单筒望远镜镜片的反射光。上午去医务室处置伤口的时候,无意间看到了那支微型望远镜,秦晚晴以为伪装得很好,但怎么能逃过猎人的眼睛!

程满仓陪着任处长出来迎接,因为开心满脸笑开了花:"陆科长,行动还算顺利吧?任处长一听说你捣毁了假币窝点、截获'东南爆破技术大队'的一批军火后,当即决定给你记二等功!"

"是啊陆科长,这下你又给咱们三处长脸了,我马上汇报刘部长给你请功!"任处长笑容满面道。

陆枫脱下军装拧干了水后又穿上:"大可不必那么张扬,不过是普通的行动罢了。但我有一个小小的请求,不知道任处长能不能批准呢?"

"说说看,只要不违背原则,我就准!"

"有时间我想探视李安成。"

任处长看一眼程满仓,爽朗地大笑:"就知道你会给我出难题,昨天你的报告虽然没有提及李安成一个字,但我能听得出你在为他开脱,避重就轻!"

"您批准了?"

"这个需要跟政治保卫处黄处长沟通一下,等我消息吧。"

李安成已经被隔离审查三天了,并且没有任何相关审讯内容的信息。其实陆枫更关心的是李安成私查档案的清单,他为什么要知法犯法,授人以柄?

第五十一章
七月计划

雷打不动的"三处一室"联合工作会议是重头戏,主要内容是总结当天的工作情况和部署第二天的行动计划。在接管初期,这种工作形式是十分必要和有效的,能让军管会公安部这台新机器更好地磨合。

陆枫拖着疲惫的身体走进会议室,发现已经座无虚席,于是找了一个角落坐下,若无其事地望向记录席的红妹。与此同时,红妹也向陆枫微微点了点头,两人相视一笑,尽在不言中。

"先向同志们通报一条好消息,经过三处侦查科缜密的侦查和果断行动,今天下午捣毁了位于南岸区货料仓库的假币窝点,而且意外起获一批美制装备,包括微型冲锋枪、子弹和高爆炸药。"任处长神色严肃地扫视着众人,"据确凿信息显示,这个仓库据点是国民党派遣的'东南爆破技术大队'的转运站,打死潜伏特务十五名,我方没有人员伤亡。"

热烈的掌声响起,程满仓志得意满地笑道:"诸位,这只不过是开胃小菜,还有更大的好消息咧。此次行动不仅捣毁了敌特的据点,还彻底覆灭了以谢鬼子为首的军火黑市,谢鬼子伏法,我军兵不血刃!"

"下面请指挥此次行动的陆科长说两句。"任处长望向角落里的陆枫。

陆枫窘迫地摆摆手,整理一下思绪:"除此之外还有一个重大情报,潜藏山城的敌特分子最近在酝酿代号'七月'的行动计划,请各单位密切配合,全力搜集相关情报,谢谢。"

任处长凝重地点点头:"陆枫同志的情报很准确,关于国民党潜伏特务搞的'七月计划',早在三天前情报科已经破译,冯路远同志判断应该是敌人的大破坏战略的一部分,现在正在进行情报搜集整理工作,相关行动会及时通知给大家。"

七月流火,九月授衣。陆枫忽然想起了林园草图上的这句话,是敌人有意为之还是某种巧合?这句话也出现在国民党对大陆的广播里,应该是在传播关于"七月计划"的信息指令,国民党的情报组织往往以这种"明码"的方式传递信息,很难破译。

"下面我宣布一项任命决定。"政治保卫处黄副处长严肃地巡视众人,打开文件夹,"鉴于目前严峻的斗争形势,为更好地完成山城接管工作,有效地增强我部治安管理处的各项工作,特任命冯路远同志为该处副处长,重庆市军事管制委员会,特此命令。"

整个会议室顿时一片安静!

从程满仓错愕的表情上,陆枫便知道这个任命连他都不知道,真的太突然了。真应了老程那句话：好刀出在刃上，好话全在嘴上！冯路远洋洋洒洒地写了一篇"特别报告"，不仅把李安成送进了隔离审查室，还把自己送上了副处长的高位。

不可思议！

"当然，也是为了承担更多的责任，组织上经过慎重考察、考虑，才决定在这个非常时期做出非常之举，今后大家要毫无保留地支持、配合冯路远同志的工作。"黄副处长将文件递交给任处长，"老任啊，三处的工作十分繁重，组织上考虑目前人员组成方面还有这样那样的不足，让老冯跟你配合，这是对三处最大的信任。"

任处长哈哈一笑："那就请冯路远同志发表一下感言，大家欢迎！"

天降重任，冯路远有些受宠若惊，慌忙起身敬礼，呼吸急促："感谢组织信任……路远何德何能……请组织放心，我一定好好配合任处长的工作，与三处的同志们共同努力肃清特务，保障顺利接管山城工作……不辱使命！"

秦晚晴端起搪瓷缸喝了一口水，感觉嗓子突然通畅了许多，但后背阵阵凉意，不知道是身体上的还是心理上的原因导致的。

正在此时，会议室的门打开，四名全副武装的战士走进来，两名战士把守门口，另外两名快步走到秦晚晴的面前："你被捕了，这是逮捕令！"

秦晚晴一阵头晕目眩，所有人的笑脸变得模糊起来，彻骨的寒意瞬间袭遍全身，僵硬的身体一瞬间跌落冰点。她突然端起水杯一饮而尽。

"不要让她喝水！"

陆枫的喊声打破死寂的气氛，待那位战士夺过秦晚晴手里的水杯时，鲜血从她的鼻孔和嘴巴里流出来。

冯路远如释重负地轻叹一口气，但瞬间转换成一种沉痛的表情，像其他人一样，诧异地看着倒在地上抽搐的秦晚晴，有点儿措手不及。

"她就是'老鬼'，在美国宾夕法尼亚大学求学期间加入国民党中统局，奉命潜回山城执行破坏计划。"陆枫表情复杂地看着秦晚晴的尸体，长出一口气，"她隐藏得很好，如果没有金融大案牵扯到她我也不会怀疑，她是一个优秀的医生，但却不是一个合格的特工，破绽太多。"

程满仓像老了几岁似的，懊恼地敲着自己的脑壳："这个'老鬼'，她的档案可是额审查的咧……"

"大家还记得秦永安中毒案吧？我追查很长时间，百思不得其解敌人是怎么下的手，其实很简单，秦晚晴在车祸现场对秦永安进行了急救，她使用的所谓强心剂其实是一种神经类药物，过量注射会导致神经系统麻痹，严重情况下会造成多脏器损伤和呼吸衰竭，这种药在山城没有，只能是秦晚晴从国外带回来的。"

冯路远推了一下金丝边眼镜："这也不足以证明她就是潜藏在我们内部的特务呀？李天骄同志不也是从国外回来的，是否也有作案嫌疑呢?"

"刚才说的只是罪证之一,长江舰队起义投诚的绝密信息便是她透露出去的,那时她的身份是舰队参谋邵奇峰恋人。"陆枫意味深长地看一眼冯路远,"其实秦晚晴就是转运美制高爆炸药的'三姨太',也是金融案、假币案、连环杀人案的主谋——'老鬼'。"

众人惊叹不已!

这是一桩隐蔽得极深的敌特案子,谁都没有想到温柔端庄的秦晚晴会是隐藏在公安局内部的敌特分子"老鬼",更没有想到她也是负责转运美制高爆炸药的始作俑者。甚至直到现在,众人也一头雾水,只有陆枫、程满仓和任处长心知肚明。

这颗隐藏在公安内部的"定时炸弹"终于被拆除了,但陆枫的内心十分矛盾,这种矛盾从今天下午谢亚楠之死便开始滋生,到秦晚晴伏法后,也无法排解。

这一次联合会议在一片惊愕中结束,同志们陆续离开会议室,屋内只剩下了程满仓和陆枫两个人。程满仓坐在椅子里吧嗒吧嗒地抽烟,半晌后才开口说道:"二处黄副处长已经请示刘部长了,同意你的探视请求。只是额的心里有点儿乱,不敢想啊不敢想,真正是敌中有我我中有敌啊!"

"您曾经教导过我,想要做好公安工作,必须胆大心细,要有敢于怀疑的精神,要有敢于斗争的精神。这是一场你死我活的较量,敌人是隐藏在人民群众中的鬼,我们要有对人民高度负责的态度，把人民的利益放在第一位，依靠人民取得革命的胜利，更要驱除隐藏在人民中间的魑魅魍魉，还给人民一个清白干净的世界。"

程满仓从抽屉里拿出一封信："这是你父亲母亲留给你的信，两位老人始终没有见到你，眼巴巴地盼着你，额这心里都替他们难受！"

陆枫没有拆开信，默默地把信放在兜里。程满仓又说道："针对敌人的'七月计划'，我们要成立一个专案组，拟定可靠的行动计划，让敌人的计划彻底破灭。"

陆枫有些诧异，不知道程满仓这句话究竟是什么含义，或者说，上级情报部门已经洞察了"七月计划"？否则以冯路远的情况怎么可能这么快得到提拔，而且提拔到那么重要的位置呢！

深沉的夜，漆黑的夜，无眠的夜。

警铃声突然大作！

陆枫第一时间冲出会议室，昏暗的走廊里晃动着人影，警卫员小刘和郝仁也冲出来："陆科长，出事了？！"

公安局后院招待所禁闭室内，李天鹏的二姨太已经成了一具冰冷的尸体！

陆枫和程满仓眼睁睁地看着卫生员把白色单子蒙在二姨太的尸体上，两名战士抬着尸体送到医院太平间，相关的尸检将由人民医院和法医处理。

"立即封锁全局！立即全面排查！立即呈报刘部长！"程满仓

气得直哆嗦，连续下了三条命令，这件事情影响太大了，敌人竟然敢在局里动手，其行为嚣张得令人发指。

陆枫紧张地思考着，诸多问题一股脑地涌上心头：是谁杀死了二姨太？为什么要杀她，她似乎并不是太重要？难道只是为了向公安局示威？

"你怎么看这件事？"程满仓终于恢复了理性，身为晋察冀边区的保卫干事，他第一次感觉如此无助。年轻时候的辉煌战绩已成云烟，战场上的骁勇善战在这里起不到一星半点儿的作用，浑身绷着劲但没有可以发力的地方，此刻犹如陷进万丈深渊，敌人近在咫尺，稍有不慎便会死无葬身之地。

陆枫紧张地思索着，半晌才理出头绪："是'老鬼'干的，站岗的同志交代有十几个人进入过这个房间，一名是打扫卫生的临时工人，两名送饭的招待所服务员，三名负责检查安全隐患的维保队员，还有首长特批探视的家属，晚上六点三十五分秦晚晴来给二姨太做过常规检查。"

"就是利用这个漏洞她才得逞的，这个'老鬼'，真是可恨！"程满仓气急败坏地将烟袋锅摔在地上，立即断成两段，"把两个站岗的给我关禁闭，深刻反省！"

可是，该如何向李家交代这件事？人毕竟死在公安局，局里有不可推卸的责任，而陆枫更是愧疚不已。当初去李家羁押二姨太的时候，信誓旦旦说过会保证她的安全，现在却发生了这么不幸的事情！

陆枫在公安局三楼政治保卫室的禁闭室门前徘徊许久,才理清烦乱的心绪:"我要见李安成同志,部里首长已经同意了。"

站岗的是一名小战士,看完陆枫的工作证之后,敬了一个标准的军礼:"陆科长,我已经收到首长的指示了,您请进。"

夜已深,房间内还亮着橘黄色的台灯。李安成对陆枫的到来并不感到惊讶,相反还微笑着请陆枫坐下,倒了一杯凉白开:"陆科长,您不怕被扣上一顶'通敌'的帽子?"

陆枫捧着搪瓷缸沉默不语,李安成坦然地坐在对面:"这是我写的交代材料,有没有兴趣拜读一下?"

"鹿鸣同志,我找你有三件事,不会占用你更多的时间。"三件让陆枫心痛又伤情的事,在此之前不知道该如何跟他沟通,他是一位经验丰富的老特工,打入敌人内部多年,从没有出过事。

"我喜欢爽快直接的你,不要这么深沉嘛!"李安成深沉地笑道,"局里是不是发生大事了?一晚上警报响个不停,从走廊里的嘈杂声我能判断有大行动。"

陆枫苦笑着摇摇头:"鹿鸣同志,你跟你们家二姨娘的关系怎么样?"

"你能称呼我为同志,让我很欣慰,你突然问起她,是发生了什么事情吗?"

不愧是老地下党员,没有半点儿惊慌,也不会让人看到他内心的丝毫情绪波动。

李安成点燃一根烟,一阵剧烈的咳嗽,他很少抽烟。此刻却故作老成地抽着烟:"她出事了?"

陆枫微微点头:"你节哀顺变,还没有通知你父亲。"

李安成陷入深深的沉默,脸上看不出痛苦或者悲伤,一切都显得那么淡然:"敌人兵行险招意欲何为?"

"局里出了内奸,医务科的秦晚晴代号'老鬼',以她为首的特务组织被消灭殆尽了,我……我真不知道该如何向令尊交代,一切发生得太突然了。"陆枫很痛苦,更确切地说应该是愧疚。

李安成突然拍了一下桌子:"这就对了!我始终感觉到有一双看不见的手时刻在拨弄、左右我们的行动,我三番五次地调查却没有结果。"

第五十二章
阳谋

李安成显然没有想到秦晚晴会是潜藏在公安局的内奸，他有些情绪激动，当他冷静下来时开始翻看自己写的材料。

"长江舰队起义投诚的绝密信息被泄露与秦晚晴有关，当时她的身份是邵奇峰的恋人，天骄因此连夜找我告知这个消息。"陆枫陷入回忆之中，那次遇袭应该都是秦晚晴所为。从那以后，秦晚晴参与或实施了至少两次暗杀行动。

"秦晚晴……就是潜藏在我们内部的'老鬼'，她是宾夕法尼亚大学医学专业的学生，受命潜入山城进行大破坏行动……她今年二十五岁……二十五岁的'老鬼'……"

李安成自言自语着，一点一点地在理清整件事情的逻辑，仿佛"二姨娘"之死与他无关似的。在陆枫的印象里，李安成是那种老成持重头脑聪明却行事低调的人，从来不会喜形于色，不管遇到多大的事情都会有条不紊。

这样的人城府很深，深不见底！

"我从来没有听到过'老鬼'这个代号，她应该是调查局的人，记得1948年夏天我奉上级命令转运一批药品，就在我们的货船即将通过江口码头起运的时候，突然被调查局的人扣留检查，这一定是有人走漏了消息，开箱检查药品的人里面就有一个跟秦晚晴长得十分像的女人，我清楚地记得她是重庆医学院的实习学生……后来那批药被扣留，后来多方打听才知道他们是调查局的人。"

李安成叹息不已，没想到一个名不见经传的实习生日后竟然成为深藏不露的敌人。

陆枫做了一下深呼吸："打掉了秦晚晴一伙特务组织对处里的同志震撼很大，红妹因此为你鸣冤叫屈，老程也要写材料证明你的清白，相信不久你就会重新回到工作岗位上。"

"陆科长，你没有怀疑过我有问题？"李安成盯着陆枫的眼睛问道，"我想听实话，莫要违背自己的内心。"

陆枫有些尴尬："怀疑过，但'老鬼'浮出水面之后就再也没有怀疑过，一个人的家庭背景、生活环境和受教育经历就是根据，你没有背叛自己革命理想的理由，不为名利所累，更不会为了金钱诱惑。还有，令尊曾经说过，你是一个坚定自己的信念近乎偏执的人，为了坚持自己的信念你可以放弃所有，我想你这样的人是不会轻易动摇革命的信念。"

"每个人都有自己的信仰，年轻时候我的信仰是孙先生的三民主义，曾经钻研到痴迷的程度，但理想终究被现实打败，国民党丢掉了孙先生的革命理想自毁前程，我却在虚幻的理想中身陷囹圄，直到后来遇见了一位知己，才改变了我的人生。"

"是一位布尔什维克吗？"

"他叫于汉斌，重庆东南大学中文系的老师，后来我才知道他的真实身份是川东地委的共产党员。"李安成缓步走到窗前，望着漆黑的夜，"吾为故乡客，回首百年身，1948年六月的大搜捕行动中于老师被捕后牺牲。"

李安成忽然转过身："陆科长，方才你说曾经怀疑过我，到底是什么让你发生了怀疑？"

"7月18日晚，你到档案室私自借阅档案，档案清单在这里。"陆枫将誊写的清单展开放在桌子上，"在执行消灭'东南爆破技术大队'的伏击行动中，敌人对我方部署了如指掌，险些酿成大错，之后我两次遭遇暗杀，你又是专案组成员，你知道所有相关的行动计划，但每次你都不在现场，看似很刻意地在回避。"

"所以你怀疑我变节？"

陆枫尴尬地笑道："当时不知道秦晚晴就是'老鬼'，这事我曾经跟天骄同志探讨过，结果被她嗤之以鼻，她说你是孙先生的忠实信徒，宁可背叛国民党也不会背叛三民主义。"

"知道我为什么被隔离审查吗？"李安成话锋一转问道。

这个问题陆枫曾经仔细思考过，最终得出的结论是冯路远写的那篇"特别报告"，报告的具体内容自己没有看过，当时程满仓说报告内容跟自己判断"老鬼"的事件如出一辙。

"据我所知，有人曾经写了一篇'特别报告'。"

"那你知道为什么每次行动前的策划活动我都有参与，但真正执行的时候却不在现场吗？"

陆枫摇摇头："这个……我没细想过。"

"7月19日，我收到线报，江口码头有一批走私的币纸上岸，上级安排我和军管会财经委负责安全的曹青同志去打探情况，刚到江口码头便遭到伏击，曹青同志牺牲。"李安成痛苦地看着陆枫，"这件事是近期暗杀接管会同志的案子之一，我的原因导致了自己同志牺牲，却没有找到那批货。"

也就是说李安成被人"算计"了？陆枫不知道用"算计"这个词到底准确与否，不过从事件本身而言，李安成的确有过错。那天自己和付怀仁、秦永安去朝天门码头调查军火黑市，回来后听李天骄说财经委一位同志牺牲，却不知李安成也参与其中。

陆枫眉头紧锁道："所以在冯路远的特别报告里，你便成了'内奸'？这到底是什么逻辑，难道一处的人是拍屁股决定事情的嘛！"

"其实我早就觉察到了危机，但每次危机之后我都寻找各种理由说服自己，毕竟干地下工作多年，直觉告诉我有无数把飞刀正飞过来扎向我，如果接的话就会被飞刀所伤，如果不接也会成为阴谋的牺牲品。"

这句话着实很有意思，陆枫思考半天竟然没有想明白，不禁疑惑地问道："你的意思是……早就发现局里有内奸？"

"可我没想到的是我竟然被人怀疑是内奸，这真是一件很讽刺的事情。"

"但这跟您私查档案有什么关系？"

李安成沉默片刻，凝重而坚定地说道："陆枫，陷害我的人不是'老鬼'，她没有那么大的能量，也没有如此高超的斡旋能力。"

陆枫的心无限下沉，第一次有人现身说法地下斗争的残酷，比战场上刺刀见红还惨烈！

"曹青同志之死让我真正意识到了危机，解放前他是我的交通员，许多重要的情报都是通过他传递出去的。"李安成呆呆地看着窗外的夜色，声音里夹杂着悲伤，"我的上线领导于汉斌同志在1948年就牺牲了，我是单线联系，工作原则上不允许横向联系，我们的许多同志都是牺牲在黎明前的黑暗。"

于是，在最关键的时间点上，能够证明李安成身份的最关键的证明人牺牲，也导致了李安成的身份不明，这正是敌人的阴谋。

"我的档案已经被焚毁，即使没有焚毁也会成为居心叵测的人的攻击目标，那个目标是那么明显，只要稍微不注意便会被一击而中。"李安成苦笑着摇摇头，"他终于出手，一击正中我的死穴。"

"于是你到档案室查找能证明自己身份的档案？"陆枫似乎恍然所悟，李安成说的那个陷害他的人并非别人，正是冯路远。冯路远既是李安成大学时期的校友也是白色恐怖下志同道合的同志，对李安成的行事风格了如指掌，知道他的死穴和弱点。

陆枫也发现冯路远有问题，但不知道究竟问题出在哪里，听了李安成的话似乎又有了新发现。

李安成摇摇头:"每个人都有弱点,他也不例外。"

如果李安成的怀疑成为事实,公安局内部又岂止一个"老鬼"那么简单?陆枫忽然感到脊背发凉,手心里全是冷汗,这种情况是自己从来没有想过的!虽然对目前错综复杂的形势有些难以把握,但陆枫在最短时间内调整好思路,低声问道:"鹿鸣同志,需要我怎么做?"

"自己的梦自己圆,谁都无法替我去做!"

陆枫:"你说的那个人已经被组织提拔到重要的岗位上了!想要识破他,恐怕更难了。"

"做你该做的,这就是我要对你说的话,再狡猾的狐狸也会露出尾巴的,我坚信。"李安成笑眯眯地看着陆枫,"当前最重要的任务是破解'七月计划',以你的悟性一定知道其中的利害关系。"

陆枫突然想起了冯路远随手扔在杂货架上的《新华日报》还在兜里,立即拿出来递给李安成:"今天上午我和付怀仁去小什字街的时候,发现冯路远把这张报纸扔在文成书店的杂货架上,然后有人来取走了报纸,这个人已经被我控制起来了!"

面对李安成错愕的表情,陆枫实在不知道该怎么向他解释,干脆嘿嘿一笑。李安成翻看着报纸,思忖道:"这种情况持续多长时间了?"

"第一次发现的时候在二月份,我送老付去调查金融案子的时候路过文成书店看到过,但真正发现问题是在一周之前。"

"大搜捕前一天?"

陆枫点点头:"是。"

"一张报纸不能说明什么问题,你把这几个月的《新华日报》都给我找来,我通通看一遍,一定会有线索。"

"天亮之前我就给你送来。"陆枫临走之际把林园简图拿出来递给李安成,"这是秦晚晴的手笔,上面有一句话,'七月流火,九月授衣',这个会不会跟七月计划有关系?"

那张简图已经被揉搓得皱皱巴巴,但字迹还能清晰地辨别,李安成紧锁眉头看着上面的字陷入沉思之中。陆枫把"三姨太""老鬼"和吴瘸子、李瞎子以及秦永安的情况简要地叙述一遍,以便李安成更好地了解情况。

"前几天拜访令尊的时候,无意间听到国民党对大陆的广播里正在诵读《诗经》里'七月流火'那篇文章。"

良久,李安成看了一下时间,已经凌晨三点多钟了:"陆科长,时间不早了,回去休息吧,记着别忘了把报纸给我拿来,多谢你不避闲言来探视我。"

陆枫和李安成信任地互视对方,相互紧握了一下手,是同志间的信任,是彼此心间的默契,但陆枫心里却多了一种难以言说的愧疚感,感叹自古人生多磨难!

行走在雨里,陆枫内心为李安成庆幸:被隔离审查虽然暂时失去了自由,但也避免了正面而来的"飞刀"。

不过陆枫也想到了另一个重要的问题：如果最终证明冯路远是李安成所说的隐藏最深的敌人，岂不整个三处乃至公安部会彻底沦陷？这不仅仅是一桩丑闻能解释的事情，而是关乎党的威信和接管事业的成功与否！况且，最难的是他的权力越大也就意味着想抓他的难度比登天还难。

街头又响起了刺耳的警笛声，两辆军车从公安局前大街呼啸而过，站在办公室的窗前望着远去的军车，陆枫的心情变得沉重起来。正在此时，电话铃催命一般响起来，陆枫慌忙接电话："我是军管会公安部三处的陆枫。"

"粮库着火啦，请增派人员灭火……"

电话里传来一阵声嘶力竭的喊叫，还没等陆枫问明白究竟是哪座粮库着火、火势怎样等关键问题，电话挂断了。陆枫扭头望向窗外，夜色如墨，而就在收回视线的刹那，突然发现东南方向滚滚黑烟直冲云霄，黑烟里窜出的火光如火舌一般舔舐着天空。

不到一分钟时间，大火便宛如巨型火炬一般，细雨竟然无法熄灭烈焰！

陆枫来不及多想立即冲出办公室，按下警报按钮，死寂沉沉的走廊里立即响起刺耳的警报声音。值班室里的警卫员小刘抱着枪跑出来，陆枫命令他立即给程满仓打电话，大喊着：东城粮库发生火灾！

当陆枫率领维保队员抵达现场的时候，东城粮库一片狼藉。

第五十三章
纵火案

民以食为天，粮食问题是关系到民生的头等大事！

目前山城的接管工作虽然已经告一段落，国民党庞大的政府机关、官僚企业、厂矿以及国有工商业虽然已经接管完毕，但金融系统、社会治安等领域还有许多难题待解决，尤其是粮食、食盐、煤炭等老百姓生活必需品的供给问题十分严峻。

历尽艰辛的征粮工作正在全力推进，不夸张地说这些粮食不仅仅是老百姓们的辛苦劳作，更是用无数战士们的鲜血换来的！那么多粮食被付之一炬，陆枫的心在滴血！

由公安局牵头的专案组连夜成立，交通运输、粮食管理、消防、财经委员会等部门派出专家组，在市政府的统一领导指挥下立即行动，重庆警备司令部派出行动队专门配合专案组工作，这让陆枫的心里有了底。

粮库所有人员都被集中管制，尤其是当天值班人员是重点调查对象。一夜未眠的陆枫率领专案组开始进入粮库调查取证，不放过任何细节。经过调查发现，火灾的源头是三号储备库，其周边的几座库房被殃及，如果不是及时救火、即时抢运，所有的粮库必然殃及，后果不堪设想。

空气中还弥漫着焦煳的气味，三号库废墟还在冒烟，周边被殃及的库房已经烧得面目全非，储粮功能丧失，必须及时修缮才能勉强使用。陆枫和几名专案组队员踩着废墟，仔细寻找蛛丝马迹，但由于火势凶猛、粗暴施救等原因，线索被破坏得很彻底。

在现场只发现了破碎的玻璃和烧掉一半的蓝色工作服，这些少得可怜的所谓"证据"被收集起来，供后期调查用。

"陆科长，我可以负责任地说，这是一起敌特分子制造的破坏大案！"三处的廖永生是痕迹专家，他是原国民党重庆公安局留任人员，为了让他进入专案组，陆枫力排众议。经过仔细比对，他终于发现了问题。

"用证据说话。"其实陆枫第一时间便想到了敌人破坏，但在没有证据之前不能轻易下结论。

廖永生用镊子夹起一块地上的玻璃碎片，冲着阳光仔细观察着："这不是库房的平面玻璃，而是瓶子碎片，这样的碎片在废墟里有很多，我们把所有碎片全部搜集起来，或许可以发现蛛丝马迹。"

这是一项较为繁重的任务，要把周边的废墟全部清理出来，而且要在发现碎片的位置做好标记，以便后期推演。陆枫立即命令维保队员进入现场，交代清楚任务后他们便开始进行规模庞大的清理工作。

　　粮库周边戒备森严，警力比平时多了三倍，增加固定哨和流动哨，以防万一。老百姓们议论纷纷，昨天夜里发生的一切完全打乱了他们正常的生活，不少人自愿成立巡逻队、突击队等，群情激奋，不断有人主动请求加入救灾工作。

　　这一幕让陆枫备感欣慰，经过几个月的艰苦努力，新生政权终于被山城人民所认可。同时也深感愧疚，没能保护好粮库，给国家造成巨大损失。

　　专案组临时办公室内，几位同志正在有序地复原玻璃碎片，期望能从中发现有价值的线索。而对当班人员的讯问也同时在进行，陆枫主审，程满仓陪审！这种安排是程科长要求的，目的不言自明：这种锻炼机会对陆枫而言相当重要，一定不能错过。

　　当夜值班人员有三位，全部是留用人员。陆枫详细地查看了他们的档案，没有发现可疑之处，只是有一名叫梁锁的人，档案上的工作时间与自己交代的时间有出入，相差两个月。

　　"梁锁同志，事发之前你在哪儿？在做什么？"陆枫合上他的档案，上下打量着对面的青年人。

　　梁锁紧张地看一眼陆枫，低下头："我……我当时在……在西南……西南大门值班室，刚检查……检查一圈回来，屁股……屁股还没坐稳就听到'轰'一声响，我还以为……以为狗特务扔手雷呢，就跑出去查……查看……"

　　这家伙有点儿口吃，说起话来听着都费劲。陆枫凝重地看着梁锁:"你听到爆炸声音了?"

"说……说不上是啥子声音,就'轰'的一声。"

"跑出去看到什么了?"

"火……火苗子,老高的火苗子,就在东大门那边,当时我不知道是三号库,就往东大门跑……"

"跑多远?用了几分钟?"

梁锁眨巴一下眼睛:"我都……我都蒙了,跑到一半的时候,我又返回去拿灭火器,等我回来的时候,已经没法靠近了……那大火,跟火焰山似的,我一想反正也救不了,就开始喊人……"

陆枫微微点头:"你是初小毕业吧?你交代的工作时间为什么和档案记录的时间相差两个月?那段时间你去哪儿了?"

"长……长官,您看得真细,不瞒您说这份工作是我二舅花五十块现大洋买的,因为口吃找不着婆娘,寻思着有一个稳妥的饭碗兴许能找个好婆娘,但上班后才知道我也是在做白日梦……"梁锁面红耳赤地说道,"她们都嫌我结巴,我一气之下花了二十块大洋去成都矫正去了,耽误了两个月。"

"你现在说话很好呀!"

"真哒?不瞒您说,我自我感觉还好……"

正在此时,一名战士进来:"报告陆科长,周边户籍排查工作已经完毕,一共排查了三百户,发现有七十五户是外来人口,最近一个月租房的有十六户,这是清单,请您过目。"

陆枫接过清单:"辛苦户籍同志们了,如果还有其他需要我再派人联系你们。"

"陆科长,发生这么大的事情我们都很关心,应该的。"

陆枫点点头,小户籍警退了出去。梁锁眨巴着眼睛:"您是陆科长?我老早就有耳闻了,公安局侦查科的……我打小就喜欢当警察,所以也学了点侦查知识,我向您保证那'轰'的一声不是炸弹,绝对不是,好像是把炸药放进了瓶子里弄出的动静。"

"谢谢你的配合,为了破案还需要你帮助,这几天方便的话就住下来,以便随时沟通,工资照开,免费吃饭,每天补助费伍百元人民币。"

"感……感谢政府……感谢公安……感谢陆科长,我……我愿意!"

梁锁被人带出去,程满仓苦笑一下:"他提供的线索很有价值,虽然是留用人员,但主人公意识很强啊!"

陆枫捏着太阳穴,感觉大脑昏昏沉沉的,思忖片刻道:"是一个很好的突破口,和其他两位当班人员供述的一致,他们也听到了爆炸声音,但没有梁锁的描述详细。"

"留用人员一般是有技术有知识的,他虽然有点儿口吃,但说起事情的经过比我还生动,真是个人才。"程满仓苦笑道,"根据他的描述,我忽然想到了燃烧瓶,大量的燃烧瓶同时发生爆炸就会产生这种效果。"

"我也想到了燃烧瓶,问题是如何让大量的燃烧瓶同时爆炸?而且梁锁交代爆炸前刚巡视完,没有发现可疑的人,是怎么爆炸的?"陆枫心思沉沉地叹了口气,"粮库是防火的重点单位,在附近增派了保护力量,而且对面就是派出所,难道敌人在我们的眼皮底下将大量的燃烧瓶运进粮库无人发现?"

这的确是一个难以解释的问题,程满仓百思不得其解,两个人只好去办公室查看专案组拼接瓶子的进度。两人一进办公室,廖永生便兴奋地汇报:"初步估算有数十只瓶子,二位请看!"

桌子上几乎摆满了拼接的瓶子,是那种类似暖瓶瓶胆形状的玻璃瓶,还有很多的碎片没有拼接完成。陆枫拿起一只比较完整的瓶子仔细观察,里面似乎有某种燃料的残渣,用手捏起一小块闻了闻:"这是什么?"

"是泥巴?昨天下雨了。"程满仓说道。

很明显是爆炸残留物,而非普通的泥巴。陆枫把瓶子以及其中的残留物用报纸包好,交给郝仁送化学所化验。

"彻底清查这种瓶子的来源,无论是杂货铺还是化工厂,一个也不放过。"陆枫斩钉截铁道,"我不信敌特分子会从台湾带这些瓶子来,还有,仔细摸排户籍清单上最近一个月租房的住户身份,晚上必须给我结果!"

就在忙得热火朝天的时候,一辆美国产的黑色轿车停在门口,冯路远从里面钻出来,当他看到粮库狼狈不堪的废墟时,脸上掠过一丝诡秘的笑!

新官上任三把火,这第一把火烧红了半个山城。身为三处副处长,他本应该第一个出现在事发现场,不知道为何姗姗来迟。

陆枫向冯路远汇报了调查情况,冯路远听后不断地点头:"颇有成效嘛,照此下去三天就能破案!"

"冯处,这件案子影响很大,我们务必要在最短的时间内破案,同时还要加大征粮力度,以增补被焚毁的这部分,不能影响老百姓的日常生活,时间紧任务重啊。"程满仓对冯路远没有好印象,一个依靠出卖同事上位的人,心里一定阴暗得很。

冯路远点头称是,在两个人的陪同下又查验了一番事发现场,最后冯路远做出指示:两个方向,一是严查当班人员,他们一定有人知道内情;二是征集线索,寻找目击证人。

深更半夜的哪有目击证人?现场的目击证人只有当班的三个工人说的最靠谱,也就是说冯路远做的两个方向的指示其实也就只有一个方向!在冯路远钻进美制轿车离开之际,程满仓气得一蹦三丈高,骂冯路远不是人。

当晚传来一条令人振奋的消息:郝仁在粮库旁边的巷子里一辆破旧的黄包车上发现了一模一样的瓶子!

陆枫立即意识到突破就在眼前,马上组织专案组召开紧急会议,部署展开对黄包车主人的调查,必要情况下实施抓捕。

专案组有如精密的机器,在陆枫的指挥下正在高速运转。他拟定了四个调查重点:黄包车车夫、十六家临时租户、征集线索和排查全市化工厂。

多管齐下总比吊死在一棵树上要强,而且冯路远所指示的那条也被列入其中,陆枫认为"征集线索"十分必要。

"瓶子里的爆炸残留物化验结果已经出来了，这是工业用高纯度电石，学名碳化钙，是一种基础化工材料。"化学所派来的李专家解释道，"电石的性质比较活泼，与水发生激烈的化学反应后会产生大量的热和一种可以燃烧的乙炔气体，在密闭空间中气体燃烧会发生剧烈爆炸。"

程满仓听得一头雾水，他不知道什么是"碳化钙"，更不知道何为"乙炔"，不禁皱眉："您说的电石是什么石头，居然有那么大的威力？"

老李淡然一笑，从兜子里拿出一块黑乎乎的石头："这就是电石，我可以做一个实验给你们看。"

他把电石扔进了搪瓷缸里，缓慢加水之后，只见石头表面立即升腾起一股气体，然后扔进去一个烟头，气体立即剧烈燃烧起来，看得众人目瞪口呆。

"俄国人制造自动点火的燃烧弹也是这个原理，装有浓硫酸的燃烧瓶受到撞击破裂，浓硫酸发生化学反应释放大量的热量，便点燃了汽油。"专家凝重地说道，"如果大量电石储存在密闭的空间内，遇水后就会发生剧烈爆炸。"

陆枫长出了一口气，事发当天下了一整天雨，也许敌人等待的就是这个时机！

第五十四章
代号巫山

重点排查粮库周边近期一个月之内的临时租户名单工作很快就完成了,所有户主信息摆到专案组面前,其中一个叫吴长勇的名字引起了陆枫的注意。

"吴长勇,无业游民,单身。解放前在朝天门混码头,后来加入杨森的护厂队,曾经在振兴化工厂待过一段时间,护厂队解散后他留在厂子里当保卫干事。"郝仁捧着笔记本看了又看,"陆科长,他的嫌疑最大,我们是不是应该立即展开行动?"

吴长勇虽然嫌疑最大,但只有他一个人绝对无法成事,其背后一定有特务组织,而且粮库内必然有人接应,才能如入无人之境实施破坏行动。陆枫快速思索着,把所有当事人的供词都回想了一遍,突然眼前一亮:"立即逮捕梁锁,去化工厂抓捕吴长勇!"

"陆枫,梁锁的嫌疑不是已经排除了吗?"程满仓疑惑不解地问道。

陆枫一遍又一遍地检查枪弹:"梁锁自认为自己的交代天衣无

缝，但还是遗留了漏洞。"

"什么漏洞？"程满仓一头雾水地问道。

"他曾经说过对侦查感兴趣，反侦查能力也一定很强，开始的时候他结巴，后来说话很顺溜，这就是问题！"陆枫斩钉截铁道，"说明他自认为瞒天过海骗过了我们，紧张的心态得到舒缓，还说明他根本就不结巴，都是在演戏！"

警笛声声刺破寂静的黄昏，两辆军车呼啸着向江北化工厂方向而去。

黄昏的小什字街人流稀疏，文成书店前面的货架上几张报纸被风吹动，冯路远推着自行车看一眼杂货架，不禁愣了一下，然后便骑着自行车离开。他预感到今晚一定会发生什么事情。

政治保卫处禁闭室内，站在窗前欣赏着黄昏美景的李安成十分安静，身后的办公桌上放着一堆杂乱的《新华日报》，任处长和黄副处长分别端坐一处，外面有消息传来，偶有交流。

"陆枫带人去化工厂了？"

任处长点点头："吴长勇有很大的作案嫌疑，陆科长准备快刀斩乱麻，先抓人。"

"冯路远在哪儿？"

"他下班后雷打不动地去小什字街'送报纸'，然后去菜市场买一块豆腐，就回家了。"黄副处长有些焦急道，"我们都急成热锅上的蚂蚁了，你怎么还这么气定神闲？而且思维还这么活跃，要我看，你一定是被憋出来的。"

李安成转身踱了几步，淡然笑道："陆枫是一个很让人放心的人，二位首长，长线已经放出去了，大鱼也开始行动，我们稳坐钓鱼台即可。"

"这么有把握，你就不怕陆枫把事情搞砸了？"

"他是实力干将，脑子好使得很，我倒是担心程科长会误事。经验越丰富就越会墨守成规，跳不出常规思维思考问题，而陆枫却不会，他是实用主义者，只要有利于破案的线索和细节他都不会放过。"李安成指着一堆报纸，"能发现冯路远这个破绽就足以说明问题，陆枫眼光独到，做事颇有大将风度。"

任处长瞪一眼李安成："我和黄副处长不是来听你恭维陆枫的，你说的重大发现在哪里？'七月计划'到底是什么？鹿鸣同志，我不得不提醒你，国庆大游行就要开始了，公安局要负责安全保障工作，时间紧任务重，不能把时间都浪费在读报上！"

黄副处长笑眯眯地看一眼任处长："鹿鸣同志是一把利刃，现在被锁在刀鞘里是我们计划的一部分，只要利刃出鞘，必然让敌人吓得肝胆俱裂。"

"通知边保处注意山上的动静，不出意料的话，他们即将展开大规模行动。"李安成拿起一张报纸诡秘笑道，"《新华日报》是西南党委负责发行的，报社的诸位同仁我都有所了解，报纸的内容是不会被敌人利用的，以冯路远的高智商，他应该是用每天的报纸与山上的同伙沟通。"

"怎么沟通？"任处长一头雾水地问道。

"有报纸可取说明他是安全的，没有放报纸是告诉山上不要轻举妄动。经我查实最近十天他放了七张报纸，有三天没有放，分别是7月18日、25日和29日。"李安成将几个日期记录在纸上，"18日，我局进行全城大搜捕，持续了二十四小时，抓捕敌特分子数百人；25日我局边保处围剿大溪口山区土匪，有四名匪徒被打死；29日，也就是陆枫发现有人去文成书店取报纸那天，围剿谢亚楠一伙，导致南岸区仓库枪击案，捣毁假币窝点，起获转运的高爆炸药。"

两位首长凝重地看着纸上的日期不断地点头，李安成继续写出了13日、17日、25日和8月3日几个日期，思索片刻："13日征粮队遭袭，陆枫遇袭，秦永安中毒案；17日我和曹青在江口遭袭；25日山上土匪袭扰大溪口发电厂，被我军和护卫队击退；3日，粮库火灾。"

这些案子都是在近段时间发生的，彼此之间似乎没有什么特别联系，在任处长看来每天都会发生各种敌特事件，无足挂齿。李安成捧着写满数字的纸："这份日期表很特殊，只要是冯路远送报纸的日期，山上的特务行动便非常猖獗，而不送报纸的时间段，城内的敌特分子就会有所动作。但陆枫是一个例外，这说明对方无法控制陆枫的行动。"

"狗日的真狡猾！"黄副处长恨得一拳捶在桌子上。

任处长凝神道："26日到28日连续三天很消停，他也没有送报纸去。"

"秦晚晴暴露和他荣升高位是同一天,在兴奋中恐惧与在恐惧中兴奋是两个概念,他早知道'老鬼'会暴露,作为弃子放在自己的身边是极不明智的,所以他设计杀了秦晚晴。"李安成说到此处,停顿了片刻,"二姨娘也是秦晚晴所杀,用的药与秦永安一模一样,陆枫距离成功只差一步之遥。"

原来以为杀死毫无意义的二姨太不过是一步闲棋,但这步闲棋却起到了搅浑水的作用,二姨太却成了敌我斗争的牺牲品。任处长摇头叹息一声:"原来如此,原来如此!鹿鸣同志,那'七月计划'具体是什么样的?"

李安成有些犹疑:"从目前所掌握的情况看还不够详细,但可以肯定的是和国民党的大破坏有关,建议未雨绸缪,各厂矿尤其是发电厂、水厂、兵工厂等要加强保卫工作,边保处还要加大打击力度,不让山上的敌人有喘息的机会。"

"你还有什么要求?"黄副处长很是关心,"关在这里这么长时间,心情一定很郁闷,今晚可以出去放放风,回家看看老父亲吧。"

"阳谋与阴谋一样让人沉迷,一旦沉浸其中就会无法自拔,想要洗脱泼在我身上的脏水,就必须忍常人所不能忍的心绪,做常人所不能做的事情,这是地下工作者必备的素质。"

夜色降临。

化工厂内外戒备森严，黑黝黝的厂房如匍匐的巨兽一般，厂区内死寂沉沉。

值班室地上血迹斑斑，紫黑色的鲜血已经凝固，吴长勇的尸体倒在血泊之中，头朝着窗户方向，胸口插着一把匕首。

又是谋杀！

没想到在这么短的时间内重要嫌疑人就惨遭灭口，敌人简直丧心病狂！

程满仓气得脸色铁青："把厂子封了，挖地三尺也要找到凶手……"

"敌人好像知道我们下一步的行动，而且一直在铺设线索引导我们钻死胡同，吴长勇一死这条最有价值的线索就断了。"陆枫望一眼阴霾的天空，看来要重新理清思路，不能让敌人牵着鼻子走。

火场废墟残留的电石、黄包车上故意留下的瓶子、临时租用的房子以及梁锁的供述，一环套一环的设局，最终把他们引到了化工厂。

"陆科长，这些天吴长勇没有什么异常，每天到点上班到点下班……对了，前天他哥哥找过他，说是老家遭了山匪，让他回老家看看。这不昨天刚从老家回来就过来上班了，谁承想会发生这种事？"

程满仓狠狠地瞪一眼化工厂负责人："你就是个糊涂蛋，厂子里丢了那么多电石都没有觉察？"

"工厂这段时间正在大修，想赶在国庆前投产，给国庆献礼……"

陆枫:"他哥哥叫什么名字?在哪个单位上班?"

负责人挠了挠头:"好像叫吴长生……对,就叫这个名字,据说是在朝天门跑码头的。"

"通知付怀仁,查一下吴长生的资料,我要尽快看到。"既然是在朝天门跑码头的,付怀仁没有理由不认识,而且他弟弟死了也需要有亲属来认领。

暗杀现场除了那把匕首之外再无有价值的线索,从吴长勇的身上搜出几张毛票和两块银元,除此之外没有其他的发现。陆枫交代郝仁处理善后,专案组回局里开通气会,陆枫焦急等待着消息回馈。

电话铃声突然响起,陆枫一听就知道是付怀仁打来的:"怎么样?找到吴长生没有?"

"一个好消息和一个坏消息。"

电话里付怀仁沙哑的声音让陆枫有点儿心烦意乱:"别跟我卖关子了,粮库纵火案嫌疑人被暗杀了,哪有时间听你扯闲篇?"

付怀仁嘿嘿一笑:"前进帽招供了,是老子想着法子把他扔进嘉陵江里沉猪笼,关键时候尿了,交代他的上线叫'巫山'。"

"巫山?"陆枫心里一阵激动,没想到无心插柳柳成荫,一个取报纸的小角色竟然还真有料,不禁兴奋道,"谁是巫山?"

付怀仁:"坏消息是那个叫吴长生的人在解放山城的时候翘辫子了,据说是抢一家洋行的时候被保民队给打死的。"

陆枫恨不得扇付怀仁两个嘴巴子:"8月10号吴长生到化工厂找过吴长勇,你告诉我解放山城的时候死掉了,糊弄我呢!"

陆枫直接把电话摔了,气呼呼地上楼见任处长。

任处长理解陆枫的心情,帮陆枫开解心结:"案子受阻了?这时候最需要你冷静对待,每一条线索里都隐藏着揭开疑团的密码,只要功夫深铁棒磨成针嘛。吴长勇不过是一个小角色,大鱼已经露出尾巴了!在这个最考验人的节骨眼,除了智慧和勇气,耐心恐怕是最有效的与敌斗争的利器。"

陆枫焦灼的心情有些缓解:"任处长,有什么事您就直接指示吧,我是有些心急。"

"粮库纵火案是'七月计划'的一部分,但绝不是主体。从我们破获的情报显示,一名代号'巫山'的敌特分子很可能与该计划有关。"任处长从抽屉里拿出一份文件递给陆枫,"这是一份内保清单,上面画杠杠的单位在近期内很有可能会遭到破坏。国庆将近,大游行活动正在有条不紊地推进,中央首长要亲自莅临山城,这也是敌特活动最猖獗的时机,我们的保护任务很重啊。"

陆枫对各种各样的文件毫无兴趣,一看到密密麻麻的字就头疼,索性把文件放下:"代号不重要,重要的是他别撞到我的枪口上!"

南岸区江边的一座独门独院的宅子,两个鬼鬼祟祟的影子闪身进屋,迅速关上了房门。

"三爷，我来了。"刘凤辉从怀里掏出一张存折拍在桌子上，诡笑道，"钱不多请笑纳，事成之后我立即请示老爷子，钱要多少有多少，捞一个少将当当也不是没可能！"

封三爷是朝天门码头的总瓢把子，袍哥会大佬，实力派人物。而这位刘凤辉则是最近才潜入山城的国民党特务，原国民党二厅保密局特别行动科少校，此次奉命执行一项特殊的破坏计划。

小针能穿布，各有各的用。封三爷的道很广，其领导的袍哥会是山城最大的帮会组织，会员过万，控制着朝天门、江口等水路码头。在山城，可以不认识毛人凤，但不可以不认识封三爷！

第五十五章
诡道

波谲云诡，雾锁山城！

拨开迷雾才能看到真正的光明，但在光明来临之前阴霾不会立刻散去。

能入李天鹏法眼的，在山城没有几个，封三爷便是其中一位。一个是山城商界巨擘，另一个是地下世界的主宰。若是在解放前，这两位山城的大人物会掐得满嘴血。李天鹏不惧封三爷，因为他是国府某些政客的座上宾，曾经跟宋子文同桌宴饮；而封三爷也不惧怕李天鹏，是因为钱能通鬼神。

今天是封三爷主动拜会李天鹏的。如今的形势不比解放前，眼看着国民党树倒猢狲散，那些还在做着反攻大计梦的散兵游勇，只能越来越势弱，苟延残喘着。封三爷对此心知肚明，因此在刘凤辉拜访他之后，他便拎着重礼来拜访李天鹏。

"李半城"现在是山城炙手可热的人物，大小姐是市府财经委侦缉科长，大少爷在公安局三处八面威风呼风唤雨。恨就恨在封三爷的那几个姨太太居然没一个给他生出个带把的,所以他成天唉声叹气着一家子赔钱货。

封三爷和李天鹏刚打了个拱手,还未开口说话,一旁的李天骄从包里拿出一封信,推到封三爷面前:"有人要我转交给您的,很重要。"

封三爷的眼皮跳了一下:"大小姐这是什么意思,我封某人今天特意上门拜访,是来和令尊聊家常的。"

"三爷,都什么时候了还聊家常,难道您不知道您早就被公安盯上了!"

李天鹏扫一眼信封:"前几天江北的谢鬼子派人来跟我合作做买卖,还想送老子二十支快枪,脑袋灌铅了还在我面前逞能,结果怎么样?"

封三爷脸色尴尬:"听说谢鬼子跟特务们血拼了,后来被公安局端了他的王八窝?"

李天骄冷笑:"您的耳朵最近不灵光了吧?真实情况是谢亚楠带人抄了特务的假币窝藏点和军火库,但是最终被公安三处的陆科长团灭,他带去的十几个人全部被打死。"

"原来如此,原来如此!"

"您找我来该不是说八卦的吧?还是书归正传吧!"李天鹏有逐客之意,说话的声音里夹杂着火气。

李天骄做了个请的手势,再次把信递给封三爷。

封三爷窘迫地点点头,拿起那封信拆开,只看了一眼便惊得差点儿从椅子上掉下来:"陆……陆枫?"

"他是重庆市公安局侦查科科长,朝天门码头水警分局军代表。"

封三爷掏出手帕擦着额角的冷汗,目光落在信纸上,上面只有一行字:从善如流,君子不立危墙下;恶小勿为,自古人道酬正义——陆枫。

"这个啥子意思嘛!"封三爷的手有点儿发抖,但毕竟是混迹江湖的老油条,很快便冷静下来。

李天骄冷笑:"陆科长只让我把这封信交给您,并转告您一句话,敌特分子刘凤辉已经潜入山城,他让您小心点儿,仅此而已。"

冷汗"唰"地流下来,老油条也绷不住了,封三爷做梦也没想到刘凤辉前脚刚进门后脚就被公安给盯上了!

"三爷,您还当眼下是老蒋坐镇山城的时候呢,那都是过去时了,好好摸摸你吃饭的家伙什还牢靠不!"李天鹏沉声道,"雨过天晴了,您该醒醒了……"

"陆科长今晚请您喝茶,地点在码头。"李天骄意味深长地笑道,"当然,您也可以不去,我是受人之托忠人之事,您给我个话我好回去知会陆科长。"

封三爷憋了半天没说出话来!

公安局会议室内,纵火案专案组正在召开案情通气会。吴长勇被暗杀导致线索中断,而他的哥哥吴长生杳无音讯,付怀仁再次查证后证明之前提供的情况准确无误,至少有证人证明。

陆枫怀疑去化工厂找吴长勇的"哥哥"身份存疑,这条线必须另辟蹊径才能有所突破。但现在最紧要的事情除了破案以外,重中之重是国庆大游行即将开始,必须未雨绸缪提前部署安全保卫措施,全力以赴保证国庆期间的安全。让人挠头的是,"七月计划"还没有头绪,就连潜藏在公安局内部的"巫山"身份还不能确定。

按照程满仓的意见应该立即抓捕冯路远,还搞什么调查?但这个建议直接被任处长给否了:抓捕冯路远容易,但因此会破坏掉对"七月计划"的部署,必须制定周密的作战计划,在敌人实施"七月计划"之前把他们一网打尽。

陆枫站在巨幅重庆市区地图前,上面已经用红蓝铅笔清晰地标注了几十处红色和蓝色的标记,都是经过侦查科同志们讨论才定下的防护重点单位。公安局和各分局的警力十分有限,不可能每个目标都部署警力,只能依靠联防联控,发动群众的力量。

"虽然我们一举剿灭了成百上千的敌特分子,但不可否认的是敌人的大破坏计划还在进行中,粮库纵火案便是其中之一。"陆枫扫视一番众人,当目光扫过冯路远时,他正捧着笔记在记录,根本看不出异样。难怪李安成说他是一个可怕的对手!

冯路远面无表情地推了一下金丝边眼镜:"嫌疑人被杀是谁的责任?抓一个结巴能破案子吗?还有一个月时间就是国庆节,怎么部署才能保证安全？尤其是怎么样保障亲自来渝的首长安全？你这样东一榔头西一斧子的，弄得山城草木皆兵，老百姓们人心惶惶，你这样势必会影响山城的形象。"

"那这案子就这么放着，等国庆以后再侦破？你这是啥子逻辑，到那个时候黄花菜早就凉了，坏人也都跑没了！"程满仓把烟袋摔在桌子上，烟杆啪地一下断了。

陆枫点点头："冯处批评的是，我的想法是把纵火案和'七月计划'并案侦破，因为有人认为纵火案是'七月计划'的一部分，还有一点我要向冯处汇报一下，大溪口发电厂、水厂、东南橡胶厂、豫丰纱厂和其他几个重点工厂务必要加强警力，我推断'七月计划'接下来的目标一定会在这些地方。"

文武之道一张一弛，陆枫的策略是跟冯路远打太极，在相互角力的过程中发现其弱点。鹿鸣同志不是说他也有弱点和死穴吗？他的死穴就是一个"急"字。如果逼迫得太紧，他会狗急跳墙，反而会得不偿失。

冯路远煞有介事地点点头："我同意一部分观点，但不同意把纵火案和'七月计划'并案，做事要专注一点认真一点理性一点嘛，不要嫌事情麻烦，不要畏首畏尾的，那不是三处的作风。"

"我想听一听您的意见。"

"我没有啥子好意见，刚才说的已经够多的啦。"冯路远不满地放下记录簿，扫视着众人，"大家都发表一下意见，集思广益嘛。"

程满仓早已经不耐烦，夹着文件起身："额有意见，额的意见就是得睡觉,大睡三天三夜!"

所有人都憋不住笑了,再看冯路远的脸色涨得红紫,对程满仓的冒犯很是不满。

"老郝,老付,红妹,明天有什么行动安排?"陆枫望向郝仁问道。

"明天还要去乡下征粮,边保处的同志说山里现在没动静,所以我想趁机会多做些工作。"郝仁把钢笔卡在制服上兜里,"我和红妹同志一起去,这里的工作交给你了。"

付怀仁尴尬地看一眼陆枫:"明天我要去南岸检查仓库,免得敌特分子借鸡下蛋。"

"啥子叫借鸡下蛋?你说明白一点儿嘛!"冯路远疑惑道。

"借鸡下蛋就是自己不养鸡,把别人家的鸡抢来……下蛋!"一阵哄笑之后,付怀仁咧着嘴,"江北区谢鬼子跟'东南爆破技术大队'火拼您知道吧?敌特分子把高爆炸药藏到了废弃的库房里,很隐蔽的。"

会议开到现在已经没什么可聊的,只有各自去执行各自的任务,不知道为什么冯路远感到有一种前所未有的危机感,正当他发呆之际,与会的人纷纷散去。

"冯处,您还送报纸吗?"陆枫意味深长地看着冯路远,"时间不早了,该休息了吧?"

"送……送什么报纸?"

陆枫哈哈大笑:"这段时间您的耳朵好像不太灵光,我方才说的是背诵的'诵',就是读报纸,《新华日报》。"

陆枫转身离开,看着陆枫的背影,冯路远一脸阴鸷,浑身上下冒出寒光杀气。

三楼政治保卫处禁闭室里传出广播的声音,陆枫走近,守在门口的战士看见陆枫后立即敬礼:"陆科长。"

"李安成这小日子过得不错嘛,还有心思听靡靡之音?"

门突然打开,李安成正笑眯眯地看着陆枫,两人相视一笑。

陆枫从兜子里拿出一支老旧的录音机递给李安成:"这是今天开会他的发言,您好好品品。"

"他说什么并不重要,重要的是做什么。"

"除了送报纸之外,没发现他做什么正经事,不过现在他不送了。"

李安成思索片刻:"他的反侦查能力超强,从另一个侧面解读,'七月计划'已经正式开始了。"

"广播听得有滋有味,发现什么猫腻没?"

"当然!"李安成兴奋地拿起一张纸,上面写满了文字,笑道,"《诗经·国风·豳风》,七月流火之语的确是暗语,与'七月计划'息息相关,我对比了《诗经》里的原文,发现一个奇妙之处。"

陆枫笑眯眯地看着摇头晃脑之乎者也的李安成:"之乎者哉,子曰诗云赋,活了三十年竟然读不懂老祖宗的训诫,更有甚者敌人还用这些大搞情报站,估计上古先贤知道了定然会被气吐血,真是一群不肖子孙!"

"古来圣贤皆寂寞,唯有饮者留其名。"李文成坦然道,"连续听了一星期的靡靡之音,我都快把《诗经·国风·豳风》背下来了,喏,我把其中的秘密告诉你。"

办公室里,冯路远站在窗前凝神眺望,玻璃窗里倒映出自己的样貌,仔细聚睛才能辨别出山城的夜景。电话铃声突然急促地响起来,冯路远凝重地拿起话筒:"喂?"

"书店有《诗经》吗?我要买一本。"电话里面传来沙哑的声音。

冯路远紧张地张望一下门口:"你打错电话了,这里是公安局不是书店,哪来的《诗经》!"

"我喜欢《诗经·国风·豳风》篇,七月流火,八月未央……"

"神经病!"冯路远把电话直接挂断,打开抽屉从暗斗里拿出一把崭新的手枪,慢条斯理地检查着枪弹,然后拆卸成零件,复而开始组装,脑子里飞速运转。

三楼禁闭室内,陆枫看着手里的电话,愣了半晌:"鹿鸣兄,暗号不对啊,他把电话给摔了。"

"《豳风》里没有'八月'之语,但广播里有,怎么解释?"李文成苦笑道,"不信的话你可以到文成书店找一本《诗经》看看。"

陆枫扔掉电话:"我和老付去过书店,书都被老鼠给咬坏了,什么线索都没找到。"

"如果那么容易找的话,我也不必把自己关禁闭了,有些人天生就是做地下工作的料,不用打磨就能成大器。"

陆枫嘿嘿一笑:"你很崇拜他?"

"我说的是你,能联想到还有'十月''十二月'之语的,估计普天下只有发暗语的人。七月流火,八月未央,九月授衣,十月呢?"

"十月怀胎。"陆枫哈哈大笑道,"这里的月份原意应该是阴历,现在是八月就是阴历的七月,可以把阴历视作台湾的时间,而阳历是我们的时间,敌特分子生怕反攻大计时间不够,这么着急一定是赶着去托生的。"

"字面上理解,'八月未央'指的是不要停止破坏行动,七八月份是雨季,这对山上敌特分子十分不利,到了九月就更难过,因为天冷了。"

陆枫突然想起周末的时候李天骄送给自己手织的毛衣,说国庆之后天会逐渐变冷!

第五十六章
李代桃僵

三天时间,山城平静如水。在粮库纵火案之后,曾经活动猖獗的敌特分子突然销声匿迹,难道是他们嗅到了危险?还是蓄势待发,后面有更大的行动。

程满仓对此的判断是:连续几个月的行动沉重地打击了敌人,反动势力被有效地镇压,老百姓们向往过太平日子,自发组织的"侦缉队""突击队""反特巡逻队"等民间组织起到了很大作用。

更重要的是公安局雷霆出击对敌人的行动给予极大的打击,敌特分子也是人,逆不了天改不了命,只不过是秋后的蚂蚱,蹦跶不了几天了。不过让程满仓放心不下的还是陆枫,早上又没见到他的影子。

程满仓拿着文件夹径直推开任处长办公室的门,一眼便看见坐在沙发里的冯路远,两个人似乎在研究什么,见程满仓进来,冯路远立即闭上了嘴巴,摘下眼镜擦了擦:"程科长记得下次进来要敲门，这是对任处长最起码的尊重嘛！"

"没关系，老程过来找我一般都是大事急事。"任处长热情地笑道："我们正在聊'七月计划'呢，你是老公安，正好一起聊聊。"

"额不是跟你谈想法的，额是来告诉你'三个一行动'已经开始咧，额没工夫扯闲篇！"程满仓脸色十分难看，因激动而面红耳赤，"郝仁和红妹被陆枫派去征粮，三处的人都被拉走了，我这个科长快成光杆司令咧，工作咋能这样子搞嘛！"

任处长意味深长地看着程满仓："你不是教导他干公安要有敢闯的精神吗！这会儿知道发牢骚了？今天还有更重要的任务，国庆大游行预演，局里指派你负责治安保障，估计底下的分局、派出所都得全部调动起来。"

程满仓把文件夹扔给任处长："通知已经发下去咧，我这就去集合警力。"

"陆枫在什么地方？"

"额的乖乖，我哪里晓得？整天神龙见首不见尾，来电话说要去拜会袍哥会的什么封三爷，真是严重违反组织纪律，额看他是膨胀咧！"程满仓气得七窍生烟，扔下"额走咧"三个字，就匆匆离开。

冯路远擦拭着眼镜，波澜不惊地望一眼程满仓的背影："君子当有三戒，戒骄、戒躁、戒狂，要我看老程还需历练。对了，老任，我怎么不知道老程说的'三个一行动'？"

"程满仓真是糊涂,一激动就忘记保密纪律。"任处长摆摆手,"不瞒你说,昨天侦查科递交了一份肃特方案,内容是联合新成立的边保处切断城里和山上土匪的联络线,铲除一批特务联络站点,抓捕一批顽固敌特分子,消灭一批反共拥蒋的顽固分子,还没来得及跟咱们行动组通报。"

"晓得,晓得!"冯路远干笑两声告辞,"老任,我出去督导治安保障工作,中午可能回不来。"

正在此时,门被重重地推开,怒气冲冲的李天骄出现在门口,挡住了冯路远的去路。李天骄瞪着冯路远,突然把几张纸摔在冯路远的脸上:"冯文成,你的良心被狗吃了吗?我哥哥哪点儿对不起你,竟然写黑材料诬陷他!"

冯路远被突然事件弄得恼怒不已:"天骄同志,你这是干啥子嘛,我啥子时候诬陷鹿鸣同志了嘛!"

"整天把君子挂在嘴上,实际上是卑劣小人,诬告我哥哥变节革命,要我看你才背叛了革命!"

冯路远的脸皱成一团,跺脚大喊冤枉。任处长皱着眉头:"天骄同志,你哥哥正在配合一处隔离审查,问题说清楚了自然会没事的。"

"任处长,你们整天抓特务,还不知道真正的特务就在身边吧?我现在郑重地举报,冯路远,冯文成——就是潜藏在公安局内部的大特务,代号'巫山'!"

冯路远气得脸色铁青,当听到"巫山"两个字的时候,眼镜忽然掉在地上摔得粉碎:"你……信口胡诌!"

"李天骄同志,请你不要胡闹,冯路远是老革命,他怎么会是特务?简直乱弹琴!"

李天骄冷笑一声,把散落在地上的几张纸捡起来拍在桌上:"这是原国民党调查局江北分站的档案分页,就是我哥哥在公安局档案室里发现缺失的那几页,巧的是今早有人寄到财经委了,狗特务,你这是人算不如天算!"

冯路远盯着那几页纸,眼神里露出一抹凶光。

"天骄同志,你还真是撒谎都不带脸红的,我看你才是从国外回来的卖国贼、间谍。我问你,国民党调查局的档案怎么会到了你的手里?是谁寄给你的?说你不是敌特分子的同伙,我都不信。"

冯路远作势摔门而去,任处长慌忙关上门,如释重负地长出一口气,意味深长地看着桌子上的文件:"真的是那几页档案吗?太好了,天骄同志,非常感谢!"

"我要找陆枫,我哥被审查这么大的事情他为什么不告诉我?"李天骄郁郁不乐,有些失落,"如果曹青同志没有牺牲,我哥哥也不会遭人诬陷。"

"这正是敌人的狡猾之处,不要被敌人的烟雾障迷惑,一定要相信你哥哥。"

阴霾的天空下,陆枫率领几名骨干队员正全力向南岸区封三爷家的老宅前进，按照约定时间必须在九点钟抵达，九点三十五分采取行动。

还有四十分钟时间，成败与否在此一举！

封三爷家今天是贵客盈门，院子里的那辆美制小轿车已经昭示了一切。两名特务和两名封三爷的徒弟把守在大门口，围墙四角都有人望风，地下防空洞的门敞开着，两名特务把守左右。

刘凤辉对此感到非常满意，如果发生意外进可攻退可守，陆路水路都进行了充分准备，以防万无一失。

宽阔的大厅奢华至极，欧式水晶吊灯散发着璀璨的光芒，紫檀木的茶桌上摆放着掐丝珐琅茶具，一个长相标致的女人正在表演茶道。刘凤辉没有注意到这位弄茶的女人右手被枪磨出的老茧，红妹悄悄地看了一眼挂钟，时间正一分一秒地流逝！

"凤辉兄，今天给您介绍一位朋友，付怀仁，朝天门码头水警分局局长。"封三爷摸着秃头笑道。

刘凤辉紧锁眉头看了一眼坐在沙发上的付怀仁，脸上露出不悦之色："封三爷，事成之后有的是时间认识朋友。"

"如果是'巫山'派我来的呢？"付怀仁漫不经心地端起茶杯尝了一口，"风筝之所以飞得更高更远，并非风筝本身有多厉害，是因为手中那根风筝线的功劳。"

"你是'巫山'的朋友？"

付怀仁放下茶杯，从怀里取出证件扔给他，刘凤辉打开一看吓得不轻："你是警察？"

"凤辉兄，方才不是给你介绍了嘛，付兄是朝天门码头水警分局局长。"

刘凤辉稍微缓了缓："七月流火，九月授衣。"

"我是受'巫山'指派来通知封三爷打通天地线的，联系山上的兄弟共商大计，今天巧遇而已。"付怀仁掐灭烟蒂，看一眼手表，"我的任务已经完成了，不打扰你们喝茶的雅兴了，告辞。"

望着付怀仁的背影，刘凤辉陷入沉思。正在此时，自鸣钟响了起来，吓得刘凤辉一哆嗦："三爷，我怎么没听说有这号人？您知道我对水警分局很熟悉的。"

"他只当了一天警察局局长，去年11月29号，那会儿你们都跑路了。"封三爷有些心不在焉，"第二天山城失陷，老付被共党接管留用，现在是水警分局的分队长，手下有好几十号人呢，都是自己人。"

老谋深算的刘凤辉多疑地看了看封三爷："那时候我惶惶如惊弓之鸟，急急似漏网之鱼，如今来山城走一遭更是如同刀尖跳舞，一不小心就会……哎，不说丧气话了，三爷，这次的行动计划是上面钦定的，务必要妥善安排、小心行事，否则我无颜见毛局长。"

"那是那是，您先喝茶，缓缓。"封三爷递上一杯沏好的热茶，"但不知是什么计划？我该怎么做？"

"一切听从'巫山'安排。"刘凤辉小心地从包里拿出一根钢笔，打开笔帽后露出透明的玻璃管，"计划就封装在里面，我也不知道具体内容，我只负责协理调拨资金和枪弹炸药的事。"

封三爷微眯着眼睛看着透明玻璃管，做工非常精细，不是专家里手根本辨识不了这种伪装，不禁赞叹："妙！"

外面突然传来数声枪声！

"怎么回事？！"

刘凤辉刚要回握住钢笔，钢笔却被封三爷夺去，随即一根手指被利刃削断，疼得刘凤辉一声惨叫！距离两人十几米外的两名特务发现不对劲，拔枪射击，子弹从封三爷的耳边飞过，只见他一个鱼跃滚到沙发后面，沙发瞬间被打开花！

红妹甩手就是两枪，一名特务栽倒在地，就在剧烈的冲锋枪砰砰响起时，客厅内子弹横飞玻璃纷纷碎裂。封三爷爬起来刚想跑，被刘凤辉甩手一枪击中后背，一个踉跄摔倒在地。

红妹冲到沙发后面，一边还击一边把封三爷拽到柱子后面，就在此时封三爷的脑袋被流弹打爆，鲜血迸溅！钢笔从封三爷的手中掉落，红妹冲过去想要夺钢笔，肩头突然被击中，仰面倒地时看到刘凤辉正举着手枪对准她，红妹忍住疼痛迎着刘凤辉的枪口进行反击，刘凤辉被一枪击中，倒地身亡，手里还紧紧攥着钢笔。

外面的战斗更加惨烈！

封家大院易守难攻，而且刘凤辉带来的十几名特务火力很猛，一时间根本攻不进去。付怀仁在击毙了把门的四名特务后，刚想冲进去，一颗流弹正中小腿，一头摔倒在地。

"砰！"

"砰！"

再次连续击中两名守在门口的特务后,付怀仁一阵头晕目眩,晕死过去。

陆枫及时赶到,率先冲进院子,十几支冲锋枪无差别扫射,几名负隅顽抗的特务被打成了筛子。陆枫将躺在血泊里的付怀仁拖到安全之处。

"老付,你怎么样?"陆枫声嘶力竭,"老郝,快救人!"

一场激烈的战斗很快就结束了,冲进客厅的陆枫才发现里面的状况更加惨烈,尸横满堂,地上血迹斑斑,红妹躺在血泊中,气息微弱,面色苍白,把钢笔递给陆枫:"陆科长……情报!"

陆枫痛苦地一拳砸在墙柱上:"来晚一步,我来晚一步啊!"

"科长,老付和红妹的伤很重,需要马上送医院治疗!"郝仁一边给红妹包扎伤口一边喊道,"我去打电话叫救护车……"

电话里没有声音,无论郝仁怎么拨号都没有反应:"电话线被剪断了!"

正在这时,外面又传来两声枪响,随着一阵嘈杂声,从院外闯进来十多名特务,站岗的两名战士已经牺牲。

陆枫随即举枪还击,冲在最前面的特务被一枪爆头!

没想到敌人还有后援队伍,差点儿被包了饺子!好在陆枫反应迅速,后援部队刚火拼便宣告战斗结束,来增援的特务仿佛是来送人头的,显然也不是核心精尖的部队。陆枫提着冲锋枪顶在一个受伤的特务脑袋上:"叫什么名字?谁派你来的,敢反抗的话,老子一枪崩了你!"

"哈哈……共党优待俘虏,你们是有纪律的,你不敢枪毙我。"

"砰"的一枪响,一颗子弹擦着他的耳朵飞过去,那家伙吓得哇哇直叫:我说,我说……我叫吴长生……

第五十七章
决战朝天门（上）

吴长生，袍哥组织的三号人物，诨号"老哥"。提起"老哥"无人不知，却鲜有人知道他的真名。原因是他的另外一个身份是重庆调查局驻江北区分站副站长，跟冷雪冬平级，圈内人称他为"活阎王"。

吴长生唆使自己的手下冲击东南橡胶厂，没想到被护厂队打死，为了掩人耳目，吴长生决定移花接木、瞒天过海，把吴长生的名字送给了那位兄弟，从此隐姓埋名。如果不是"七月计划"，吴长生不会出山。

粮库纵火案果然是"七月计划"的一部分，吴长生、吴长勇、梁锁等特务分子，利用粮库和化工厂管理混乱之际实施纵火行动，目的是扰乱山城经济基础和动摇民心，给人民的新政府带来各种动荡。

"你的上峰代号是'巫山'？"

吴长生捂着伤口痛苦地嚎叫："不是'巫山'……我不能

说……"

"坦白从宽抗拒从严，梁锁已经交代了，你装傻是没有用的！"郝仁拖着吴长生朝外走去，"信不信老子把你扔进嘉陵江喂王八……"

大势已去，今非昔比。

朝天门码头又恢复了往日的繁华，跑码头的、引车卖浆的、乞丐妓女等各色人等云集，今天有一艘轮渡在下午两点钟开船，乘船的人在码头排得满满当当的。

一个衣衫褴褛的乞丐趴在垃圾箱旁边翻找垃圾，突然找到一块发霉的糕点，不管不顾地塞进嘴里，把旁边的乘客看得目瞪口呆。吃饱的老乞丐抓着肮脏的袋子，拖着一条断腿爬到台阶上沉重地喘息着。

没人能看得出，这个肮脏不堪的乞丐就是冯路远！

他不想逃，在没有完成"七月计划"之前绝对不会逃走。今天是国庆大游行预演，准确的情报显示，将会有一艘轮渡在今天抵达山城，参加山城解放一周年纪念大会的某位中央领导，就在那艘船上。

如果运气好的话，他们的破坏行动将会圆满成功。

公安局处长办公室里，三位处长、两位政委和一位副部长正在坐镇指挥，对他们而言这也是一场斗争的预演。

电话突然响起来，李安成拿起电话："我是鹿鸣。"

"我是陆枫……情报已到手……快派人到朝天门码头……"

电话里的声音沉重而又气喘吁吁，李安成眉头紧锁道："你受伤了？"

"老付和红妹伤得更重，已经派老郝送人民医院了……"陆枫忍住疼痛，"我抓到了吴长生，'七月计划'已经开始，正如你预料的那样……七月流火，八月未央，九月授衣，十月……围城！"

会议室里坐满了人，但安静得连掉在地上的一根针都能听得到，电话听筒那边陆枫的声音听得非常清楚。

"立即把情报送回来，真正的行动还没有开始！"

"我要去朝天门，吴长生交代'巫山'会在那里接应他。"

电话挂断，大家期待地看着李安成。

"程满仓同志现在在什么位置？"黄副处长问道。

"他接到报告去了解放碑，据群众举报发现了爆炸物，他亲自去处理的。"任处长无耐道，"因为没有富余的人手，只有我和安成同志留守，走不开。"

李安成走到巨幅地图前："纵观敌人的'七月计划'，我发现一个明显特征，城中破坏与外围突袭联动，这样将会围困我们集中在解放碑的游行预演活动，我建议我们部署的警力务必放在人群密集的位置。"

"边保处和警备司令部派出的增援部队已经严阵以待！"刘副部长肃然地看着地图说道。

李安成微微皱眉："就我方派出的这些保卫人员若是分散到山城全域基本是九牛一毛，一旦遭遇大批量敌人攻击，我们一定会很难抵挡。"

七月流火，八月未央。九月授衣，十月围城！

注定是一场殊死搏斗，注定是一场惨烈的战争，没有任何侥幸可言。

"立即联系程满仓，让他带人赶往朝天门，陆枫那边千万不能出差错！"任处长放下电话，焦急地来回踱步，"群众自发组织的突击队、侦缉队、巡逻队人太多太杂，若是平时或许能发挥出重要作用，可今天不同，是要流血牺牲的！"

事已至此，多说无益。

正在此时，门被撞开，满身鲜血扎着绷带的红妹闯了进来："首长，陆科长让我回来送情报……"

"红妹同志，你……"

红妹擦了一下脸上的鲜血，从兜里拿出一支精致的钢笔递给李安成："这是台湾方面给巫山的'七月计划'。"

精致的钢笔被旋开，露出里面拇指粗细的玻璃管，管子里有一卷纸和白色的粉末。任处长刚要动手拧开玻璃管，被李安成一把抓住手腕："先不要动！"

众人屏住呼吸，将目光都聚焦在李安成手中的玻璃管上。

"1938年美国著名的密码破译专家雅德利来重庆，帮助蒋介石政府组建中国黑室，他说研制密码和破译密码的人都是'撒旦的使者'，用如此精致的玻璃管密封的情报，其本身就另有玄机，封装情报的人和拆解情报的人都是'撒旦的使者'。"李安成盯着玻璃管凝重地说道,"里面白色的粉末是一种特殊材料,只要遇到空气就会发生自燃,将里面的情报烧毁。"

能接触玻璃管里情报的人,自然懂得如何避免自燃的问题,但对于大多数人而言,这是不可思议的事情。

"那怎么才能避免焚毁?"

"需要另一种化学材料,与里面易燃的粉末结合后,才不会导致自燃。"李安成把钢笔轻轻地放在托盘里,"市化学研究所有那种材料,我这就去取。"

李天骄从来没有感觉时间过得如此漫长,完成了陆枫交给的任务之后,心里总算出了一口恶气。这出戏是演给冯路远的,自己尽量保持着克制,若是在以往早就用枪顶着他的脑壳了。

一辆军车从后面缓慢地开过来,正在想着心事的李天骄慌忙躲避,从车里露出程满仓那张褶子脸,立即笑道:"程科长!"

程满仓强挤出一丝笑容:"你要去哪里?"

"我要找陆枫,他答应了今天一起上街看预演。"

程满仓皱着眉头思忖道:"啥子事情跟我说一下,需要我转告吗?"

话还没等说完,李天骄已经钻进车里:"人太多了,太挤了,我还是跟你一起走吧。"

汽车车尾冒着黑烟,一名战士气喘吁吁地穿过黑烟跑上前,用力拍打车身:"程科长……任处长下命令立即赶往朝天门,立即!"

朝天门码头人潮涌动,不少警察在巡逻,正在这时候,水警分局的大喇叭突然响起:乘客们请注意,乘客们请注意,两点三十分的轮渡因故改停江口码头,请登船的乘客立即去江口码头候船!

人群立即炸开了锅,怨声载道谩骂之声不绝于耳。衣衫褴褛的冯路远微眯着眼睛望着涌动的人群,眉宇间凝成一个疙瘩:没想到陆枫会釜底抽薪,棋高一着啊!

冯路远再次确认埋伏在关键位置上的几名手下,很明显他们都不是熟手,显得有些躁动。其中一个码头工人打扮的家伙凑过来,假装递给冯路远一根烟:"我们怎么办?"

"传下去,等待时机,伺机而动。"

"是。"

冯路远有些不安,计划并不完善,吴长生还没有回来,水警分局门口又多了一辆军车,大喇叭里广播轮渡又改停到江口码头,街上的解放军似乎多了不少……如此种种让冯路远有一种不祥的感觉。

程满仓演的那出戏叫欲擒故纵,释放烟雾弹混淆自己的判断,故意释放消息引自己上钩。所以,冯路远才派吴长生去封三爷那里接应刘凤辉,现在吴长生和刘凤辉都没有露面,只能说明一个问题:出事了!

最要命的事情,情报还没有到手,或许会落入陆枫之手,那样的话将会把自己逼入绝境。

李天骄演的戏应该叫"逼宫"！当时冯路远的确心惊肉跳，虽然说了几句诳语骗过了任处长，但谁知道那是不是共党的诡计呢？早知道是这个结果当日应该直接除掉李安成，不只是关他的禁闭。

这种战术似曾相识，一套组合拳打下来自己毫无还手之力，但冯路远还是不甘心，毕竟处心积虑谋划如此周全，忍辱负重潜伏了数年数月，如果不赌最后一把，死也不会瞑目。

望远镜里出现了一个乞丐，镜头快速掠过人群，随即定位了几个形迹可疑的人。直觉告诉他，他们都是特务，急促的电话铃突然响起来，陆枫抓过话筒："我是陆枫。"

"'七月计划'已经破解，冯路远即'巫山'。"电话里传来李安成沙哑的声音，"现在你必须按照我的指令行动，在行动之前务必要保证足够的火力，否则不要轻举妄动。"

"我已经派人去电厂和水厂了，按照吴长生的交代，他们最有可能在大游行前炸电厂。"一兵一卒都派出去了，自己坐镇朝天门指挥是迫不得已的事情，如果不是李安成命令自己原地待命，早就率大部队出击了。

李安成明显有些焦急："每个人都有自己的死穴和弱点，冯路远的弱点就是过犹不及，他会模仿任何他觉得安全的角色，而且比被模仿者还要逼真，给人一种伪装过头的感觉，虚伪至极。"

"明白！"

"今天下午中央首长的船停靠在朝天门码头，船靠岸的那一刻,就是冯路远开始行动的时间,你要争取在第一时间行动!"

陆枫的心无限下沉,做梦都没有想到所谓的"七月计划"竟然不是自己所分析和判断的破坏工厂。陆枫为自己的判断失误感到难过,很不满意自己不够敏感不够全面。

就在鹿鸣和陆枫通电话的同时,重庆警备司令部行动队和公安局边保处正在西郊的歌乐山区,和顽敌进行了一场惨烈的战斗!

而大溪口方向陆枫派出的小分队也遭到攻击,电厂护厂队和驻厂解放军联合消灭了小股土匪,打死打伤十余人。同时,负责保护水厂的分队相对而言多了许多幸运,那里一切安然!

冯路远这一次改变战略,决定全面出击,迎面痛打对方。他使用内外结合的方法,守株待兔定点出击——这就是他的战斗策略,也是阴谋的一部分。

一个石破天惊的阴谋,当李安成安全地拆开玻璃管,拿出里面的情报之后,里面的内容让在座的人震惊不已!

"他们要在十月一日当天空袭会场,里应外合围城攻占山城!"李安成简直愤怒到了极点,颤抖的手里紧握着情报,当他将情报想要传递给处长时,情报突然燃烧,顷刻间化为灰烬!

第五十八章
决战朝天门（下）

形势急转直下，战斗一触即发！

南岸封家大院一战虽然歼敌二十余人，抓捕粮库纵火案的罪魁祸首吴长生，击毙潜入山城的台湾特务刘凤辉，成功获取"七月计划"密令，但我方损失惨重，付怀仁重伤昏迷不醒，红妹受伤不轻，另外有三名骨干牺牲。

更让陆枫悲痛和愤怒的是，自己竟然中了敌人调虎离山和声东击西的诡计。派出大量兵力保护大溪口电厂，歼灭的只是小股袭扰的土匪，冯路远的"惑敌"战术再次灵验，真正的破坏目标并不是电厂。虽然派出行动队保护水厂，但传回来的消息更是让人气恼，水厂无恙，连特务的影子也没有发现。狡猾的敌人虚晃一枪之后，消失得无影无踪。

庆祝国庆的大游行预演正在进行，整个山城的人们是一种空前亢奋的状态。洋溢着幸福笑脸的人们尽情地挥洒着快乐情绪，雄赳赳气昂昂的游行队伍高举着标语，激情万分地喊着口号涌向解放碑,四面八方的游行队伍在山城的大街小巷穿行,向解放碑的方向胜利大会师。

整个游行预演如火如荼,空气仿佛燃烧了一般,沸腾的心情沸腾的山城。

与此气氛截然相反的是,此时的陆枫失落到极点、紧张到极点、焦虑到极点。明知道敌人一定会选择这个时间节点制造混乱,也明知道冯路远一定会在此时此刻出手,但自己所有的部署和防范没有半点儿用处,只能眼睁睁地看着事态滑向失控的边缘。

"报告,西郊发现敌情,有小股不明身份的人冲击利民纱厂,和工人们发生冲突,治安大队出动警力维持秩序,已经有不少人员受伤。"

电话里传来的消息让所有人气愤,任处长握着电话的手在颤抖:"全力弹压肇事者,但不要伤及无辜!"

"他们在这个时候搞事情恐怕没有那么简单,是有规模有组织的,这应该就是敌人实施'七月计划'的一部分,我通知卫生局各大医院和卫生机构全面进入战备状态,随时应对紧急事件。"说罢,黄副处长匆匆地走出会议室。

电话又响起来,任处长接通电话:"报告首长,江口码头出现人群拥挤踩踏事件……大量从朝天门码头登船的乘客都涌到了江口,不知道那边发生了什么情况。"

"积极疏通,及时救援,不能让老百姓无辜遭殃!"任处长扔掉电话,打给朝天门分局,电话响了很长时间也无人接听,又打电话到码头派出所,终于听到了一个熟悉的声音,任处长终于松了口气,"陆枫,你那边什么情况?为什么船客都涌到江口码头去了?"

陆枫:"特务的战略本来就是四面出击制造混乱,以达到分散我方注意力的目的。"

"敌人的目的就是要搞破坏,哪里有破坏分子我们就应该打到哪里!"

陆枫沉重地喘息着:"我们不能让敌人牵着鼻子走,要集中力量打敌人的要害……三点十五分,中央首长的船就要抵达山城,这是敌人的重点目标,他们的目标不是破坏山城工厂,而是要制造刺杀行动……所以,我们务必在最后关头消灭敌人,保证首长的绝对安全。"

任处长额角的青筋蹦得老高:"不要轻举妄动……我已经派程满仓前去增援,一定要严密注意敌人的动向,不要打草惊蛇!"

任处长认为疏散码头上的群众是打草惊蛇之举,若敌人改变行动计划,我方只能随机应变,失去行动主动权是比什么都可怕的事。但陆枫认为疏散群众之举是他所能做的唯一正确选择,釜底抽薪决堤放水,让"鱼"主动露出来,陆枫这次笃信自己的直觉。

"敌人的动向都在掌控之中,但还没有发现'大鱼'……"话筒里突然没有了声音,通话突然中断,陆枫紧锁眉头放下电话,拿起望远镜观察外面的动静,码头上依然有大量的群众在逗留,并没有意识到危险即将来临。

"喂？喂？陆枫……你在搞什么鬼？"任处长喊了半天也没听到陆枫的声音，豆大的汗珠滴落在电话机上，"断线了，怎么断线了？联系电话局问问是什么情况！"

李安成紧张地盯着夹在两指尖快燃尽的香烟，突然醒悟，敌人的手段确实高明，他们在最关键的时候破坏了通信和电力系统，让指挥部成了聋子！

"报告首长，所有电话都无法接通！"警卫员气喘吁吁地跑进来报告，"我们跟外界的联系被掐断了，公安局大楼的电源发生短路……"

一楼配电室内正冒着浓烟，空气中弥漫着刺鼻的橡胶皮气味。几名公安干警用灭火器正在灭火，任处长气得浑身直哆嗦："快点儿修好线路，现在正关键时刻！"

"首长，总开关都被炸碎了，我们没有备件，通知电业局派人带开关来最快也要两个小时，街上拥堵得厉害……"

"不要讲理由，我要的是结果！"

"是！"

水警分局值班室内，陆枫再次拿起电话拨号，对方没有半点儿声音。失去了指挥中心的指挥，只能随机应变独自应对即将发生的一切。

"交给你一个任务，走近路去市公安局汇报这里的情况，我们需要及时增援！"陆枫拍了拍张世飞的肩膀，"电话出了问题，我们无法与指挥部联系，只能采取最原始的办法，跑。"

张世飞窘迫地低下头："我……是留用人员，不会有人相信我的，我也无权知道局里重大的机密……做不来的……"

陆枫不可思议地瞪着张世飞："留用人员怎么了？老付也是留用人员，从山城解放那天起就是局里的骨干力量，是打击金融专案组成员，是纵火案专案组成员，不要戴着有色眼镜看问题，不要自暴自弃自欺欺人，你现在是一名警察，你的职责就是要保护老百姓！"

"我……"

陆枫意味深长道："我信任你，你也要证明你自己。"

张世飞感激地敬了一个标准的军礼："是！我尽快赶回来！"

时间在一分一秒地流逝，危险级别不断在增加，陆枫看一眼手表，故意将时间调快了五分钟，紧张感立即跃升！他喜欢临战前那种极端的紧张，因为紧张而变得亢奋的心会狂跳，只有狂跳才能让自己浑身蓄满能量，时刻准备好战斗！

"报告陆科长，郝仁同志已经到达预定位置，没有发现异常。"一名留用的警察气喘吁吁地跑进来汇报。

"用最短的时间让码头上所有货船驶离。"陆枫命令道。

这是一个几乎不能完成的任务，码头上有大小船只几百艘，大多都是货船，怎么才能在最短的时间内驱赶离开？警察愣了一下："陆科长，这个真有点儿难度……"

"先广而告之，限定时间离开码头，很难吗？"

"您不是说要保密吗……"警察疑惑不解地挠挠头,看到陆枫面带不悦的,赶紧立正,"我明白了,这就去办!"

喇叭里传来催命般催促船只驶离的声音,拖着"残腿"正在爬行的冯路远竖起耳朵听着,阴鸷地望向高音喇叭,拿出怀表看了一眼。心里却泛起了合计:陆枫在搞什么鬼,难道目标轮船即将抵达山城了吗?

正在这时候,一名手下走过来:"组长,我们的船怎么办?他们要开始清场子了。"

"按既定计划行事。"冯路远继续向前爬行。

伪装术的精髓在于全身心融入角色而完全忘记本我,冯路远在这点上基本可以打满分,以至于常年混迹在码头的老叫花子都开始注意他、攻击他,到最终记恨他,做到这一切只不过花了半天时间。那些"同行"都知道朝天门码头上又多了一个断腿的乞丐。

还有五分钟到三点。

程满仓率领的治安分队成员们已经放弃了汽车,混在游行队伍中一路奔跑,一定要在三点钟之前抵达朝天门码头,这是上级的命令。

朝天门码头就在眼前,程满仓擦了一把热汗,干脆把军衣脱掉围在腰间,不断地催促着队员们加速前进。

而公安局大楼内仍然进行着紧张的抢修工作,所有人都在焦急等待前方的情况反馈,一条条指令通过最原始的手段传递出去,传递指令的干警风风火火地跑出大楼,他们要在最短的时间内将指令传递出去。

这是一条隐秘的交通线,从指挥中心辐射整个山城。

"时间不多了,通知江航管理处封锁江面,任何擅闯封锁区的船只一律击沉!"李安成检查一下枪械弹夹,"巫山不会坐以待毙,他惯用障眼法和惑敌战术,陆枫那边压力很大。"

"鹿鸣同志,你要注意安全!"任处长忧心忡忡地叮嘱道。

其实江航管理处昨天就发布了禁航令,但还是有外来货船擅闯航路,为疏通航路只得放行。并非政府的禁航令无效,而是非常时期的军事管制已经解除,禁航令在有限范围内得到贯彻,对于那些已经在途的船只无法落实,否则整个长江水道将会发生严重的堵塞。

张世飞最终没能将陆枫的指令传到局里,就在他钻进巷子口抄近路赶往公安局的时候,被一刀割喉!

肮脏不堪的手指在有节律地敲打着搪瓷缸,一双阴鸷的眼睛盯着码头建筑上的铜钟,分针终于定格在三点整的位置,低沉的钟声响起。与此同时,从远处的江面上空传来汽笛的声音。

首长的渡轮到了!

"砰"的一声枪响,附近的一名巡逻警察应声栽倒在地,随即急促的警哨声急鸣,莫名被惊扰的人群如受惊的燕雀一般没头没脑,四处乱窜。他们没有想到光天化日之下会发生枪杀事件,更没想到特务就在他们中间。

这是一个信号,剧烈的枪声爆豆一般响起,子弹击中刚掏出枪的特务，一头栽倒在地上。而旁边的特务还没有反应过来，愤怒的子弹已经把他打成了筛子！郝仁率领十几名队员呈攻击队形扑向各自锁定的目标，战斗一经开始便进入高潮！

"轰隆！"

伴随着震耳欲聋的爆炸声，两名战士被炸飞，冲锋枪还握在断臂的手中！

爆炸的火光冲天而起，石块飞溅，灰尘弥漫了天空，整个码头顿时沦为人间炼狱。

陆枫在击毙了两名埋伏的特务后鱼跃翻滚到铁皮房后面，又一枪击中正要投掷手雷的特务，手雷凌空爆炸，巨大的冲击波将陆枫掀翻滚出十几米远，钻心的疼痛袭来，眼前一片血色！

"陆科长，你怎么样了？"郝仁从隐蔽点冲出来，扫了一梭子子弹之后靠近陆枫，郝仁不停地摇晃着陆枫，陆枫逐渐清醒，陆枫用力抓住郝仁的手，晃了晃脑袋之后才感觉头疼欲裂："别管我……反击！反击！"

占据制高点的敌人发起了最疯狂的攻击，爆豆一般的枪声此起彼伏，子弹从身边飕飕飞过。陆枫抹了一把脸上的血迹，吐出一口血沫，猩红的眼睛瞪着高处射击的敌人，拔出手枪瞄准射击，血雾随风飞散。

"冲啊！"刚刚抵达朝天门的程满仓被眼前发生的一切彻底激怒了，挥着手枪第一个冲进了战场，迎面将一名奔跑的特务击毙，而随后冲上来的治安队呈扇形向码头强攻，直接断了特务们的后路，几名特务还没来得及反应便被击毙。

没想到精心布设的防线就这样被轻松击垮，自己遭到了对手两面夹击，二十几名手下奋力反击的结果是暴露隐蔽点，被一举击毙。这是冯路远没有想到的结果，本以为在目标轮船抵达码头的时候才开始实施暗杀行动，没想到自己一念之差便葬送了整个行动。

冯路远的死穴就在于他太自信，在他的眼里陆枫之流不过是一介莽夫，能与自己抗衡的只有李安成。李安成被隔离审查便是扫清了一个天大的障碍，因此这个行动计划必胜无疑，但人算不如天算，没想到陆枫和李安成会联合起来，导致了完全不一样的结果，行动还没开始他就成了孤家寡人！

没有人注意一个浑身鲜血拖着断腿想要逃跑的老乞丐，他逃得并不快，甚至很艰难地爬上台阶，冯路远顺势从台阶上滚了下去。

一路冲锋的程满仓从他的旁边跑过去，又返回来拉住这个老乞丐："就地隐蔽，不要随意跑！"

"砰！"

程满仓的胸前腾起一片血雾，老乞丐的脸逐渐模糊又渐渐清晰，程满仓看见他手里冒着白烟的枪口，看见了那双熟悉而阴鸷的眼睛。他听见朝天门码头的钟鸣，望见了高远而深邃的天空，望见天空上翱翔的雄鹰……

善恶皆为人性，冯路远并没有因为程满仓出手相救而选择善良，就像他当初背叛革命的那一刻不会选择忠诚一样。他冷漠地看了一眼浑身鲜血的程满仓，嘴角微微扬起，露出一丝邪恶的笑，然后便猫着腰钻进了巷子。

"呜——呜——呜！"

汽笛声声，一艘货轮恰好在三点十五分驶入朝天门码头，这并非是中央首长乘坐的客轮，而是擅闯禁航区的货轮。

这招叫惑敌战术，以其人之道还治其人之身！

"程科长……"当陆枫冲上来的时候，被眼前的一幕惊得目瞪口呆，抱起倒在血泊里的程满仓大声呼喊，程满仓没有反应。

陆枫崩溃恸哭……

人生鲜有知己，此路寂寞苦行。

抱着你，用我的热血温暖你冰冷的身体，就这样感受你刚刚离去。我无法言语，我难过满怀，唯有为你点燃一根白烛站在你牺牲的路口，送你，怀念你，战友。

陆枫轻轻地放下程满仓的尸体，喃喃自语："他一定来过这里，我闻到了那种酸臭味……继续找。"

"找遍了所有地方都没有发现冯路远，他是不是没有来码头？"郝仁悲愤道，"这个狡猾的冯路远，要是让老子抓住他非剐他一百回！"

小巷的污浊泥地里趴着一个断腿的乞丐，脸上的血水滴落在污水中，他抬起头透过蓬乱的头发看见小巷的尽头潮涌一般的人群。冯路远并没有急于逃走，他知道通过短短的巷子混进人群很容易。

他的确嗅到了危险的味道，就像1948年夏天，自己凭借出色的伪装术骗过了围剿他的游击队的追捕。幸运并非总站在自己这边，因为幸运的另一面是不幸。四处窥视各方，竟然无人追上来，不禁冷笑着向前继续爬行。

爬着走路，虽然慢但很安全。

一队全副武装的治安队员从身边跑步过去，飞溅起的污水迷蒙了他的眼睛，紧张到极致的神经几乎就要崩断一般！他看到巷子的尽头闪过两个熟悉的影子，想要后退已经不可能，后面的路被治安队封住，可以听到陆枫的说话声！

冯路远跳起来向小巷的尽头狂奔，只要冲入游行的人群便能逃出生天……

"砰"的一声枪响，冯路远一头栽倒在污水里，抱着大腿在污水中痛苦地挣扎嚎叫！他不相信陆枫会发现他，更不相信这枪是陆枫打的，就在他试图从泥水里爬起来拖着伤腿继续跑时，又一枪击中了他的右腿。

冯路远喘着粗气愤恨地望着小巷的尽头，两个人影逐渐清晰起来，正是李安成和红妹！回头之际，才发现后面只有陆枫一个人，正举着枪对着自己。冯路远低头看见水中自己的倒影，蓬头垢面满脸鲜血面目狰狞，看着自己这副模样，冯路远突然大笑起来！

"文成兄，别来无恙！"李安成冷冷地看着污水中正在挣扎的冯路远。

陆枫举着枪的手在颤抖，此刻恨不得一枪把他的脑袋打个稀巴烂！

"巫山，我向你汇报一下战况，大溪口击毙敌特三名，橡胶厂击毙敌特七名，重伤三名，西郊歌乐山击毙匪寇十五名，受伤无数，朝天门击毙三十五名，伤一人。"陆枫嘲讽地看着冯路远，"这个战绩你还满意吧？"

冯路远终于从污水里翻过身靠在墙根上，双眼无神地望着天空："忠勇为爱国之本，孝顺为齐家之本……"

若在以往，陆枫会一枪毙了这个败类，但今天却不能。一个活着的冯路远要比一具尸体更有价值，凭直觉他的级别并不低，而且他是"七月计划"的执行人，也许还有更大的价值可以挖掘。

红妹气得脸色煞白，手枪始终对着冯路远的脑袋："巫山，你的死期到了！"

"君子当死忠……"

李安成打断冯路远："现在我终于知道是谁出卖了于汉斌老师，没想到一个以君子自居的人竟然如此卑劣。1948年7月，在江口运药品是你告的密，导致药品被扣留，于老师被捕入狱，中统局档案里记录了你的证词，那时你不叫冯路远也不叫冯文成，而是'巫山'。"

冯路远一副死猪不怕开水烫的表情。

"巫山也不是你的代号，而是你的真名，姓巫名山。"李安成淡然地看着冯路远，"你就是在那次被捕后变节的，相关证据保留在调查局档案里，出狱后你便改了姓名化身为冯路远。后来我曾经调查过，的确有冯路远其人，是一位乡下的教书匠，但莫名冤死狱中，你盗用名字多年，干了无数坏事，你亏心不亏心，你这个叛徒！"

知道大势已去，连辩解的机会也不会有，冯路远突然掏出手枪对准了自己的脑袋："人固然有一死……或轻于鸿毛或重于泰山……"

红妹趁着冯路远闭眼的瞬间抬手就是一枪，正中他的手腕，枪落在污水中。冯路远嗷嗷嚎叫："让我死吧，你们这群混蛋！"

陆枫摆了摆手，两名治安队员架着冯路远上了警车，等待他的将是人民正义的审判！

"人固有一死，或轻于鸿毛或重于泰山，但是像冯路远之流，与人民为敌，违背社会进步的宗旨，扰乱革命团结，以革命之由背叛革命，这样的人比鸿毛还轻，不值一提。历史的车轮滚滚向前，岂能是他们能够阻挡的！"望着滚滚奔流的嘉陵江和血色残阳下的山城，李安成热泪盈眶！

汽笛长鸣，江面上一艘轮船冲破弥漫的雾气向码头驶来。搀扶着陆枫的李天骄不禁眼眶湿润："你们是伟大的英雄……"

"牺牲的同志们才是。"陆枫迎着江风向巨轮敬礼。

此刻，阴霾的天空露出万丈霞光！

尾声
峥嵘

雾锁山城,繁花似锦。

西郊歌乐山陵园庄严肃穆,一面五星红旗逆风飞扬。老者凝望着大理石墓碑上的照片,一名战士将花篮轻轻地放在墓碑前,小心地整理着花束。

打开泛黄的怀表,时间定格在1950年9月30日15时05分。

"太爷爷,那次行动您为什么把时间拨快了五分钟?五分钟时间什么也干不了呀!"青年男子疑惑地看着老者手中的怀表问道。

泪水迷蒙了陆枫的双眼,他双手颤抖地摩挲着怀表,呢喃自语:"巫山的手表也被我拨快了五分钟,就是这五分钟让他提前暴露,开战即是决战,我的战友们抱着战必胜的决心慷慨赴死。"

推着轮椅的中老年人擦了一下湿润的眼睛:"爸爸,我始终没有明白,像谢鬼子、封三爷那样的人,为什么肯跟你合作,而且不惧怕生死,义无反顾?"

陆枫淡然地望着飘扬的国旗:"刑天舞干戚,猛志固常在。没有人面对生死不会恐惧,人固有一死,或轻于鸿毛或重于泰山。"

"'巫山'后来怎么样?是不是被枪毙了?"

"不记得了……"

"付爷爷呢?"青年男子仰起脸,"我喜欢付爷爷,他很英勇!"

轮椅停在歌乐山陵园一角的一座墓碑前,陆枫小心地擦着大理石墓碑,墓碑上没有照片,只有一束盛开得非常娇艳的菊花。陆枫将怀表放在墓碑上:"老付昏迷了三十多天,后来我把他媳妇和孩子接来了,他才合眼……"

老泪纵横,忆起往事,如在眼前,陆枫清晰地记得七十年前的那一幕,刘部长来到人民医院,将一枚重庆解放勋章亲自给付怀仁戴上。

"钟山风雨起苍黄,百万雄师过大江。虎踞龙盘今胜昔,天翻地覆慨而慷……"望着陵园中一排排的墓碑,在陆枫的眼中如同一队队准备出征的战士。

他情绪激动地掏出那张老照片,面对一块块墓碑,似乎在自言自语:"他来自陕北,牺牲在重庆。"

她来自上海,牺牲在重庆。

他来自胶东,牺牲在重庆。

他来自江苏,牺牲在重庆。

她来自河北,牺牲在重庆。

他们来自天南地北,他们都留在了重庆。

"最后两句是'天若有情天亦老，人间正道是沧桑'，这是毛主席在南京解放的时候写的诗，父亲，您的记忆力不错。"中老年男人笑着，"母亲经常说您犯糊涂，要我看您不糊涂，都这么多年了，战斗细节历历在目，母亲也参加了艰苦的革命斗争，可是她为什么不讲述给我们听呢？"

"鹿鸣破译了'七月计划'之后告诉我，一切都是他精心设计好的圈套，包括隔离审查关禁闭，提拔冯路远为三处副处长，老程当着冯路远的面汇报'三个一行动'，还有你母亲演了一出逼宫的好戏，都是做给'巫山'看的。"陆枫的手颤抖一下，"他说我是专打虎的猎人，只要放在外面老虎就不敢行动，哈哈哈……"

陆枫望着绵延起伏的山峦，云雾缭绕满目叠翠。与七十年前一样的情景似乎又回到了眼前。老伴不喜欢来歌乐山，她说每次来这里都想哭，哭着哭着能把眼睛哭出血来……

老程……我又来看您了……我对不住你啊，没能把你送回陕南老家，我就是在想啊，你回去干吗？埋骨无须桑梓地，人间何处不青山……有老郝、老付、红妹这些您手下的兵陪着您，还有我这个念旧的老部下每年来看您……您不孤单。

回忆是一种幸福，无论痛苦还是甜蜜都会镌刻在岁月的年轮上，无惧风吹雨打也不怕时光蹉跎。用鲜血和生命铸就的共和国的丰碑上，永远铭刻着历史的峥嵘！